Zum Buch:

Um die Ehre ihres Vaters wiederherzustellen, muss Tess einen kühlen Kopf bewahren. Doch die Woche bei Diamond Enterprises ist eine harte Probe. Diesen sieben heißen Männern zu widerstehen, wird nicht leicht: Mr. Monday, der ihr sofort den Atem raubt. Mr. Tuesday, der wie ein Footballprofi im Designeranzug wirkt. Mr. Wednesday, dem heißen Großstadt-Highlander. Mr. Thursday, der eine Stimme wie Seide und einen Blick aus Stahl hat. Mr. Friday mit seinem unglaublich knackigen Hintern. Mr. Saturday, der sie so charmant umsorgt. Und nicht zuletzt dem attraktiven und selbstbewussten Mr. Sunday …

»Ein Roman voller Spannung und Leidenschaft mit einem unvorhersehbaren Ende.«

The Hopeless Romantics

Zur Autorin:

Shana Gray liebt es, das Leben zu genießen! Sie reist durch die ganze Welt, verbringt aber auch gerne Zeit mit ihren Freunden und ihrer Familie. Viele ihrer Erfahrungen verarbeitet sie in ihren Büchern. Seit 2010 erfreut Shana ihre Fans mit heißen Romanen, die sie sowohl bei etablierten Verlagen als auch im Self-Publishing veröffentlicht.

Shana Gray

Diamond Men – Versuchung pur!

Aus dem Englischen von
Sindy Ganas

MIRA® TASCHENBUCH
Band 26107

FSC MIX Papier FSC® C014496

1. Auflage: Dezember 2017

Deutsche Erstveröffentlichung

Titel der amerikanischen Originalausgabe:
Working Girl

Published by arrangement with
the original publisher, Headline Eternal,
an imprint of Headline Publishing Group, London

Umschlaggestaltung: ZERO Media, München
Umschlagabbildung: FinePic/Zero Werbeagentur
Satz: GGP Media GmbH, Pößneck
Printed in Germany
Dieses Buch wurde auf FSC®-zertifiziertem Papier gedruckt.
ISBN 978-3-95649-782-7

www.mira-taschenbuch.de

Teil 1

Mr. Monday

Ich ließ mich in den weich gepolsterten Ledersessel sinken und nahm schweigend das Ambiente des noblen Empfangsbereichs bei Diamond Enterprises in mich auf. Alles wurde von Marmor, honigfarbenem Holz, dicken Teppichen und gedämpftem Licht beherrscht. Hinter einer Glaswand waren gut verschlossen Klassiker-Erstausgaben ausgestellt. Die gesamte Atmosphäre erinnerte an einen eleganten Salon. Unter normalen Umständen wäre ich der magischen Anziehungskraft dieser Vitrinen gefolgt, um nachzusehen, welche Bücher hier als so kostbar und schützenswert eingestuft wurden.

Heute nicht.

Die Räumlichkeiten strahlten eine Aura von altem Geldadel aus und rochen für meinen Geschmack nach Arroganz und Überheblichkeit. Ich gehörte hier nicht her, aber das würde mich nicht aufhalten. Seit meinem fünfzehnten Lebensjahr, als mein Vater gestorben war, nährte ich meine Rachegelüste. Zwei Jahre davor, da war er erst fünfzig gewesen, hatte er einen alten Karton mit nach Hause gebracht, in dem all seine Büroutensilien verstaut gewesen waren. Und mein Leben sollte von da an in eine andere Richtung verlaufen. Jetzt, da sich endlich eine Gelegenheit für mich ergeben hatte, griff ich zu. Die Leitung von Diamond Enterprises suchte eine Chefsekretärin.

Nachdem ich im Internet auf dieses Jobangebot gestoßen war, hatte ich meine Stelle als Bibliotheksleiterin bei einem internationalen Rohstoffförderunternehmen gekündigt und begonnen, Nachforschungen über Diamond zu betreiben. Wochenlang hatte ich Daten und Fakten zu diesem Unternehmen gelernt, um hundertprozentig vorbereitet zu sein, so als wäre das Vorstellungsgespräch ein lebenswichtiges Examen. In der Bibliothek hatte ich zuvor sämtliche Aufgaben vom Bestellen von Referenzmaterial und der Recherche nach schwer zugänglichen Schriften über Förderrechte bis zur Leitung einer kleinen Mitarbeitergruppe von Archivaren und Wissenschaftlern erledigt.

All das nun hinter mir zu lassen, um die Assistentin von jemandem zu werden, war ein Schritt zurück, eine Vergeudung meiner Ausbildung und der Stipendien, mit denen ich sie finanziert hatte. Aber die Möglichkeit, einen großen Konzern zu Fall zu bringen, eröffnete sich nicht allzu oft … und ich war bereit, dafür alles in meiner Macht Stehende zu tun. Es gab nichts, mit dem sie mich aufhalten konnten. Ich hatte alles herausgesucht, was es über diese Firma zu erfahren gab – zumindest was für die Öffentlichkeit zugänglich war. Das nicht Öffentliche würde ich als Nächstes herausfinden müssen. Und der einzige Weg dahin führte über interne Quellen.

Von meinem Platz aus konnte ich den schicken Flur gut überblicken, der zum geheimnisvollen und sehr gut verborgenen inneren Heiligtum von Diamond führte. Dasselbe Reich, in dem sich mein Vater Charles Raymond einmal bewegt, in dem er zum exklusiven Team der leitenden Manager gehört hatte, bis er gefeuert worden war, zu Unrecht beschuldigt, Firmengelder veruntreut zu haben. Und das hatte ihn – *uns* – alles gekostet. Sie hatten ihn kurzerhand rausgeschmissen, seine Rente gestrichen und ihn ohne finanzielle Versorgung zurückgelassen, ohne goldenen Fallschirm, der ihn während seines Altersruhestands hätte auffangen können. Der schlechte Ruf hatte ihn verfolgt und bis zu seinem Tod zu einem verbitterten alten Mann gemacht. (Ich wurde geboren, als er vierzig gewesen war, ziemlich spät in seinem Leben, aber noch bevor er in Ungnade gefallen war.)

Ich presste die Lippen zusammen, während ich mich bemühte, meine Wut zu zügeln. Es würde mir nichts nützen. Ruhiges und besonnenes Vorgehen war hier der Schlüssel zum Erfolg. Ich warf einen Blick auf meine Uhr, ein erlesenes Stück, das ich von ganzem Herzen liebte. Dad hatte es meiner Mutter vor fast dreißig Jahren zum Hochzeitstag geschenkt, als sie noch in England gewesen waren. Vorsichtig berührte ich das kleine runde Ziffernblatt, das in exquisit verarbeitetes Platin mit einem Kranz von glitzernden Diamanten eingefasst war. Der Sekundenzeiger tickte und unterstrich die Tatsache, dass ich mal wieder wartete, etwas, das ich inzwischen schon sehr gut konnte.

Zu diesem Vorstellungsgespräch hatte ich mich die obligatorischen fünfzehn Minuten früher eingefunden, und seither war nur wenig Zeit vergangen. Ich schaute auf und bemerkte, wie die junge, elegante Rezeptionistin schnell den Blick abwandte. Da sie angestrengt versuchte, so zu tun, als wäre sie nicht dabei erwischt worden, mich anzustarren, beschloss ich, nicht weiter auf sie zu achten. Es war nicht von Belang. Stattdessen lehnte ich mich zurück, schlug die Beine übereinander und strich vorsichtig mit den Fingern über meine Kate-Spade-Tasche, während ich den langen Flur im Auge behielt. Ich konnte genauso gut die Coole spielen. Obwohl mich der Zeitpunkt dieses Vorstellungsgesprächs schon wunderte. Es war nach sechs Uhr abends.

Doch das war im Grunde alles unwichtig. Es ging ausschließlich um das Ergebnis des Treffens, nämlich den Job zu ergattern.

Ich wollte Mitarbeiterin in dieser Firma werden, und dieses Vorstellungsgespräch war meine einzige Chance. Um einen Fuß in diese Tür zu bekommen, war ich fast zu allem bereit.

Allerdings war ich ein Nervenbündel. So unauffällig wie möglich holte ich tief Luft, um meinen Puls zu beruhigen. Innerlich zitterte ich, ohne dass ich etwas dagegen tun konnte. Wenigstens war es mir nicht anzumerken. Ich wollte mir gar nicht vorstellen, was passieren würde, wenn sie herausfanden, wer ich war. Wahrscheinlich würden sie mich achtkantig hinauswerfen, wie damals meinen Vater.

Mein Rocksaum rutschte ein Stück höher, als ich die Stellung wechselte und das andere Bein überschlug. Jeder hätte mein Kostüm als altmodisch bezeichnet, aber ich liebte Vintage-Kleidung. Mit einem Lächeln blickte ich auf meine Schuhe hinunter. Ein weiterer glücklicher Fund. Das einzig Neue war meine Handtasche. Mein Tick für Taschen geriet langsam außer Kontrolle, mein Konto konnte ein Lied davon singen.

Von dem langen Flur her waren jetzt Geräusche zu hören. Ich blickte nach oben und sah kurz zu Miss Torwächterin, die sich plötzlich sehr intensiv für ihr Aussehen zu interessieren schien und gerade den kleinen Klappspiegel wieder zuschnappen ließ. Ich wühlte in meiner Handtasche, getrieben von dem Wunsch, mich zu vergewissern, dass ich keinen Lippenstift auf den Zähnen hatte. Da hörte ich, wie eine Tür geöffnet und geschlossen wurde, und schaute zum Flur hinüber. Ich schnappte nach Luft, als ich den Mann dort erblickte. Mein Herz begann heftig zu klopfen, und meine Nerven flatterten. Es blieb keine Zeit mehr, um meinen Lippenstift zu überprüfen, also starrte ich den Typen an, der auf uns zukam. Unter seinem maßgeschneiderten Anzug zeichnete sich geballte Muskelkraft ab. Jedes Detail seiner Erscheinung schien sich sofort in mein Hirn einzuprägen.

Er. War. Umwerfend.

Und *groß*.

Himmel noch mal, seine Anwesenheit schien den ganzen Raum zu dominieren. Ich hielt die Luft an, während ich seine hochkonzentrierten Gesichtszüge betrachtete. Er telefonierte mit dem Handy und zog dabei die starken schwarzen Brauen zusammen, die genauso dunkel waren wie sein kurz geschnittenes Haar. Sein Gang war selbstbewusst. Direkt unter seinem rechten Auge entdeckte ich eine auffallende Narbe. Plötzlich verspürte ich den Drang, mit dem Finger über diesen bösen Striemen auf seinem Wangenknochen zu streichen. Alle möglichen Szenarien, wie er zu einer solchen Verwundung gekommen war, rasten durch mein überaktives Gehirn. Keines davon war sehr beruhigend.

Der Mann betrat die Empfangshalle und ließ sie augenblicklich kleiner wirken. Ich starrte ihn mit hämmerndem Puls an. *Führt er das Vorstellungsgespräch?* Er sah von seinem Smartphone auf, wandte sich an die Rezeptionistin und sagte etwas zu ihr, das ich nicht verstehen konnte. Ich verkniff mir ein Stirnrunzeln, als die schicke Sekretärin kicherte und mit ihm flirtete. Er lächelte ihr zu und tippte ein paarmal mit den Fingern auf den Empfangstresen – große Hände besaß er auch –, bevor er sich mir zuwandte. Schon stand er vor mir. Ich starrte zu ihm hoch. Einen Moment zögerte ich, bevor ich beschloss aufzustehen. Ich versuchte mich aufzurappeln. Es fühlte sich an, als hätte mich dieser verdammte Sessel eingesaugt. Vorsichtig entwirrte ich meine Beine, um mich so elegant wie möglich zu erheben.

„Ms. Canyon?“, fragte dieser umwerfende dunkelhaarige Typ und hielt mir die Hand hin.

„Ja.“ Ich hob den Kopf, um ihm in die Augen zu sehen. Vor meinem zwanzigsten Lebensjahr hatte ich den Mädchennamen meiner Mutter angenommen. Andernfalls hätte bereits eine kurze Internetrecherche ausgereicht, um all die skandalösen Gerüchte über den angeblichen Betrug meines Vaters an Diamond preisgegeben.

Seine Hand zu ergreifen war das Dümmste, was ich hätte tun können. Die Berührung war elektrisierend, Hitze schoss durch meinen Arm bis hinauf in meine Brust, und mir blieb regelrecht die Luft weg. Schnell warf ich einen Blick auf unsere Finger und erwartete fast, dass dort richtige Funken sprühten. Ich ließ mir von ihm hochhelfen.

„Vielen Dank“, sagte ich ein bisschen zu atemlos und bemühte mich, wieder normal Luft zu holen.

Mit der freien Hand rückte ich den Schultergurt meiner Tasche zurecht und strich mir dann über den Rock, der, wie ich ohne hinzusehen wusste, wieder hochgerutscht war. Der Mann ließ meine Finger los, und ich schloss sie unwillkürlich zu einer Faust, als wollte ich seine Berührung festhalten. Ich schaute ihm in die Augen und wurde fast ohnmächtig, als ich bemerkte, dass er meine Beine musterte. Mir wurde plötzlich bewusst, dass ich immer noch mit der einen Hand über meine Seite strich.

Himmel noch mal, das sah hoffentlich nicht nach einer Anmachgeste aus! Schnell verschränkte ich meine Finger vor dem Körper miteinander. Er blickte auf. Ich war fasziniert von seinen blauen Augen, und wieder einmal konnte ich kaum atmen. Seine Mundwinkel hoben sich fast unmerklich, als er mich anlächelte. Dabei bewegte sich die Narbe auf seiner Wange, und – verdammt noch mal! – anstatt davon abgestoßen zu sein, empfand ich das als den aufregendsten Blick, den mir ein Mann jemals zugeworfen hatte. Ich war vollkommen aus der Fassung geraten und versuchte verzweifelt, es mir nicht anmerken zu lassen. Rasch wandte ich das Gesicht ab, um mich für ein paar kostbare Sekunden auf das Atmen zu konzentrieren.

„Vielen Dank, dass Sie so spät an einem Montagabend hierhergekommen sind. Mir ist klar, dass es eine sehr kurzfristige Einladung zum Vorstellungsgespräch war, und wir wissen es zu schätzen, dass Sie mit dieser ungewöhnlichen Zeit einverstanden waren."

Er klang selbstbewusst und hatte einen leichten Akzent, den ich aber nicht einordnen konnte.

Es gefiel mir.

Ich nickte ihm zu. „Danke für Ihre Einladung. Ich bin froh, dass wir uns auf einen Termin einigen konnten."

„Wie gesagt, ich weiß es zu schätzen, dass Sie hier sind. Dann lassen Sie uns mal anfangen."

„Gern“, erwiderte ich, froh, dass wir nicht den ganzen Abend hier herumstehen und uns anstarren würden.

Er streckte die Hand aus, um mir zu bedeuten voranzugehen. „Bitte schön, *Ladies first*.“

Ein Schauer lief mir über den Rücken. Mir war, als hätte seine Stimme mich berührt. Nie zuvor hatte ich die Anwesenheit eines Mannes so intensiv gespürt. Ich war mir nicht sicher, ob ich ihn direkt hinter mir wissen wollte. Ich wollte – nein, ich *musste* – ihn ansehen, doch es sollte nicht sein. Es war mir schleierhaft, wohin es überhaupt ging, also marschierte ich einfach geradeaus, bis er mir die Richtung wies. Dann nahm das Ganze eine merkwürdige Wendung, als er mich durch einen Wirrwarr von Fluren dirigierte, bis wir einen Fahrstuhl erreichten, offensichtlich privat. Er schob eine Karte in den Sensor, und einen Moment später standen wir in der Kabine.

Die Türen glitten zu. Wenn die Anzeige der Etagen nicht gewesen wäre, hätte ich nicht gewusst, ob wir nach oben oder nach unten fuhren.

Wir schwiegen, und ich konzentrierte mich auf die Stockwerknummern. Er stand einen Schritt hinter mir, und ich hatte den Eindruck, als würde seine Anwesenheit die Luft um uns herum verändern. Mit seiner Größe beherrschte er den ultramodernen, aber nicht sehr geräumigen Lift. Als ich zu Boden schaute, sah ich seine Schuhe direkt rechts hinter mir.

Meine Mutter hatte immer gesagt, man könne Personen anhand ihrer Schuhe einschätzen. Seine Schuhe waren äußerst edel. Blank poliert. Schwarz und ziemlich groß. Es war sehr warm im Fahrstuhl – entweder das oder meine Körpertemperatur hatte sich verdreifacht. Wie auch nicht, wenn ein Mann mir so nah war, der eine solch unglaubliche Erotik ausstrahlte? Als sich die Lifttüren öffneten und wir in einen mit Glaswänden versehenen Vorraum traten, stellte ich erstaunt fest, dass wir uns auf dem Dach des Hauses befanden. Ich drehte mich zu dem Mann um.

„Das Dach? Warum …?“

Er drückte auf den Öffner, und die Tür schwang auf. Ein Blatt, das sich unter dem Türpfosten verfangen hatte, flog durch die Luft. Er sah mich an und wartete darauf, dass ich weiterging. War ihm nicht klar, dass wir uns gerade siebzig Etagen über dem Erdboden befanden?

„Sie reden nicht viel, oder?“, fragte ich und krümmte mich innerlich über meinen leicht gereizten Tonfall.

Mr. Umwerfend lächelte. „Ich sage nur was, wenn Worte notwendig sind.“

Ich wusste nicht, was ich darauf antworten sollte, deshalb wandte ich ihm mit zusammengekniffenen Augen den Rücken zu. Auch wenn ich ihn nicht sehen konnte, spürte ich seine Anwesenheit mit jeder Faser.

„Ms. Canyon, hier entlang bitte.“

Ein Windstoß fuhr mir durchs Haar. Glücklicherweise hatte ich es kurz geschnitten. Ich vermisste meine langen wallenden Locken, aber ich war gezwungen gewesen, mich zu verändern. Jetzt trug ich eine durchgestufte Frisur und hatte das Haar so tiefschwarz gefärbt, dass es fast bläulich schimmerte. Ich hatte außerdem nicht vergessen, meine Brauen zu färben, und meine Wimpern bedeckte Mascara. Normalerweise war mein Haar feurig rot und hätte mich sofort als die Tochter meines Vaters, dem ich ähnlich sah, verraten. Er hatte mir seine Haarfarbe vererbt, was ich sehr schätzte. Wegen seines wilden leuchtenden Haars hatte Dad den Spitznamen Rooster gehabt. Ich verdrängte schnell diese Gedanken und betrat das Dach.

„Was hat das zu bedeuten? Warum sind wir hier oben?“

Mr. Umwerfend blickte mich an. „Das ist der erste Schritt zu unserem Vorstellungsgespräch.“

Ich runzelte die Stirn und versuchte, mir einen Reim auf seine Worte zu machen.

„Wie, auf dem Dach?“

Dann hörte ich Motorengeräusche und schaute mich suchend um. Zu meiner Überraschung parkte am anderen Ende ein Helikopter auf einem Hubschrauberlandeplatz. Ein Metallsteg führte von dem schmalen Eingang über das Dach und eine Treppe zu dem wartenden Flieger.

„Ich verstehe nicht." Zögernd sah ich den Mann an. In einen Hubschrauber zu steigen gehörte nicht zu den Dingen, die ich in meinem Leben noch abhaken wollte. Ich litt unter Höhenangst, und wenn ich es verhindern konnte, flog ich nicht.

„Wie ich sagte: Das ist der erste Schritt. Entweder gehen Sie weiter, oder Sie kehren um und betrachten dieses Vorstellungsgespräch als beendet."

„Wie bitte? Einfach so? Kein Hubschrauber, kein Gespräch? Das ist aber wirklich unorthodox."

Vor Angst schnürte sich mir das Herz zusammen. Bis zu dieser Sekunde war meine Strategie ohne Probleme aufgegangen – fast *zu* problemlos, um wahr zu sein.

Ich biss die Zähne zusammen und wägte die Möglichkeiten ab. Es gab nur zwei. Umdrehen, verschwinden, damit die Gelegenheit zur Rache verspielen, auf die ich all die Jahre hingearbeitet hatte, und es für den Rest meines Lebens bereuen, oder … Ich wandte mich dem Hubschrauber zu. Oder in dieses Ding steigen, Gott weiß wohin fliegen und meine Pläne weiterverfolgen. Der Konzern hatte meinen Vater beschuldigt, sein Ausgabenkonto manipuliert und Firmengeld für eine Geliebte ausgegeben zu haben. Mein Vorhaben war, Einblick in die Buchhaltungsunterlagen und die Ausgaben der leitenden Manager aus dieser Zeit zu bekommen, mit etwas Glück auch in neuere. Ich würde die Dokumente an die Medien weitergeben und beweisen, dass die Leiter der Firma Heuchler waren. Auf keinen Fall hatte mein Vater das getan, was ihm vorgeworfen wurde. Er war von Grund auf ehrlich gewesen, und er hatte meine Mutter vergöttert. Die Behauptung, er hätte eine Affäre gehabt, hatte beide erschüttert. Ich glaube, meine Mutter war nie wirklich darüber hinweggekommen und hatte tatsächlich geglaubt, dass er eine andere Frau unterhalten hatte. Ich dagegen war immer von seiner Unschuld überzeugt gewesen.

Sollte ich nun dem weißen Kaninchen ins Erdloch folgen oder das Abenteuer jetzt beenden? Die Entscheidung war klar. Schon lange vor diesem Moment hatte ich meinen Entschluss gefasst. Ich würde dem Kaninchen folgen. Ich stellte mich vor ihm auf und starrte Mr. Umwerfend direkt in die Augen.

„Sagen Sie, wo es langgeht." Ich tat mein Bestes, damit er mir die anwachsende Panik nicht anhörte.

Er lächelte und ließ mich vorbei. Ich stieg auf den Laufsteg. Höhen. O Gott, wie ich die hasste. Ich konnte fühlen, wie mir die Angst in den Nacken kroch und mich fest in den Griff nahm, sodass ich kaum noch Luft bekam. Ich starrte in die Betonschluchten von New York City hinunter, die im abendlichen Zwielicht unschuldig funkelten. Von wegen, absolut nicht unschuldig. Weit davon entfernt.

Während ich den Sog des Abgrunds unter mir spürte, begann ich hektisch zu atmen.

Langsam und sehr vorsichtig setzte ich einen Fuß vor den anderen und hielt dabei die Knie leicht gebeugt. Wie eine Betrunkene, die vor einem Polizisten auf einer Linie balancieren musste.

Siebzig Stockwerke hoch.

Draußen.

Verdammt, das war ein wahr gewordener Albtraum. Wenn ich nur hätte aufwachen können, um alles wieder so vorzufinden, wie es vorher gewesen war. Ich taumelte leicht, und von hinten legte sich eine Hand auf meine Taille.

„Vorsicht, Ma'am." Als seine tiefe Stimme direkt an meinem Ohr erklang, zuckte ich zusammen. Ich hatte gar nicht bemerkt, wie nahe er hinter mir war.

In gewisser Weise wirkte seine Gegenwart beruhigend, aber dafür würde ich mich nicht bedanken. Die elektrisierende Berührung seiner Fingerspitzen half mir nicht gerade dabei, besser Luft holen zu können. Die Höhe und dieser Mann. Was für eine schwindelerregende Kombination.

„Versuchen Sie, nicht nach unten zu sehen, dann ist es einfacher."

„Ich sehe nicht nach unten", erwiderte ich schnippisch und warf nervös einen weiteren Blick über den Rand des Daches.

Dann stieg ich die letzten Stufen zur Landeplattform hinauf. Mein Rock rutschte wieder ein Stück höher, und ich zerrte am Saum. *Ich hätte Hosen anziehen sollen, aber woher sollte ich ahnen, dass wir mit einem Hubschrauber losfliegen?*

Ich hatte mir eingeredet, auf alles vorbereitet zu sein, also musste ich mich zusammenreißen. Nachdem ich so weit gekommen war, würde ich keinen Rückzieher machen. Ich wollte unbedingt die Wahrheit herausfinden und den Namen meines Vaters reinwaschen. Oben auf der Plattform zögerte ich.

„Haben Sie Ihre Wahl getroffen?", fragte er.

Entschlossen steuerte ich auf den Hubschrauber zu ... und einem meiner beängstigendsten Erlebnisse bisher. Auf keinen Fall würde ich umkehren und vergessen, dass diese Firma praktisch den Tod meines Vaters zu verantworten hatte. Dass sie ihn gefeuert und unser Leben zugrunde gerichtet hatten. Mein Vater war zu ehrlich, um Firmengelder zu veruntreuen – und dann noch eine Affäre! Er hatte meine Mutter geliebt, und ich konnte mir nicht vorstellen, dass er alles aufs Spiel gesetzt hätte, wofür er so hart gearbeitet hatte. Ich musste dafür sorgen, dass er rehabilitiert wurde und Diamond Enterprises dafür zahlte.

Ich blieb vor der geöffneten Helikoptertür stehen und betrachtete das schnieke Innere. Das hier war kein Touristenhubschrauber – das hier war stilvoll und hatte Klasse. Ich wandte mich um und warf dem Mann hinter mir einen entschlossenen Blick zu.

„Dass ich hier auf dem Dach eines Wolkenkratzers stehe und gleich einen Hubschrauber besteigen werde, der mich an irgendein unbekanntes Ziel bringt, sollte Ihnen zeigen, wie gern ich diesen Job hätte."

Mr. Umwerfend ging auf mich zu. Mein Herz hüpfte mir in die Kehle, als er meine Ellbogen umfasste. Diese Berührung war genauso elektrisierend wie die anderen davor. Er beugte sich vor, und ich schaute in sein Gesicht, das ich nun zum ersten Mal von so nahe sah. Beim Anblick der eisblauen Augen unter diesen dunklen Brauen, seinen Lippen, voll und einladend, öffnete ich erwartungsvoll den Mund ... In Erwartung worauf? Eines Kusses? Ich konnte fast spüren, wie er seine Lippen auf meine presste, meine Knie wurden weich und Schmetterlinge flatterten in meinem Bauch. Unwillkürlich legte ich eine Hand auf seinen Arm. Auf seinen sehr muskulösen Arm. Aber er lehnte sich nicht vor, um mich zu küssen. Ich kam mir dumm vor und war wütend, dass ich auch nur an so etwas gedacht hatte.

„Steigen Sie ein."

Sein bestimmter Tonfall duldete keine Diskussion. Es kostete mich alle Kraft, seinem Zauber zu widerstehen, den er offensichtlich auf mich ausübte. Seit dem Moment, als ich ihn gesehen hatte, war mir angesichts seiner unwiderstehlichen Anziehungskraft förmlich die Luft weggeblieben, als würde ich auf ein Ereignis warten. Das ließ meine bereits angespannten Nerven noch stärker flattern. Ich richtete mich gerade auf und entwand mich seinem Griff.

„Das kann ich schon."

Ich drehte mich zur Einstiegsluke um und versuchte, über die Türschwelle zu steigen. Mein enger Rock war die perfekte Wahl für ein Vorstellungsgespräch im Büro gewesen, aber nicht für ein solches unvorhergesehenes Abenteuer. Beim Einsteigen stieß ich mit der Schuhspitze gegen die Schwelle. Das war entwürdigend und machte mich noch fahriger. Dass er mich um die Taille packte und in die Kabine hob, setzte dem Ganzen die Krone auf. Es war mir peinlich, dass ich seine Hilfe benötigte, und es passte mir gar nicht, wie sehr ich seine Berührung genoss.

„Vielen Dank."

Als ich in der Passagierkabine stand, ließ er mich wieder los, und ich suchte mir einen Sitzplatz. Er sprang herein, als würde er täglich mit dem Hubschrauber unterwegs sein. Vielleicht war es auch so. Sofort spürte ich wieder seine gefährliche und aufregende Ausstrahlung, die den ganzen Raum zu beherrschen schien.

„Hier", sagte Mr. Umwerfend und reichte mir ein Kopfhörerset; das würde den Motorenlärm dämpfen und uns ermöglichen, während des Flugs miteinander zu sprechen. „Setzen Sie die auf, und schnallen Sie sich an."

Ich tat, was er sagte, und beobachtete, wie er etwas aus seiner Tasche zog.

„Und jetzt noch das hier."

Ich sah auf seine Hände und runzelte die Stirn. Um besser erkennen zu können, was er zwischen den Fingern hielt, lehnte ich mich vor.

„Was ist das?", fragte ich ihn.

„Eine Augenbinde."

„Wie bitte? Eine Augenbinde? Wofür in aller Welt denn so was?" Ich starrte ihn an und spürte, wie sich kalter Schweiß auf meiner Stirn bildete.

Er grinste. „Wofür benutzt man so was normalerweise?"

Das war eine Fangfrage. Meine Gedanken waren wieder bei diesem Kaninchenloch, und plötzlich gingen mir Bilder durch den Kopf, wie ich mit verbundenen Augen in einem Bett lag, er über mir, in mir, und wir uns liebten. Ich hätte fast aufgestöhnt. Er war so heiß und sexy, und seit der Sekunde unserer ersten Begegnung reagierte ich mit allen Sinnen auf ihn. Ich schloss kurz die Augen, presste die Schenkel zusammen und versuchte mich zu beherrschen. Es gab nur einen einzigen Grund, warum ich hier war, und Sex stand nicht auf der Liste. Im Stillen verfluchte ich ihn.

„Ich verstehe wirklich nicht, warum Sie mir die Augen verbinden müssen."

Er setzte sich neben mich. „Das sind die Regeln. Sie sind hier, um sich für einen Job zu bewerben, und das ist eins der Kriterien."

„So ein Blödsinn." Ich fühlte Ärger in mir aufsteigen, was eine willkommene Abwechslung zu meinen Gelüsten war, die ich eben noch hatte, jedoch keinesfalls hilfreich für ein Vorstellungsgespräch. Und zu fluchen half ebenso wenig.

Er lachte, und es hörte sich gut an. „Aber wie auch immer, entweder Sie legen die Augenbinde an, oder Sie steigen wieder aus."

Worauf zum Teufel hatte ich mich da bloß eingelassen? Ich hatte keinen Notfallplan aufgestellt. Niemand erwartete von mir einen Telefonanruf, um zu erfahren, dass alles okay war. Meine Mutter war in England, was dieses ganze Unternehmen überhaupt erst möglich gemacht hatte. Kein Mensch wusste, dass ich hier war. Meine ehemaligen Mitarbeiter dachten, ich wäre auf einem Trip nach London, um meine Mutter und die Harry-Potter-Studios zu besuchen. Die Verbindungen zu den wenigen Studienfreunden, die ich am College gehabt hatte, bestanden nicht mehr. Während ich mich darauf vorbereitet hatte, diese Firma im übertragenen Sinne in Rauch aufgehen zu lassen, war mir nicht viel Zeit für Freundschaften geblieben. Wenn mir jetzt etwas zustieß, gab es keine Menschenseele, die sich in absehbarer Zeit Sorgen um mich machte. Panik erfasste mich, und ich blickte zur inzwischen geschlossenen Einstiegsluke. Ich könnte gehen, wenn ich das wollte, doch ich brachte es nicht über mich, einfach aufzugeben. Ich betrachtete die Augenbinde. *Echt jetzt?* Dann presste ich die Lippen zusammen und sah ihn an.

„Geben Sie her." Ich streckte die Hand aus. Wie viel mehr Kontrolle über die Situation würde ich abgeben? Es war schlimm genug, dass ich gleich Tausende von Metern hoch in der Luft schweben würde, und jetzt wollte er, dass ich mich ihm endgültig auslieferte.

Er ignorierte meine ausgestreckte Hand. Ich schaute ihm fest in die Augen und weigerte mich wegzusehen. Langsam fragte ich mich, ob er wusste, wer ich war. In diesem Fall wäre es aus mit meinem Plan. Aber wenn nicht, wäre ich einen Schritt weiter auf dem Weg ins Innere des Konzerns.

„Ich übernehme das mit der Augenbinde", erklärte er und beugte sich vor.

Ich schüttelte den Kopf und wich ihm aus, die Hand immer noch nach dem Stück Stoff ausgestreckt. „Wenn es Ihnen nichts ausmacht, würde ich das gern selbst erledigen."

„Es macht mir etwas aus. Je eher Sie sich fügen, desto eher können wir losfliegen."

Ich setzte mich wieder gerade hin, auch wenn ich nicht nachgeben wollte, aber mir war klar, dass mir nichts anderes übrig blieb. Seine Finger fühlten sich warm auf meiner Haut an, als er mir die Augenbinde anlegte. So hatte ich nie zuvor auf einen Mann reagiert. Ich konnte mich kaum ruhig auf meinem Sitz halten, als die Erregung mich wie ein Schock durchfuhr. Der Stoff war weich und seidig, und das aufregendste Männerparfüm, das ich je gerochen hatte, hüllte mich ein. Ich hob die Hand, um die Augenbinde zu betasten. Unwillkürlich zitterte ich, als ich das Material auf meiner Wange erspürte. Leder. Außen war Leder, und das Futter bestand aus Satin.

Etwas an dieser Kombination ließ mein Blut pulsieren, und eine erregende Hitze breitete sich zwischen meinen Schenkeln aus.

Dieser Mann bedeutete Ärger.

„Sie zittern ja“, bemerkte er.

Seine sinnliche Stimme schien sich direkt in meinem Kopf zu befinden. In jedem Winkel davon. Füllte mich aus, bis ich ihm vollständig verfallen war. Lenkte mich ab. Und ich ließ es zu … Oh, mein Gott, ich ließ es zu.

Ich wandte mich ihm zu, ohne sein Gesicht sehen zu können, was ich als unglaublich aufregend empfand. „Ich weiß.“ Meine eigene Stimme gehorchte mir nicht, ich brachte nur ein Flüstern zustande.

„Das gefällt mir.“ Sein Atem streifte meinen Hals, warm und einladend.

Verdammter Mist. Dieser Mann verströmte eine unglaubliche Sinnlichkeit. Ich war verwirrt. Wie schaffte er es, mich in solch einen Zustand zu versetzen? Normalerweise ließ ich mich von Männern nicht so leicht beeinflussen, doch bei diesem konnte ich glatt vergessen, aus welchem wichtigen Anlass ich hier war. Das durfte ich nicht zulassen.

Er hatte sich näher zu mir gelehnt, ich fühlte seine Anwesenheit am ganzen Körper. Er erregte meine Sinne. Meine Libido und mein Bewusstsein. Ich war sicher, dass er im Bett umwerfend sein würde. Ob sich diese Möglichkeit jemals ergab? *Oh, ich hoffe es sehr.*

Ich konnte nicht stillsitzen. In seiner Nähe kam es mir vor, als würde die Luft zwischen uns knistern, und ich wand mich auf dem Sitz, während ich mich bemühte, das brennende Verlangen zu zügeln. Dann drehte ich das Gesicht zum Fenster in der Hoffnung auf einen Luftzug aus der Klimaanlage, der meine erhitzte Haut kühlte, damit ich mich konzentrieren konnte. Ich musste mich zusammenreißen.

War es besser, eine Augenbinde zu tragen, als ihn anschauen zu können? Ich war mir nicht sicher. Ihn nicht zu sehen, aber seine Anwesenheit zu spüren war vermutlich fast so erregend, wie es sein musste, mit ihm im Dunkeln zusammen zu sein. Ich konnte nicht genau einschätzen, wie dicht er neben mir saß. Betrachtete er mich gerade? Ich atmete ein und hatte wieder seinen Duft in der Nase, der sich mit dem vermischte, der von der Augenbinde ausging. Ich war überwältigt. Als der Hubschrauber abhob, zuckte ich zusammen. Er schwenkte zur Seite. Unwillkürlich streckte ich haltsuchend die Arme aus. Ich verlor vollkommen das Gefühl dafür, ob wir uns auf oder ab bewegten, und Panik breitete sich in mir aus. Mir war bewusst, dass ich mich nun in schwindelerregenden Höhen befand, und nichts außer der Wand dieser Blechkiste von einem Hubschrauber war dazwischen.

Mit einer Hand traf ich das Fenster, mit der anderen *ihn*.

„Ein großes Risiko bringt großen Gewinn“, meinte er. „Entspannen Sie sich einfach. Wir sind bald da.“

Seine Stimme drang durch meine Kopfhörer, und ich überlegte, ob auch der Pilot mit der Anlage verbunden war. Konnten sie beide hören, was ich sagte? Konnten sie mein hektisches Atmen hören? In meinen Ohren klang es wie ein Dröhnen. Ich lehnte mich im Sitz zurück, doch ich wurde nicht lockerer. Während ich so steif dasaß, verspannten sich meine Nackenmuskeln bis in die Schultern.

Nach einigen Minuten, während der Helikopter in einen stetigen Flugmodus wechselte, beruhigte ich mich ein bisschen. Das Ding hüpfte und wackelte nicht in der Luft herum, wie ich erst befürchtet hatte, und ich atmete langsam aus. *Alles wird gut.* Mir war nicht nach einer Unterhaltung zumute, deshalb empfand ich es als wohltuend, als Musik durch die Kopfhörer kam. Es lullte mich ein. Da ich nichts sehen konnte, war mein Gehör umso aufmerksamer, und ich hätte schwören können, dass ich das Atmen des Mannes neben mir sogar trotz der Musik vernahm. Es war verführerisch. Die Vorstellung von vorhin, wie wir beide uns liebten, veränderte sich, und ich sah vor meinem inneren Auge, wie wir zufrieden nach einer aufregenden Nacht nebeneinanderlagen. Wie wir im Dunkeln eng umschlungen in den Armen des anderen einschliefen. Ich sah mich, wie ich tief einatmete, seinen Duft in mich aufnahm, der mich umgab. Wie ich mir sicher war, diesen niemals zu vergessen und dadurch immer an diese Nacht erinnert zu werden. An ihn erinnert zu werden. An diesen unbekannten, mysteriösen Mann, der meine Welt innerhalb so kurzer Zeit auf den Kopf gestellt hatte.

Ich lehnte den Kopf gegen die Rückenlehne und erlaubte mir, einfach mal nicht nachzudenken. Hinter der Augenbinde schloss ich die Lider, was meine Fantasie noch weiter beflügelte. Ich fragte mich, ob er mich ansah. Sofort schoss Hitze durch meinen Körper. Zitternd atmete ich durch den Mund ein und war sicher, zu hören, wie er zur selben Zeit ebenfalls Luft holte. Vielleicht beobachtete er mich, und diese Vorstellung erregte mich mehr, als ich hätte zugeben wollen. Trotz allem wirkte seine Anwesenheit beruhigend auf mich, und meine Angst ließ ein wenig nach.

Wir saßen schweigend nebeneinander, doch es fühlte sich an, als würden sich unsere Körper unterhalten. Ich öffnete den Mund, um etwas zu sagen, schloss ihn aber wieder, als mir der Pilot einfiel. Dann veränderte sich der Flugrhythmus des Hubschraubers. Er senkte sich, und ich umklammerte meine Knie, während mein Magen gleichzeitig mit dem Helikopter nach unten sackte. Die Landung war allerdings sehr sanft, kurz darauf erstarb das Geräusch der Motoren.

Es schien, als würden wir hier für eine Weile stehen bleiben – wo auch immer *hier* war. Warum waren sonst die Motoren ausgestellt worden? Ich berührte die Augenbinde und verspürte den Drang, sie abzureißen. Aber ich wartete ab. Ich war überzeugt, dass weitere Anweisungen folgen würden.

„Wir sind da."

Die Ankündigung war vom Piloten durch die Kopfhörer gekommen.

Als mir das Headset abgenommen wurde, spürte ich, wie die Finger des Mannes über mein Haar strichen und die Haut hinter meinem Ohr streiften. Ein leichter Schauer durchrieselte mich, und meine Brustspitzen richteten sich auf. Glücklicherweise trug ich eine Kostümjacke.

Mit der Binde noch immer vor den Augen legte ich den Kopf schief und horchte. Die Einstiegsluke wurde geöffnet, und ein Strom von Meeresluft drang in die Kabine. Bis jetzt hatte mich alles, was passiert war, ziemlich verblüfft. Warum zum Teufel brachten sie mich ans Meer?

Endlich wurde mir die Augenbinde abgenommen.

Der Mann stieg aus der Luke und streckte mir die Hand entgegen. Ich nahm das Hilfsangebot an, zögerte jedoch und hoffte, dass wir uns nicht wieder auf einem Landeplatz hoch oben in der Luft befanden. Verdammte Höhenangst. Nachdem ich allen Mut zusammengenommen hatte, schaute ich hinaus – und musste erst mal nach Luft schnappen. Wir waren auf dem Erdboden gelandet, doch am Ende des Landeplatzes erhob sich ein eindrucksvolles Haus auf einem Abhang über dem Ozean. Allein bei dem Anblick dieses Gebäudes, das direkt am Rand des Felsens stand, geriet ich leicht ins Taumeln. Dieses Vorstellungsgespräch wurde von Sekunde zu Sekunde merkwürdiger.

„Wo sind wir?", fragte ich und betrachtete ihn. „Das ist ja unglaublich."

„Kommen Sie." Er umfasste meine Taille und hob mich über die Schwelle.

Ich legte die Hände auf seine Schultern. Langsam ließ er mich herunter. Als sich unsere Blicke trafen, hielt ich den

Atem an. Die Zeit schien stillzustehen, bis meine Füße den Boden berührten. Ich hob den Kopf, um ihn anzusehen. Erst da wurde mir klar, dass ich praktisch an seinem Körper heruntergerutscht war und wir immer noch dicht an dicht dastanden, seine Finger auf meinen Hüften, meine auf seinen Schultern. Ich schluckte und trat einen Schritt zurück. Das war gar nicht gut. Ich musste mich unbedingt zusammenreißen und aufhören, ihn so anzuhimmeln. Vor allem weil es sich hier ja um ein Vorstellungsgespräch handelte.

Mit zittrigen Beinen stolperte ich den Steinweg entlang, der zum Haus führte. Als der Mann meinen Ellbogen umfasste, wandte ich mich ihm zu. Er musterte mich mit einer nicht zu deutenden Miene. Es machte mich nicht direkt nervös, aber dennoch fragte ich mich, was in seinem Kopf vorging. Dieser Mann, dem ich eben erst begegnet war, weckte meine Neugier. Ich genoss seine Berührungen; sie hatten etwas Besitzergreifendes, was ich ziemlich aufregend fand. Es war, als wären wir beide wie Magnete, die voneinander angezogen wurden, und es kostete mich all meine Widerstandskraft, um dem nicht nachzugeben. Ja, ich musste mir eingestehen, dass ich mir in seiner Gegenwart sehr weiblich vorkam. Kein Mann vor ihm hatte sich jemals so verhalten, wobei ich aber sowieso eher zu kurzen Affären neigte. Das war weniger zeitaufwendig – und forderte mich emotional nicht. Dieses Gefühl hier war neu, doch ich genoss es.

Im Haus wurde ich zum Arbeitszimmer geführt. Alle Vorhänge waren zugezogen. Der Raum war klassisch möbliert, mit schwerem Holz, und wirkte sehr maskulin. Da ich mich mit Antiquitäten auskannte, war ich über einige Stücke sehr erstaunt. Ich und mein Begleiter waren die Einzigen hier. Mr. Umwerfend tippte auf die Lehne des Stuhls neben dem Schreibtisch, doch ich stellte mich vor eines der breiten, doppelt verglasten Fenster an einer Seite des Zimmers. Sehr alte, aber elegante Vorhänge hingen über den kunstvoll geschnitzten Fenstersimsen. Beim Anblick der Zimmerdecke stockte mir der Atem – sie war so hoch wie in einer Kathedrale. Offensichtlich blieb mir heute ständig die Luft weg.

„Bitte setzen Sie sich."

Vor allem in seiner Gegenwart.

Ich kam seiner Aufforderung nach und beobachtete, wie er zum Sideboard ging und eine goldfarbene Flüssigkeit in ein Whiskeyglas aus wundervoll geschliffenem Kristall goss.

Er sah mich fragend an. „Eis?"

Ich schüttelte den Kopf. „Nein, nicht nötig."

Ich konnte mich kaum beherrschen. Es kostete mich alle Kraft, nicht mit tausend Fragen herauszuplatzen. Ich war erschöpft, erregt, verwirrt, und ich brauchte diesen Drink ganz dringend. Alkohol während eines Vorstellungsgesprächs war zwar ein absolutes No-Go, doch ich nahm das Glas trotzdem entgegen. Unsere Finger berührten sich dabei. Ich atmete scharf ein, dann trank ich einen Schluck und genoss das Brennen des Whiskeys in meiner Kehle.

„Es war mir ein Vergnügen." Er verbeugte sich vor mir, und bevor ich etwas sagen konnte, war er verschwunden.

Enttäuscht stand ich wieder auf.

„Was zum Teufel ...?" Ich blickte mich um und erstarrte, als plötzlich eine Stimme durch den Raum schallte.

„*Ms. Canyon. Ich habe mich schon darauf gefreut, Sie kennenzulernen.*"

Die körperlose Stimme, die aus irgendeinem Lautsprecher kam, hörte sich merkwürdig verzerrt an. Wie von einem Besucher aus dem Jenseits.

„Tut mir leid", erwiderte ich vorsichtig, „ich befinde mich Ihnen gegenüber im Nachteil, Mr. ..."

„*Sie dürfen mich Mr. King nennen.*" Die Stimme klang leicht amüsiert. „*Willkommen in meinem Königreich.*"

Ich schwieg. Wie ich von meinem Vater gelernt hatte, war es besser, die andere Person reden zu lassen. Auf diese Weise verriet das Gegenüber unter Umständen mehr über sich und seine Absichten. Also setzte ich mich wortlos hin und bemühte mich nach Kräften, nicht vor Ungeduld zu platzen.

Die Stimme erfüllte den gesamten Raum, und es verunsicherte mich ein wenig. Wie sollte ich mich mit einem Phantom unterhalten? Ich lauschte den Worten und versuchte, keine Miene zu verziehen. Wenn diese Stimme aus einem anderen Raum über Lautsprecher übertragen wurde, konnte ich davon ausgehen, dass sich in diesem Arbeitszimmer ebenfalls eine Kamera befand. Nur mein dringlicher Wunsch nach Rache half mir, mich in Geduld zu üben. Ich war zu weit gekommen, um es jetzt zu vermasseln.

„*Ihr Lebenslauf ist sehr eindrucksvoll. Wenn es nicht so wäre, würden Sie ja auch nicht in meinem Arbeitszimmer sitzen. Ihr Studienabschluss und die Jahre, in denen Sie für ein Unternehmen als Bibliothekarin tätig waren, bilden eine gute Grundlage für das, was ich suche. Dass Sie ein altes geologisches Gutachten aufgetrieben haben, das Ihrem ehemaligen Arbeitgeber erlaubte, unerschlossene Erzadern für einen Spottpreis zu ergattern, finde ich ziemlich beachtlich. Mir hat auch die digitale Galerie gefallen, die Sie mit den Fossilien aus dem Montana-Bruch gestaltet haben.*“ Er machte eine Pause, und ich fragte mich, ob er mich ködern wollte. Den Gefallen würde ich ihm nicht tun. „*Wie auch immer, der Ablauf dieses Vorstellungsgesprächs wird etwas anders sein, als Sie es wahrscheinlich erwarten.*“

Nun konnte ich nicht länger den Mund halten. „Was genau wollen Sie damit sagen?“

Ein tiefes Lachen tönte durch den Raum. „*Sie sind neugierig. Das gefällt mir. Um die Chance zu erhalten, für diese Stelle in Betracht gezogen zu werden, müssen Sie zustimmen, sich allen Tests zu unterziehen, die wir für Sie vorbereitet haben.*“

„Wie kann ich zustimmen, wenn ich keine Ahnung habe, um was für Tests es sich überhaupt handelt?“ Allmählich fand ich diese Spielchen ziemlich frustrierend.

„Es hängt letztendlich davon ab, wie sehr Sie uns vertrauen und wie dringend Sie diesen Job haben wollen. Reicht es, um das Risiko einzugehen?“

„Ich kenne Sie ja nicht einmal.“ Ich würde nicht offenbaren, wie viel ich nicht über diesen Konzern wusste. Doch das, was mir bekannt war, ließ mich innerlich aufschreien, dass Vertrauen das Letzte war, was sie verdienten. Vor allem nach dem, was sie meinem Vater angetan hatten.

Während ich mir bewusst wurde, was er von mir verlangte, schien der Raum immer kleiner zu werden. Mir war klar, dass ich sozusagen den Sprung ins kalte Wasser wagen musste, wenn ich mit diesem Vorstellungsgespräch fortfahren wollte. Ich musste das Risiko eingehen. Es war nicht leicht, sich blindlings darauf einzulassen, ohne dass mir nähere Erklärungen gegeben wurden. Es machte mir Angst – so wie in einen Hubschrauber zu steigen und mir von Mr. Umwerfend die Augen verbinden zu lassen, während ich verzweifelt versuchte, meine Furcht zu verbergen. Deshalb war ich nun hier: um eine weitere Entscheidung zu fällen, die mich entweder meinem Ziel näher brachte oder alle Pläne ruinierte.

Ich lehnte mich in meinem Sessel zurück und verarbeitete die Information.

„Sie sehen skeptisch aus, Ms. Canyon.“

„Ist das verwunderlich? Mussten sich denn alle Bewerberinnen diesen Tests unterziehen? Wenn Sie nach allem, was mir bis heute Abend widerfahren ist, tatsächlich glauben, dass mein Vertrauen nicht erschüttert ist, dann weiß ich auch nicht“, gab ich zurück und schaute mich im Zimmer um, auf der Suche nach dieser verdammten Kamera. Und ja, ich hatte den Tonfall in meiner Stimme selbst bemerkt. Nicht gerade eine übermäßig respektvolle Art, mit dem potenziellen neuen Arbeitgeber zu sprechen.

Ich zitterte leicht, sowohl aus Ärger als auch aus Furcht vor dem, was mich erwartete. Ich war vollkommen aufgelöst, in meinem Inneren herrschte Chaos. Nervös stand ich auf und lief im Raum umher wie ein gefangenes Tier im Käfig, das einen Fluchtweg suchte. Das war die merkwürdigste Situation, in die ich jemals hineingeraten war. Am Anfang war ich sicher gewesen, dass ich dieses Abenteuer mit meiner Bewerbung ins Rollen gebracht hatte, aber nun hatte sich das Blatt gewendet. Doch was bedeutete das? Ich presste die Tasche an meinen Körper, um meine Hände zu beschäftigen. Ich war immer noch ich, und ich hatte eine Wahl. Dem Kaninchen folgen? Oder dem Kaninchen nicht folgen? Es schien, als ob Mr. King mein erneutes Schweigen nichts ausmachte, da er ebenfalls nichts sagte. Wahrscheinlich weil er mich beobachtete. Ich konnte praktisch seinen Blick auf mir spüren. Obwohl ich ihn nicht sehen konnte, wusste ich zweifellos, dass jede meiner Regungen hier in diesem Arbeitszimmer aufgezeichnet wurde. War Mr. Umwerfend bei ihm und betrachtete mich ebenfalls? Oder *war* Mr. Umwerfend dieser Mr. King? Zum Teufel, was dann? Diese Stimme war zu stark verzerrt, um sie zu identifizieren.

Ich warf einen Blick zum Schreibtisch, auf dem mein Glas stand. Ein letzter Schluck Scotch befand sich noch darin, und Junge, wie sehr ich den jetzt brauchte! Die Stille dehnte sich aus und legte sich schwer über den Raum. Es überraschte mich ein wenig, dass Mr. King schwieg. Er hatte den Eindruck auf mich gemacht, als hörte er sich gern selbst reden. Ich lugte durch den Spalt zwischen den Vorhängen nach draußen. Inzwischen war es stockdunkel, und ich konnte nichts erkennen, aber ich war mir sicher, dass diese Fenster zur Meerseite lagen. Und zu den Klippen. Ich war froh über die Dunkelheit, denn so konnte ich nicht sehen, wie weit wir von den krachenden Wellen da unten entfernt waren. Allein der Gedanke beunruhigte mich. Ich erschauerte, als ich mich daran erinnerte, wie ich beim Aussteigen aus dem Hubschrauber das Haus oben auf dem Felsen entdeckt hatte. Das war alles so gruselig. Jetzt war ich mir sogar fast sicher, unter meinen Füßen die Erschütterungen zu spüren, die von den mächtigen Wogen verursacht wurden, die gegen die Felsen schlugen. Diese Vorstellung gefiel mir schon ganz und gar nicht, doch zusätzlich musste ich mit einem Mal an geheime Höhlen und Tunnel unter dem Gebäude denken. Orte, an denen Leute sehr leicht verloren gehen konnten.

Ich legte eine Handfläche gegen das Fensterglas und versuchte, meine verrückten Fantasien im Zaum zu halten. Das Glas war kühl, und ich atmete ein paarmal tief ein. Wie hatte mir dieses Anwesen bei meinen Recherchen entgehen können? Aber offensichtlich gab es ein paar Dinge, die geheim gehalten wurden, und dieses Haus gehörte dazu.

„*Bei Tageslicht ist es ein spektakulärer Ausblick.*" Ich zuckte erschrocken zusammen, als die Stimme wieder durch den Raum donnerte. Dieses Versteckspiel wurde langsam ärgerlich. Es wurde Zeit, dass dieser Typ sich zeigte.

Ich wirbelte herum. „Da bin ich mir sicher. Was ich nach der Landung mit dem Hubschrauber gesehen habe, war eindrucksvoll."

„*Freut mich, dass es Ihnen gefallen hat. Wenn Sie meine Tests bestehen und ich Sie anstelle, können Sie diese Aussicht oft genießen.*"

„Wird Ihre persönliche Assistentin dann hier arbeiten? Müsste ich jeden Tag hierherkommen?"

Erneut breitete sich Stille aus. Warum sagte er nichts? Einige Sekunden vergingen, und als es im Lautsprecher knackte, wurde mir bewusst, dass ich ganz flach und leise atmete, während ich auf die Antwort aus dem Jenseits wartete.

„*Die Einzelheiten werden Ihnen noch mitgeteilt.*" Er klang

müde. Das war trotz der Verfremdung der Stimme zu hören.

Ich schnappte mir mein Glas vom Schreibtisch und leerte es. Ich hätte dringend noch einen Drink gebraucht, aber ich wagte nicht, mir selbst etwas einzugießen.

„Bitte, wenn Sie noch etwas trinken möchten, bedienen Sie sich.“

Er hatte jede meiner Bewegungen verfolgt. Wie ich aus dem Fenster geschaut hatte. Wie ich getrunken hatte. Ich schnaufte und sah mich noch einmal im Raum um. „Mir ist bewusst, dass Sie Kameras installiert haben. Wenn das hier so eine Art Vorsprechen für ‚Big Brother‘ sein soll, dann finde ich es überhaupt nicht komisch.“ Ich ging zum Sideboard und goss mir einen großzügigen Schluck ein. Dabei blieb ich mit dem Rücken zum Raum stehen. Ich hob das Glas, ohne zu trinken. Dann drehte ich mich wieder um und sah mich suchend um. „Ich weiß nicht, ob das fair ist, wenn Sie sich vor mir verstecken.“

„Vieles im Leben ist nicht fair, Ms. Canyon, das kann ich bezeugen.“

„Ich auch.“ Sein Kommentar machte mich wütend. Am liebsten hätte ich ihn angeschrien. Ich biss mir auf die Lippe, denn sonst hätte ich sicher etwas Unangemessenes von mir gegeben und wäre des Lokals verwiesen worden. Das konnte einfach alles nicht wahr sein. Ich hatte Himmel und Hölle in Bewegung gesetzt, um hierherzukommen. Die Worte lagen mir auf der Zunge. Wie konnte das Leben zu Mr. King unfair gewesen sein? Hatte er nicht alles? Ein nobles Haus wie das hier, voll mit wertvollen Dingen. Keine Geldprobleme. Und Macht. Eine Macht, die meine Familie aus erster Hand zu spüren bekommen hatte. Ich stellte das Glas auf die Anrichte zurück, der Appetit auf seinen Scotch war mir vergangen.

„Ich bin mir sicher, dass Sie das können, Ms. Canyon. Es bestätigen, meine ich. Die meisten Menschen haben das Gefühl, im Leben benachteiligt zu werden.“

Woher wollte ein so reicher Typ wie er wissen, wie sich so etwas anfühlte? Plötzlich kam mir ein Gedanke, und ein eisiger Schauer lief mir über den Rücken. Ich kniff die Augen zusammen. Das, was er sagte, hörte sich so an, als wüsste er, wer ich war. Wenn das stimmte, ahnte er dann, warum ich hier war? Diese Möglichkeit machte mir Angst. Das würde meine ganze Strategie und die sorgfältige Planung zunichtemachen. Ich atmete tief ein, um mich zu beruhigen und mir nicht anmerken zu lassen, wie entsetzt ich war. Ich musste hier raus. Je schneller ich seinen Vorschlag akzeptierte, desto eher konnte ich gehen und mit diesen albernen Tests beginnen.

„Ich warte immer noch auf Ihre Antwort, Ms. Canyon. Wollen Sie an den Tests teilnehmen?“

Ich stand regungslos im Raum, während in meinem Kopf Aufruhr herrschte, aber das würde ich ihm nicht zeigen. Ich musste stark sein, entschlossen auftreten. Mein Zögern diente nur dazu, das Spiel mitzuspielen. Ihn neugierig darauf zu machen, ob ich seine Bedingungen akzeptierte. Ich wollte diesen Job, daran bestand kein Zweifel. Ich musste mein Verhalten ändern, bevor ich mich selbst disqualifizierte. Ich brauchte Zeit, um herauszufinden, wohin das alles führte. Mit geballter Faust atmete ich tief durch. Dann sollte es so sein. Ich wusste, was ich zu tun hatte. Ich öffnete den Mund, um Mr. King meine Antwort zu geben, doch ich brachte kein Wort heraus.

Ich schluckte und nahm erneut Anlauf. „Ja, ich will diesen Job.“

„Sehr gut. Ich hatte gehofft, dass Sie zustimmen. Wie Sie bei den Tests abschneiden, wird darüber entscheiden, ob Sie für diesen Posten geeignet sind oder nicht.“

„Okay“, erwiderte ich mit fester Stimme.

„Ich weiß, wie viele Sorgen es Ihnen bereitet hat, weil Sie heute Abend hierhergeflogen wurden. Das kann ich verstehen. Aber es war notwendig.“

„Pardon, ich verstehe nicht. Woher wissen Sie, dass ich nicht gern fliege?“

Mr. Umwerfend musste es ihm mitgeteilt haben. Ja, das war es. Das beruhigte mich. Von ihm hatte Mr. King es erfahren. Es war unmöglich, dass sie mich erkannt hatten, selbst wenn sie über meine Flugangst Bescheid wussten. Mir wurde übel, meine Gedanken überschlugen sich. Ich musste mich zusammenreißen! Über die zu erwartenden Konsequenzen wollte ich gar nachdenken, sollte er erfahren, dass ich die Tochter des Mannes war, den er wegen Veruntreuung von Firmengeldern gefeuert hatte. Ich hörte, wie Mr. King seufzte, was ich ungewöhnlich fand, nachdem er das Gespräch so nüchtern geführt hatte. Ich horchte, wartete, dass er etwas sagte, versuchte, sein Schweigen zu interpretieren. Wenn ich nur zwischen den Zeilen lesen könnte. Ich wartete auf den nächsten Zug, wappnete mich.

Dann redete Mr. King weiter. *„Auf dem Schreibtisch liegt eine Aktenmappe. Bitte öffnen Sie diese, und unterschreiben Sie die Geheimhaltungsvereinbarung, die sich darin befindet.“*

Ich ging zum Schreibtisch und schlug den Hefter auf, breitete die Papiere daraus vor mir aus und überflog sie. Mir blieb nichts anderes übrig, als zu unterzeichnen. Daran führte kein Weg vorbei. Ich nahm den Stift, der an dem Ordner befestigt war, und setzte meinen Namen auf die angegebene Stelle.

„So“, sagte ich in den leeren Raum.

Ein Moment der Stille folgte. Als ich zum Kamin hinüberging, entdeckte ich die Kamera. Ich tippte mit dem Finger darauf, wohl wissend, dass sich Mr. King auf der anderen Seite befand. Mutig blickte ich ins Objektiv. *Verdammt sei dieser Typ mit seinen verdrehten Aktionen!* Das Schweigen dehnte sich aus.

„Hallo?“

Nichts. Ich schüttelte den Kopf und drehte mich von der Kamera weg. Was nun? Ich war unglaublich gereizt. Mit einem Mal hörte ich ein Geräusch an der Tür hinter mir. Ich wirbelte herum und sah, wie Mr. Umwerfend sie weit öffnete. Er schaute mich an, ohne zu lächeln. Mein Magen machte einen Hüpfer. Ich wollte nicht darüber nachdenken, warum er so ernst war. Dann verschwand er wieder im Flur. Ich blieb wie angewurzelt auf der Stelle stehen.

Als er einen alten Mann im Rollstuhl ins Arbeitszimmer schob, blinzelte ich und trat einen Schritt zurück.

„Mr. King?“, fragte ich.

„Höchstpersönlich, Ms. Canyon“, entgegnete er. Seine Stimme klang ohne die Verzerrung tief und ein bisschen schwach. Er war alt, gebrechlich und nur noch der Schatten eines Mannes, doch ich ahnte, dass er in jüngeren Jahren voller Energie und Kraft gewesen sein musste. Seine Beine, die unter einer schweren Decke verborgen waren, schienen lang zu sein und verrieten, dass er hochgewachsen war. Seine herabhängenden Schultern waren noch immer breit. Er trug eine Wollweste, wie meine Mutter es genannt hätte, mit dickem schwarzem Zopfstrickmuster, die an der Knopfleiste mit hellgelbem Schottenkaro gesäumt war. Sein eingefallenes Gesicht verriet Müdigkeit, doch sein Haar war perfekt frisiert, silbergrau und voll, genauso wie sein kurz geschnittener Vollbart. Dieser Mann vor mir war früher sicher einmal sehr attraktiv gewesen.

Ich ging auf ihn zu und streckte ihm die Hand entgegen. „Guten Abend.“ Das war also der zwielichtige Boss von Diamond Enterprises.

Er gab mir die Hand, deren Haut durchscheinend und von dünnen blauen Venen durchzogen war. Ich bemerkte zahlreiche violett verfärbte Blutergüsse auf dem Handrücken und fragte mich, woher die stammten. Sein Händedruck zeigte noch immer etwas Kraft. Er ließ mich wieder los und betrachtete seine Finger, die leicht zitterten. „Nicht der schönste Anblick, aber das kommt von den Blutverdünnern. Der leichteste Stoß oder Druck, und schon gibt es blaue Flecke.“ Er verbarg die

Hände unter der Decke, als wäre es ihm peinlich, und ich verspürte einen Anflug von Mitleid. „Nun, Ms. Canyon, ich kann verstehen, wenn Sie verwirrt sind – es wurde Ihnen ja einiges zugemutet. Aber ich hatte das Gefühl, dass Sie damit umgehen können", erklärte er.

Er fuhr fort: „Unsere etwas unkonventionellen Methoden, die wir heute angewandt haben, waren wichtig für den ganzen Prozess. Das Vorstellungsgespräch musste außerhalb der Firmengebäude stattfinden, da ich sehr krank bin – todkrank, um es genauer zu sagen. Das wurde bisher nicht öffentlich gemacht. Ich bin sicher, Sie können sich die Auswirkungen vorstellen, wenn es nach außen gelangt, bevor ein neuer CEO fest etabliert ist, der den nahtlosen Führungswechsel garantiert. Ich kann nicht genug betonen, wie wichtig es ist, das hier unter Verschluss zu halten. Sollte trotzdem irgendein Gerücht über meinen Gesundheitszustand hinausdringen, wird die Vorstellungsprozedur sofort abgebrochen. Ich wüsste dann, dass es von Ihnen gekommen ist, und nachdem Sie nun die Geheimhaltungsvereinbarung unterschrieben haben, würde es Konsequenzen nach sich ziehen."

Seine Eröffnung und die offene Drohung überraschten mich. Es hätte mich nicht wundern sollen, dass er eine Bombe platzen ließ, nachdem er sichergestellt hatte, dass ich die Vereinbarung unterschrieb. Ganz offensichtlich sind Tricks bei Diamond an der Tagesordnung, dachte ich in Erinnerung an die Manipulationen im Zusammenhang mit der Entlassung meines Vaters und angesichts des Theaters, das sie gerade mit mir anstellten. Jetzt ergaben der ungewöhnliche Termin zum Vorstellungsgespräch und der Trip mit dem Hubschrauber natürlich einen Sinn.

Meine Gedanken rasten. Das bestärkte mich nur in meinem Vorhaben, in das innere Heiligtum von Diamond Enterprises zu gelangen – bevor Mr. King starb und mit ihm diese Gelegenheit. Es beschämte mich ein wenig, dass ich mich einzig darum sorgte, was der Tod dieses Mannes für meine Pläne bedeutete. Aber ich dachte daran, wie sehr mich der Zerfall meines Vaters und meine Unfähigkeit, es zu verhindern, erschüttert hatten. Ich war fünfzehn, als Dad starb. Als Kind hatte er mich immer seine Prinzessin genannt, doch nachdem er von Diamond gefeuert worden war, hatte sich unser Verhältnis geändert. Dafür machte ich Mr. King verantwortlich. Vaters Entlassung hatte eine radikale Wende in unserem Leben bewirkt. Meine Mutter und ich hatten hilflos zusehen müssen, wie Dad sich von uns entfernte und der Hass ihn verbittern ließ. Sein Verfall – emotional, körperlich und finanziell – war mehr, als wir hatten ertragen können. Für uns war es eine schreckliche Zeit gewesen, in der ich zu schnell hatte erwachsen werden müssen. Das war die treibende Kraft meiner Rachegelüste. Ich presste die Lippen zusammen. Es war wichtig, dass ich mir ein dickeres Fell zulegte, um meinen lange vorbereiteten Plan zu verwirklichen. Ich durfte kein Mitgefühl für diesen Mann entwickeln, der dafür verantwortlich war, dass ich im Leben mit meinem Vater so viel hatte entbehren müssen. Ich musste Zugang zu diesen Unterlagen bekommen, bevor Mr. King keine persönliche Assistentin mehr benötigte.

„Ich weiß nicht, was ich dazu sagen soll“, meinte ich. „Es tut mir leid.“

„Dazu gibt es nichts zu sagen. Es ist, wie es ist. Ich muss für das Überleben der Firma sorgen, und da kommen Sie ins Spiel.“

„Ich?“ Jetzt war ich völlig verwirrt.

„Ja. Ich brauche eine kluge Person, die meine Sichtweise versteht. Ihre Erfahrungen mit gemeinnützigen Projekten und Ihr Hintergrund als Archivleiterin könnten sich für mich als sehr wertvoll erweisen.“

Ich ertappte mich dabei, wie ich daraufhin nickte, wie um das Ganze zu unterstreichen. Mit angehaltenem Atem wartete ich darauf, dass er weiterredete.

„Ich brauche jemanden, der die Firmenleitung übernimmt“, fügte er hinzu, „jemanden, der das Unternehmen auf eine neue, interessante Ebene bringt. Ich habe mein gesamtes Leben dem Aufbau der Firma gewidmet, und jetzt, wo ich sterben werde, suche ich nach der richtigen Person, die mein Erbe fortführen kann. Ein junger Mensch mit unverbrauchtem Blick und frischen Ideen. Jemand mit genug Erfahrung, um über den Tellerrand zu schauen. Wie auch immer, dies wird kein gewöhnliches Vorstellungsgespräch.“

Bei dem Wort Firmenleitung stutzte ich. „Entschuldigung.“ Ich hob die Hand, als würde ich mich melden. „Ging es bei dem Vorstellungsgespräch nicht um den Job als persönliche Assistentin? Was habe ich mit Ihrer Suche nach einem CEO zu tun?“

„Wie gesagt, ich zweifle nicht daran, dass Sie das Zeug dazu haben, mit einer zusätzlichen Schulung. In Ihrer bisherigen Laufbahn haben Sie bereits Ihre Fähigkeit zu kreativem Denken und Ihre Führungsqualitäten unter Beweis gestellt. Wie Sie also folgern können …“ Er machte eine effektvolle Kunstpause. Dann sah er mich mit seinen durchdringenden blauen Augen an, und ich wusste: Jetzt kam es. „Ich ziehe in Betracht, dass Sie meine Nachfolge antreten.“

Ich war sprachlos.

„Als CEO? Ich?“, krächzte ich.

Ich warf Mr. Umwerfend einen Blick zu. Er lächelte mir träge zu, was mir durch und durch ging. Selbst angesichts dieser Aussicht auf eine totale Wende in meinem Leben sorgte er dafür, dass die Schmetterlinge in meinem Bauch flatterten. Ich riss mich von seinem Anblick los und konzentrierte mich auf Mr. King.

„Ja, Ms. Canyon, Sie.“

Die nötige Ausbildung besaß ich zweifellos, auch etwas Erfahrung – was Mr. King zu meiner Freude anerkannt hatte –

und die Hartnäckigkeit, aber … Firmenleiterin? Das war ein gehöriger Sprung, gelinde ausgedrückt. Nicht das, worauf ich mich vorbereitet hatte. Konnte ich das wirklich schaffen? Mir schwirrte der Kopf, aber trotz des Schocks dachte ich sofort an die sich eröffnenden Möglichkeiten. Wenn ich diese Tests als Anwärterin der Unternehmensleitung bestand und den Job bekam, hätte ich zu allen Bereichen der Firma Zugang. Es war, als würde man mir den Schlüssel zum Königreich aushändigen – auf einem silbernen Tablett! Das durfte ich nicht vermasseln. Ich konnte bloß hoffen, dass niemand von mir verlangte, etwas Fragwürdiges, Anstößiges oder Unmoralisches zu tun. *Gott steh mir bei.*

Ich richtete mich gerade auf und betrachtete Mr. King, wobei ich mich bemühte, zu ignorieren, dass Mr. Umwerfend mir so nahe war. Ich sah dem alten Mann direkt in die Augen, als ich antwortete.

„Ich akzeptiere."

Ein strahlendes Lächeln breitete sich auf seinem Gesicht aus. „Das ist wunderbar." Seine Stimme klang etwas fester, und ich hörte einen ganz leichten schottischen Akzent heraus. „Die Prozedur verläuft in Form eines siebenteiligen Tests, der sich über sieben Tage erstreckt. Ich werde beobachten, wie Sie sich während dieser einzelnen Tests verhalten, und wenn Sie Ihre Sache gut machen, gehen wir zum nächsten über. Nun, ich bin nach allem etwas müde. Wir machen morgen weiter. Doch zuerst …" Der alte Mann warf Mr. Umwerfend einen Blick zu und streckte eine leicht zittrige Hand aus. Ich beobachtete, wie der Sexgott etwas in Mr. Kings Handfläche legte. Dann ging er zum Kamin hinüber und zog an einer silberfarbenen Kordel – es war beinahe so wie in der Serie *Downton Abbey. Echt jetzt? Ruft er die Dienstmagd?* „Morgen früh um Punkt sieben wird ein Wagen Sie von Ihrer Wohnung abholen. Halten Sie sich bereit." Er hielt mir eine kleine Karte hin.

Ich nahm sie und drehte sie zwischen den Fingern. Auf einer Seite prangte das eingeprägte dreidimensionale Bild eines Diamanten auf schwarzem Untergrund, die Rückseite war leer. Mit dem Finger strich ich über die sich leicht von der Oberfläche abhebende Edelsteindarstellung. „Was ist das?"

Er lachte. „Das ist Ihr Preis. Heute war der erste Tag, und Sie haben Test Nummer eins bestanden."

„Bestanden? Was für einen Test?" Niemand hatte mir gesagt, dass ich geprüft wurde. Was, wenn ich durchgefallen wäre? Das erschien mir unfair und bestätigte mich nur in der Ansicht, wie hinterlistig es in dieser Firma zuging. Ich würde ständig auf der Hut sein müssen. Wenn ich ohne mein Wissen getestet wurde, konnten die folgenden Prüfungen alles Mögliche sein. Ich bedachte Mr. Umwerfend mit einem vorwurfsvollen Blick.

„Ich hatte vorhin erwähnt, dass es sich um sieben Tests handelt. Beim ersten ging es um Courage."

„Courage?", wiederholte ich und schüttelte verständnislos den Kopf. „Was meinen Sie damit? Ich habe ja nichts weiter getan, als hier bei Ihnen zu erscheinen."

„Ihre Angst vor dem Fliegen und die Höhenphobie …" Er schwieg und sah mich an. „Sie haben Mut bewiesen, als Sie trotz Ihrer Ängste in den Hubschrauber gestiegen sind. Und zusätzlich sind Sie das Risiko eingegangen und haben sich während des Flugs die Augen verbinden lassen."

Wieder fragte ich mich, wie er darüber Bescheid wissen konnte, und beschloss, ihn direkt darauf anzusprechen. „Woher wussten Sie, dass ich Flugangst habe?"

Diesmal grinste Mr. King verschmitzt. „Glauben Sie wirklich, das würde ich Ihnen verraten? Ich habe auch meine Geheimnisse, wissen Sie. Ich mag vielleicht alt und dumm sein …"

„Das ist ein Scherz. Sie sind alles andere als dumm."

„Es scheint so, was?" Erneut lächelte er, und ich war etwas ratlos.

Bevor ich noch einmal bezüglich seiner Informationsquelle nachhaken konnte, wurde die Tür geöffnet, und eine Krankenschwester betrat das Arbeitszimmer. Es erstaunte mich kein bisschen, dass sie sehr hübsch war. Mr. King hatte etwas von einem Hugh Hefner an sich.

„Wie auch immer. Es gibt ein paar Dinge, die man besser für sich behält. Also, ich wünsche Ihnen noch einen angenehmen Abend." Er nickte Mr. Umwerfend zu.

„Sir", sagte der und deutete eine Verbeugung an, bevor er sich neben mich stellte.

Sofort spürte ich die Hitze, die von seinem Körper ausging. Es war, als würde mich die Sonne küssen. Sein aufregender Duft kitzelte meine Nase. Ich atmete tief ein und hätte fast genussvoll geseufzt. Sofort war die Erregung wieder da, und mir wurden die Knie weich. Die Hände vor mir krampfhaft ineinander verschränkt, stand ich da wie eine Statue. Wir beobachteten, wie Mr. King aus dem Raum geschoben wurde.

„Der Hubschrauber wartet."

Ich hob den Kopf, und plötzlich fühlte ich mich wie durch den Wolf gedreht. Emotional war ich vollkommen ausgelaugt und dennoch ziemlich aufgewühlt, da ich meinem Ziel, auf das ich so lange hingearbeitet hatte, einen Schritt näher gekommen war. Außerdem konnte ich mich bei Mr. Umwerfend bedanken, der dafür gesorgt hatte, dass ich mich die ganze Zeit ohne Aussicht auf Linderung auf einem Level höchster sexueller Erregung befunden hatte. An diesem Abend war so viel passiert. Ich warf einen Blick auf die Karte in meiner Hand. Sie sah aus wie die schickere Version einer Hotelzimmerkarte, und ich fragte mich, ob ich damit irgendeine Tür öffnen könnte. Wahrscheinlich würde ich das morgen herausfinden. Ich hatte den Auftrag angenommen, fast wie James Bond, nur ohne die Lizenz zum Töten. Mit dem Daumen strich ich über die Oberfläche der Karte. Sie glitzerte und funkelte im

Schein der Deckenlampe. Ich sah genauer hin und schnappte nach Luft.

„Stimmt etwas nicht?“, erkundigte sich Mr. Umwerfend.

Ich schüttelte den Kopf. „Nein, alles in Ordnung. Als das Licht gerade auf die Karte fiel, hätte ich bloß schwören können, dass sich hier in der Mitte ein winziger Diamant befindet.“

„Vielleicht ist es auch so. Bei Mr. King kann man nie wissen. Alles ist möglich.“

Ich zog die Brauen hoch und verstaute die Karte in meiner Kate-Spade-Tasche, die ich noch immer auf der Schulter trug.

Als Mr. Umwerfend die Hand um meinen Ellbogen legte, zuckte ich zusammen und sah ihn an. Er war groß und höllisch gut aussehend. Ein bisschen mysteriös und einfach perfekt. Ich war mir sicher, bisher noch nie einer so dermaßen aufregenden Ausgabe von Mann so nahe gewesen zu sein.

„Es wird Zeit, dass wir uns auf den Weg machen“, sagte er, während ich mich in seinen Augen verlor. Mein Mund wurde trocken, und ich fuhr mir mit der Zunge über die Lippen. Er sah genau zu, beobachtete meine Zungenspitze. Sofort spürte ich wieder diese unglaubliche Hitze zwischen meinen Schenkeln. Ich musste mich zusammennehmen, um ein Aufstöhnen zu unterdrücken. Dieser Typ hatte wirklich etwas an sich … Es gefiel mir. Ich fand diese Selbstsicherheit, mit der er sich bewegte, äußerst sexy. Er strömte Power aus, und die Luft um ihn herum schien zu vibrieren. Und Himmel noch mal, diese Blicke, die er mir zuwarf! Es ging mir durch und durch. Was auch immer er für einen Zauber ausstrahlte, er hatte mich gefangen.

„Sie haben mich getestet“, sagte ich, um meine Reaktion auf ihn durch Reden zu verbergen.

„Wie kommen Sie darauf?“ Seine Stimme wirkte hypnotisch auf mich, sie war verführerisch und sexy.

Ich hörte ihm gern zu.

„Woher sollte Mr. King sonst von meiner … nun ja, Flugangst und Höhenphobie gewusst haben?"

Er musterte mich, und ich wäre fast gestorben, als ich die unterdrückte Leidenschaft in seinem Blick entdeckte. „Das muss Ihnen nicht peinlich sein. Wir haben alle unsere Schwächen."

Ich hätte über sein Mitgefühl, das er plötzlich zeigte, nicht überraschter sein können. Er offenbarte mir eine Seite an sich, die ich den ganzen Abend lang noch nicht kennengelernt hatte. Ich betrachtete sein Gesicht und versuchte darin seinen wahren Charakter zu erkennen, doch er verschloss sich sofort wieder, bevor ich die Chance dazu bekam. *Wirklich schade.*

„Wovor haben *Sie* denn Angst?", fragte ich, ohne wirklich eine Antwort zu erwarten.

Er schenkte mir ein umwerfendes Lächeln. „Ich bin ja nicht derjenige, der geprüft wird." Wie ich vermutet hatte: keine Antwort.

„Warum dann diese Geheimniskrämerei?"

„Das hat Mr. King Ihnen doch erklärt. Kommen Sie, genug geredet. Bringen wir Sie nach Hause."

Ich ließ mich von ihm aus dem Arbeitszimmer in die eindrucksvolle Eingangshalle führen. Diesmal sah ich mir alles genau an, was mich außerdem davor bewahrte, ihn mit weiteren Fragen zu löchern. Die gewundene breite Treppe mit dem aufwendig verzierten schmiedeeisernen Geländer, die ausladenden Fenster zu beiden Seiten, die tagsüber sicher einen fantastischen Ausblick boten. Das Haus war so opulent, die Einrichtung einfach atemberaubend. Es hätte ebenso gut ein Museum sein können, so wie die Schlösser in England, die für Touristenbesuche hergerichtet waren und die ich besichtigt hatte. Nur dass dieses Anwesen nicht für Besichtigungstouren geöffnet werden musste, um die hohen Instandhaltungskosten zu finanzieren. Hier gab es keine Geldprobleme.

„Was für ein Haus. Unvorstellbar, dass jemand hier aufwachsen kann“, bemerkte ich. Es ärgerte mich, dass ich jetzt Neid auf Mr. Kings Kinder und Enkel empfand, die vermutlich alles Geld der Welt hatten, um sich jeden Wunsch problemlos erfüllen zu können. Mit meinem vorherigen Job hatte ich ein gutes Auskommen gehabt, doch zurzeit bekam ich kein Gehalt mehr und musste deshalb sparsam sein. Meine Kreditkarte mit Must-have-Handtaschen zu belasten musste ich mir jedenfalls unbedingt abgewöhnen.

Ich spürte, wie sich der Griff um meinen Ellenbogen verstärkte, und schaute Mr. Umwerfend an. Er blickte geradeaus. Kein Ärger oder sonst irgendeine Regung zeigte sich in seiner Miene, nur ein Muskel zuckte leicht in seiner Wange.

Er geleitete mich zur Tür, und ohne einen Blick zurück verließen wir die Villa. Wir gingen einen von Blumenbeeten gesäumten Pfad entlang, der von versteckten Lampen beleuchtet wurde. Das künstliche Licht ließ die üppigen Blüten in allen Farben strahlen. Die Dunkelheit war magisch: über uns die Sterne, in der Ferne das Geräusch der Wellen und der Duft von Meer in der Luft – eine sinnliche Sommernacht. Daran würde ich mich ewig erinnern. Dieser Abend war zu wunderbar und zu bedeutsam, um ihn zu vergessen.

Als wir den Landeplatz erreichten, war ich entschlossen, diesmal ohne Hilfe in den Hubschrauber zu steigen, selbst wenn mein Rock bis zum Hintern hochrutschte. Es war mein Hintern, der bloß mich etwas anging, niemanden sonst. Mr. King hatte gemeint, ich hätte seine Mutprobe bestanden. Er würde bald herausfinden, wie mutig ich sein konnte!

Ich setzte mich auf denselben Platz wie auf dem Hinflug, befestigte den Sicherheitsgurt und wandte Mr. Umwerfend mein Gesicht zu, so als würde ich ihn herausfordern, mir die Augenbinde zu reichen, aber das tat er nicht. Ich umklammerte meine

Knie, als wir abhoben und der Helikopter sich in den Abendhimmel schraubte. Über meine Lippen kam kein Ton, und ich schloss die Augen. Besser, wenn ich nicht aus dem Fenster blickte – mein Wagemut bröckelte ein wenig, doch ich würde mich hüten, das zu zeigen.

Ich spürte Mr. Umwerfends Gegenwart neben mir so deutlich wie auf dem Hinflug. Erst jetzt wurde mir klar, welchen wichtigen Part er in dem ganzen Prozedere übernahm. Er hatte jede meiner Reaktionen beobachtet, mich getestet. Er war eine ständig präsente Ablenkung gewesen, doch mit dem Wissen, dass er mich eigentlich prüfte, wurde ich in seiner Gegenwart noch nervöser. Der Gedanke war beunruhigend – egal, wie sehr ich mich zu ihm hingezogen fühlte. Er könnte mir gefährlich werden. Ganz eindeutig war er ein Bad Boy, und er spielte seine Rolle gut. Zwischen uns herrschte zweifellos eine sexuelle Spannung. Es war elektrisierend.

Ich tat mein Bestes, ihn zu ignorieren, bis er mich nach der Landung zur Limousine brachte. Erst als ich sicher hinter meiner verschlossenen Wohnungstür stand, fiel mir auf, dass ich dem Fahrer gar nicht meine Adresse gegeben hatte. Auch Mr. Umwerfend hatte keine Instruktionen erteilt. Das alles war ziemlich verwunderlich und nervenzermürbend. Womöglich hatten sie genauso intensive Nachforschungen über mich angestellt wie ich über sie. Das war nicht gerade ein beruhigender Gedanke.

Am nächsten Morgen streckte ich mich genüsslich. Ich hatte mir ein richtiges Märchenbett hergerichtet, Kingsize. Es war ein Geschenk meiner Mutter, bevor sie nach England zurückgefahren war, und ich hatte es verschwenderisch mit Kissen ausgestattet, mit luxuriöser Bettwäsche und einem Federbett, das mich wie eine fluffige Wolke umgab. Seufzend genoss ich das wohlige Gefühl, das mich nun überkam. Mir war nicht ganz klar, woher diese Zufriedenheit rührte, und ich versuchte mich an meine Träume zu erinnern, die vielleicht dafür verantwortlich waren. Nichts. Ich hatte wie ein Stein geschlafen und war froh über meinen lauten Wecker, der mich aus den untersten Tiefen des Schlummers herausgeklingelt hatte. Ich drehte mich zum Fenster, blickte hinaus und lächelte. Es würde ein wundervoller Tag werden. Die Sonne schien bereits und warf goldene Lichtstreifen auf mein Bett, obwohl es noch gottverdammt früh war. Sechs Uhr war eine geradezu unanständige Zeit zum Aufwachen. Ich blinzelte und setzte mich ruckartig auf. Heute war der Tag. Mein erster Tag bei Diamond Enterprises. Mein erster Tag, an dem ich mich mithilfe dieses bizarren Vorstellungsprozesses in die Firma einschleichen würde. Aufgeregt rollte ich mich aus dem Bett und bohrte die Zehen in den dicken Läufer, der auf dem ausgetretenen Holzboden lag. Mein Apartment befand sich in einem Altbau. Ich war froh, dass ich diese Etagenwohnung gefunden hatte, und auch wenn sie klein war und die Heizung ihre Macken besaß, liebte ich sie. Dies war mein privater Rückzugsort. Ich machte ein paar Streckübungen und dachte dabei an den Tag, der vor mir lag. Dabei konnte ich nichts gegen die anwachsende Nervosität tun.

Danach ging ich ins Bad und duschte, um die Spinnweben aus meinem Kopf zu vertreiben. Ich war nicht gerade eine Frühaufsteherin und musste erst einmal die Nebel aus meinem Hirn verjagen.

Beim Anblick meiner Kate-Spade-Tasche, die ich auf meiner antiken Kommode abgelegt hatte, grinste ich. Es erinnerte mich an Mr. Umwerfend.

Mein Herz begann leicht zu flattern, als ich an ihn dachte, und ich musste mich zusammenreißen. Dieser Mann war der personifizierte Sex. Unter normalen Umständen wäre er mir beim Aufwachen sicher als Erstes in den Sinn gekommen. Stattdessen war ich in Gedanken bereits bei Diamond. Trotzdem sammelte sich wieder die Hitze zwischen meinen Schenkeln, und das schockierte mich.

Ich ließ die Ereignisse des vorangegangenen Abends Revue passieren, während ich mich fertig machte. Die Geheimniskrämerei, diese Tricks, die sie angewandt hatten, um mich zum Vorstellungsgespräch zu bringen, wie Mr. King es rechtfertigte – und einen kurzen Moment lang hatte ich geglaubt, dass seine Erklärung vielleicht Sinn ergab … zuerst. Inzwischen konnte ich die Schwachstellen erkennen – oder war ich nur überreizt? Ich war mit seinem Angebot einverstanden gewesen. Das hieß, dass ich mich nun verpflichtet hatte. Ich stand zu meinem Wort. Trotzdem, bei Licht besehen hatte ich plötzlich Zweifel.

Während ich vorher dieser ganzen CEO-Geschichte zugestimmt hatte, war ich jetzt nicht mehr so sicher. Meine ganze harte Arbeit zur Vorbereitung auf die Bewerbung für den Job der persönlichen Assistentin hatte nicht zu dem erwarteten Resultat geführt. Mir wurden die Türen nun noch viel weiter geöffnet. Ich war überzeugt, dass ich diesen Assistenten-Job ohne Schwierigkeiten stemmen konnte. Aber die Firmenleitung selbst übernehmen? Das war ein ziemliches Ding. Eine unglaubliche Verantwortung.

Außerdem, wollte ich überhaupt Geschäftsführerin einer solchen Firma werden? CEO! Diamond Enterprises war ein Unternehmen mit fragwürdiger Leitung und einem verlogenen Team von Führungskräften, bis hin zum Firmeneigner. Ich erinnerte mich daran, dass dies der Grund war, warum ich mir diesen Plan zurechtgelegt hatte. Ich wollte deren Elfenbeinturm einreißen und ihre Machenschaften aufdecken. Ursprünglich hatte ich vorgehabt, als persönliche Assistentin Zugang zu den Dokumenten zu erhalten, die ich dafür benötigte. Aber als CEO eröffnete sich mir eine völlig andere Welt. Ich wischte den vom Wasserdampf beschlagenen Spiegel ab und fuhr mir mit den Fingern durchs Haar. Beim Anblick meines Spiegelbildes überlegte ich, ob ich mir jemals selbst wieder ohne Scham in die Augen sehen könnte, wenn ich diese Stelle als CEO annahm. Egal, wie man es drehte und wendete: Es wäre hinterhältig, wenn auch aus nachvollziehbaren Gründen mit dem Wunsch nach Vergeltung. Im positiven Sinn bot sich mir hier die Möglichkeit, dieses Unternehmen zu ändern. Die Dinge zu verbessern, alle verlogenen Führungskräfte zu feuern und die Firma zurück ins Licht zu lenken.

Aber was, wenn alles schiefging? Wenn irgendjemand herausfand, wer ich war, würde ich rausfliegen, so wie mein Vater. Dann wäre alles vorbei.

Ich schüttelte den Kopf. Es fiel mir schwer, die Ereignisse des Vorabends zu verdauen. Sie kamen mir einfach zu unwirklich vor.

Ich machte mich fertig, verließ mein winziges Badezimmer, schnappte mir meine Handtasche auf dem Weg in das nicht viel größere Küchen-Wohnzimmer. Zum ersten Mal nach fünf Jahren, seit ich hier eingezogen war, deprimierte mich der Anblick. Mein gesamtes Apartment hätte in die Eingangshalle von Mr. Kings Villa gepasst.

Beim Verlassen meiner Wohnung blieb ich kurz stehen, wandte mich um und warf einen Blick auf die kleine Bude, die ich als mein Zuhause bezeichnete. Ich liebte die schicke, in die Jahre gekommene Ausstattung, die Ansammlung kleiner Schätze, die ich auf Flohmärkten und Garagenverkäufen ergattert und selbst aufgearbeitet hatte. Ein Nichts, verglichen mit der riesigen Villa auf der Klippe. Aber ich schluckte den Kloß in meinem Hals hinunter und verdrängte meine Selbstzweifel. Himmel noch mal, ich schaffte das! Das aufgeregte Flattern in meinem Bauch machte mich nervös. Es war alles in Ordnung. Ich hatte immerhin die erste Prüfung bereits bestanden, ohne überhaupt eine Ahnung gehabt zu haben, dass ich getestet wurde.

Würde die Fortsetzung der Tests bedeuten, dass ich die Gelegenheit bekam, Mr. Umwerfend wiederzusehen? Zumindest noch sechs Mal, wie ich hoffte. *Gesegnet seien die kleinen Wunder, wenn es so ist!* Er wäre eine Versuchung für mich, und mir war klar, dass ich ihm nur schwer widerstehen könnte. Es war allzu leicht, sich von ihm ablenken zu lassen oder, noch schlimmer, sich in ihn zu verlieben. Zurzeit war mein Leben zu kompliziert, als dass noch Platz für einen Mann darin war.

Ich seufzte, zog die Tür sorgfältig zu und schloss ab, bevor ich die beiden Treppen hinunterstieg – ganz richtig, kein Fahrstuhl – und in die frühe Morgensonne hinaustrat.

Es würde ein heißer Tag werden. Ich spürte die Luftfeuchtigkeit jetzt schon und war wieder einmal froh, meine langen roten Locken abgeschnitten zu haben.

Auf dem Gehweg meiner hübschen von Bäumen gesäumten Straße blickte ich mich um. Es dauerte nicht lange, bis sich ein Wagen näherte und neben mir am Straßenrand hielt. Ich sah auf die Uhr. Punkt sieben. Bis jetzt war ich mir nicht hundertprozentig sicher gewesen, ob ich abgeholt werden würde. Der gestrige Abend hätte ebenso gut ein ausgefeilter Scherz gewesen sein können, um einen sterbenskranken alten Mann noch einmal zu amüsieren. Doch da war die Limousine. L-Size, schick und glänzend. Ich wich ein paar Schritte von dem Wagen zurück, der mich zu einem Ziel bringen würde, über das ich seit dem Aufwachen nachgrübelte. Egal, wie sehr es mir widerstrebte, es gab keine Möglichkeit, diesem nächsten Schritt auszuweichen. Oder doch?

Die hintere Tür auf der Beifahrerseite wurde geöffnet, und ich hielt die Luft an. Saß vielleicht Mr. King hinten? Nein, das konnte ich mir nicht vorstellen, wenn ich bedachte, wie zerbrechlich er am Abend zuvor gewirkt hatte. Die Umrisse eines Männerbeins waren jetzt zu erkennen. Ein ganz offensichtlich muskulöser Schenkel unter feinem schwarzem Hosenstoff, ein glänzender schwarzer Schuh. Sofort wusste ich, um wen es sich handelte. Ich musste sein Gesicht nicht sehen, um zu wissen, dass dies der Mann war, den ich begehrte. Der mysteriöse Mr. Umwerfend. Er stieg aus und stand nun in voller Pracht vor mir. Zum ersten Mal stand ich ihm im hellen Tageslicht gegenüber. Der Anblick war eindrucksvoll genug, um mir einen Schauer über den Rücken zu jagen. Ich schluckte und blinzelte, war für einen Moment sprachlos. Ich wusste, dass ich für den ersten Tag der Bewerbungstests bereit und präsentabel war, doch jetzt wünschte ich, mir mit meinem Äußeren etwas mehr Mühe gegeben zu haben. Er schien jedoch sowieso nicht darauf zu achten. Als er mir direkt in die Augen schaute, war mir, als würde er mich mit seinem Blick berühren. Mein Herz hämmerte, als hätte ich gerade ein paar anstrengende Übungen hinter mir, und ich atmete heftig. Verdammt, wer brauchte noch ein Fitnessstudio in Gegenwart dieses verführerischen Teufels, dessen Anblick mich total aus der Puste brachte?

Er war da. Das freute mich. Im Augenblick wollte ich nicht an morgen denken oder mich fragen, ob es ein Morgen gab. Dafür musste ich erst den heutigen Test bestehen. Ich wusste nicht so recht, was ich tun sollte, während ich seine beeindruckende männliche Präsenz bewunderte. Er legte die Hand auf den Rahmen der Autotür und lächelte mich an. Ich schmolz dahin. Dann sagte er etwas, doch ich war zu sehr von meiner Begierde benebelt, um ihn richtig verstehen zu können. Er blickte mich weiter an und hob die Brauen.

„Tut mir leid. Was haben Sie gesagt? Ich habe nicht …“ Mit leicht nach hinten geneigtem Kopf verlor ich mich in seinen blauen Augen. Es wäre wohl nicht angebracht, ihm zu erzählen, dass ich kein Wort verstanden hatte, weil er einfach zu verdammt umwerfend war. Aber ich fürchtete, dass er sehr gut wusste, was los war, denn er grinste und nahm einen zweiten Anlauf.

„Guten Morgen, Ms. Canyon." Seine Stimme klang genauso sanft und verführerisch wie gestern Abend.

Ich war verloren.

„Guten Morgen." Das war alles, was ich herausbrachte, ohne wie eine Kröte zu quaken. Mein Körper verriet mich. Ich zitterte leicht, und mein Puls überschlug sich. Meine Reaktion auf ihn war einfach lächerlich.

„Sind Sie bereit?" Sein Lächeln wurde noch breiter, und mein Herz setzte für einen Schlag aus. Ein köstliches Kribbeln breitete sich in meinem ganzen Körper aus und wanderte meinen Bauch hinunter, um sich zwischen meinen Beinen zu sammeln. Langsam atmete ich ein und genoss dieses Gefühl.

„Also …" Was sollte ich sagen? Ich musste entschlossen und selbstsicher wirken, auf keinen Fall durfte er merken, wie sehr er mich erregte. Es wurde Zeit, dass ich mein forsches Auftreten von gestern wieder an den Tag legte. Was mir heute Morgen allerdings nicht so leichtfiel – nachdem ich aufgewacht war und alles sich plötzlich verändert zu haben schien. Die Worte sprudelten völlig unkoordiniert aus mir heraus. „Ich bin mir nicht sicher. Nachdem ich eine Nacht darüber schlafen konnte, habe ich einige Fragen. Worum geht es bei den Prüfungen?"

„Ich wäre auch sehr enttäuscht gewesen, wenn Sie keine Fragen gehabt hätten. Mr. King ebenso. Aber die Zeit vergeht, und der Verkehr wird dichter. Also, bitte, könnten wir uns auf den Weg machen?"

Er hatte genau die richtigen Worte gesagt, um mich zu beruhigen, auch wenn ihm das nicht klar war. Ich rückte den Gurt meiner Tasche auf der Schulter zurecht.

„Sie hetzen mich."

„Nein, stimmt nicht. Wir hatten einen festen Termin verabredet. Sie haben auf mich gewartet, und ich bin hier. Pünktlich." Er schaute auf seine Armbanduhr, und ich reckte den Hals, um sie sehen zu können. Anscheinend eine Rolex. „Ihr erstes Treffen ist um halb neun. Wenn wir jetzt nicht losfahren, bleiben wir im Stau stecken."

Es gefiel mir nicht, dass er mir vorschrieb, was ich zu tun hatte. Obwohl das seit gestern bei unserer ersten Begegnung der Fall war.

„Wird das immer so weitergehen? Sie geben mir Anweisungen und sagen mir, was ich wann tun muss? Ich dachte, Führungskräfte machen ihre eigenen Pläne." Ich versuchte, einen scherzhaften Tonfall anzuschlagen, musste aber nervös schlucken, als er mich unter seinen dichten Brauen hervor ansah. Diese verfluchte Narbe wirkte gerade weniger faszinierend als eher bedrohlich. Ich hielt die Luft an und überlegte, ob ich vielleicht zu dreist gewesen war.

„Noch sind Sie keine Führungskraft, vergessen Sie das nicht", erwiderte er. Das war mir sehr wohl bewusst. „Und wenn Sie alle Tests bestehen und CEO werden, haben Sie einen persönlichen Assistenten, der die Termine für Sie ansetzt."

„Das ist richtig. Dann kann ich mir meinen eigenen Assistenten aussuchen, der zu mir passt." Einen, dem ich vertrauen konnte und der niemand anderem in der Firma verpflichtet war. „Und eins würde ich auf jeden Fall festlegen: keine weiteren Hubschrauberausflüge mitten in der Nacht."

Er lachte und machte einen weiteren Schritt auf mich zu. Ich hätte Lust gehabt, ihn den ganzen Tag zu beobachten. Die Art, wie er sich bewegte, schlug mich in den Bann, und sein Lachen war so tief und kehlig und so herrlich frech. „Das war ja wohl kaum mitten in der Nacht."

„Aber fast." Ich stemmte eine Faust in die Seite und hob das Kinn.

„Wenn Sie es sagen." Er streckte die Hand nach mir aus, als plötzlich lang anhaltend und schrill eine Hupe ertönte. Ich zuckte zusammen, und er sah sich finster um.

Ein Taxifahrer fuhr vorbei und schrie aus dem Fenster: „Weiterfahren, Arschloch! Das ist kein Parkplatz hier!“

Mr. Umwerfend wandte sich wieder zu mir um und nahm meinen Arm. Ich ließ es geschehen. Heute trug ich ein T-Shirt mit Flügelärmeln, das Gefühl seiner Finger auf meiner Haut gefiel mir. Er lehnte sich zu mir vor, und mein Atem stockte. „Und in diesem Sinne, denke ich, wir sollten uns auf den Weg machen.“

„Nun ... ich denke auch“, gab ich zurück. Er umfasste weiterhin meinen Ellbogen. Sein Griff war fest. Ich spürte die kontrollierte Kraft dahinter, und schon flogen die Funken. Er blieb stehen, und ich beobachtete ihn. Hatte er es auch gespürt? Er sah mir wieder in die Augen, und die Zeit schien stillzustehen. Der Moment zog sich in die Länge, während wir uns einfach nur anblickten. Meine Nervenenden vibrierten, und ich bemerkte, wie sich meine Brustspitzen versteiften. Er senkte den Blick. Entsetzen durchfuhr mich, als mir klar wurde, dass er es sehen konnte. Doch er verzog keine Miene.

Dann hob er den Blick, räusperte sich und zog leicht an meinem Arm. „Sollen wir jetzt mit dem Tag beginnen?“ Ich fand mich vor der Wagentür wieder. „Steigen Sie ein.“

Ich riss mich innerlich von ihm los und schaute in das verdunkelte Innere des Wagens. Es kam mir vor wie ein Wohnzimmer auf Rädern. Ich schnüffelte, roch das wundervolle Aroma von Kaffee und Gebäck. Fast wäre ich gestorben.

„Gibt es Kaffee?“, fragte ich unnötigerweise.

Er nickte und hob die Brauen. „Kaffee aus Costa Rica und Bagels mit Frischkäse und Räucherlachs.“

„Meine Leibspeise.“ Plötzlich klingelten bei mir die Alarmglocken. Wieder ein Hinweis darauf, dass sie womöglich wussten, wer ich war. Aber woher? Ich hatte bei der Weitergabe von persönlichen Daten Vorsicht walten lassen, angefangen bei dem Entschluss, den Namen meines Vaters nicht zu benutzen und stattdessen den Mädchennamen meiner Mutter anzunehmen. Ich beruhigte mich mit dem Gedanken, dass ich nicht die Einzige in New York war, die gern Bagels mit Frischkäse und Räucherlachs aß.

„Ich muss jetzt darauf bestehen, dass wir uns in Bewegung setzen. Bitte."

Ich biss mir auf die Unterlippe und sah ihn an, dann ins Innere des Wagens. Alles war so absolut komfortabel. Die Ereignisse reihten sich aneinander, alles war sorgfältig geplant. Eigentlich war ich diejenige, die alles unter Kontrolle haben sollte, doch das war offensichtlich nicht der Fall. Ich stöhnte auf und zuckte die Schultern. Wenn ich weitermachen wollte, durfte ich nicht so ängstlich sein. Also legte ich die Hand auf den Türrahmen und lehnte mich vor, um einzusteigen. Ich brauchte nichts weiter zu tun, als meine Beine in den Wagen zu schwingen, mich zurückzulehnen und zu frühstücken. Es gab wirklich keinen Grund für mich, nicht einzusteigen, vor allem nachdem ich mich gestern Abend mit dem Prozedere einverstanden erklärt hatte. Und – gütiger Himmel – eine Vereinbarung zur Geheimhaltung unterschrieben hatte. Ich hatte mich verpflichtet, Wort zu halten und zu schweigen.

Mit Mr. Umwerfend in diese Limousine zu steigen brachte mich auf einen Weg, von dem es kein Zurück gab. Mein Vergeltungsplan würde von der Vorbereitung in den Status der Durchführung gelangen. Eine Umkehr war nicht mehr möglich. Vor mir lag das Endspiel, nach all den Jahren, in denen ich meine Rachegelüste und den Wunsch, das Unrecht wiedergutzumachen, das meiner Familie und mir zugefügt worden war, genährt hatte. Ich musste bloß in dieses Auto steigen und die Fahrt antreten, die mich in eine andere Welt führen würde. Eine Welt, gegen die ich mich verschworen hatte. So lange Zeit hatte ich mich darauf vorbereitet, dass dieser Wunsch ein Teil von mir geworden war. Und das jagte mir eine Heidenangst ein.

Teil 2

Mr. Tuesday

Ich stieg ein. Der köstliche Kaffeeduft war allzu verführerisch. Und ich bemerkte, dass Limousinen zwar extravagant waren, aber das Einsteigen eine ziemliche Herausforderung für Frauen in kurzen engen Röcken darstellte. Ich duckte mich also in den Wagen und hielt gleichzeitig den Saum meines Rocks fest, damit er nicht höher rutschte und Mr. Umwerfend zu viel Einblick verschaffte. Danach ließ ich mich auf das Lederpolster sinken und schaute mich um. Beim Duft des Kaffees und der frisch gebackenen New Yorker Bagels lief mir fast der Speichel aus dem Mund. Auf dem schmalen Sims gegenüber dem Sitz stand ein Korb, und ich hob das Leinentuch an, mit dem er bedeckt war. Die Bagels lagen darunter. Ich starrte darauf und konnte kaum meinen Appetit zügeln, doch ich dachte, es wäre besser, zu warten, bis Mr. Umwerfend ebenfalls eingestiegen war.

Ich sah durch das Türfenster nach draußen. Er stand neben der Limousine, eine Hand in die Hüfte gestemmt. Mir fiel auf, wie lang und gebräunt seine Finger waren. Das warf die Frage auf, was er in seiner Freizeit tat. Dann stellte ich Spekulationen darüber an, was er und Mr. King heute für mich auf Lager hatten. Welche Prüfung stand mir bevor? Ich konnte nicht einmal raten, also ließ ich es sein. Ich würde es schnell genug erfahren.

Derweil genoss ich die Aussicht, während er telefonierte. Sein weißes Hemd war ordentlich in den Hosenbund gesteckt, und um seine Hüften hing ein teuer aussehender Gürtel, dessen schmale silberne Schnalle meine Aufmerksamkeit erregte. Ein winziges diamantförmiges Emblem befand sich darauf. Ein Firmengeschenk, nahm ich an. Ich konnte es nicht verhindern, dass mein Blick tiefer wanderte – und dass mir sogleich Hitze in die Wangen schoss. Dieser Mann war sehr beeindruckend, in jeder Hinsicht. Es tat nicht weh, ihn zu betrachten, so viel war sicher: schmale Hüften, schlanker Oberkörper, breite Schultern und muskulöse Oberarme, bei denen ich mir gut vorstellen konnte, wie sie mich umfingen. Ich verspürte den Drang, meine

Hand aus dem Fenster zu strecken, meine Finger in seine Gürtelschnalle zu klemmen und ihn in den Wagen zu ziehen. Das Bild, das dabei vor meinen Augen entstand, erschien mir so unglaublich real, dass ich ein paarmal blinzeln musste, um sicherzugehen, dass meine Fantasie sich nicht materialisiert hatte.

Nachdem er das Telefonat endlich beendet hatte, stieg er ein. Ich beobachtete, wie er es sich neben mir bequem machte. Merkwürdig war, dass er keine Krawatte trug; vielleicht bewahrte er die in seiner Tasche auf, um sie später umzubinden. Der oberste Knopf seines Hemdes stand offen, das V-förmige Stück Haut darunter war gebräunt. Ich entdeckte einen Ansatz von schwarzem Brusthaar, was ich schrecklich sexy fand. Sofort war seine Präsenz im Wageninneren spürbar – mir war, als würden wir uns berühren. Das erinnerte mich an den vergangenen Abend, als er mir in den Hubschrauber geholfen hatte, an seine Hand auf meinem Rücken, während er mir den Weg gewiesen hatte. Dieser Typ strotzte vor Männlichkeit. Eine Frau konnte sich in ihm verlieren. Und wenn ich nicht vorsichtig war – oder selbst wenn ich es war, das kam auf die Betrachtungsweise an –, dann wäre ich ganz sicher verloren.

Er lehnte sich zurück und erhob sich ein Stück, um sein Handy in die Hosentasche zu stecken. Bei dieser Bewegung wurden seine breite Brust und der flache Bauch unter dem teuren Baumwollhemd noch mehr betont, und diese interessante Stelle unterhalb der Gürtelschnalle erregte auf unerzogene Weise meine Aufmerksamkeit. Ich presste die Schenkel zusammen und stellte mir mit einem Mal vor, wie er dazwischen lag und ich sein Gewicht spürte, wie ich mit den Fingern über seinen nackten Rücken fuhr, die Hüften anhob, um ihm näher zu sein. Schnell schüttelte ich leicht den Kopf und holte mich in die Realität zurück. Wenn ich weiter solche schlüpfrigen Gedanken hatte, brauchte ich ihn bald noch dringender als einen Bagel und Kaffee.

Er seufzte, und ich stellte mir unwillkürlich vor, wie es mit ihm zusammen im Bett nach einer Nacht mit atemberaubendem Sex klingen würde. Ich räusperte mich und verdrängte diese verführerische Fantasie. Ich durfte nicht zulassen, dass ich seinem Zauber verfiel. Nachdem ich ihn ausgiebig gemustert hatte, sah ich ihm in die Augen.

Mir stockte der Atem, als er meinen Blick erwiderte.

„Bitte bedienen Sie sich." Er deutete auf die verschwenderisch angerichtete Frühstücktafel vor uns. Mir fiel auf, dass die Trennscheibe hochgefahren war. Wir befanden uns allein in diesem abgeschlossenen Raum. Nur er und ich. Ich holte tief Luft und versuchte, Ruhe zu bewahren.

„Vielen Dank", sagte ich zu ihm. Ich war hungrig und beugte mich zum Buffet vor. In dieser Beziehung würde ich nicht schüchtern sein. „Sieht so ein normaler Morgen für Sie aus?", erkundigte ich mich, während ich nach einer schick aussehenden Einwegtasse griff.

„Nicht immer, aber wenn ich mit der Limo fahre, schon."

Ich versorgte mich mit einer großzügigen Portion Sahne, bevor ich meine Tasse mit dem aromatischsten Kaffee füllte, den ich jemals gerochen hatte. „Wahrscheinlich kann man sich leicht an so was gewöhnen." Ich warf ihm einen Blick zu und fragte mich, ob er mich wegen der vielen Sahne in meinem Kaffee schräg ansah. Das taten die meisten Leute, aber es war eine meiner Schwächen. Ich liebte sahnigen Kaffee. Mit einem geheimnisvollen Lächeln beobachtete er, wie ich einen Schluck nahm, sagte jedoch kein Wort, während er jede meiner Bewegungen verfolgte. Unter seinem Blick wurde ich ganz atemlos.

„Ja, wahrscheinlich." Er redete tatsächlich nicht sehr viel, das hatte ich ja bereits am Abend zuvor festgestellt.

„Ein ziemlicher Aufwand – erst der Helikopter, dann heute Morgen die Limousine. Was wird der heutige Tag noch bringen?", wollte ich wissen, hob meine Tasse und trank einen weiteren Schluck. „Hmmm, das schmeckt wirklich lecker."

„Heute Morgen frisch geröstet und aus Costa Rica eingeflogen", informierte er mich, verschränkte die Hände hinter dem Nacken und streckte sich. Fast hätte ich mich bei dem Anblick an meinem Kaffee verschluckt. Er bewegte sich sehr unbefangen, was mir half, mich zumindest ein wenig zu beruhigen. Obwohl ich wusste, dass meine Nervosität mir nicht anzumerken war, zitterte ich innerlich.

„Echt? Der Kaffee wurde heute Morgen aus Costa Rica eingeflogen? Das hört sich ganz schön verschwenderisch an."

„Wenn man so viel Geld hat wie Mr. King, ist es keine große Sache, etwas einfliegen zu lassen, was man haben will."

„Na ja, jedenfalls schmeckt er gut." Nach einem weiteren Schluck fragte ich: „Soll ich Ihnen auch eine Tasse eingießen?" Ich erwartete nicht, dass er Ja sagte.

„Danke, das wäre sehr nett von Ihnen." Ein höflicher Mann. Das machte ihn nur noch verführerischer.

Ich lehnte mich wieder zur Anrichte vor, und bevor ich den Kaffee eingoss, schaute ich zu ihm hinüber. „Sahne? Zucker? Ein Stück oder zwei?" Mir wurde heiß. Mein Tonfall klang ziemlich zweideutig und anzüglich … *Vielleicht sollte ich gleich sagen: Kaffee, Tee oder mich?* Ich wusste genau, wofür er sich entscheiden sollte. Für mich.

Er lachte. „Genauso wie Sie liebe ich eine Menge Sahne."

Ich lächelte ihn an. Endlich hatte ich jemanden gefunden, der meinen Sahnekaffeegeschmack teilte. Es gefiel mir, dass wir etwas gemeinsam hatten, selbst wenn es so etwas Unbedeutendes war. Dadurch fühlte ich mich mehr mit ihm verbunden. Ich goss die Sahne ein, danach den Kaffee. „Meine Mutter meint immer, die Sahne oder Milch muss zuerst in die Tasse. Das hat wohl auf mich abgefärbt." Ich grinste ihn an.

„Macht das einen Unterschied?"

Ich zuckte die Schultern. „Ich denke schon."

Als ich ihm die Tasse reichte und er sie entgegennahm, berührten sich unsere Finger. Wir holten beide gleichzeitig Luft. Unsere Blicke trafen sich, hielten sich fest. Ich spürte wieder das aufregende Prickeln wie am Abend zuvor und fragte mich, ob es ihm ebenso ging. Seine Miene war nicht zu deuten, doch ich konnte etwas in seinen Augen erkennen. Er fühlte es auch. Diese Erkenntnis raubte mir den Atem. Es sah aus, als würde er sich ein Stück zu mir herüberbeugen, und ich war wie magisch angezogen von ihm. Stille breitete sich zwischen uns aus, aber diese Anziehungskraft war eindeutig da.

Der Wagen fuhr plötzlich über ein Schlagloch und riss uns aus unserer Trance. Ich blinzelte und lehnte mich zurück. Er tat es mir nach und hielt sich die Tasse an die Lippen. Ich verfolgte seine Bewegung und starrte auf seinen Mund. Jede einzelne Geste von ihm wirkte verführerisch, selbst wenn er das nicht beabsichtigte.

„Haben Sie eigentlich einen Namen?"

Er sah mich an, und mir stockte der Atem. Nachdem er gemächlich einen Schluck Kaffee getrunken hatte, lächelte er, und ich wartete neugierig auf seine Antwort. „Sie können mich Mr. Monday nennen."

Ich verdrehte die Augen. „Im Ernst?" Leise murmelnd fügte ich hinzu: „Wie auch immer – die ganze Sache ist ja nicht normal."

„Pardon?", fragte er.

„Egal, unwichtig. Ich rede manchmal mit mir selbst. Sind Sie in der Stadt aufgewachsen?"

Er betrachtete mich, und ich wurde den Eindruck nicht los, dass er überlegte, was er mir sagen konnte. Wie ehrlich er mir gegenüber sein sollte. „Ja, aber auch außerhalb der Stadt, in der Provinz. Und Sie?"

„Hauptsächlich in Vororten. Sie wissen schon, die typische Kindheit mit Verstecken, Red Rover und solchen Spielen auf der Straße mit den Nachbarskindern." Während ich an meinem Kaffee nippte, wartete ich darauf, dass er weiterredete. Er blickte aus dem Fenster, dann zu mir herüber. Ich hätte schwören können, in seinem Blick eine Mischung aus Traurigkeit und Wut zu erkennen.

„Nein, keine typische Kindheit bei mir. In der Stadt zu leben bedeutete kein Hockey oder überhaupt Spiele mit den anderen Kindern auf der Straße. Das Leben in der Provinz war auch anders." Er zuckte die Schultern und schwieg.

„Ein Junge vom Land?", sagte ich leise, und der Gedanke gefiel mir. „Ich könnte wetten, dass Sie auf Pferden geritten sind, Hasen gejagt haben und an heißen Tagen in der Kiesgrube geschwommen sind."

Er lächelte, und mir floss das Herz über. „So idyllisch war es nicht. Mehr in der Richtung von Golf und Segeln. Aber klar, das Leben auf dem Land hatte so seine Vorzüge."

„Hatten Sie ein eigenes Boot?"

„Es gehörte der Familie, und ich segelte ab und zu damit."

„Ich bin nie gesegelt. Haben Sie mal ein Rennen mitgemacht?" Ich wandte mich ihm zu, und er sah mich direkt an, was mir erneut einen Schauer über den Rücken jagte. „Oder haben Sie an einer dieser unglaublich langen Segelfahrten teilgenommen, wo man Ewigkeiten an Bord verbringt?"

Er zuckte die Schultern, ohne den Blick von mir zu lösen. „Ich habe nicht die Welt umsegelt oder am America's Cup teilgenommen, falls Sie das meinen."

Nachdem ich einen Moment vergeblich auf weitere Einzelheiten gewartet hatte, kniff ich die Augen zusammen. „Offensichtlich gehören Sie zu einer ganz seltenen Spezies Mann, die sich nicht gern mit irgendwelchen Abenteuern brüstet."

„Erinnern Sie sich daran, was Sie gestern Abend gesagt haben? Dass ich nicht viel rede? Nun ..." Er zuckte noch einmal die Schultern und lächelte.

„Okay, ich hab's verstanden. Bis hierhin und nicht weiter." Ich beschloss, es damit bewenden zu lassen. Er wollte anscheinend nicht über sich reden. Wir hatten alle unsere Geheimnisse. „Enttäuschungen in der Kindheit können tiefe Narben hinterlassen." Wieder fragte ich mich, wie seine Narbe entstanden war, was ihn so für sein Leben gezeichnet hatte.

Bei seinem Blick befürchtete ich plötzlich, dass ich ihn beleidigt haben könnte. „Wie kommen Sie darauf?"

Ich hob eine Schulter und runzelte leicht die Stirn. „Ach, ich weiß nicht. Nur so ein Gefühl. Ich hatte meine guten und nicht so guten Zeiten, deshalb verstehe ich das." Ich hoffte, er erkannte, dass ich es wirklich verstand. Natürlich durfte ich keine Details offenbaren, um mich nicht zu verraten. Doch ich bemerkte die Verletzlichkeit in seinen Zügen. „Vielleicht tragen wir beide eine Last aus unserer Kindheit mit uns herum."

Er betrachtete mich forschend, und ein paar Sekunden schauten wir uns an, als könnten wir womöglich hinter die Mauern blicken, die wir um uns errichtet hatten.

Ich trank noch einen Schluck Kaffee und wechselte das Thema. „An diesen Service könnte ich mich echt gewöhnen."

„Gewöhnen Sie sich lieber nicht zu schnell daran", warnte er mich.

„Weil es vielleicht so was wie das letzte Abendmahl ist?" Als er daraufhin lachte, musste ich beim Klang seiner Stimme lächeln. „Was ist denn so komisch?"

„Sie sind so theatralisch."

„Hm." Ich warf ihm einen, wie ich hoffte, herausfordernden Blick zu. Es musste mir wohl gelungen sein, denn er lachte erneut.

Der Wagen verließ die Seitenstraße und fädelte sich in den stärkeren Verkehr ein, was mich wieder an das bevorstehende Prozedere erinnerte. Das Unvorhersehbare. Das Einzige, womit ich sicher rechnen konnte, war, dass ich sieben Tests bestehen musste – okay, nach der bestandenen gestrigen Prüfung nur noch sechs. Ich musste mir jedoch eingestehen, dass ich ein Nervenbündel war. Nicht zu wissen, was mich erwartete, brachte mich um. Ich war ein Gewohnheitstier und verspürte immer den dringenden Wunsch, zu wissen, woran ich war. Das zusammen mit der brodelnden Atmosphäre auf dem Rücksitz der Limousine war das perfekte Rezept für einen wunderbaren Nervenzusammenbruch.

„Wissen Sie, es ist ziemlich schwierig, mich hierauf einzulassen, ohne eine Ahnung zu haben, wohin es führt."

„Das werden Sie schon schaffen." Nicht gerade die Antwort, die ich erhofft hatte. Sein Handy klingelte, und ich war erfreut, dass er es ignorierte und sich weiterhin auf mich konzentrierte. Dieser Mann war sehr fokussiert und faszinierte mich unendlich. In diesem Moment erschien es, als wäre ich das Einzige, was ihn interessierte. Das gefiel mir.

„Wohin fahren wir?"

„Zu den Büros von Diamond Enterprises", erwiderte er mit seiner tiefen, wohlklingenden Stimme. „Bitte nehmen Sie sich etwas zu essen. Ich weiß doch, dass Sie New Yorker Bagels lieben." Seine Kenntnis meiner Vorlieben machte mich wieder nervös.

Ich stellte den Becher in den versenkten Getränkehalter und griff nach dem Korb, den ich zwischen uns abstellte.

„Ich esse wirklich nicht gern allein", erklärte ich, während ich sorgfältig Frischkäse auf einem halben Bagel verteilte, den ich auf eine Leinenserviette gelegt hatte. Der Korb enthielt die verschiedensten Köstlichkeiten. Es gab zum Beispiel Räucherlachs auf einem Teller mit verschlossenem Eisuntersatz, der dafür sorgte, dass der Fisch kühl blieb. Mit einer kleinen Silbergabel pikte ich eine Scheibe auf und legte sie auf den Frischkäsebagel. In einem Schälchen fand ich sogar Kapern.

„Bitte sehr." Ich hielt ihm das Brötchen hin.

Zuzusehen, wie er es aß und dazu seinen Morgenkaffee trank, hatte fast etwas Häusliches an sich. Es kam mir vor wie ein ziemlich intimes Morgenritual. Ich wandte mich um und beschäftigte mich damit, die andere Hälfte des Bagels für mich zu belegen, wobei ich es tunlichst vermied, meine Gedanken weiter abschweifen zu lassen.

Der Bagel war unglaublich lecker. Ich hätte ohne Weiteres noch einen essen können, nachdem Mr. Monday und ich uns den ersten geteilt hatten. *Wie ein verheiratetes Paar.* Ich erstarrte. Solchen Unsinn durfte ich nicht denken. Er wirkte auf mich nicht wie der Typ, der auf eine Heirat aus war, und ich suchte ganz sicher keinen Ehemann. Ich biss von meinem Brötchen ab und versuchte, diesen lächerlichen Einfall zu verdrängen. Eine Ehe oder eine feste Beziehung waren das Letzte, was ich mir gerade vorstellte. Ein bisschen Spaß, ein bisschen im Heu herumwälzen, ein One-Night-Stand – das war eher nach meinem Geschmack. Das würde keine Komplikationen bringen.

Ich lehnte mich wieder im Sitz zurück, aß meinen halben Bagel und spülte ihn mit dem letzten Schluck Kaffee hinunter. Wenn dieser köstliche Snack so etwas wie einen Vorgeschmack darstellte, dann würde die Arbeit bei Diamonds ein kulinarischer Traum werden.

„Also sollten Sie mir denn nicht irgendwas mitteilen? Irgendwelche Instruktionen? Was von mir erwartet wird?" Ich lauschte schweigend auf seine Antwort und suchte in seinem Gesicht nach etwaigen Anzeichen von Emotionen.

Er wirkte entspannt. In seinem Gesicht konnte ich nichts weiter erkennen. Das enttäuschte mich. Ich hatte gehofft, irgendetwas zu entdecken. Er hüllte sich weiterhin in eine mysteriöse Ruhe, auch nach dem kurzen Moment der Verbundenheit beim Gespräch über unsere Kindheit.

Langsam schüttelte er den Kopf. „Nichts. Ich bin nicht derjenige, der Sie prüfen wird. Meine Rolle besteht heute bloß darin, dafür zu sorgen, dass Sie ohne Zwischenfälle in der Firma ankommen. Ihr Terminkalender ist bereits festgesetzt."

„Terminkalender? Wirklich? Und Sie haben keine Ahnung, worum es bei den Prüfungen geht?"

Sein Mund verzog sich zu einem schiefen Lächeln, wobei sich seine Narbe aufregend verzog. „Das werden Sie nach und nach alles herausfinden, vorausgesetzt, Sie bestehen die Tests jeden Tag."

Ich atmete geräuschvoll aus. Insgeheim fragte ich mich, inwieweit Mr. Monday in die Betrügereien der Firma verwickelt war. Hatte er etwas von der Entlassung meines Vaters mitbekommen? Ich schätzte ihn auf Ende zwanzig, vielleicht auch Anfang dreißig. Also, wenn er nicht gerade als Teenager dort angefangen hatte, war er wahrscheinlich nicht zur selben Zeit im Unternehmen gewesen wie mein Vater.

Ich versuchte, ihm noch einige Details zu entlocken, aber er kam mir nicht entgegen. Mir wurde klar, dass er nichts verraten würde und wie ein Grab schwieg. Ich schloss die Augen und ließ meine Gedanken schweifen. Dabei spürte ich seine Gegenwart ganz deutlich, so ähnlich wie am Abend zuvor im Hubschrauber, nachdem er mir die Augen verbunden hatte. Bei der Erinnerung lief mir ein wohliger Schauer über den Rücken. Es hätte mir nichts ausgemacht, mir die Augen ein weiteres Mal verbinden zu lassen – in einem ganz anderen Zusammenhang.

„Werden Sie mich den Tag über begleiten?" *Und danach?* Ich hoffte, mehr Zeit mit ihm verbringen zu können. Er faszinierte mich, und ich hätte gern die Gelegenheit gehabt, ihn besser kennenzulernen.

Er schüttelte den Kopf. „Nein, das ist nicht geplant."

Meine Alarmglocken läuteten. „Sie bleiben nicht bei mir?"

„Nein." Er warf mir einen langen Blick zu, der mich völlig aus der Bahn warf. Ich konnte die Augen nicht von ihm abwenden, mein Mund war ganz trocken.

Ich wusste nicht, was ich dazu sagen sollte. Um das hier alles nahtlos durchzuziehen, musste ich stark bleiben, selbstsicher und auf der Hut. Nach unserer Unterhaltung und dem Austausch von bedeutungsvollen Blicken schwiegen wir eine Weile. Ich fühlte mich von ihm magisch angezogen und konnte mich auf nichts anderes konzentrieren. Vielleicht war es besser, dass er mich nicht weiter begleitete. Ich musste mich auf mein Vorhaben konzentrieren, und er wäre eine Ablenkung, wenn auch eine äußerst aufregende. Als die Limousine wendete und das Morgenlicht plötzlich nicht mehr durch die getönten Scheiben fiel, wurde ich in die Realität zurückgerissen. Ich reckte den Hals, um hinauszublicken.

Wir befanden uns im Schatten des Firmengebäudes, das wir ansteuerten. Im Tageslicht sah es anders aus, nicht so unheilvoll und finster. Es wirkte tatsächlich hell und freundlich und vor allem sehr luxuriös. Ich musste zugeben, dass ich beeindruckt war. Ein sanierter New Yorker Wolkenkratzer, der den Geist der Architektur des neuen Jahrtausends in sich trug. Einzigartig erschien mir die private Einfahrt, die offensichtlich im Zuge der Sanierung in das Erdgeschoss integriert worden war. Sie erlaubte eine direkte Zufahrt zum Gebäude, und die Fahrgäste konnten problemlos vor dem Eingang aussteigen und den Parkservice nutzen. Wenn ich daran dachte, dass ich für all das hier zuständig sein könnte ... Eine beglückende Aufregung überfiel mich.

Der Portier kam auf den Wagen zu, natürlich in Livree. Ich wartete nicht darauf, dass mir jemand die Autotür öffnete, sondern betätigte den Griff und schwang meine Beine hinaus. Als ich draußen stand, schaute ich zu dem Gentleman hinüber, der uns behilflich sein wollte. Beide Seiten des Eingangs waren von massiven Eisenkübeln flankiert, aus denen üppige Kaskaden von prächtigen Sommerblumen wuchsen. Es war die reine Perfektion. Die Messingklinken und Glasscheiben der Türen blitzten vor Sauberkeit. Ich blieb neben der Limousine stehen und wartete auf Mr. Monday.

„Bitte hier entlang, Ma'am." Der Portier streckte die Hand aus und deutete auf das Eingangsportal. Über die Schulter hinweg hielt ich nach Mr. Monday Ausschau, doch der telefonierte gerade wieder. Der Portier hob das Kinn und nickte in Richtung Eingang, also betrat ich die Lobby und wartete.

Das Ambiente strahlte gediegenen Reichtum aus, so wie ich es gestern Abend bereits in der Villa bemerkt hatte, nichts war überbordend. Ein Wachmann stand bei meinem Eintreten geschäftig auf. Er kam um den Empfangstresen herum, und ich war von seiner Größe beeindruckt. Ein Berg von einem Mann. Seine Anwesenheit schien die ganze Lobby zu beherrschen. Hinter ihm entdeckte ich eine Reihe von Monitoren, auf denen im Gittermuster kleinere Filme abliefen. Das gesamte Gebäude war also videoüberwacht. Etwas anderes hatte ich auch nicht erwartet.

„Guten Morgen, Stanley", begrüßte Mr. Monday, der hinter mir hereingekommen war, den Sicherheitsbeamten. Ich konnte rechtzeitig ein Lachen unterdrücken. Dieser Typ sah wirklich nicht wie ein Stanley aus. „Darf ich Ihnen Ms. Canyon vorstellen? Wenn sie sich irgendwo im Gebäude verlaufen sollte, helfen Sie ihr bitte. Heute ist ihr erster Tag."

Stanley richtete seine dunklen Augen auf mich, und ich hielt den Atem an. Er sah sehr interessant aus, war schätzungsweise schon in den Fünfzigern, doch sehr durchtrainiert. Äußerst eindrucksvoll. „Ms. Canyon, Sie können von jedem Apparat innerhalb des Gebäudes die 51 wählen und damit den Sicherheitsservice erreichen. Wir sind Ihnen gern behilflich."

„Vielen Dank, Stanley."

„Ms. Canyon, wenn Sie bitte mal herkommen könnten. Sie müssen sich hier eintragen."

Ich lehnte mich an den Empfangstresen, stellte meine Tasche ab und nutzte die Gelegenheit, um das Sicherheitssystem näher zu begutachten. Es schien lückenlos zu sein, und mir wurde klar, dass ich enorm vorsichtig sein musste, wenn ich herumschnüffeln wollte. Als ich den Stift auf den Tresen zurücklegte, stieß ich meine Tasche um, und die Schlüsselkarte fiel heraus.

Mr. Monday bückte sich, um sie aufzuheben. „Verlieren Sie die nicht, sonst sitzen Sie in diesem Gebäude fest. Wollen wir?"

Er umfasste meinen Ellbogen, und – *zack* – da war es wieder. Das Gefühl, das meine Knie weich werden ließ und meinen Herzschlag beschleunigte. Ich blinzelte und atmete tief durch. Wider besseres Wissen genoss ich die Empfindungen, die er bei mir auslöste, tat aber mein Bestes, um meine körperliche Reaktion auf ihn zu verbergen.

„Ich habe keine Ahnung, wohin ich gehen muss. Gibt es keine Anweisungen oder irgendetwas? Ich dachte, Mr. K…"

„Hier entlang, Ms. Canyon", unterbrach er mich. Sein Griff wurde etwas fester, als er mich am Empfangstresen vorbei zu einer Reihe von Fahrstühlen führte.

„Was war das?" Ich starrte ihn an. Er war mir über den Mund gefahren.

„Ich dachte, Sie hätten das verstanden."

„Was verstanden? Niemand hat mich darüber unterrichtet, worum es geht. Woher soll ich also verstehen, was los ist?"

„Sie sind doch eine intelligente Frau. Denken Sie nach." Seine Stimme klang angespannt, sein Blick war kühl. Dieser Moment der Verbundenheit in der Limousine war dann wohl Geschichte.

War ich bereits durchgefallen? Panik überkam mich. Ich wandte mich ab und dachte hektisch nach. Was hatte ich gesagt? Die Lifttür öffnete sich, und er schob mich hinein. Ich beobachtete, wie er die Karte in den Schlitz schob und die Lichter an der Schaltfläche angingen.

Lächelnd reichte er mir die Karte. Als ich sie entgegennahm, berührten sich unsere Finger erneut. Mein Herz machte einen Satz, als ich sah, wie seine Züge weicher wurden. Mr. Monday war kompliziert: In der einen Sekunde blickte er finster drein, in der nächsten lächelte er. Himmel noch mal, er schien bei mir sämtliche Knöpfe zu drücken.

Oje, meine Gefühle spielten verrückt. Ich musste unbedingt Ruhe bewahren und cool bleiben. Es machte mir echt zu schaffen, dass ich ihn irgendwie verärgert hatte. Das gefiel mir nicht. Nicht nur wegen des Jobs, da war noch etwas anderes. Er war irgendwie anders als andere, was mir gefiel. Auf mich machte er den Eindruck, als wäre er ein sehr tiefsinniger und komplizierter Mann. Ich wollte gern mehr über ihn erfahren. Würde sich jemals die Gelegenheit ergeben, diese Spannung zwischen uns tiefer zu ergründen? *Oh, das hoffe ich doch sehr!*

Er drückte den Knopf für das 28. Stockwerk.

„Jede Karte für eine Etage."

Mir war klar, was er meinte. Im Stillen sagte ich mir, dass ich mich über diesen beschränkten Zugang nicht ärgern sollte, aber das tat ich. Meine Bewegungsfreiheit in diesem Gebäude würde stark eingeschränkt sein. Ich begann mir Sorgen zu machen, ob ich jemals die Informationen finden könnte, die ich suchte. Diese Kontrolle würde ein echtes Problem darstellen – allerdings nicht, wenn ich CEO wäre. Ich brauchte freien Zugang zu allem. Es ernüchterte mich, zu erkennen, dass ich deutlich im Nachteil war. Egal, wie viele Recherchen ich bereits angestellt hatte, der Konzern hatte die Oberhand. Das würde sich jedoch ändern, wenn mir der Weg in die Führungsetage gelang und ich das Unternehmen zu Fall brachte.

„Gibt es irgendetwas, das Sie mir zum heutigen Tag und dem, was mir bevorsteht, sagen können?"

Eine Glocke ertönte, als der Lift in der 28. Etage angekommen war.

Er zögerte kurz, bevor er ausstieg, und sah mich an. „Behalten Sie nur das Vertrauen in sich selbst."

Ich nickte, war mir jedoch nicht sicher, was ich davon halten sollte. Sollte das eine Warnung sein?

Es kostete mich Kraft, meine Nerven zu beruhigen. So viel konnte so fürchterlich und vor allem so schnell schiefgehen. Mein Herz flatterte, ich presste die Lippen zusammen und ballte die Hände zu Fäusten, um zu verhindern, dass sie zitterten. Das köstliche Frühstück mit Kaffee aus Costa Rica und New Yorker Bagels lag mir wie ein Stein im Magen. Ich musste ein paarmal schlucken, um die langsam aufsteigende Übelkeit zu verdrängen. Es wurde Zeit, dass ich mich zusammenriss. Entschlossen folgte ich Mr. Monday durch die Etageneingangshalle.

Währenddessen blickte ich mich um, und wieder beeindruckte mich die Ausstattung. Die Türen waren aus honigfarbenem Holz und mit ornamentalen Schnitzereien geschmückt. Die Messingstoßplatten und Türklinken funkelten. Selbst das gedämpfte Licht, das einen sanften Schein auf einige Ohrensessel warf, wirkte goldfarben.

„Hier entlang bitte." Er nahm mir die Karte wieder aus der Hand und steckte sie in den Schlitz an einer der anderen beiden Türen, die von der Lobby wegführten. Die Tür schwang auf, und er hielt sie fest, während ich an ihm vorbeiging. Dabei holte ich ein paarmal tief Luft, um seinen wundervollen Duft einzuatmen. Ich sah eine Reihe von Reißbrettern und einen weiteren langen Tisch mit schmalen breiten Schubladen in der Mitte des Raums, auf dem Papierrollen lagen. Als wir weitergingen, erkannte ich, dass es sich um Baupläne handelte. Dieser Raum sah aus wie ein Architekturbüro.

„Was ist das für eine Abteilung?", wollte ich von Mr. Monday wissen.

„Fusionen und Übernahmen.“

„Die sehen aus wie Zeichentische für Architekten.“

„Wir kaufen und konstruieren sie hier auf der Etage.“ Er gab mir meine Karte zurück.

Ich folgte ihm weiterhin und gab mir Mühe, so zu wirken, als wüsste ich, wohin ich ging. Als wäre ich aus einem bestimmten Grund hier und würde mir nicht wie ein Fisch auf dem Trockenen vorkommen. Während wir an einigen Schreibtischen vorbeiliefen, nutzte ich die Gelegenheit, einen Blick auf einige der Papiere zu werfen, versuchte die Bezeichnungen auf den Akten zu lesen oder irgendetwas zu entdecken, das für meinen Racheplan von Belang sein könnte. Auch wenn ich nicht erwartete, irgendetwas Interessantes zu finden, das hier für jeden sichtbar herumlag, konnte es ja nicht schaden, die Augen offen zu halten. Ich lächelte, während ich versuchte, Gesprächsfetzen der Angestellten aufzuschnappen, ohne dabei zu neugierig zu erscheinen. Die meisten begrüßten mich mit einem Nicken. Manche betrachteten mich neugierig, andere ignorierten mich. Es war mir egal, ich hatte meine eigenen Pläne.

„Tess Canyon!“, schallte eine tiefe Stimme durch den Raum. Ich blieb wie angewurzelt stehen, erstaunt, dass ausgerechnet an diesem Ort jemand nach mir rief. Ich sah Mr. Monday an, dann schaute ich zu den Mitarbeitern. Sie schienen überhaupt nicht überrascht und hoben bloß den Kopf, um zu sehen, wer Tess Canyon war. Die Stimme war vom anderen Ende des Raumes gekommen, wo jemand in einer geöffneten Bürotür stand. Mr. Monday wirkte angespannt. Gab es ein Problem zwischen diesen beiden Männern?

Er runzelte die Stirn, und ich hätte schwören können, dass er leise knurrte.

Der andere Mann hob die Hand, und ich konnte die weißen Zähne in seinem gebräunten Gesicht bereits von hier erkennen, als er mich anlächelte. Der Typ war riesig und schien mit jedem Schritt, den ich auf ihn zukam, größer zu werden. Während er mich beobachtete, verschränkte er die Arme vor der unglaublich breiten Brust. Ich erschauerte, als sein Lächeln noch breiter wurde, und ertappte mich dabei, wie ich unwillkürlich die Hüften etwas eleganter schwang. Dieser Mann war eindrucksvoll. Diamond Enterprises bevorzugte offensichtlich besonders große Männer. Ich blieb vor ihm stehen und geriet ein bisschen aus dem Gleichgewicht angesichts des sexy Funkelns in seinem Blick. Unwillkürlich verglich ich seine Augen mit den eisblauen von Mr. Monday, unter denen sich diese aufreizende Narbe befand. Eines Tages werde ich herausfinden, woher er die hat, schwor ich mir im Stillen. Ich sah kurz zu ihm, weil er so schweigsam war, und bemerkte seine Anspannung.

Wir betraten das Eckbüro, das an zwei Wänden Fenster mit einer atemberaubenden Aussicht auf die Stadt unter uns hatte. Der Mann streckte mir die Hand zur Begrüßung hin. Er hatte die Statur eines Footballspielers, und der Stoff seines Designeranzugs betonte seinen muskulösen Oberkörper. Ich hob den Blick.

„Hallo. Ich freue mich, Sie kennenzulernen, Tess."

Ich ergriff seine Hand, in der meine völlig verschwand, und schüttelte sie. Der erste Gedanke, der mir kam, war: keine Funken. Er schaute zu Mr. Monday.

Ja, da gab es eindeutig eine Spannung zwischen den beiden, ich spürte es.

Mr. Monday wandte sich an mich. „Ms. Canyon, dann werde ich mich jetzt verabschieden. Genießen Sie Ihren Tag." Und damit war er verschwunden. Sein abrupter Abgang überraschte mich ein wenig, was sich offenbar in meinem Gesicht widerspiegelte.

„Achten Sie nicht weiter auf ihn. Er hat so seine Eigenarten", meinte der Mann und betrachtete mich mit seinen sehr dunklen

Augen. „Willkommen auf der Thinktank-Etage von Diamond. Ich bin Ihr Tuesday-Man."

„Die Freude ist auch auf meiner Seite. Tuesday-Man?" Ich fand das witzig, versuchte aber nicht zu grinsen.

Er lachte. Es klang laut und tief, passend zu seiner Statur, und es war ansteckend. Ich musste unwillkürlich lächeln. Er war mir sympathisch. Seine offene Art wirkte beruhigend auf mich, und ich atmete aus. Er deutete auf einen Sessel. „Bitte machen Sie es sich bequem. Heute ist Dienstag, oder? Also nennen Sie mich einfach Mr. Tuesday."

Ich setzte mich und schlug die Beine übereinander, wobei ich den Saum meines Rocks festhielt. Automatisch fiel sein Blick auf meine Schenkel, dann sah er mir in die Augen. Ich versuchte meine Überraschung zu verbergen, als sinnliche Hitze durch meinen Körper schoss. Bei der Begrüßung eben waren vielleicht keine Funken geflogen, doch die Miene, die dieser Mann aufsetzte, während er mich musterte, war alles andere als gleichgültig. Ich beobachtete, wie er sich auf der anderen Seite des Schreibtischs auf dem Ledersessel niederließ, der erstaunlicherweise nicht unter seinem riesigen muskulösen Körper protestierte. Nachdem ich tief durchgeatmet hatte, wandte ich mich ihm zu, während ich insgeheim hoffte, dass mein erhitztes Gesicht mich nicht verriet. Instinktiv wollte ich die Hand von meinem Knie nehmen und sie auf meine Wange legen, konnte diese allzu verräterische Geste aber rechtzeitig unterdrücken.

„Na gut, Mr. Tuesday", sagte ich. „Sie wissen sicher, warum ich hier bin. Wobei Sie mir gegenüber im Vorteil sind."

Wieder lachte er, lehnte sich in seinem Sessel zurück und verschränkte die Hände hinter dem Kopf. Seine Bewegungen waren lässig und unangestrengt, und er vermittelte mir das Gefühl, als wäre alles in bester Ordnung. Seine dunkelbraunen Augen waren sehr ausdrucksvoll und faszinierten mich. Er beruhigte mich mit seiner entspannten Art, ganz im Gegensatz zu der ständigen Aufgeregtheit, die mich in Gegenwart von Mr. Monday überfiel.

„Alles hat sich ziemlich rasant entwickelt", fügte ich hinzu.

„Ja, dessen bin ich sicher. Aber das Wichtigste ist, dass Sie jetzt hier sind. Nun lassen Sie uns keine Zeit verschwenden. Wir haben viel vor. Sie müssen eine ganze Menge büffeln, bevor wir aufbrechen."

„Aufbrechen? Wohin gehen wir?", fragte ich etwas entsetzt darüber, dass es schon wieder woandershin ging.

„Ja, wir gehen, also ..." Er zog sein Handy aus der Tasche und warf einen Blick auf das Display. „... in etwa fünfundzwanzig Minuten."

„Und wohin?", wollte ich alarmiert wissen. Wo war die Gelassenheit geblieben, die ich gerade eben noch empfunden hatte?

Der Mann hörte nicht mehr auf zu grinsen und kippelte ein bisschen mit seinem Sessel. Das erinnerte mich an früher, als ich ein kleines Mädchen gewesen war und mein Dad am Esstisch in seinem Sitz auf den beiden hinteren Stuhlbeinen balanciert war. Dabei war meine Mutter fast verrückt geworden. Doch er hatte gelacht und war mit einem breiten Grinsen auf die vorderen Stuhlbeine zurückgefallen, sodass es gekracht hatte und meine Mutter und ich erschrocken aufgeschrien hatten. Dann war er aufgesprungen und hatte uns gekitzelt, bis uns vor Lachen die Tränen gekommen waren. Wie hatte so ein glücklicher Mann, der so liebevoll mit seiner Familie umgegangen war, so verbittert und nur ein Schatten seiner selbst werden können?

Die lockere Art von Mr. Tuesday half mir, mich wieder ein bisschen zu beruhigen. „Wir machen eine Autofahrt", sagte er nur und lachte erneut, bevor er aufstand. „Kommen Sie mit." Er nahm eine Akte vom Schreibtisch, bevor er zu mir herumkam und zur Tür ging. Ich folgte ihm. Plötzlich blieb er stehen, und ich stieß gegen ihn. „Oh, Pardon. Alles okay?“ Er hatte sich schnell umgedreht und mich an den Armen festgehalten.

„Ja, alles okay. Aber wenn Sie das nächste Mal bremsen, sollten Sie besser die Warnlichter betätigen.“

„Ganz recht, ich werde es mir merken.“ Er reichte mir den Ordner. „Suchen Sie sich hier irgendwo einen Schreibtisch, den niemand benutzt, und lesen Sie diese Akte. Alles sollte sich von selbst erklären, wenn Sie die Dokumente durchgehen. Sie können auch gern die Etage erkunden, wenn Sie die Zeit dazu finden, doch ich fürchte, das wird nicht der Fall sein. Wenn Sie Kaffee möchten, können Sie sich gern einen holen, aber denken Sie daran, dass wir pünktlich aufbrechen. Von jetzt an in zwanzig Minuten.“

Ich umklammerte den Ordner. Mr. Tuesday steuerte auf eine Gruppe von Mitarbeitern zu, die sich um einen Zeichentisch versammelt hatten. Seine laute Stimme dröhnte durch den Raum, und ich musste lächeln, als alle über eine seiner Bemerkungen lachten. Er war hier offensichtlich der Abteilungsleiter und dazu bei allen sehr beliebt – vielleicht bis auf eine Ausnahme, was Mr. Monday betraf.

Ich fand einen freien Schreibtisch gegenüber dem Fenster und setzte mich, während ich einen Blick auf meine Uhr warf, um zu kontrollieren, wie viel Zeit mir blieb. Mr. Tuesday schien jede Minute verplant zu haben. Ich versuchte mich auf die Dokumente zu konzentrieren, musste jedoch immer wieder auf die Uhr sehen. Dann blätterte ich zur ersten Seite zurück, die sich in den Ringen verklemmt hatte.

Es war das Titelblatt. Die Überschrift war kurz, aber sie sprach Bände.

Übernahmeangebot Northbrook Industries, las ich da.

Wow, Diamond wollte Northbrook kaufen. Ich hatte von denen gehört. Es war ein Familienunternehmen, ziemlich groß in der Tech-Szene. Interessiert blätterte ich in den Unterlagen. Ich fragte mich, was Diamond mit dieser Firma wollte. Beim Überfliegen der Seiten sah ich häufig auf die Uhr. Ich hatte nicht genug Zeit, um alles zu lesen, und ich verstand die Ausgangslage nicht vollkommen, was mich ziemlich ins Hintertreffen brachte. Panisch registrierte ich, wie schnell die Minuten vergingen. Meine Uhr zeigte inzwischen fünf vor zehn. Ich schnappte mir den Ordner und ging zu Mr. Tuesday hinüber.

„Tess!“, rief er. Ich seufzte. Dieser Mann würde vermutlich den ganzen Tag lang meinen Namen rufen. Kaum hatte er meine Aufmerksamkeit, verschwand er schon durch die Tür, und ich musste mich beeilen, um ihn einzuholen. Seine Energie raubte mir den Atem. Wie sollte ich diesen Tag überstehen, wenn er ständig so durch die Gegend preschte? Als ich ihn am Fahrstuhl endlich erwischte, fragte er: „Alles vorbereitet?“

„Soweit das nach zwanzig Minuten Speed-Lesen möglich ist.“

Er lachte und schien kein bisschen besorgt. „Dann kommen Sie. Sie können es sich im Auto noch mal ansehen.“

Minuten später rasten wir in seinem Porsche Panamera durch die Stadt. Es war ein beeindruckendes Auto, so etwas hatte ich noch nie gesehen. Irgendwie konnte ich kaum glauben, was ich alles erlebt hatte, seit ich am Abend zuvor beim Boss von Diamond Enterprises gewesen war. Hier saß ich nun in einem Porsche und flog praktisch durch die Straßen einem unbekannten Ziel entgegen. Für mich war es nicht normal, so waghalsig und wild zu sein. Alles schien mir außer Kontrolle zu geraten; ich befand mich außerhalb meiner Komfortzone. Wenn ich die Situation nicht endlich in den Griff bekam, könnte mir alles zwischen den Fingern zerbröseln. Ich beschloss, das, was noch vor mir lag, einfach zu genießen. Leider musste ich den Ordner durchsehen, was mich daran hinderte, mich an der rasanten Fahrt zu erfreuen.

„Wie wäre es, wenn Sie sich noch ein paar Minuten mit dem Deal beschäftigen?", meinte Mr. Tuesday.

„Ich denke, es erfordert mehr als ein paar Minuten, um mich damit vertraut zu machen."

„Sie werden das schon hinkriegen, Tess." Er warf mir kurz einen Blick zu. Seine Augen waren so dunkelbraun wie Schokolade – aber war da auch eine gewisse Abgebrühtheit zu erkennen? Womöglich steckte noch mehr in ihm, als zu lachen und Witze zu machen. Ich nahm an, dass er so seine Ecken und Kanten hatte.

„Das denke ich auch."

Er warf den Kopf zurück und lachte laut. „Sehr gut." Ganz offensichtlich genoss er das Leben. „Die Fahrt dauert anderthalb Stunden." Nun, das war allerdings mal eine Auskunft. „Ich werde Sie nicht ansprechen, während Sie die Dokumente durchlesen." *Sehr rücksichtsvoll.*

Wir verfielen in Schweigen, während wir Richtung Stadtrand fuhren. Ich hatte keine Vorstellung davon, wohin es ging. Am liebsten hätte ich mich zurückgelehnt und die Fahrt genossen, doch der Ordner auf meinem Schoß forderte meine Aufmerksamkeit.

Die Unterlagen fühlten sich auf meinen Knien an wie ein Bleigewicht. Ich wusste, dass ich sie mir noch mal ansehen musste. Ein Schauer lief mir über den Rücken. Wuchs mir das alles über den Kopf? Ich fragte mich, auf was ich mich da eingelassen hatte, und sah zu Mr. Tuesday. Er konzentrierte sich auf die Straße, hielt das Lenkrad mit seinen großen Händen locker umklammert. Als er offenbar meinen Blick spürte, wandte er sich kurz zu mir um und lächelte. Es wirkte fast verführerisch, und ich überlegte, ob er gerade mit mir flirtete. Er war eindeutig attraktiv, und ich fühlte ein leichtes Kribbeln. Seit dem vergangenen Abend hatte ich die Bekanntschaft von zwei außerordentlich gut aussehenden, sexy Männern gemacht, und meine Libido war erwacht. Jede Sekunde brachte einen neuen Anreiz – entweder mental aufgrund der Herausforderung unbekannter Aufgaben, die vor mir lagen, oder körperlich, wie der Adrenalinrausch durch die Fahrt in diesem unglaublich schnellen Auto. Ich stand ununterbrochen unter Hochspannung. Wenn das Leben so weiterging, würden meine Nerven das kaum aushalten.

Im Moment kam mir das alles nicht vor wie ein Vorstellungsgespräch. Der Fahrtwind zischte durch das Fenster und zerzauste mir das Haar, das ich mir immer wieder erfolglos aus der Stirn strich. Plötzlich musste ich grinsen. Nein, das hier war keineswegs wie bei einem Vorstellungsgespräch. Hätte ich es nicht besser gewusst, hätte ich diese Situation für ein Date mit einem sexy Mann gehalten, der mich in einem beeindruckenden Wagen zu einem unbekannten Ort fuhr, an dem mich etwas sehr, sehr Aufregendes erwartete.

Mr. Tuesday holte mich schnell in die Realität zurück.

„Sind Sie nervös?“, fragte er mich über das Pfeifen des Windes hinweg, der durch das Innere des Autos fegte.

Die Frage überraschte mich. Zurzeit war ich nicht nervös, auch wenn ich das vorher gewesen war. Aber vielleicht bemerkte er etwas an meiner Ausstrahlung. Womöglich gehörte er zu den Personen, die ein gutes Gespür für die Menschen um sie herum besaßen. Ich war nicht bereit, offen mit ihm zu sprechen. Wenn ich zugab, wie ich mich fühlte, würde ich mir eine Blöße geben und verletzlich werden, deshalb bemühte ich mich darum, nichts herauszulassen. Ich würde nichts tun, das meine Chancen auf den Job zerstörte. „Sollte ich das sein?“, entgegnete ich stattdessen. „Warum möchten Sie, dass ich die Unterlagen zu Northbrook lese?“

„Wir sind auf dem Weg zu einem Meeting mit ihnen, und Ihre Prüfung wird dort stattfinden. Keine Sorge, ich bin überzeugt, dass Sie sich gut machen werden. Ich bin da, um Ihnen den Rücken zu stärken, wenn es notwendig werden sollte.“

Ich ließ den Kopf gegen die Rückenlehne sinken, wandte das Gesicht dem Fahrtwind zu, der meine Nerven beruhigte, und schloss kurz die Augen, um den Moment zu genießen. Eine gewisse Vorfreude überkam mich. Obwohl ich keine Ahnung hatte, was mich erwartete, würde ich die Gelegenheit nutzen, um zu glänzen. Mr. Tuesday hatte ebenfalls diese Wirkung auf mich. Ich hätte nicht sagen können, warum, aber es war so. Über die Gründe wollte ich mir jetzt, wo das Meeting bevorstand, erst mal keine Gedanken machen. Ich musste mich zusammennehmen und Höchstleistung bringen. Davon hing so viel ab.

Eines musste ich zugeben: Diese ganze Aufregung gab mir Energie. Es wirkte belebend. Die Erwartung des Unbekannten, das Mysteriöse, das vor mir lag. Jeder meiner Schritte brachte mich auf waghalsige Weise in rasantem Tempo voran. Das war sonst nicht meine Art. Mir blieb nichts weiter, als mich gut festzuhalten und zu hoffen, dass ich nicht mit Karacho aufschlug. Konnte es sein, dass ich so lange mit meinen Racheplänen beschäftigt gewesen war, dass ich die Welt um mich herum aus den Augen verloren und vergessen hatte, zu leben und Spaß zu haben? Und dass dieser Nervenkitzel mich nun aufrüttelte und mir die Augen für das öffnete, was mir entging? Vielleicht wollte ich im tiefsten Innern ja tatsächlich auf Messers Schneide leben. In einer solchen Lage hatte ich mich nie zuvor befunden. Das zwang mich dazu, das Leben aus vielen neuen, unterschiedlichen Perspektiven zu betrachten.

Ich öffnete den Ordner und begann zu lesen, auch wenn es nicht leicht war, sich zu konzentrieren. Aber ich sah ein, dass es wichtig war und alles von meiner Fähigkeit abhing, die bevorstehende Sitzung in den Griff zu bekommen. Also besann ich mich auf meine Rechercheerfahrungen, um mehr Fakten zu erhalten, als dieser Ordner hergab. Ich zog mein Handy heraus und suchte im Netz nach Informationen über Northbrook. Falls später eine unangenehme Überraschung auf mich wartete, wollte ich möglichst gut vorbereitet sein. Ich fand ein paar interessante Pressemitteilungen. Vor allem eine erweckte meine Aufmerksamkeit: Northbrook hatte einen speziellen Computerchip entwickelt, und es war nicht schwer zu erraten, was Diamond von der Firma wollte. Northbrook behauptete, dieser Chip würde die Kommunikationstechnologie revolutionieren. Unwillkürlich musste ich ein Schnauben unterdrücken. Eine Menge Erfindungen wurden als revolutionär angekündigt, doch nur wenige erwiesen sich tatsächlich als innovativ. Ich war skeptisch. Diamond wurde nicht als einziger Konzern genannt, der an der neuen Technologie interessiert war. Außerdem wurde der Chip mit dem ähnlichen Produkt eines Konkurrenten verglichen. Die Informationen in der Pressemitteilung waren äußerst oberflächlich, und trotz weiterer Suche konnte ich keine tiefer reichenden Fakten finden. Auch die beste Bibliothekarin konnte ja keine Daten herbeizaubern. In diesem Fall musste ich mich auf mein Gespür verlassen. Ich merkte mir all die Informationen, um sie später eventuell abrufen zu können. Als ich hochschaute, stellte ich fest, dass wir mittlerweile die Stadt hinter uns gelassen hatten.

„Fühlen Sie sich jetzt gut vorbereitet, nachdem Sie sich den Ordner noch mal angesehen haben?“, wollte Mr. Tuesday wissen.

„Ja, ich denke schon.“ Ich streckte mich auf dem Sitz, um meinen Nacken ein wenig zu entspannen. Dann sah ich Mr. Tuesday an. Zu meinem Erstaunen hatte er die Stirn gerunzelt. War er mit meiner Antwort nicht zufrieden?

„Es reicht nicht, wenn Sie es nur annehmen. Sie müssen sich ganz sicher sein und ein vollkommen positives Gefühl dabei haben. Es ist zwingend erforderlich, dass dieser Deal klappt, und eine gute Vorbereitung ist entscheidend dafür. Das ist Ihre Prüfung. Vielleicht sollten Sie den Ordner lieber ein weiteres

Mal durchgehen. Es dauert noch mindestens zwanzig Minuten, bis wir da sind.“

Wollte er mich zurechtweisen? Das gefiel mir nicht, vor allem, da ich mein Bestes tat, um die Einzelheiten genau zu verstehen. Das war nicht so leicht, wenn man als Letzter auf die Party kam. Leise seufzend schlug ich den Ordner auf meinem Schoß wieder auf.

Etwa fünf Minuten bevor wir unser Ziel erreichten, hatte ich das Angebot von Diamond praktisch auswendig gelernt. Die Hintergrundinformationen würden mir helfen, mit Northbrook zu verhandeln.

Die zusätzlichen Dokumente zeigten durchgehend, welchen positiven Impuls eine Übernahme dieser Art für Diamond Enterprises bedeuten würde. Auch wenn es nicht mein Spezialgebiet war, besaß ich einige Übung im Verhandeln. Bereits vorher hatte ich in einem männlich dominierten Umfeld gearbeitet und mich zu behaupten gelernt, vor allem wenn es ums Geld ging. Ich würde nicht zulassen, dass mir ein Haufen guter alter Jungs mit ihren aus der Zeit gefallenen Methoden Steine in den Weg legte. Vielleicht irrte ich mich – womöglich war das Northbrook-Team nicht testosterongesteuert –, aber darauf würde ich nicht wetten. Die Unternehmenswelt war noch immer hauptsächlich eine Männerdomäne. Ich klappte den Ordner zu und warf einen Blick aus dem Autofenster. Wir befanden uns außerhalb der Stadt, in Gottes Land.

Mr. Tuesday steuerte den Wagen eine wunderschöne Landstraße über Hügel und Kurven entlang. Ich betrachtete die vorbeiziehende Natur und setzte mich aufrecht hin, als er herunterschaltete und langsamer fuhr. Wir mussten kurz vor unserem Ziel sein. Er bog in eine von Bäumen gesäumte Straße ein. Durch die Baumkronen über dem Gehweg fiel geflecktes goldenes Sonnenlicht auf das Pflaster. Zu beiden Seiten des Wegs, der uns in den Wald führte, befand sich gut gepflegter

Rasen. Fast erwartete ich, dass jeden Moment ein Reh über die Straße lief oder ein Kaninchen vorbeihoppelte. Ich seufzte, als Mr. Tuesday das Tempo noch weiter drosselte und alle Fenster öffnete. Die Luft wirkte erfrischend. Obwohl ich angesichts dessen, was mir bevorstand, etwas nervös war, verspürte ich jetzt mehr Selbstvertrauen.

Wir fuhren für etwa zwei Kilometer weiter durch den Wald. Zu unserer Linken führte eine schmale Abzweigung zu einem gut besetzten, hinter Bäumen versteckten Parkplatz. Vor einem hübschen rustikalen Haus waren eine Menge Leute damit beschäftigt, ihre Golftaschen zu packen, Angestellte fuhren mit Golfcarts vor und verstauten das Gepäck. Mr. Tuesday lenkte das Auto um weitere sanfte Kurven und über leichte Erhebungen, bis wir eine Lichtung erreichten, bei deren Anblick mir der Atem stockte. Das Fairway breitete sich den Hügel hinunter bis zu einem klaren See aus. Im Vorbeifahren sahen wir Golfer, die auf dem Rasen abschlugen. Ich verschlang fast alles mit meinen Blicken. Dann fuhren wir über eine geschwungene einspurige Brücke mit niedrigen Steinmauern zu beiden Seiten und an einer weiteren Baumreihe vorbei, bis wir zu einer langen Auffahrt gelangten, die uns zum Hauptgebäude führte.

„Himmel noch mal, sieh sich das einer an!“, rief ich.

„Nett, was?“ Mr. Tuesday schaute sich um. „Willkommen im Rockwood Country Club.“

„Das hier ist wirklich mehr als nett.“

„Wir hatten beschlossen, uns hier zum Meeting zu verabreden. Alle waren sich einig, dass wir die Verhandlungen unter Verschluss halten und uns nicht bei Northbrook treffen, um unnötige Gerüchte zu vermeiden.“

Dem konnte ich nur zustimmen. „Das ist sinnvoll. Aber was für ein schöner Ort!“

„Das ist es. Wir nutzen die Liegenschaften hin und wieder als Erholungsort für unsere Führungskräfte und Angestellten, für Workshops oder was auch immer wir außerhalb der Büroräume stattfinden lassen wollen. Wir haben sogar einen Hubschrauberlandeplatz bauen lassen."

Seine Bemerkung weckte sofort die Erinnerung an den Trip vom vergangenen Abend, aber ich verdrängte diese Gedanken. Mit diesem Helikopterausflug, den Fahrten in schnellen und luxuriösen Wagen und – für mich noch am wichtigsten – dem speziell eingeflogenen Kaffee war ich definitiv in einem Jetset-Lifestyle gelandet. An so etwas könnte ich mich gewöhnen.

„Wird das Vereinshaus oft genutzt?"

„Eigentlich schon. Mittags und abends für Geschäftsessen. Neben vielen anderen Veranstaltungen findet hier auch jedes Jahr ein Benefiz-Golfturnier statt."

„Aha. Dann ist das so eine Art exklusiver Veranstaltungsort von Diamond Enterprises."

„So könnte man es wohl nennen." Er schwieg kurz. „Ist Ihnen klar, dass diese Übernahme sehr wichtig für Diamond ist? Die Eigentümerversammlung von Northbrook scheint sich nicht einig zu sein. Ein paar wollen verkaufen, aber die Mehrheit zeigt sich von unserem Angebot nicht überzeugt. Ich denke, sie wollen mehr Geld, doch wir sind bereits bis an unser Limit gegangen. Das bedeutet, dass Sie sich etwas einfallen lassen müssen."

„Wenn es so wichtig ist, verstehe ich nicht, warum *ich* diesen Deal abschließen soll."

„Sie sind genau das, was wir brauchen."

Ich hatte das Gefühl, als würde mir der Unterkiefer herunterklappen. Es war das erste Mal, dass er sein Vertrauen in meine Fähigkeiten deutlich zum Ausdruck brachte. Bisher hatte er mir hin und wieder Hilfestellung gegeben, aber diese klare Aussage, dass er auf mich vertraute, verstärkte den Druck und machte mich nervös. Ich musste daran glauben, dass ich es schaffte, dass ich allen Mut zusammenbringen konnte, um mich in dieser mir unbekannten Welt der Hubschrauberausflüge und Gourmetkaffees sicher zu bewegen und einem widerwilligen Verhandlungspartner entgegenzutreten. Was, wenn mir das nicht gelang? Leichte Selbstzweifel keimten in mir auf. Ich schob diese schnell beiseite und hoffte das Beste. Mit zusammengebissenen Zähnen schaute ich Mr. Tuesday an, während wir uns dem Vereinshaus näherten.

„Ich hoffe, dass ich unser beider Erwartung erfüllen kann." Ich rutschte in meinem Sitz ein Stück herum, um ihn besser ansehen zu können, und kreuzte die Knöchel. „Da es in meiner Verantwortung liegt, werde ich alles tun, um diesen Deal zu besiegeln." Die wahren Gründe für meinen Einsatz konnte ich nicht erwähnen, denn, verdammt noch mal, jeder Test war eine weitere Barriere, die mich, wenn ich durchfiel, daran hinderte, an Diamonds Unterlagen heranzukommen. Wenn ich die Prüfungen nicht bestand, wäre ich auf der Suche nach den ausschlaggebenden Dokumenten keinen Schritt weitergekommen. Im Moment hatte ich noch sechs Chancen – Möglichkeiten –, um das zu finden, was ich benötigte, Möglichkeiten, die sich mir noch nicht geboten hatten. „Es wäre hilfreich, zu wissen, welches die größten Bedenken von Northbrook sind."

„Sie wollen mehr Geld."

„Haben sie irgendwelche Gründe angegeben, weshalb sie mit dem Deal nicht zufrieden sind?" Ich überlegte, ob mir hier eventuell irgendwelche Informationen vorenthalten wurden. Vielleicht, um mich zu sabotieren. Oder um mich zu veranlassen, härter an einer Lösung zu arbeiten.

„Northbrook ist seit vielen, vielen Jahren ein Familienunternehmen. Sie fühlten sich zu sicher und wurden arrogant. Doch jetzt stehen sie finanziell unter Druck. Als sie Kontakt zu uns aufgenommen haben, wollten wir diese Gelegenheit sofort ergreifen."

„Verstehe. Das hätte eigentlich in diesem Ordner stehen müssen." Ich tippte mit dem Finger auf den Hefter. „Das tut es aber nicht. Wie soll ich denn das Beste rausholen, wenn ich nicht über alle Fakten verfüge? Gibt es noch was, das ich besser wissen sollte?"

„In der Akte ist vermerkt, dass sie finanzielle Probleme haben."

„Das stimmt. Ein paar zusätzliche Details wären allerdings hilfreich."

„Sie waren immer stolz darauf, Spitzenqualität zu produzieren, doch unter den derzeitigen finanziellen Umständen sind sie nicht in der Lage, ihren Standard zu halten. Einige ihrer Produkte haben die Qualitätsprüfungen nicht bestanden. Wir haben im Lauf der Verhandlungen immer wieder Schritte nach vorn und wieder zurück gemacht, bis wir uns endlich auf einen Preis einigen konnten." Er deutete auf den Ordner. „Wir brauchen jedoch ihre Unterschrift, um den Deal abschließen zu können."

Ich dachte nach. „Es gefährdet die Existenz, wenn man nicht mehr die Qualität liefern kann, die die Kunden inzwischen erwarten. Das schadet dem Ansehen der Firma."

„Deshalb wäre die Übernahme für beide Parteien gut. Es hilft uns, da die neue Chiptechnologie, die sie entwickelt haben, genau das ist, was uns auf die nächste Geschäftsebene bringen würde, um den anderen eine Nasenlänge voraus zu sein. Wir könnten eine Führungsposition einnehmen und Diamond Enterprises auf dem Weltmarkt etablieren. Northbrook hingegen würde die Fusion helfen, das Familienvermögen wieder aufzustocken, ohne einen Imageschaden zu erleiden."

Ich fragte mich, ob diese Geschichte mit dem guten Ruf tatsächlich das Hauptanliegen für alle war. So niederträchtig das Geschäftsgebaren von Diamond auch war, Mr. King hatte auf mich den Eindruck gemacht, dass er seine Firma liebte.

Ich bezweifelte, dass es ihm gefallen würde, wenn jemand ihm sein Unternehmen wegnehmen wollte, um es dann aufzuteilen und stückweise zu verscherbeln. In der Akte hatte ich keinen Hinweis darauf finden können, dass er dies mit anderen Firmen tat. Dahinter steckte noch mehr.

„In der Akte war nichts darüber zu finden, was Diamond nach der Übernahme mit dem Betrieb vorhat. Besteht die Absicht, die Technologie zu behalten und den Rest zu verkaufen?"

Mr. Tuesday wandte sich mir ruckartig zu. Hatte ich irgendeinen Nerv getroffen?

„Nein, das ist nicht unsere Absicht. Northbrook ist ein gutes, rentables Unternehmen, das lediglich eine helfende Hand benötigt, einen Generalmanager, der die täglichen Geschäfte überwacht und einen stärkeren Schwerpunkt auf Forschung und Entwicklung legt. Wenn das nicht möglich ist und die Lage aussichtslos, was unsere Ziele betrifft, dann, ja, besteht tatsächlich die Möglichkeit, die Firma zu schließen und aufzulösen. Aber das wissen wir erst, wenn wir die Gelegenheit bekommen, die Änderungen einzuführen. Das ist die Herausforderung, und da kommen Sie ins Spiel."

„Herausforderung?"

„Richtig. Obwohl wir das Gerüst der Vereinbarung fertig haben, ist Northbrook immer noch ein bisschen ängstlich. Es könnte durchaus passieren, dass wir mit leeren Händen aus der Verhandlung gehen. Schließen Sie diesen Deal ab. Das ist es, was heute von Ihnen erwartet wird. Verhandeln Sie, was das Zeug hält." Er schenkte mir wieder sein breites Lächeln.

„Wie viel Luft habe ich denn für die Verhandlung?"

„Lassen Sie es mich so ausdrücken: Wir wollen diese Firma sehr dringend, aber sie haben uns bereits bis ans Limit unseres Budgets getrieben. Trotzdem gibt es einen gewissen Spielraum. Ich werde dabei sein und einschreiten, falls es zu hoch gehen sollte."

Das bedeutete in meinen Augen so viel wie ein Blankoscheck, doch ich sagte nichts weiter dazu und beschloss, meine Gedanken für mich zu behalten, obwohl mir alle möglichen Ideen durch den Kopf schwirrten wie Fledermäuse, die versuchten, ihre Höhle zu verlassen. Sie warfen mich den Löwen zum Fraß vor, das war mir klar. Ob ich das überlebte? Ich schlug den Hefter wieder auf. Auch wenn dieses Treffen heute stattfinden würde und Diamond sein letztes Angebot gemacht hatte, verstand ich jetzt, was auf dem Spiel stand. Ich betastete den Scheck, der in den Ordner geklemmt war. Mir war klar, wozu er diente. Er sollte das Vertrauen in unsere Seite stärken. Dass Diamond einen Scheck von 250.000 Dollar anbot, nicht rückzahlbar bei Nichtzustandekommen, bewies, wie ernst der Konzern es mit dem Kauf meinte.

Von innen war der Rockwood Country Club ebenso eindrucksvoll wie von außen. Ich blieb in der großen Eingangshalle stehen und nahm alles in mich auf. Die mit Holz verkleideten Wände gingen in der ersten Etage in eine offene Lounge über, die mit einem Geländer abgeteilt war. Dort befanden sich ein ansprechendes Restaurant und auf der anderen Seite eine weitere Lounge mit einem Kamin, der bis zur Decke reichte. Ich stellte mir vor, wie man sich an kalten Winterabenden gemütlich vor das Feuer kuscheln konnte. „Wow!“

„Gefällt es Ihnen?“, fragte Mr. Tuesday, der hinter mich trat und die Hand auf meine Schulter legte.

Ich erstarrte kurz, zwang mich dann aber, mich zu entspannen. „Sehr sogar. Ich glaube, ich war noch nie an einem so schönen Ort.“

Hinter dem Kamin erhoben sich Stützpfeiler, die aus echten Baumstämmen gemacht zu sein schienen, die bis zur gewölbten Decke reichten und es ermöglichten, dass das wundervolle Licht durch die hohen Fenster hereinfallen konnte. Pflanzen schmückten den rustikalen Raum mit friedvollem Grün. Hinter der gefliesten Terrasse draußen entdeckte ich eine Reihe von Anlegestellen, an denen Pontons und Schnellboote festgemacht hatten, sogar zwei Wasserflugzeuge lagen dort.

„Es gibt auch Leute, die hierherfliegen?"

„In der Tat."

„Dieser Klub ist eine Goldmine."

„Das stimmt. Aber jetzt müssen wir weitergehen. Ich habe Plätze reserviert, damit wir nach dem Meeting etwas essen können."

Es schien ihn höchst zufrieden zu stimmen, dass er mir das mitgeteilt hatte. Mir war es ebenfalls recht. Ich wollte mich hier an diesem Ort gern noch etwas länger aufhalten.

„Da Sie ja den Weg kennen, gehen Sie bitte voraus, ich folge. Bringen wir das Meeting hinter uns." Mein Puls erhöhte sich, als wir uns dem Konferenzraum näherten. Er war in demselben Stil entworfen wie die Lobby und das Restaurant. Dieser Klub gefiel mir wirklich.

Fünf Männer erwarteten uns an der Kaffeebar neben dem Fenster in dem Raum, der für unser Meeting reserviert war. Sie machten auf mich einen verschlossenen Eindruck, und ich wurde nervös. Als sie mich sahen, wirkten einige von ihnen überrascht. Ich fragte mich, ob sie mich ernst nehmen würden. Schon beim Betreten des Raumes musste ich also meine Position klar signalisieren. Es war wichtig, dass diese Männer mich respektierten und mir auf Augenhöhe begegneten. Ich ging um den Tisch herum und rief mir die Gesichter auf den Fotos in meinem Hefter mit den dazugehörigen Namen in Erinnerung.

„Guten Morgen, meine Herren. Wie man Ihnen sicher bereits mitgeteilt hat, bin ich Tess Canyon." Ich streckte die Hand aus und ging auf den ersten Mann zu, den ich als das Familienoberhaupt erkannt hatte. „Es freut mich, Sie kennenzulernen, Mr. North." Er nahm meine Hand und drückte sie fest. „Vielen

Dank, dass Sie zu diesem Treffen gekommen sind.“ Genauso begrüßte ich den Rest der Gruppe und spürte sofort, dass ich zumindest ein winziges Maß an Respekt gewonnen hatte. Das war ein Anfang.

Ich entschied mich für einen Platz mit dem Rücken zum Fenster. Mr. Tuesday setzte sich neben mich. Die fünf Männer nahmen uns gegenüber Platz. Diese Position erlaubte mir durch das hereinfallende Tageslicht einen genauen Blick auf ihre Gesichter, während die von Mr. Tuesday und mir im Schatten lagen. Es gab uns einen kleinen Vorteil, wenn wir deren Gesichtszüge besser erkennen konnten als sie unsere. Ich legte den Hefter auf den Tisch, öffnete ihn aber nicht.

„Wie ich sehe, stehen wir kurz vor dem Abschluss unseres Geschäfts, und ich denke, wir können den Vertrag heute unter Dach und Fach bringen.“ Ich beschloss, den direkten Weg zu wählen und ihnen keine Gelegenheit zu einem Rückzieher einzuräumen. Es war wichtig, sie auf einer persönlichen Ebene anzusprechen, ohne aggressiv vorzupreschen, was, wie ich glaubte, die meisten Männer taten.

Mit etwas Glück funktionierte es.

„Ich möchte Ihnen versichern, dass Diamond Enterprises dieser Übernahme mit Spannung entgegensieht.“

Plötzlich mischte Mr. Tuesday sich in das Gespräch ein. „Meine Herren“, begann er.

Wollte er mir nicht das Verhandeln überlassen? Ich warf ihm einen Blick zu, doch er schüttelte unmerklich den Kopf. Also lehnte ich mich zurück und wartete ab, was da kommen würde. Hatte ich etwas Falsches gesagt? Ich hatte ja kaum angefangen.

Seine geschäftsmäßige Art überraschte mich. Das war mit einem Mal ein ganz anderer Mensch als dieser unbekümmerte, lachende Mann, der sich mir vorher gezeigt hatte. „Es wird Zeit, dass wir zu einem abschließenden Ergebnis kommen. Wir haben uns in dieser Angelegenheit nun oft genug vor und zurück bewegt. Die Vereinbarung sollte heute unterschrieben werden."

Ich war über seine heftigen Worte ziemlich schockiert. Als ich die Männer auf der anderen Seite betrachtete, erkannte ich Ablehnung in ihren Gesichtern. Ich konnte bloß hoffen, dass Mr. Tuesday wusste, was er tat. Die Mienen der Männer uns gegenüber verrieten mir eindeutig, dass sie gar nicht glücklich waren. Ich sah den Mann neben mir an und fragte mich, ob ihm das auch auffiel. Wenn dies der Fall war, so ließ er sich jedenfalls nichts anmerken.

„Ich glaube nicht, dass mir Ihr Tonfall gefällt", meinte Mr. North, der sich in seinem Sitz aufgerichtet hatte. Er starrte Mr. Tuesday an, als wolle er ihn mit Blicken zur Räson bringen.

„Das tut mir leid, Mr. North, aber wir waren bereits an diesem Punkt. Das ist die letzte Gelegenheit. Wir wissen beide, dass Sie auf diesen Deal angewiesen sind." Offensichtlich bezog sich Mr. Tuesday damit auf die finanzielle Notlage von Northbrook.

Mr. North erhob sich. Er hatte einen Gehstock und klopfte damit energisch auf den Boden. Einen kurzen Moment erinnerte er mich an Mr. King in seinem Rollstuhl. Ich biss die Zähne zusammen und beobachtete weiter Mr. Tuesday. Seine Lippen bewegten sich, doch ich konnte die Worte nicht hören. Das Blut rauschte mir so heftig durch die Ohren, dass es alles übertönte. Wie konnte er so kaltschnäuzig sein? Und warum verfolgte er diese Taktik? Das konnte unter Umständen ein großer, nicht wiedergutzumachender Fehler sein. Und dabei sollte ich die Verhandlung führen. Ich schaute wieder zu den Männern uns gegenüber. Sie wurden unruhig, waren kurz davor zu gehen. Ich musste etwas tun. Als alle sich aufrichteten, wusste ich, dass es jetzt oder nie war.

Ich legte Mr. Tuesday eine Hand auf den Arm und drückte ihn leicht, um ihn zum Schweigen zu bringen.

„Bitte, Mr. North, setzen Sie sich“, sagte ich laut und entschieden, um keinen Widerspruch aufkommen zu lassen. „Geben Sie mir die Möglichkeit, mit Ihnen zu reden.“

Der alte Mann starrte mich an. Mein Tonfall schien ihn überrascht zu haben, und das gab mir die Sicherheit, die ich brauchte. Ich hatte ihn also. Als ich auf den von ihm verlassenen Stuhl wies, nahm er wieder Platz.

„Vielen Dank. Ich bin mir nicht sicher, warum Sie bezüglich der Vereinbarung Zweifel hegen. Schließlich sind Sie an Diamond herangetreten. Wir haben einen guten Preis für Ihre Firma geboten, und wir wissen alle, dass Sie diese Finanzspritze benötigen.“ Ich redete weiter, ohne jemandem die Möglichkeit zu geben, mich zu unterbrechen. „Ich möchte Ihnen klarmachen, wie wichtig es ist, dass Sie diese Dokumente unterzeichnen.“

Die Männer schwiegen und musterten mich skeptisch.

„Sowohl Sie als auch wir müssen diese Verhandlung heute abschließen“, fuhr ich fort. „Northbrook würde ein Tochterunternehmen von Diamond Enterprises werden. Diamond Enterprises wäre damit der neue Eigentümer von Northbrook. Bis heute um Mitternacht müssen alle notwendigen Papiere eingereicht werden. Wenn Sie die Vereinbarung bis dahin nicht unterschrieben haben, müssen wir das Angebot, das wir Ihnen gemacht haben, zurückziehen. Sind Sie bereit, Ihrem Vorstand das zu erklären?“

Die Männer sahen sich an und lehnten sich flüsternd zusammen. Mr. North deutete ein leichtes Kopfnicken an, was ich mit einem sehr dünnen Lächeln quittierte. Vielleicht hatten wir eben den Nagel auf den Kopf getroffen.

Ich zog den Scheck aus dem Hefter. „Das hier soll als Akt des guten Willens dienen und Ihnen zeigen, dass Diamond Enterprises in gutem Glauben handelt. Wir sind bereit, mit dieser Vereinbarung einen Schritt weiterzugehen.“ Die Männer beobachteten interessiert, wie ich ihnen den Scheck über den Tisch zuschob. Über die Summe von 250.000 Dollar konnte sich niemand beschweren.

„Sollte Diamond Enterprises zu irgendeinem Zeitpunkt aus dem Geschäft aussteigen, können Sie das Geld behalten", erklärte ich. Die Männer warfen Mr. Tuesday einen Blick zu, und ich bemerkte, wie er sich neben mir leicht versteifte. Er hatte sich still verhalten, seit ich das Wort ergriffen hatte. Ich sah ihn kurz an, um abzuschätzen, was er vorhatte. Würde er die Führung wieder übernehmen wollen? Ich wartete ab.

Er lehnte sich vor und legte die Hände auf den Tisch. Ich zitterte innerlich vor Erwartung. Wenn er mir zustimmte, würde der Deal über die Bühne gehen, das hatte ich im Gefühl. Ich musste es ihm überlassen. Mr. Tuesday strahlte Macht aus, und in diesem Moment stellte ich fest, welch anziehende Wirkung Macht hatte. Mit angehaltenem Atem beobachtete ich ihn und fühlte mich seltsam angeturnt von seiner Art und seiner Erscheinung. Seine Handflächen lagen flach auf dem Tisch.

„Ich kann Ms. Canyon da nur unterstützen", sagte er. Es war, als würden die Männer auf der anderen Seite des Tisches gleichzeitig ausatmen.

Mir ging es ebenso. Mr. Tuesday schaute mich an, und ich entdeckte ein verschmitztes Glitzern in seinen braunen Augen. Ich blinzelte kurz und runzelte die Stirn. Hatte er das alles inszeniert, um zu sehen, wie ich damit klarkam?

Ich wandte den Männern gegenüber erneut meine Aufmerksamkeit zu. „Sind wir im Geschäft?"

„Ms. Canyon, wir wissen Ihre Offenheit zu schätzen", erwiderte Mr. North.

Ich fixierte den alten Mann. „Mr. North, Sie sind der Gründervater, und ich kann Ihre Bedenken gut verstehen, die Sie bezüglich Ihres Markennamens hegen. Von daher würden wir es sehr begrüßen, ein Familienmitglied von Ihnen im Vorstand zu haben. Aber ich muss noch einmal fragen: Sind wir im Geschäft?"

Es wurde still im Raum, und alle warteten darauf, dass Mr. North antwortete.

„Nein, Ms. Canyon, das sind wir nicht."

Schnell nachdenken. „Pardon, Mr. North, das verstehe ich nicht", entgegnete ich ruhig.

Mr. Norths Sohn beugte sich über den Tisch, schnappte sich den Scheck und gab ihn seinem Vater. Ich wäre fast aufgesprungen, um ihn wieder an mich zu reißen. Der Mann schnaubte zufrieden. In diesem Moment wurde mir klar, dass ich diese Gruppe falsch eingeschätzt hatte. Diese Leute waren geldgierig.

„Es ist ganz einfach, Ms. Canyon. Wir sind der Meinung, dass unsere Firma mehr wert ist als das Angebot, das auf dem Tisch liegt."

Ärger stieg in mir hoch. Sie spielten Spielchen. Plötzlich dämmerte mir, worauf sie hinauswollten. Ich musste insgeheim grinsen.

„Mr. North, die Verhandlungen sind ziemlich reibungslos verlaufen. Wir haben uns dem Marktwert entsprechend auf einen fairen Preis geeinigt, und das wird im Vertrag festgelegt." Ich tippte auf den Hefter vor mir auf dem Tisch. „Ganz zu schweigen von dem dazugehörigen Bonus, den Ihr Sohn angenommen hat, ohne zu zögern."

„Wir kennen den Wert des Unternehmens. Unsere Wissenschaftler sind weltweit anerkannt und gefragt und entwickeln innovative Technologien. Ihr Wissen ist ein erstklassiges Gut. Unser Gut."

„Wenn Sie weltweit gefragt sind", wandte ich ein, „warum sitzen Sie dann hier mit uns zusammen? Wollen Sie um den Preis feilschen? Wenn es weitere Interessenten gäbe, befänden wir uns in einem Angebotswettbewerb."

Ich glaubte, einen leisen Ton der Überraschung von Mr. Tuesday gehört zu haben, doch ich achtete nicht auf ihn. Er hatte beschlossen, mich nicht über die Grundlagen des Vertrags zu informieren. Das hatte ich selbst herausfinden müssen – was mir glücklicherweise gelungen war.

Ich stand auf, legte die Hände auf den Tisch und beugte mich vor. „Ihren Einwand muss ich zurückweisen. Wir nehmen sehr wohl zur Kenntnis, welche Technologien Northbrook zu bieten hat, vor allem was eines der Produkte betrifft." Ich erwähnte den Chip nicht direkt. Die Männer am Tisch gegenüber erblassten. *Bingo.*

Auf gar keinen Fall würde ich mich von diesen Typen einschüchtern lassen. Deshalb richtete ich mich auf und ging um den Tisch herum. Meine Knie fühlten sich weich an, aber ich ignorierte das und griff über Mr. Norths Sohn hinweg nach dem Scheck. „Der wurde von uns in gutem Glauben ausgestellt. Ich bin mir bewusst, dass sich die neue Technologie, die Sie als revolutionär bezeichnen, noch nicht bewährt hat. Außerdem weiß ich, dass Ihr Konkurrent EGL Communications eine ähnliche Technologie entwickelt hat. Vielleicht sollte Diamond Enterprises prüfen, ob dieses Unternehmen eher zu einer Kooperation bereit ist."

„Den können Sie nicht zurücknehmen!", rief Mr. Norths Sohn.

Ich hielt den Scheck hoch und schenkte ihm ein eisiges Lächeln. „Das habe ich soeben getan." Damit lief ich zu meinem Platz zurück, legte den Scheck in den Hefter und schlug den Deckel zu. Ich blieb stehen. Sollten sie das erst mal verdauen!

Die Männer sahen sich an, und es war offensichtlich, dass sie beunruhigt waren. Ich ließ sie zunächst ein wenig brodeln, bevor ich von Neuem das Wort ergriff.

„Ein fairer Deal wurde ausgehandelt." Ich zeigte auf den Hefter. „Dieser Scheck ist immer noch im Spiel, nur dass Sie es wissen – vorausgesetzt, der Vertrag wird heute unterzeichnet. Bevor Sie etwas sagen, muss ich Ihnen mitteilen, dass es eine Bedingung gibt." Damit begab ich mich auf unbekanntes Terrain.

„Und die wäre?", fragte Mr. North.

„Wir wollen, dass Ihre Wissenschaftler und das Führungsteam bei dieser Transaktion an Bord bleiben." Ich wusste, dass die Arbeiter den Kern jedes Unternehmens darstellten und der Verbleib der Führungsriege essenziell war. Natürlich war es etwas unkonventionell, die Mitarbeiter mitsamt der Technologie zu kaufen, doch wenn ich das durchsetzen könnte, wäre es ein großer Coup.

„In diesem Fall müssten Sie den Scheck aus Ihrer Akte dazulegen, um es geradeheraus zu sagen, Ms. Canyon. Wenn Sie das tun, sind wir im Geschäft."

„Ich will ebenso offen sein, Mr. North. Nein. Wir werden nichts drauflegen. Die Kaufsumme ist festgelegt. Sie ist höher, als der Marktwert für Ihr Unternehmen vorgibt, und wir übernehmen die Schulden Ihrer Firma. Sie haben keine weiteren Angebote. Unser Angebot bleibt so bestehen, wie es festgelegt war. Andernfalls werden wir es zurückziehen und uns mit EGL in Verbindung setzen."

„Einen Moment", bat nun Mr. North junior.

Die Männer standen auf und gingen zum anderen Ende des Raumes, um sich zu besprechen. Ich hielt den Atem an und vermied es, Mr. Tuesday anzusehen. Jetzt konnte ich es nicht gebrauchen, Missbilligung in seinem Gesicht zu entdecken. Meine Aufgabe bestand darin, das Geschäft abzuwickeln, und das versuchte ich gerade.

Die Männer kamen an den Tisch zurück, und Mr. North stellte sich vor sie. „Sie sind zäh, Ms. Canyon, aber wir kommen ins Geschäft. Zeigen Sie mir, wo ich unterschreiben muss – und dann nehme ich den Scheck wieder an mich."

Ich hatte das Gefühl, wie ein Drachen in die Luft zu fliegen. Northbrooks Team unterzeichnete den Vertrag, wir tauschten die notwendigen Dokumente aus, und sie verließen den Konferenzraum. Mir fiel auf, wie sie sich untereinander merkwürdige Blicke zuwarfen, doch ich ignorierte das und konzentrierte mich auf mein Triumphgefühl. Ich hatte es geschafft!

Fast wäre ich explodiert, als Mr. Tuesday mich anstrahlte und meinte: „Das war großartig."

„Vielen Dank. Ich bin erleichtert, dass es funktioniert hat. Einen Augenblick dachte ich, sie würden aufstehen und gehen."

„Das dachte ich auch. Aber Sie haben es sehr gut gehandhabt."

„Habe ich das?" Ich schaute ihn an. „Ich habe Ihre Unterstützung gespürt und es riskiert."

„Das war ziemlich gewagt. Sie haben für uns noch mehr rausgeholt: das Wissenschaftler- und das Führungsteam. Ich bin beeindruckt. Ich nehme es Ihnen nicht mal übel, dass Sie die Hand auf meinen Arm gelegt und mich zum Schweigen gebracht haben." Er schenkte mir erneut dieses breite Lächeln, das ich inzwischen schon bei ihm erwartete, und ich spürte, wie all die Anspannung und Angst der letzten Stunden von mir abfielen.

„Ich bin froh, das zu hören. Weil ich nämlich gemerkt habe, dass die ganze Sache aus dem Ruder lief und ich auf mein Gefühl vertrauen musste."

„Es war gut, dass Sie das getan haben", erwiderte er. „Wir sollten uns schnellstens auf den Weg in die Stadt machen und diese Dokumente vor zwölf Uhr zum Gericht bringen. Ich will nicht, dass diese Bande noch irgendwelche Spielchen treibt. Deshalb, befürchte ich, müssen wir unsere Reservierung zum Essen streichen lassen."

Er hatte recht. „Das ist zwar eine Enttäuschung, doch ich sehe es ein. Vielleicht ein anderes Mal. Ich bin so erleichtert, dass es geklappt hat." Ich war stolz darauf, eine Situation gemeistert zu haben, die in Höchstgeschwindigkeit den Bach hinunterzugehen gedroht hatte.

Ich folgte ihm aus dem Konferenzraum durch das Gebäude. Es tat mir leid, dass ich nicht länger hierbleiben konnte, aber ich verstand, wie wichtig es war, diese Dokumente amtlich bestätigen zu lassen. Ich wollte sichergehen, dass sie noch vor Geschäftsschluss eingingen, und der sicherste Weg dahin würde sein, sie persönlich einzureichen. Wenn sie erst mal beim Gericht lagen, konnte Northbrook keinen Rückzieher mehr machen. Ich wollte verhindern, dass es zu Komplikationen kam, falls mit einem Mal ein anderes Unternehmen Interesse zeigte. Schon früher hatte ich erlebt, wie ein angeblich sicherer Deal in die Hose gegangen war, als eine Explorationsgesellschaft mit einem Ingenieur aus meinem ehemaligen Betrieb einen Vertrag per Handschlag abgeschlossen hatte. Er wäre fast seinen Job los gewesen, als sich die Explorationsfirma aus dem Geschäft zurückgezogen hatte. Sie waren zu einem Konkurrenten gegangen, und mein damaliger Arbeitgeber hatte Hunderttausende – wenn nicht sogar Millionen – Dollar bei diesem Debakel verloren. Ich war nicht bereit, so etwas unter meiner Verantwortung zuzulassen.

Wir gingen einen Privatweg entlang, der uns vor neugierigen Blicken Außenstehender schützte. Ich nahm an, das war eine Vorsichtsmaßnahme, um etwaigen Gerüchten vorzubeugen. Hätte jemand uns und das Team von Northbrook beim Verlassen des Hauses gesehen, hätte derjenige zwei und zwei zusammenzählen können.

Ich holte tief Luft und genoss den Duft des Waldes.

„Ich denke, von jetzt an kann ich übernehmen", ertönte eine tiefe und ach so vertraute Stimme hinter uns. Ich wäre fast gestolpert, und ein Schauer überlief mich. Es war Mr. Monday, wie mir ein Blick über die Schulter bestätigte. Mein Herz begann zu galoppieren.

Mr. Tuesday schaute mich an, dann wandte er sich um. „Hallo. Ich war mir nicht sicher, ob wir uns heute noch sehen würden. Mir wurde gesagt, Sie würden es vielleicht nicht schaffen herzukommen."

„Und doch bin ich da", erwiderte Mr. Monday, ohne seine eisblauen Augen von mir abzuwenden. Ich versuchte, seine Stimmung von seinem Gesicht abzulesen. Zuerst suchte ich nach irgendwelchen Anzeichen von Missbilligung, doch nichts dergleichen war zu entdecken. Was mich erleichterte. Wusste er von dem Geschäft, das ich abgeschlossen hatte? War er darüber erfreut oder verärgert?

Er sah auf sein Handy.

„Sie checken ständig Ihr Handy", bemerkte ich und zuckte innerlich zusammen, weil es sich etwas schroff anhörte. Verflucht war Mr. Monday, dass er einfach hier auftauchte und mich wieder so aus dem Konzept brachte!

„Diesmal prüfe ich, wie spät es ist, damit ich einschätzen kann, wie sehr wir uns beeilen müssen. Es gibt eine Deadline für die Dokumente, oder?"

„Das hat noch ein paar Stunden Zeit." Mir wurde plötzlich leicht schwindlig. Die Aufregung des Tages und sein unerwartetes Erscheinen überwältigten mich. Als ich ein wenig schwankte, war Mr. Monday sofort an meiner Seite und umfasste meine Taille. Mr. Tuesday wollte mir im selben Moment zu Hilfe eilen. Er zögerte jedoch, als er bemerkte, dass ich bereits in guten Händen war. Ich strich mir mit den Fingern über die Wange.

Mr. Monday stützte mich auf dem Weg zum Parkplatz.

„Danke, ich kann allein gehen", sagte ich.

„Dessen bin ich sicher, doch das dauert zu lange."

Ich schnaubte verächtlich, wehrte mich aber nicht mehr. Es gefiel mir, dass er den Arm um mich gelegt hatte. So nahe war ich ihm noch nie gewesen, und ich genoss das Gefühl seiner harten Muskeln. Ich schaute auf und bemerkte, dass er zu Mr. Tuesday hinübersah, der den Parkservice instruierte, seinen Wagen zu holen.

Mr. Tuesday kam zu uns herüber. „Wie sieht die Planung jetzt aus?"

Mr. Monday sah mich an. „Sie können selbst entscheiden."

„Kann ich das?"

Er nickte. „Ja, Sie können entweder mit dem Wagen zurückfahren, oder Sie kommen mit mir."

„Warum das?"

„Sie wissen ja, wie lange man mit dem Auto braucht. Meine Transportmöglichkeit ist hingegen viel schneller. Der Geschäftstag ist noch nicht zu Ende. Und wie Sie wissen, ist die Zeit von höchster Wichtigkeit."

Ich war verwirrt. „Das weiß ich, aber wie sollen wir noch schneller in die Stadt kommen? Vielleicht, wenn uns Flügel wachsen", fügte ich lachend dazu. Nach meinem Siegeszug fühlte ich mich ein bisschen überdreht.

„In der Tat. Ich habe zufällig Flügel." Mit dem Daumen deutete er auf Mr. Tuesday. „Er hat nur vier Räder."

Mir rutschte das Herz in die Hose. „Muss ich wieder mit dem Hubschrauber fliegen?"

„Die Entscheidung liegt ganz bei Ihnen. Sie sollten sich allerdings beeilen."

Ich schaute zu Mr. Tuesday, dann zu Mr. Monday. Der eine hatte ein aufregendes Auto, der andere einen Hubschrauber, den ich verabscheute. Ich presste die Lippen zusammen und sah von einem zum anderen. Doch ich wusste genau, mit wem ich gehen würde.

Im Hubschrauber verflog die Zeit im wahrsten Sinne des Wortes. Ich konnte kaum glauben, dass ich diesen Weg gewählt hatte, denn es war nicht etwa so, dass ich meine Furcht vor

Höhen seit dem gestrigen Abend überwunden hatte. Nach einem kurzen Zwischenstopp, um die Dokumente abzuliefern, saßen wir wieder in der Limousine.

„Offensichtlich hatten Sie einen interessanten Vormittag."

Wie sexy seine Stimme klang …

„Ja, es war sehr interessant." Ich lehnte mich entspannt im Sitz zurück und atmete tief durch.

„Sie haben Ihre Sache gut gemacht." Er streckte die Hand nach meiner aus, die ich auf den Platz zwischen uns gelegt hatte. Seine Berührung fühlte sich an wie Feuer, und ich hätte mich gern an ihm verbrannt. Ich wusste nicht, warum, doch irgendetwas in mir sehnte sich danach, mehr von ihm zu bekommen. Ich warf ihm einen Blick zu und musste mich zusammenreißen, um nicht zu ihm hinüberzurutschen und mich auf seinen Schoß zu setzen.

Ich legte meine Finger um seine. Er festigte den Griff, und das ging mir durch und durch. Wir sahen uns in die Augen. Ich war mir nicht ganz sicher, was ich in seinem Blick entdeckte. Fürs Erste war ich damit zufrieden, Bewunderung zu erkennen.

Er sah aus dem Fenster, als der Wagen abbremste. „Wir sind da. Bei Ihnen zu Hause. Ich weiß, es ist erst früher Nachmittag, aber Sie haben Ihren Test bereits bestanden, deshalb sind Sie für heute fertig." Er griff mit der freien Hand in seine Tasche und zog eine Karte heraus.

Ich nahm sie entgegen.

„Für morgen", erklärte er.

Diese Karte war der zweite Schlüssel, den ich erhielt. „Ich habe den Test also bestanden?"

„Mit Bravour", sagte er. „Ihr Selbstvertrauen hat dafür gesorgt."

Zwei waren geschafft, nur noch fünf zu bestehen.

Teil 3

Mr. Wednesday

Dies war der zweite Morgen, an dem mich Mr. Monday abholte. Daran würde ich mich wirklich gewöhnen können: Fahrten in einer Limousine, köstlicher Kaffee und ein Korb mit New Yorker Bagels. Nicht zu vergessen die Tatsache, dass ich auf dem luxuriösen Rücksitz thronte und neben mir ein Mann saß, den ich zu den bestaussehenden und aufregendsten zählte, die ich jemals erblickt hatte. Gestern war er ein kleines bisschen zugänglicher geworden, als wir über unsere Kindheit gesprochen hatten. Er war jedoch davor zurückgeschreckt, zu viel von sich preiszugeben, und das hatte meine Neugier geweckt. Ich wollte mehr über ihn erfahren.

So wie gestern stieg er nun aus der Limousine und hielt mir die Autotür auf. Wir sahen uns an. Ich lächelte, er lächelte ebenfalls, dann ging ich an ihm vorbei, dichter als nötig. In der letzten Nacht hatte er meine Träume beherrscht. Sie waren heiß und erregend gewesen, voller Leidenschaft und atemlosem Stöhnen, während wir uns mit schweißbedeckter Haut zusammen bewegt hatten. Er auf mir, in mir, hatte mich in Höhen getrieben, die ich nie zuvor erlebt hatte. Ich war völlig erschöpft aufgewacht, so als hätte ich mich tatsächlich die ganze Nacht durch mit ihm geliebt. Jetzt wurde meine Sehnsucht nach ihm sogar noch größer, wenn ich ihn ansah.

Es war nicht zu leugnen, wie sehr ich mich von ihm angezogen fühlte. Nachdem er sich nun in meine Träume gedrängt hatte, erreichte mein Interesse an ihm eine neue Ebene. Ich verspürte den Impuls, auf ihn zuzugehen, ihn zu umarmen und seinen Kopf zu mir herunterzuziehen, sodass ich mit der Zungenspitze über seine Narbe streichen konnte, bevor ich seinen Mund fand und ihn dazu brachte, meinen Kuss zu erwidern.

Ich musste ein lustvolles Stöhnen unterdrücken. Meine Fantasie war so umwerfend, dass ich fast ins Stolpern geriet. Ich musste leicht geschwankt sein, denn er umfasste meine Taille, so wie gestern im Rockwood Country Club. Ich wehrte mich nicht dagegen, sondern drehte mich in seinen Armen zu ihm herum.

„Und da sind wir jetzt", sagte ich leise und hoffte, dass es verführerisch klang.

„Da sind wir", gab er zurück. Beim Klang seiner tiefen, sexy Stimme lief mir ein wohliger Schauer über den Rücken. Er bewegte sich nicht. Tatsächlich umarmte er mich noch fester, bis uns beiden richtig heiß wurde. Die Luft zwischen uns schien zu brodeln und zu kochen. Ich spürte die Vibrationen zwischen uns so deutlich wie seinen Arm um mich. Alles um uns herum schien zu verschwinden, bis nur noch er und ich existierten. Die restliche Welt um uns verschwamm – ich sah bloß ihn.

Sein Blick unter schweren Lidern sagte mir alles, was ich wissen musste. Er wollte mich. Ich atmete tief durch und lächelte zufrieden. Es gefiel mir, wie seine Präsenz und Energie mich in einer Woge von Leidenschaft umfingen. In den Wagen einzusteigen bedeutete, mich aus seiner Umarmung zu lösen, und das wollte ich nicht. Aber wir konnten nicht den ganzen Tag so stehen bleiben. Widerwillig presste ich die Handflächen gegen seine muskulöse Brust, die der Anzugstoff nicht kaschieren konnte, und machte mich los. Ich musste mich zwingen, diese Nähe zu zerstören, die süße Spannung, die zwischen uns herrschte. Als er mich losließ, strich ich mit den Fingern leicht über seinen Arm, bevor ich in den Wagen einstieg.

Es war das Bedürfnis, ihn zu berühren, ihm nahe zu sein. Die Erinnerung daran, wie aufregend mein Traum gewesen war, und die Sehnsucht danach, diesen wahr werden zu lassen. Auch wenn das fürchterlich falsch war – diese Verbundenheit, die wir irgendwie miteinander hatten, trieb meinen Wunsch an.

Ich hielt die Säume meiner weiten 1940er-Jahre-Hosen fest, damit sie sich nicht in den Absätzen meiner Schuhe verfingen. Nachdem ich mich gesetzt hatte, strich ich den braunorange und schwarz getupften Stoff über meinen Beinen glatt. Ich liebte diese Hosen genauso wie meine weiße ärmellose Seidenbluse mit dem schmalen Spitzenbesatz, für die ich mich heute entschieden hatte. Sie war körperbetont und brachte meine Brüste gut zur Geltung, die sich in seiner Nähe und in der aufgeheizten Atmosphäre besonders voll anfühlten. Mein Körper schien sich selbstständig zu machen und war ihm bereits verfallen. Mein Herz raste, und sosehr ich auch versuchte, mich zu entspannen, ich konnte mich nicht beruhigen und erlebte hilflos, wie mir das Blut durch die Adern schoss und sich ein süßer Schmerz zwischen meinen Schenkeln ausbreitete.

Wie leicht konnte dieser Mann mich von meinem Ziel ablenken. Wie schnell war ich ihm verfallen. Ich warf ihm einen Blick zu, fühlte mich ihm, nachdem wir gestern unser persönliches Gespräch gehabt hatten, heute noch viel mehr verbunden.

„Es ist sehr freundlich von Ihnen, mich zum Büro zu bringen. Aber das ist wirklich nicht nötig. Ich finde auch allein hin."

Er schaute mich an, und fast wäre mir die Kinnlade heruntergefallen, als er wie gestern nach meiner Hand griff. Allerdings hielt er sie nicht fest, sondern drückte sie nur kurz. „Es macht mir nichts aus."

Ich lächelte über diese knappe Bemerkung. Langsam gewöhnte ich mich an seine Wortkargheit. „Das freut mich."

Wir sahen uns an, und ich spürte eine fast unmerkliche Veränderung. Hatten wir einen Schritt vorwärts gemacht, hatten wir eine andere Ebene in unserer Beziehung erreicht? Was war geschehen? Vielleicht hatte diese gegenseitige Anziehung nun aus unserer geschäftlichen Bekanntschaft eine persönliche zwischen Frau und Mann gemacht. Er war so wahnsinnig aufregend, ganz zu schweigen von seiner geheimnisvollen Aura. Die erotische Spannung zwischen uns schien außer Kontrolle zu geraten. Würde mehr passieren? Auch wenn er nicht viel redete: Seine bedeutsamen Blicke vermittelten viel über seine

Persönlichkeit. Ich atmete tief durch, lehnte mich zurück und schlug die Beine übereinander.

Mr. Monday beugte sich vor. Diesmal war er mir noch näher als gestern. Das gefiel mir. Also rückte ich ebenfalls ein Stück zu ihm hinüber. Der Drang, mich an ihn zu schmiegen, war fast unerträglich, und es kostete mich all meine Kraft, ihm zu widerstehen.

„Kaffee?" Seine tiefe Stimme ließ mich sofort daran denken, wie er mir in meinem Traum die erotischsten Dinge ins Ohr geflüstert hatte.

„Natürlich", erwiderte ich etwas atemlos. „Wurde der heute Morgen wieder eingeflogen?"

„Wahrscheinlich. Doch vergessen Sie nicht, dass ein solcher Luxus den Reiz verliert, wenn er alltäglich wird. Die Bagels sind aber frisch." Er drehte sich zu mir um und schenkte mir das breiteste Lächeln, das ich je bei ihm gesehen hatte. In seinen Augenwinkeln bildeten sich wundervolle Fältchen, und ich entdeckte unwiderstehliche Grübchen bei ihm. Er war einfach perfekt. Ich hätte ihn den ganzen Tag betrachten können. Plötzlich bekam ich keinen vernünftigen Satz mehr heraus, so sehr geriet ich in Verzückung.

„Oh … ja. Nun, ich hoffe doch, dass die Bagels immer frisch sind." Ich blinzelte, als mir klar wurde, wie albern das klang, und verfluchte mich im Stillen. Ihm schien es nicht aufzufallen, denn er goss uns Kaffee ein, als würde er das jeden Tag machen. Als ich die Tasse entgegennahm, berührten sich unsere Finger. Ich verharrte in der Position, und er rückte ebenfalls nicht von mir ab. Wir saßen wie erstarrt und blickten uns an. Ich wünschte, ich hätte seine Gedanken erraten können. Wenn er wüsste, woran ich dachte, würden wir es womöglich niemals ins Büro schaffen …

Hitze schoss mir in die Wangen. Mit beiden Händen umfasste ich meine Tasse und starrte aus dem Fenster. Ich brauchte Luft und musste mich beruhigen, damit er nicht jede Emotion von meinem Gesicht ablesen konnte. Er ging mir auf eine unglaublich köstliche Art unter die Haut. Das konnte ich nicht abstreiten, aber ich durfte ebenso wenig vergessen, dass dies zweifellos Komplikationen mit sich bringen würde. Ich durfte mich nicht von ihm angezogen fühlen, sondern musste standfest bleiben. Zunächst musste ich alle Tests durchstehen und dann an die Informationen gelangen, die ich für die Durchführung meines Racheplans benötigte. Warum musste ich ausgerechnet jetzt jemandem wie Mr. Monday begegnen? Warum hätte das nicht warten können, bis das ganze Drama überstanden war? Er war so anders, so anziehend. Bisher hatte ich kein Interesse an einer verbindlichen Beziehung gehabt. Doch nachdem Mr. Monday so unerwartet in mein Leben getreten war, stellte ich fest, dass ich nicht nur mit ihm ins Bett gehen wollte – ich wünschte mir, ihm wirklich näherzukommen. Ich wollte seine Schutzhüllen eine nach der anderen abstreifen und den echten Menschen hinter der sexy Fassade entdecken.

Ich sah ihn wieder an, wollte ihn ergründen. Er erschien mir so fürsorglich, so anders als andere Männer, die ich kannte. Ich mochte das, auch wenn die Situation, in der wir uns befanden, ziemlich merkwürdig war.

Plötzlich fühlte ich mich überfordert. Konnte ich das durchziehen? Die vergangenen anderthalb Tage, seit ich Mr. Monday und seinen Boss kennengelernt hatte, waren relativ aufreibend gewesen und mir beinahe surreal erschienen. Doch der Tod meines Vaters hatte mich tief getroffen, ebenso die Entscheidung meiner Mutter, nach England zurückzukehren. Dennoch musste ich zugeben, dass mich das Ganze auch berauschte, und damit hatte ich nicht gerechnet. Ich nahm einen Schluck von meinem Kaffee und genoss den herrlich sahnigen Geschmack, bevor ich erneut zu Mr. Monday schaute. Ich hatte keine Ahnung, was in meinen Augen zu lesen war, aber ich dachte gerade: *Ja, ich kann es durchziehen.*

Er hob die Brauen und lehnte sich in seinem Sitz zurück. Schätzte er mich ab? Ich fragte mich, ob er in meiner Miene irgendetwas erkannt hatte. In meiner alten Firma hatten wir monatlich in den Archivräumen Pokerrunden veranstaltet. Meine Kollegen hatten mir ständig gesagt, dass sie in meinem Gesicht wie in einem offenen Buch lesen würden. Ich hatte immer wieder verloren, bis ich schließlich gelernt hatte, ein Pokerface aufzusetzen. Diese Abende beim Kartenspiel mit Chips und Bier waren in jenen Tagen meine einzigen geselligen Unternehmungen gewesen, und ich vermisste sie sehr. Aber diese Opfer waren nötig gewesen. Ich atmete tief durch und bemerkte, dass ich meine undurchdringliche Maske offensichtlich fallen gelassen hatte.

„Was ist denn los?", fragte er.

Ich schüttelte den Kopf. Es war nicht gut, Schwäche zu zeigen. Er bekam überraschend viel mit. Was konnte ich ihm erzählen, ohne alles zu verraten? „Ach, nichts. Ich habe mich nur gerade an etwas erinnert."

„Woran? Vielleicht etwas aus der Kindheit?"

Sofort versteifte ich mich und musterte ihn alarmiert. Wie konnte er das erraten? Er war meinen Gedankengängen gefährlich nahe gekommen. Ich suchte in seinen Zügen nach Hinweisen darauf, ob er mir auf die Schliche gekommen war. Wenn er den wahren Grund kannte, warum ich hier saß ... Aber ich konnte nichts an ihm entdecken und entspannte mich allmählich wieder.

„Ich habe an meinen Vater gedacht", sagte ich und hielt die Luft an, um abzuwarten, wie er reagierte. Ich war sicher, dass sie mich überprüft hatten, und es würde sich zeigen, wie tief sie gegraben hatten.

Doch er bekam keine Gelegenheit, weitere Fragen zu stellen, weil sein Handy klingelte. Ich beugte mich über den Korb, um einen Bagel mit Lachs und Frischkäse zu belegen, während er telefonierte. Heute Morgen befand ich mich in einem kompletten emotionalen Aufruhr. Diese rasant aufeinanderfolgenden Ereignisse und die Unsicherheit bezüglich der bevorstehenden Prüfungen begannen an meinen Nerven zu zehren.

Was würde der heutige Tag bringen? Gestern war es unglaublich stressig, aber auch äußerst aufregend gewesen. Dass es mir gelungen war, mich gegen diese Männerrunde am Konferenztisch zu behaupten und den Deal abzuschließen, hatte meinem Selbstbewusstsein gutgetan. Vielleicht besaß ich ja die Fähigkeiten eines Geschäftsführers. Ich war intelligent genug. Ich war zäh. Allerdings war ich nicht sicher, ob ich auch skrupellos sein konnte. Meine mitfühlende Seite war bisher nicht auf die Probe gestellt worden. Was würde geschehen, wenn das passierte?

Die Fahrt in der Limousine endete viel zu schnell. Ich hätte problemlos den ganzen Tag neben Mr. Monday sitzen bleiben und durch die Gegend fahren können. Diesmal war der Portier gleich zur Stelle, um mir die Autotür zu öffnen. Ich stieg aus und wartete auf Mr. Monday, der den Wagen umrundete und an meine Seite trat. Er legte die Hand auf meinen Rücken. Während mich ein angenehmer Schauer überlief, lächelte ich ihn an. Er erwiderte meinen Blick, und sein Gesichtsausdruck gefiel mir. Seine Züge waren viel entspannter geworden, er wirkte jetzt ganz anders. So könnte er aussehen, nachdem wir uns geliebt haben, dachte ich. Unwillkürlich zogen Bilder von uns vor meinem inneren Auge vorbei. Bilder von uns, wie wir im Bett lagen, er mich mit seinen starken Armen umfing und mich beobachtete, während ich über seine nackte Brust strich, seine Nippel reizte, bis sie hart wurden. Davon, wie ich diese verführerische schmale Spur seines dunklen Brusthaars nach unten bis zu seinem Bauch verfolgte, meine Hand unter die Decke schob, um das aufregende Ziel zu erkunden, das sich darunter befand.

Fast hätte ich aufgestöhnt. Je mehr Zeit ich mit diesem Mann verbrachte, desto mehr wollte ich ihn.

Verdammt noch mal, ich hatte mich mit meiner lebhaften Fantasie gerade noch mehr angeturnt. Ich drängte mich mit dem Rücken gegen seine Hand und hoffte, er würde nicht von mir abrücken. Wenn er darauf einging, bestanden offensichtlich Möglichkeiten. Sollte er von mir abrücken, nun, dann musste ich mich wohl mit meinen Träumen zufriedengeben.

Er rückte nicht von mir ab. Jetzt konnte ich ein leises Seufzen nicht mehr unterdrücken. Ja, hier gab es Potenzial. Ich wandte mich zu ihm um, und wir sahen uns an, als würden wir auf etwas warten. Ich zuckte zusammen, als der Portier die Autotür zuschlug und mich aus meinen Tagträumen riss. Mr. Monday blinzelte, und für eine Sekunde sah es aus, als würde sich Bedauern auf seinem Gesicht zeigen. Dieser Moment, was immer da eben geschehen sein mochte, war vorbei. Aber ich hoffte, dass wir ihn irgendwann demnächst wiedererwecken konnten.

In der Lobby erhob sich der Sicherheitsbeamte hinter seinem Tresen.

„Guten Morgen, Stanley“, begrüßte ich ihn und trug meinen Namen ins Register ein.

Er lächelte mich strahlend an. Es schien ihm zu gefallen, dass ich mich an seinen Namen erinnerte. „Guten Morgen, Ms. Canyon.“ Dann nickte er Mr. Monday zu.

Nachdem wir vom Empfang zu den Fahrstühlen gelangt waren, drehte ich mich zu ihm um. „Wie sehen die Pläne für heute aus?“, fragte ich ihn, während wir auf den Lift warteten.

Er schaute mich an. „Heute werden Sie in die 25. Etage gehen.“

„Und weiter? Keine Instruktionen, nur die 25. Etage?“

„So ist es.“ Er lächelte, und ich wäre fast dahingeschmolzen, als ich das Blitzen in seinen Augen bemerkte. „Sie begreifen schnell, oder? Mr. King möchte sehen, wie schnell.“

„Na gut, dann sollte ich mich wohl besser auf den Weg machen.“ Ich zögerte kurz, war noch nicht bereit, auf seine Begleitung zu verzichten. Es kostete mich viel Kraft, ihn zu verlassen, in den Aufzug zu steigen und hochzufahren. „Sehe ich Sie heute wieder?“ Meine Stimme hörte sich leicht atemlos, fast verführerisch an und verriet mich, was ich eigentlich hatte verhindern wollen. Oder?

Er hob fast unmerklich die Brauen, also hatte er es sehr gut verstanden. „Schauen wir mal, Ms. Canyon. Ein Schritt nach dem anderen. Und vergessen Sie nicht, gut zuzuhören.“

„Eine sehr geheimnisvolle Bemerkung. Aber so was hatte ich schon erwartet.“ Damit betrat ich den Lift und prüfte sogleich neugierig, ob er noch dort stand. Das war der Fall, und ein Prickeln überlief mich. Als ich den Ausdruck in seinen Augen bemerkte, wäre ich am liebsten ausgestiegen und zu ihm zurückgekehrt. Die Intensität seines Blickes ging mir durch und durch, doch ich musste mich zusammenreißen. Dann schlossen sich die Türen und unterbrachen unseren Blickkontakt. Ich atmete zittrig aus und versuchte mich zu beruhigen. Ich musste mich unbedingt wieder entspannen. Dieser Mann brachte mich aus der Fassung. So etwas hatte ich nie zuvor erlebt, aber es gefiel mir. Er hinterließ bei mir ständig eine Lücke und machte mich neugierig. Seine wahre Rolle in diesem Spiel, das wir spielten, war mir noch nicht ganz klar. Ich wusste jedoch, dass sie wichtig war.

Fast hätte ich vergessen, die Etagennummer zu drücken. Als ich es tat, passierte nichts. Seufzend zog ich die neue Karte aus meiner Tasche und betrachtete sie genauer. Sie schien sich von der ersten nicht zu unterscheiden. Ich schob sie in den Schlitz des Sensors, drückte noch einmal die 25, und schließlich setzte sich der Lift in Bewegung. Ich nahm nichts wahr, starrte nur auf die Anzeige, bis die Etage erschien, auf der ich aussteigen musste. Ich konnte nicht aufhören, an Mr. Monday zu denken.

Was machte er den ganzen Tag? Welche Stelle nahm er hier bei Diamond ein? Was würde geschehen, wenn das alles hier vorbei war? Ein stechender Schmerz meldete sich in meiner Brust beim Gedanken daran, dass wir uns womöglich nie wiedersahen, sollte ich diese Prüfungen nicht bestehen. Wenn ich den Job bekam, wäre das sicher anders. Wieder zog sich mir der Magen zusammen, als mir klar wurde, dass ich tatsächlich überhaupt nichts über ihn wusste. Er war genauso ein Rätsel wie alles andere, was hier um mich herum passierte.

Die Fahrstuhltüren öffneten sich. Niemand erwartete mich, um mich zu begrüßen. Ich lief zur nächsten Tür, zog meine Karte durch das Lesegerät und ging hindurch. Nun befand ich mich in einem typischen Großraumbüro mit vielen geschäftigen Mitarbeitern. Womit auch immer sie beschäftigt waren. Es sah ganz ähnlich aus wie auf der Etage vom Tag vorher, nur dass kein gedämpftes Licht vorherrschte. Dieser Raum hier brodelte vor Aktivität.

An der hinteren Wand reihten sich einzelne Büroräume aneinander, die raffinierterweise durch Glaswände abgetrennt waren. Das sorgte nicht nur für die Übersicht von drinnen, sondern auch dafür, dass die Arbeitsteams, die hier draußen in dichten Gruppen verteilt waren, Einblick in die Büros erhielten. Ich hatte keine Ahnung, wofür die Mitarbeiter auf dieser Etage zuständig waren. Wahrscheinlich würde ich das bald herausfinden.

Der erste Punkt auf meiner Liste war, die Abteilungsleitung ausfindig zu machen. Ich machte mich auf den Weg zu den Büros am anderen Ende. Sicher würde ich dort jemanden finden, der verantwortlich war. Ich lief an den Schreibtischen vorbei, und wenn jemand aufschaute, lächelte ich. Einige bemerkten mich, andere waren zu sehr auf ihre Arbeit konzentriert. Langsam schritt ich die Reihe der Büros ab – offensichtlich wurde nur dem Management eine Tür zugestanden – und warf in jedes einen Blick, bis ich angesichts dessen, was ich in einem Eckbüro entdeckte, stehen blieb. Darin saß ein Mann mit dem Rücken zu mir in einem Ledersessel. Er telefonierte. Was meine Aufmerksamkeit als Erstes erregte, war seine Haarfarbe. Flammend rot. So wie meines, bevor ich es gefärbt hatte. Es sah wild aus, wie eine Löwenmähne, was ich bei einem Managertyp nicht erwartet hätte. Er hatte sich zurückgelehnt und seine Füße mit den Stiefeln auf dem niedrigen Fenstersims abgelegt. Seine breiten Schultern ragten über die Sessellehne hinaus.

Wow, das schien ganz offensichtlich ein aufregender Kerl zu sein. Mein Mund wurde trocken, und ich fuhr mir mit der Zunge über die Lippen. Seine Vitalität war bis zu mir nach draußen vor der Glaswand zu spüren. Unfähig, mich von dem Anblick loszureißen, beobachtete ich ihn. Da nahm er die Füße vom Wandvorsprung und drehte sich mit dem Sessel herum. Er blickte mir direkt in die Augen, und ich schnappte nach Luft. Hatte er mich gehört? Meine Anwesenheit gefühlt? Das würde ich wohl nie erfahren. Klar war nur, dass er mich dabei ertappt hatte, wie ich ihn anstarrte.

„Entschuldigen Sie, Miss."

Abrupt wandte ich mich der Frau zu, die im Nebenbüro am Schreibtisch saß und die mich gerade angesprochen hatte.

„Sind Sie Ms. Canyon?", fragte sie.

Ich nickte. „Ja, die bin ich. Ich hoffe, ich bin an der richtigen Stelle gelandet."

Sie lächelte. „Ja, das sind Sie. Ich bin sicher, dass er in wenigen Minuten Zeit für Sie hat." Mit dem Ende ihres Kugelschreibers deutete sie auf eine gemütliche kleine Sitzgruppe mit Sesseln und einem Kaffeetisch. „Nehmen Sie doch Platz."

Ich wollte hinübergehen und mich setzen, schaute vorher aber noch einmal zu dem Mann hinter der Glaswand. Er beobachtete mich nach wie vor, und ich blieb wie festgefroren stehen. Sein Blick war unglaublich intensiv. Mein verräterisches

Herz hämmerte in meiner Brust, ich spürte, wie sich meine Brustspitzen verhärteten, und mir war, als sehnte sich mein Körper nach einem ganzen Trio von umwerfenden Kerlen. *Das muss von meinen Träumen vergangene Nacht und der sexuell aufgeladenen Stimmung in der Limousine kommen.*

Dieses rote Haar und die blauen Augen waren eine nicht sehr häufig anzutreffende Farbkombination. Genauso wie bei mir, bevor ich meine Haare dunkel gefärbt hatte. Während ich ihn betrachtete, versuchte ich mit den Gefühlen klarzukommen, die dieser Mann in mir auslöste. Er winkte mich herein, dann drehte er sich um. Merkwürdigerweise verspürte ich plötzlich Enttäuschung, so als hätte er mich ausgeblendet. Es gefiel mir nicht, dass er mich nicht mehr beachtete.

„Ich glaube, er will, dass ich zu ihm ins Büro komme", sagte ich zu der Frau, die kurz aufblickte, lächelte und sich wieder ihrer Arbeit widmete. Nachdem ich die Bürotür geöffnet hatte, zögerte ich an der Schwelle. Er schaute mich über die Schulter hinweg an, und schon blieb mir fast das Herz stehen. Dieser Mann war atemberaubend. Mir gefiel sogar sein dunkelroter Bart. Mit der Hand bedeutete er mir, die Tür zu schließen, und schenkte mir ein umwerfendes Lächeln. Sein Blick war so intensiv, dass ich hätte schwören können, er würde mir die Kleider vom Leib sengen. Ich unterdrückte ein Aufstöhnen und spürte – ja, einen Funken. Einen heftigen Funken, der meine Sinne vibrieren ließ und mir durch und durch ging. Dieser Mann strotzte nur so vor Erotik und erinnerte mich an einen muskelbepackten schottischen Highlander, so ähnlich wie Jamie Fraser. Es hätte mich nicht überrascht, wenn er jetzt aufgestanden wäre und ich festgestellt hätte, dass er einen Kilt trug. Ich war ein großer Fan der Serie *Outlander*. Ich hatte alle Folgen gesehen und natürlich die Bücher gelesen und leidenschaftlich für Jamie Fraser geschwärmt. Und da war er nun, saß in seinem Sessel vor mir. Na gut, jedenfalls sein Zwillingsbruder.

Er wies mit dem Kopf auf einen Sessel, wobei ihm die Haare in die Stirn fielen. Mit kräftigen Fingern strich er die dicken Strähnen zurück, die sich jedoch als widerspenstig erwiesen und sich nicht zurückstreichen ließen. Hmmm, ja, kräftige Hände, muskulöser Körperbau … Meine Gedanken rasten in eine unerwünschte Richtung.

Er streckte einen Finger aus, um mir zu signalisieren, dass es noch eine Minute dauerte. Dann wandte er sich wieder zum Fenster um. Ohne ihn aus den Augen zu lassen, tastete ich mich zum Sessel vor und ließ mich etwas ungraziös darauf fallen. Glücklicherweise schaute er aus dem Fenster, sodass ihm meine Unbeholfenheit entging.

Schnell rückte ich meine Kleidung zurecht und schob gerade den Träger meines leicht verrutschten Victoria's-Secret-BHs hinauf, als der Outlander sich plötzlich in seinem Sessel herumdrehte und mich dabei ertappte. Er sah auf meine Finger, mit denen ich an dem dunkelorangefarbenen Träger fummelte – ja, den hatte ich passend zu meinen Hosen ausgewählt –, dann in meine Augen.

„Kleines Problem mit der Ausstattung?" Seine Stimme hatte etwas Magisches. Es war keine Spur von einem schottischen Akzent herauszuhören, doch sie verfehlte ihre Wirkung auf mich nicht und stimulierte Stellen an meinem Körper, die schon allzu lange einen erotischen Zauber vermisst hatten.

„Wie bitte? Ach, nein, also …" Ich schüttelte den Kopf und bemühte mich, den sinnlichen Nebel, der sich um mich gebildet hatte, zu vertreiben. „Alles in bester Ordnung."

Ich saß ziemlich hilflos da, konnte mich auf nichts anderes als auf ihn konzentrieren. Nervös schlug ich die Beine übereinander und legte die Hände auf die Knie, damit meine Finger nicht zitterten. Schon wieder klingelte sein Handy, und ich war froh, von seinem prüfenden Blick erlöst worden zu sein. Während er telefonierte, schaute ich aus dem Fenster auf die Stadt unter uns und versuchte mich auf andere Gedanken zu bringen. Ich hatte gelernt, geduldig zu sein, aber es fiel mir schwer, dieses Knistern zu ignorieren, das gerade in diesem Büro zu spüren war. Ich atmete langsam ein und aus und hoffte, meinen Puls beruhigen zu können.

„Okay. Pingen Sie mich für die nächste Konferenzschaltung an." Er warf sein Handy auf den Schreibtisch und wirbelte wieder auf dem Sessel herum. „Tess! Schön, dass Sie hier sind, ich habe Sie erwartet! Willkommen bei Diamond Enterprises."

Ich wollte aufstehen und ihm die Hand schütteln, aber er blieb sitzen. Also tat ich es ihm gleich und blieb ebenfalls, wo ich war. Es erleichterte mich, dass ich meine plötzlich wackligen Knie nicht auf die Probe stellen musste. „Ich bin auch froh, hier zu sein. Ohne einen Hinweis …"

„Alles ist gut, sehr gut." Erneut klingelte sein Handy, er seufzte und nahm den Anruf an. Er hörte dem Anrufer zu und runzelte die Stirn. Dann stand er auf. „Ich bin gleich da."

Jetzt erhob ich mich ebenfalls. Er war nicht so groß wie Mr. Monday oder Mr. Tuesday. Kaum eins achtzig, schätzte ich, aber sehr muskulös. Das war trotz seines Anzugs zu erkennen. Mein Herz tanzte in meiner Brust. Er war außerordentlich attraktiv. Eine wilde, ungebändigte und unberechenbare Aura ging von ihm aus und umwölkte mich wie ein schottischer Nebel. Ich war erledigt. Wirklich. Dann entstand vor meinen Augen ein anderes Bild. Ein dunkelhaariger, wahnsinnig sinnlicher Mann, mit dessen Anblick ich in Gedanken heute Morgen erwacht war.

Was hatte es mit all diesen Männern auf sich? Jeder für einen Wochentag. Gestern Mr. Tuesday. Und heute dieser umwerfend sexy Rothaarige Mr. Wednesday, der einfach zum Anbeißen war, wie ich bemerken musste. Und als Erster mein sexy Mr. Monday. Ich hatte keine Chance. Es bestand die Gefahr, dass ich zu einem kopflosen Opfer der Lust wurde. Ich wehrte mich dagegen, von einem hübschen Gesicht und harten Muskeln eingefangen zu werden; ich durfte nicht zulassen, dass diese Mr. Tag-der-Woche mich von meinem ursprünglichen Ziel ablenkten: Rache. Mr. Wednesdays Stimme riss mich aus meinen Grübeleien.

„Es tut mir wirklich leid. Mir ist etwas dazwischengekommen." Er deutete auf sein Mobiltelefon. „Ich muss sofort weg. Bitte machen Sie es sich doch hier bequem, ich bin so schnell wie möglich zurück."

Ich beobachtete, wie er auf seinen kraftvollen Beinen mit entschlossenen, zielgerichteten Schritten das Büro verließ. Bevor ich nur blinzeln konnte, war er verschwunden. Ich stand an der Tür und blickte mich um. Was zum Teufel war gerade passiert? Ich sah zur Sekretärin hinüber, die mich beobachtete. Ich zuckte die Schultern.

„Er hält einen mit seiner turbulenten, wilden Art ganz schön in Atem. Es ist, als würde sich die Luft um ihn herum mit Energie aufladen, und wenn er geht, wird alles ruhig", sagte sie, als hätte sie meine Gedanken gelesen. Sie schüttelte den Kopf und lächelte mich mitfühlend an, bevor sie sich wieder ihrem Computerbildschirm zuwandte.

Ich ging wieder ins Büro und setzte mich in einen Sessel, trommelte mit den Fingern auf die Armlehnen und dachte über Mr. Wednesday und seine Assistentin nach. Durch die Glaswand schaute ich zu der Tür, durch die er verschwunden war. Ich kannte den Mann noch gar nicht. Und trotzdem verspürte ich eine seltsame Sehnsucht nach seiner Gegenwart, vermisste etwas, das ich mir noch nicht einmal gewünscht hatte.

Zehn Minuten vergingen, und Frustration baute sich in mir auf. Hier zu sitzen war die reine Zeitverschwendung. Aber ich zögerte, das Büro zu verlassen und etwas anderes zu tun. Wenn er nun zurückkäme, um mich zu testen, und ich wäre nicht da? Also zwang ich mich wieder einmal, mich in Geduld zu üben.

Ich blickte hinter mich und entdeckte ein paar Magazine auf dem Tisch, schnappte mir eins, blätterte es durch, ohne jedoch wirklich auf den Inhalt zu achten.

„Es tut mir sehr leid." Schlagartig war das Büro wieder von seiner Energie erfüllt, sobald er eintrat, und es machte mir fast Angst. Diesmal setzte er sich in den Sessel neben mir.

„Ist alles in Ordnung?", erkundigte ich mich. Nicht dass es mich etwas anging, aber er wirkte ein bisschen aufgewühlt.

„Nichts von Belang, alles wird gut." Er winkte gelassen ab, als wollte er das hinter sich lassen, was auch immer seine Aufmerksamkeit gefordert hatte. Irgendwie schien er allerdings besorgt. Sein Blick war ganz anders als wenige Minuten zuvor. Etwas machte ihm zu schaffen, das konnte er nicht verbergen. Und das beunruhigte mich wiederum.

„Nun, wo waren wir stehen geblieben?" Er sah zu seinem Schreibtisch, als müsste er sein Gedächtnis auffrischen. „Richtig. Der Papierkram."

„Papierkram?"

„Genau, einfach nur die üblichen Formalitäten für Mitarbeiter, nichts allzu Tiefschürfendes. Name, Adresse, Kontakt für Notfälle."

„Ich habe keinen Kontakt für Notfälle." Wut stieg plötzlich in mir auf, denn dafür machte ich Diamond direkt verantwortlich. Wenn sie meinem Vater nicht unrecht getan und ihn entlassen hätten, wäre er sicher nicht so jung gestorben, und meine Mutter würde noch immer in den Staaten wohnen. Leichter Ärger über meine Mutter beschlich mich dabei, die mich hier allein gelassen hatte, doch ich verdrängte diese Gedanken.

„Lassen Sie sich ein paar Tage Zeit dafür. Es hat keine Eile", meinte er. Er stand auf und beugte sich über seinen Schreibtisch, um einen Stapel Akten zu durchsuchen. Ich konnte meine Augen nicht abwenden – nein –, als sich der Hosenstoff über seinem wundervoll geformten Hintern straffte. Ich fuhr mir mit der Zunge über die Lippen und blinzelte, weil ich kaum glauben konnte, dass er hier so unbedarft eine sexy Show darbot, die den Chippendales alle Ehre gemacht hätte.

„Da ist es." Er zog einen Hefter heraus und legte ihn auf den Rand der Tischplatte, bevor er sich mit einem lauten Seufzer wieder in den Sessel neben mir sinken ließ. Er zeigte auf den Ordner. „Es ist da drin. Das Formular. Füllen Sie es aus und geben Sie es meiner Assistentin Wendy, wenn alles fertig ist."

„Vielen Dank." Ich schob die Mappe ein Stück weiter zu mir herüber. Er musste HR-Manager oder zumindest in der Personalleitung sein. Vielleicht war er wegen eines Personalproblems abberufen worden. Vor langer Zeit hatte ich gelernt, Bücher nicht nach dem Umschlag zu beurteilen, doch was ihn betraf, hatte ich offensichtlich voreilige Schlüsse gezogen. Bis jetzt wäre mir nicht in den Sinn gekommen, dass er zur höheren Führungsriege gehörte. War er ein freundlicher und einfühlsamer Chef oder nur an den Belangen des Konzerns interessiert? Ich griff nach dem Hefter, um mich abzulenken.

Wieder klingelte sein Handy, doch er wischte über das Display und leitete den Anruf zur Voicemail über. Er war ziemlich beschäftigt. Diese Diamond-Männer schienen ständig am Telefonieren zu sein. Dieser hier tat wohl tausend Dinge auf einmal. Ich überlegte, wie er alles im Griff behielt und nicht die Übersicht verlor. War er ein Tyrann? Ich betrachtete die Mitarbeiter hinter der Glastür. Es herrschte ziemliche Ruhe, niemand lief umher oder schwatzte. Alle arbeiteten offenbar sehr konzentriert. Doch von dem äußeren Anschein allein konnte ich mir kein Bild machen; da würde ich schon mit den Angestellten reden müssen. Gehörte das vielleicht alles zur Prüfung? Oder war ich tatsächlich bloß hier, um die Formulare zu unterschreiben?

„Okay. Damit wäre das erledigt."

„Probleme?", erkundigte ich mich. Warum nicht direkt sein

und einfach abwarten, was er sagte? Bescheid zu wissen würde mir nur nützen und mir bei meiner Vergeltungsaktion helfen. Ich musste außerdem etwas über die finanzielle Lage des Betriebs erfahren. Diese unvorhergesehene Begegnung mit Mr. Wednesday brachte mich auf den Gedanken, dass die Personalakten ebenso ein Schlüssel waren. Ich sah ihn an, und mein Herz tanzte einen Tango, als er meinen Blick erwiderte.

Er legte den Kopf leicht schief. „Nun, eigentlich … ja, in der Tat." Er dachte laut, führte Selbstgespräche. Das erinnerte mich so sehr an mich selbst, dass es mich ängstigte. „Ja, damit können wir loslegen … okay. Ich hatte eine Aufgabe für Sie, und das trifft sich sehr gut."

Ich lehnte mich vor. „Und?" Bei den vorherigen Tests war es um Mut und Selbstvertrauen gegangen. Ich war gespannt darauf, was es heute sein würde.

„Ich möchte gern, dass Sie ein Konzept zur Anregung von Mitarbeiterengagement entwerfen."

„Aha." Das überraschte mich. Nach diesen lebensverändernden Prüfungen der vergangenen zwei Tage erschien mir das so … durchschnittlich.

„Ja. Es ist allgemein bekannt, dass wir hierzulande ein paar harte Jahre hinter uns haben, und ich bemerke bei Diamond einen leichten moralischen Verfall. Nicht unbedingt unsere Schuld, eben die aktuelle Stimmung. So viel Negatives in der Welt beeinflusst unwillkürlich das mentale Gleichgewicht."

„Und inwiefern hat das damit zu tun, dass Sie gerade gerufen wurden?" Mein Interesse war geweckt. Das war sehr spannend, auch wenn es außerhalb meiner Fachkompetenz lag. Wie auch immer, ein CEO musste wissen, welche Stimmung unter seinen Angestellten herrschte.

„Wir haben festgestellt, dass sich die Zahlen der Krankmeldungen und Fehlstunden erhöht haben, und das hat natürlich eine direkte Auswirkung auf unsere Produktivität. Sie können das Büro nebenan benutzen." Er deutete mit dem Daumen in die Richtung. „Dort steht ein Computer, und Sie haben Zugang zu den Daten des HR-Managements."

„Sehr gut." Ich konnte meine Aufregung kaum verbergen. Zugang zu den Daten. Ich fragte mich, wie viele Informationen ich bekommen konnte. Sicher war das Archiv für mich zunächst einmal nur beschränkt einsehbar. Wenn ich jedoch CEO wurde, hätte ich bestimmt den vollen Zugang. Die Buchführung würde es heute wohl noch nicht sein, doch vielleicht etwas anderes Brauchbares.

„Das hier ist eine sehr betriebsame Etage", bemerkte ich und unterstrich die Worte, indem ich auf den ganzen Raum draußen mit den vielen Schreibtischen deutete.

Mr. Wednesday lehnte sich zurück. Dass der Sessel unter seinem Gewicht ächzte, schien ihn kein bisschen zu stören. Bisher waren die Männer, denen ich hier begegnet war, absolut umwerfend. Ich konnte es kaum erwarten, weitere Exemplare von Mr. Tag-der-Woche kennenzulernen. Wenn ich keinen Plan gehabt hätte – und Prüfungen zu absolvieren –, wäre ich nicht abgeneigt gewesen, diese männlichen Köstlichkeiten von Diamond näher zu erforschen. Aber ich musste sie mir aus dem Kopf schlagen und an meinen Vergeltungsplan denken. Heute war mein zweiter Tag hier, und bisher wusste ich nicht mehr über Diamond als vorher.

Ich senkte den Kopf, sodass mir die Strähnen meiner Kurzhaarfrisur in die Stirn fielen, und blickte ihn unter meinem Pony hervor an.

Mr. Wednesdays Handy klingelte erneut. Ich seufzte leise, als er danach griff, über das Display wischte und den Anruf annahm. „Ja?", meldete er sich. *Wird dieses Ding jemals Ruhe geben?* Offensichtlich war die Angelegenheit wohl diesmal nicht so wichtig. Das erleichterte mich irgendwie. Ich ging davon aus, dass meine Prüfung gerade festgelegt worden war.

Ich beobachtete Mr. Wednesday, während er dem Anrufer zuhörte. Eine gute Beobachterin zu sein war genauso wichtig, wie Geduld zu haben. Man wusste nie, welche wichtigen Informationen man aufschnappen und später verwenden konnte. Ich schnappte mir das Magazin und blätterte darin herum.

Mr. Wednesday sah zu mir herüber. „Ja, sie ist hier", sagte er ins Telefon. Ich erstarrte und schwieg. Er hörte zu, was am anderen Ende der Leitung geredet wurde. Es schien ein ziemlich einseitiges Gespräch zu sein. Ich saß so ruhig wie möglich da, in der Hoffnung, etwas von den Worten des Anrufers verstehen zu können. Schließlich redeten sie offensichtlich über mich. „Hmm. Hmmm. Jawohl. Wird gemacht." Er beendete das Telefonat und steckte das Handy in die Tasche.

„Ging es um mich?", fragte ich.

Er lächelte. Was für ein umwerfendes Lächeln, ich hätte glatt den Verstand verlieren können. „Jawohl. Es hatte mit Ihnen zu tun."

„Etwas, das ich wissen sollte? Irgendetwas Wichtiges?"

Er schüttelte den Kopf, presste die Lippen zusammen und runzelte die Stirn. „Nein, nein, nichts Wichtiges."

Das ärgerte mich, doch ich musste meinen Zorn unterdrücken. Andernfalls hätte ich irgendeine Bemerkung gemacht, die ich, wie ich wusste, später bereuen würde. Der Mann stand auf und ordnete schnell etwas auf seinem Schreibtisch, legte ein paar Papiere übereinander, die zur Seite gerutscht waren, rückte seine Schreibstifte rechts vom Laptop gerade. Als er fertig war, wischte er mit der Handfläche über die freie Fläche. Er war offensichtlich ein Ordnungsfanatiker. „Ein weiteres Meeting wurde einberufen. Also machen Sie es sich in dem Büro nebenan bequem." Wieder zeigte er mit dem Daumen darauf.

„Vielen Dank. Irgendwelche Anweisungen oder Tipps?" Ich erhob mich, nahm den Hefter an mich und wartete auf etwas mehr Information. Er betrachtete mich mit einem undefinierbaren Gesichtsausdruck. Bei seinem prüfenden Blick runzelte ich die Stirn.

„Nein, nichts. Sie haben Ihre Anweisungen." Er zögerte, musterte mich von oben bis unten. Es nervte mich, während es zugleich ein wohliges Prickeln in mir auslöste. „Hübsches Outfit", meinte er. „Sieht nach Vintage aus." Seine Bemerkung verblüffte mich und brachte mich völlig aus dem Konzept.

Er hätte mich mit einer Feder umstoßen können.

„Das ist es auch." Ich hatte keine Ahnung, was ich sonst darauf hätte erwidern sollen. Männer, die sich in solchen Dingen auskannten, waren allerdings selten. „Ich bin überrascht, dass Sie so was erkennen."

„Wegen meiner Schwester. Sie ist nach diesem alten Zeug verrückt."

Ich hatte nicht damit gerechnet, dass dieser Mann für mich noch attraktiver hätte werden können. Er hatte eine Schwester mit dem gleichen Modegeschmack wie ich. Was jedoch viel ansprechender auf mich wirkte, war, dass er sich deshalb damit auskannte.

„Da bin ich aber wirklich erstaunt. Normalerweise fällt Männern so was nicht auf."

Er legte den Kopf schief, sodass sein wildes Haar ungezügelt zur Seite fiel. „Es wäre wirklich unmöglich, dass ich mich damit nicht auskenne. Als Teenager hat meine Schwester über nichts anderes als Vintage geredet. Ich musste sie in alle möglichen Läden kutschieren und ihr helfen, die Einkäufe einzupacken und ihre Taschen nach Hause zu transportieren."

Ich lachte. „Das erinnert mich an mich. Ich mochte immer diese alten Filme. Darin habe ich mich ständig geflüchtet, nachdem … Nun, ich hatte mich in diese alte Mode verliebt und angefangen, alles Mögliche zusammenzusammeln. Ihre Schwester hätte ich ja gern kennengelernt."

„Vielleicht werden Sie das ja." Er zwinkerte mir zu, und sofort überlief mich eine Gänsehaut.

„Wie klein die Welt ist. Ihre Schwester wegen ihrer Liebe zur Mode als verrückt zu bezeichnen ist allerdings ziemlich gemein", entgegnete ich mit gespielter Entrüstung. Ich wollte jedoch auch nicht so gesehen werden. „Vintage-Kleidung und -Möbel haben etwas so Romantisches und Klassisches. Ich schwärme wirklich dafür."

„Das sagt meine Schwester auch. Sie ist so verrückt danach, dass sie ihren eigenen Laden hat. Ständig ist sie auf der Suche nach den Sachen und grast alle Flohmärkte, Garagen- und Nachlassverkäufe oder was auch immer ab."

Ich hielt den Atem an. Diese Frau wollte ich kennenlernen. „Sie hat einen eigenen Laden? Da muss ich hin. Ist der in der Stadt?"

Zu meiner Enttäuschung schüttelte er den Kopf. „Nein. Aber sie würde gern hier einen eröffnen. Ich sage ihr immer, dass es reine Geld- und Zeitverschwendung ist."

Nein, das wäre es nicht. „Gute Läden sind schwer zu finden. Wie heißt ihrer denn?"

Er holte tief Luft und blickte nachdenklich an die Decke.

„Ich kann es nicht fassen, dass Sie nicht wissen, wie der Laden Ihrer Schwester heißt!", schimpfte ich.

„Geben Sie mir eine Minute. Ich glaube … ja, ich glaube, sie hat ihn ‚Morningstar' genannt."

„Ich kenne den Laden, der ist wirklich fantastisch! Und Sie sollten Ihrer Schwester nicht davon abraten, ein Geschäft hier in der Stadt zu eröffnen. Dafür gibt es ganz eindeutig einen Markt."

Er grinste mich an. „Sie mögen also nicht nur alte Kleider, sondern auch Antiquitäten."

„Das stimmt. Sie sind ein Schlüssel zu unserer Vergangenheit. Unsere Geschichte. Ja, ich liebe Antiquitäten." Unser Geplänkel gefiel mir. Es war locker. Er war unterhaltsam, und es wirkte entspannend.

Er lachte und hob die Hände. „Okay, okay, ich gebe auf. Dasselbe höre ich immer von Shari."

Er war entzückend, das musste ich zugeben. Die offensichtliche Zuneigung zu seiner Schwester verstärkte das noch und ließ diesen sexy Mann, der einen sehr verantwortungsvollen Posten bei Diamond Enterprises hatte, menschlicher wirken. Ich konnte beobachten, wie seine Züge weicher wurden, wenn er von ihr sprach. Als Einzelkind beneidete ich jeden, der eine solche Beziehung zu seinen Geschwistern hatte. Ich hätte wetten können, dass Shari seine Kontaktadresse für den Notfall war.

„Na gut, wenigstens haben wir das erledigt." Ich verließ das Büro, und er folgte mir. „Schon okay", fügte ich hinzu, „den Weg finde ich allein. Sie müssen nicht den Babysitter spielen."

„Sehr gut, ich wusste, dass Sie eigenständig sind. Ich werde ein paar Stunden weg sein. In der Zwischenzeit können Sie an dem arbeiten, was wir besprochen haben."

Er begleitete mich zum Nebenbüro und öffnete die Tür. Anscheinend verbarg sich hinter diesem Naturburschen ein echter Gentleman. „Hier, bitte sehr."

Ich ging an ihm vorbei ins Zimmer und sah ihn dabei an. Er ließ mich nicht aus den Augen, und ich hatte es nicht eilig, weil ich diese sinnliche kleine Begegnung etwas auskosten wollte. Doch kaum hatte ich das Büro betreten, machte er sich auf den Weg. Ich schaute ihm hinterher, bewunderte die Art, wie er sich bewegte. Sein Anzug saß vortrefflich, mir lief fast das Wasser im Mund zusammen. Seufzend wandte ich mich um und machte mich mit meiner neuen Umgebung vertraut. Die Einrichtung war sehr karg, deshalb nahm ich an, dass in diesem Büro niemand arbeitete. Ich ließ die Tür offen, umrundete den Schreibtisch und nahm dahinter Platz.

Um die vorhandene Grundausstattung zu überprüfen, zog ich die Schublade neben mir auf. Es war von allem reichlich vorhanden. Ich nahm einen schwarzen Kuli heraus und kritzelte auf einem Post-it-Zettel herum, bis die Tinte floss. Meine Liebe galt nicht nur Vintage, ich war außerdem eine Schreibwaren-Fetischistin. Mit dieser Schublade hier hatte ich den Jackpot geknackt.

Ich berührte die Maus, um den Computer aus dem Standby-Modus zu erwecken. Auf dem Bildschirm erschien die Eröffnungsmaske, aber ein Log-in-Fenster versperrte mir den weiteren Weg. Niemand hatte mir das Kennwort zum Einloggen gegeben, wie sollte ich also die Dateien öffnen? Ich nahm den Hefter, den Mr. Wednesday mir überreicht hatte, schlug ihn auf und überflog die auszufüllenden Spalten des Fragebogens. Mit der Papierarbeit würde ich mich erst mal nicht befassen. Ich war nicht sehr erpicht darauf, Diamond irgendwelche persönlichen Informationen von mir zu geben, anhand derer sie womöglich herausfanden, wer ich wirklich war. Ich klappte den Hefter wieder zu und schob ihn beiseite. Es befand sich nichts darin, das mir beim Einloggen weiterhalf. Ich lehnte mich zurück und kaute auf meiner Unterlippe herum. Dann klickte ich den Bildschirm an, um noch einmal nachzuschauen, ob das Passwort notwendig war. Das war es.

Bitte geben Sie Ihren Zahlencode ein.

Was für ein Zahlencode? Ich klickte das Passwort-Hilfe-Symbol an und hoffte auf nähere Instruktionen. Ein neues Fenster öffnete sich.

Dies ist Ihr erstes Log-in. Geben Sie Ihre vier Kennziffern ein. Danach werden Sie aufgefordert, Ihr Passwort zu ändern. Es ist nur eine Eingabe möglich.

Ich lehnte mich zurück. „Welche vier Zahlen?“, murmelte ich. Schnell überlegte ich, was seit meiner ersten Vorstellung geschehen war. Irgendwelche Nummern hatte ich nicht erhalten. Ich schloss die Augen, versuchte mich zu konzentrieren und nicht nervös zu werden. Wo könnten sich diese Nummern befinden?

„Ach so!", rief ich, wühlte in meiner Tasche und zog die Schlüsselkarte heraus, die Mr. Monday mir am Tag zuvor gegeben hatte. Das würde Sinn ergeben. Diese Schlüsselkarten dienten dazu, mir auf meinem Weg zum CEO-Sessel eine Tür nach der anderen zu öffnen – und meine Rache zu ermöglichen. Als ich mir die Karte näher ansah, lächelte ich. Unten am Rand befanden sich vier blass silberfarbene Zahlen.

Ich tippte sie ein und – *wumm* – auf dem Bildschirm wechselte die Maske. Auf der linken Seite entdeckte ich eine Reihe von Symbolen. Viele waren mir vertraut, aber einige kannte ich nicht, wahrscheinlich gehörten sie zu internen Programmen.

Eifrig begann ich mich mit dem Computersystem so gut wie möglich vertraut zu machen, bevor ich das „Mitarbeiter-Engagement" anpackte. Ich hatte keine Ahnung, wie viel Zeit sie mir einräumten, deshalb musste ich jede Sekunde nutzen. Ich klickte die Mitarbeiter-Seite an. Es war beeindruckend, wie gut durchdacht und gestaltet sie war. Als Erstes ging ich in den Gemeinschaftsbereich, in dem auch ein Schwarzes Brett angelegt war. Ein paar Verkaufsangebote waren dort aufgelistet, ebenso Hinweise auf zukünftige Events, wozu unter anderem ein Firmen-Picknick gehörte, das in einigen Wochen geplant war. Nachdem ich die Seite durchforstet hatte, rief ich *Google* auf und begann meine Suche.

Ich konzentrierte mich auf die Aufgabe, die Mr. Wednesday mir gestellt hatte. Je schneller ich damit fertig wurde, desto eher konnte ich mich hier noch etwas umsehen. Meine Recherche-Erfahrung als Bibliothekarin half mir dabei, und innerhalb einer Stunde hatte ich genug Material zusammen, um meinen Bericht fertigzustellen. Ich schaltete den Drucker ein und ließ die maßgeblichen Informationen ausdrucken. Danach zog ich meine Notizen hervor und fing an, alles zu sortieren. Kurz darauf hatte ich die einzelnen Punkte kategorisiert und einen groben Entwurf gemacht. Eine halbe Stunde später spuckte der Drucker dann meinen ausgearbeiteten Bericht aus. Ich fand eine Bindeschiene bei den Büromaterialien und hatte den Bericht im Nu präsentabel vorbereitet.

„Na bitte. Gute Arbeit, wenn ich das mal so sagen darf." Nun hatte ich Zeit, mir den Rest der Etage anzusehen.

Als ich gerade den Flur überqueren wollte, bog ein Sicherheitsbeamter um die Ecke. Um mich vor ihm zu verstecken, schlüpfte ich in die Damentoilette. Sicher würden sie mich im Auge behalten, das war mir klar, doch ich hatte keine Lust, mit jemandem von der Security Small Talk zu halten, während ich herumschnüffelte.

Ich war überrascht, wie angenehm der Raum gestaltet war. Es war nicht bloß eine normale Toilette mit Kabinen und Waschbecken. Das Licht war gedämpft, es gab einen beleuchteten Schminktisch und einen kleinen Aufenthaltsbereich mit Polstersesseln, so ähnlich, wie ich es schon im Vorraum zu den Fahrstühlen gesehen hatte. Eine schmale lange Anrichte war mit allerlei Lotionen, Seifen und Damenhygieneartikeln ausgestattet. Hmm, sehr nett. Alles bei Diamond schien ein bisschen übertrieben, aber diese vielen kleinen Details machten einen sehr netten Eindruck. Das war gut für die Arbeitsmoral. Ich fragte mich, ob die Angestellten diese Gesten zu schätzen wussten. Wenn nicht, sollten sie das tun.

Von draußen hörte ich Stimmen, die sich der Damentoilette näherten, deshalb betrat ich schnell eine der Kabinen. Die Frauen schienen sehr aufgeregt zu sein, deshalb beschloss ich, ein paar Minuten zu warten, bevor ich die Toilette verließ. Ein bisschen verspürte ich Schuldgefühle beim Lauschen, doch vielleicht konnte ich ja etwas Interessantes erfahren. Die eine der beiden Frauen weinte offenbar. Ich legte den Kopf schief und spitzte die Ohren.

„Ich weiß nicht, ob ich das schaffe." Sie schniefte, und kurz darauf war zu hören, wie sie sich die Nase putzte.

Die andere Frau klang etwas älter. „Das tun wir doch alle, Schätzchen. Mütter haben schon ein Kreuz zu tragen."

Das war interessant. Unglückliche Angestellte. Jetzt fühlte ich mich beim Lauschen ein bisschen besser. Fast hätte ich mir vor freudiger Erwartung die Hände gerieben. Alles, was ich an Schmutz entdecken konnte, wäre mir für meinen Racheplan dienlich.

„Es ist ja erst eine Woche vergangen", fuhr die ältere Frau fort. „Du musst ein bisschen Geduld haben, Jenny. Deinem Baby geht es bestimmt bald gut."

„Hast du nicht von all diesen schrecklichen Dingen gehört, die in einer Kindertagesstätte passieren? Sexuelle Belästigung, Misshandlungen. Oder die Kinder werden sich selbst überlassen. Das macht mich ganz fertig!"

Die Frau klang wirklich verzweifelt und tat mir leid. Ich konnte mir nicht vorstellen, wie es wäre, wenn ich zur Arbeit gehen und mein Kind allein zurücklassen müsste. Ich schürzte die Lippen. Es machte mich wütend, in welche Situation junge Mütter gerieten, wenn sie ihre Arbeit wieder aufnahmen. Ich hatte keine Ahnung, wie schwer es war, ein schreiendes Kleinkind in der Kindertagesstätte abzuliefern. Dabei stellte ich mir ein hysterisches Kind vor, das sich an mein Bein klammerte und mit hoher Stimme darum bettelte, nicht verlassen zu werden. Das hätte ich bestimmt nicht überlebt.

„Ach, Jenny. Du darfst dich da nicht reinsteigern und dir das Schlimmste vorstellen. Ich weiß noch, wie sorgfältig du diese Tagesstätte ausgesucht hast. Du solltest doch wirklich wissen, dass es ein guter Platz ist – hast du nicht einen Abschluss als Kinderpsychologin?"

„Ja. In der Kinderpsychologie bekommt man allerdings keinen Job, der so gut bezahlt wird wie der hier. Mein Mann macht mir auch die Hölle heiß. Er will, dass ich arbeite, weil wir das Geld brauchen, aber es macht ihn fertig, dass es mir so schlecht dabei geht, Jason in den Kindergarten zu bringen, und der schreit die ganze Nacht nur. Er wird außerdem davon krank."

„Er ist ja erst eine Woche dort", meinte die ältere Kollegin ruhig, und ich bewunderte sie dafür, dass sie so mitfühlend war. „Wie kann er so schnell krank werden?"

„Na ja, du weißt schon, was ich meine. Wenn es eine gute Tagesstätte gäbe, die sich in der Nähe der Firma befindet, dann wäre es ja nicht so schlimm. Aber ich muss den Kleinen um fünf Uhr morgens aus dem Bett holen. Das kann doch nicht gut sein. Niemand sollte so früh geweckt werden, erst recht nicht ein friedlich schlafendes Kleinkind."

„Bist du sicher, dass es nichts in der Umgebung gibt?"

„Ich habe überall gesucht. Es wäre nur möglich, ihn in der Nähe unterzubringen, wenn ich mehr für die Tagesstätte bezahle, als ich verdiene. Was wäre dann der Sinn der Sache?"

Ich hatte das Gefühl, lange genug gelauscht zu haben. Deshalb bewegte ich meine Füße, um ein Geräusch zu machen, das den Frauen meine Anwesenheit in einer der Kabinen verriet. So hatten sie die Gelegenheit, nicht weiterzureden, wenn sie nicht wollten, dass ich mithörte. Sie saßen in der Sitzecke gegenüber dem Waschbecken und dem Counter. Die beiden ließen sich jedoch nicht stören und führten ihr Gespräch weiter. Offensichtlich machte es ihnen nichts aus, Zuhörer zu haben.

Nachdem ich mir die Hände gewaschen hatte, kam ich um die Ecke. Ich zögerte kurz, sprach die beiden dann aber an. „Ich wollte nicht lauschen, doch ich muss Ihnen meine Anerkennung aussprechen. Mit einem Kleinkind berufstätig zu sein ist nicht leicht, da bin ich sicher. Es ist gut, dass Sie es trotzdem versuchen."

Jenny, die jüngere der beiden, nickte und griff nach einem Taschentuch aus der Box auf dem Tisch, um sich erneut die Nase zu putzen. „Ich weiß nicht, ob ich so weitermachen kann. Ich fühle mich auch nicht mehr voll einsatzfähig. Ständig mache ich mir Sorgen um mein Kind."

„Das kann ich verstehen", erwiderte ich. Konnte ich das wirklich? Ich war ja nicht in ihrer Lage. Ich hatte kein Kind. Und plötzlich schämte ich mich. Meine Absicht war es, diese Firma oder zumindest deren Image zu zerstören. Wenn ich das schaffte, wäre der Job dieser Frauen und aller anderen in Gefahr. Ich seufzte. Ich war hier, um Rache für das zu üben, was meinem Vater angetan worden war, aber ich hatte nicht über die Folgen nachgedacht, die das hätte. Wenn ich mir diese junge Mutter und ihre Kollegin ansah, wurde mir klar, dass damit deren Job oder Rente auf dem Spiel stand. An das Personal hatte ich vorher nie einen Gedanken verschwendet.

Von den Sorgen dieser Frau zu hören machte mir das alles erst richtig klar. Es erinnerte mich daran, dass es Menschen gab, die genauso litten, wie ich es getan hatte, und einigen ging es sogar noch viel schlechter als mir damals. Vielleicht gab es andere Möglichkeiten, um meine Vergeltungsaktion zu planen? Ich musste mir das durch den Kopf gehen lassen. Es war eine Sache, auf dem Papier einen Racheplan zu schmieden. Doch nachdem ich nun die menschliche Seite kennenlernte, gab mir das zu denken.

„Könnte ich Ihnen irgendwie helfen?", erkundigte ich mich. Nicht, dass ich die leiseste Ahnung hatte, wie das vonstattengehen sollte.

Sie schaute mich an und betupfte mit dem Tuch ihre geschwollenen Lider. „Das ist echt nett von Ihnen, aber ich wüsste nicht, wie. Es sein denn, Sie könnten hier eine Kindertagesstätte hervorzaubern."

Ich lächelte. Komisch, dass sie das sagt, dachte ich bei mir. Und plötzlich kam mir eine Idee.

„Ich habe Sie hier noch nie gesehen“, bemerkte die andere Kollegin. „Ich bin Carol.“

„Heute ist mein zweiter Tag.“ Natürlich konnte ich nicht darüber sprechen, wo ich gestern gewesen war. Ich warf einen Blick auf meine Uhr, um etwas Zeit zu schinden.

„Ach, das ist aber eine wunderschöne Uhr!“, rief Carol. „So ein exquisites Schmuckstück sieht man nicht oft. Und Ihre Fingernägel, was für eine interessante Farbe.“

„Danke. Die Farbe ist ein bisschen gedämpfter, als ich es normalerweise habe. Ich mag es, wenn meine Nägel ein bisschen ausgeflippter aussehen. Diese Woche habe ich mich allerdings zurückgehalten. Und die Uhr ist von meiner Mutter. Es war ein Hochzeitsgeschenk meines Vaters, und sie hat sie mir gegeben, bevor sie nach England zurückgegangen ist.“ Ich strich vorsichtig über das Zifferblatt und genoss das Gefühl der kleinen Diamanten auf dem Glas unter meinen Fingerspitzen.

Jenny beugte sich vor, um sie sich genauer anzusehen, und seufzte. „Sehr schön. Ach, und Sie kommen aus England! Warum ist Ihre Mutter zurückgegangen?“ Sofort fügte sie hinzu: „Oh, entschuldigen Sie, das geht mich nichts an. Tut mir leid, dass ich so neugierig bin.“

„Nein, das ist schon in Ordnung. Meine Mutter hat sich nie an das Leben in den Staaten gewöhnen können. Sie ist durch und durch britisch und hat sich ständig über alles hier beschwert. Deshalb war es nur logisch, nach England zurückzukehren. Jetzt geht es ihr viel besser.“ Ich würde nicht davon reden, warum sie zurückgegangen war oder dass die Ursache für das Scheitern ihrer Ehe der Grund war, warum sie die Erinnerungen daran nicht mehr ausgehalten hatte. Sie hatte geglaubt, dass Dad schuldig gewesen war, während ich von seiner Unschuld überzeugt war. Ich biss die Zähne zusammen und verdrängte diese Gedanken, die mich nur wieder wütend machten.

„Sie vermissen sie bestimmt. Besuchen Sie sie denn oft?"

Ich schüttelte bedauernd den Kopf. Natürlich vermisste ich sie. Andererseits war sie sehr mit ihrem neuen Leben beschäftigt. Ich passte da nicht mehr hinein. Meine Angst vor dem Fliegen machte es auch nicht gerade einfacher. „Nicht so oft, wie ich es gern täte. Es ist bereits ein paar Jahre her, seit ich das letzte Mal bei ihr war."

„Das ist sehr traurig, tut mir leid", sagte Carol so mitfühlend, dass es mir ans Herz ging.

„Vielen Dank." Ich wollte wirklich nicht mehr über meine Mutter sprechen, deshalb wandte ich mich an Jenny: „Das lässt mich zumindest so in etwa nachempfinden, wie es ist, von jemandem getrennt zu sein, den man liebt." Als sie mich anschaute, erkannte ich, wie sich ihre Augen erneut mit Tränen füllten. „Es tut mir leid, bitte weinen Sie nicht."

„Ich muss vielleicht kündigen."

„Tun Sie das nicht!", rief ich spontan, während Carol gleichzeitig so etwas Ähnliches sagte. Wir schauten uns an und lachten. Zum Glück stimmte Jenny mit ein.

„Große Geister, gleiche Ideen", bemerkte Carol.

„Oder zwei Dumme, ein Gedanke", konterte ich. Wieder lachten wir zusammen, und ich war froh, dass Jennys Stimmung sich etwas gebessert hatte. „Das war einer der Lieblingssprüche meiner Mutter. Jenny, haben Sie Zeit für einen Kaffee? Und Sie auch, Carol? Ich würde Sie beide gern besser kennenlernen. Ich hatte nämlich gerade vor, eine kurze Kaffeepause zu machen."

„Ja, ich habe noch ein paar Minuten Pause", erwiderte Jenny.

„Ich auch", sagte Carol. „Ich zeige Ihnen die Küche und den Aufenthaltsraum – das ist beides direkt um die Ecke." Sie wies auf die Wand hinter der Sitzecke und öffnete die Toilettentür, um Jenny und mich durchgehen zu lassen. „Wir können uns ans Fenster setzen. Waren Sie hier schon mal?"

„Nein. Ich mache mich gerade erst mit dem Gebäude vertraut. Bisher war ich jeden Tag woanders."

„Also arbeiten Sie nicht in der Personalabteilung?"

„Nein. Sie zeigen mir alle Sektionen, um zu sehen, wo ich am besten reinpasse."

Jenny deutete auf ein paar Sessel vor den Fenstern. Davor standen Töpfe mit Hibiskuspflanzen. Es wirkte gemütlich, obwohl ich lieber nicht so dicht neben dem Fenster gesessen hätte, wo ich immer daran erinnert wurde, wie hoch oben wir uns befanden. Ich setzte mich deshalb mit dem Rücken zur Scheibe und registrierte erstaunt die Reihe von Kaffeemaschinen, die Körbe und Schränke mit Glastüren, in denen sich eine Auswahl von Speisen befand. Das hier war besser ausgestattet als meine Küche!

„Im Kühlschrank ist noch mehr. Früchte, Käse, hart gekochte Eier, Hummus. Wünschen Sie sich was, es wird da drin sein." Jenny zeigte auf die Glastür.

„Wow, die kümmern sich ja wirklich um ihre Mitarbeiter." Ich war beeindruckt und wandte mich zu Carol und Jenny um. „Kann ich Ihnen was bringen?"

Jenny warf einen Blick auf die Wanduhr. „Ich fürchte, ich sollte doch lieber zurückgehen. Ich will nicht zu spät kommen." Sie sah Carol an. „Vielen Dank, dass du mir ein Ohr geliehen hast."

„Keine Ursache, meine Liebe. Wir reden später noch mal."

Ich wollte nicht, dass sie schon so früh wieder ging. „Jenny, arbeiten Sie schon lange hier?"

Sie schüttelte den Kopf. „Nein, erst ein paar Jahre, bevor ich in den Mutterschutz ging. Tut mir leid, ich muss jetzt wirklich los. Es war nett, Sie kennenzulernen."

„Auf Wiedersehen, Jenny. Hat mich auch gefreut."

Ich schaute ihr nach, dann drehte ich mich zu Carol um.

Bevor ich etwas sagen konnte, ergriff sie das Wort. „Ich bin seit fünfundzwanzig Jahren hier. Also habe ich eine Menge mitbekommen", sagte sie.

Das konnte eine nützliche Beziehung werden, falls ich bei Diamond blieb. Sie hatte womöglich von meinem Vater und den Geschehnissen damals gehört.

„Wow, das ist eine lange Zeit."

„Ja, das stimmt", entgegnete sie. „Zu der Zeit gab es noch keine Personalabteilung, und die Dinge waren nicht so straff organisiert wie heutzutage. Vor etwa sechzehn, siebzehn Jahren wurde die HR-Abteilung eingerichtet."

Genau zu dem Zeitpunkt, als mein Vater gefeuert worden war.

„Tatsächlich? Das ist interessant. Wie konnten Sie dann überhaupt den Überblick über alle Mitarbeiter behalten? Ohne eine richtige Personalabteilung war das bestimmt schwierig."

„Na ja, es ist ja nicht so, als wären wir vorher im Mittelalter gewesen. Es gab schon Computer, auch wenn die Programme nicht so effizient waren wie heute."

Dem musste ich zustimmen. „Wenn man sich bloß den ganzen Papierkram vorstellt, den es vorher gegeben hat …"

„Davon kann ich ein Lied singen. Ein Teil unserer Akten ist digitalisiert worden. Anfangs hatten wir Studenten, die das Scannen als Sommerjob übernahmen. Doch mit den neuen Datenschutzbestimmungen wurde das nicht mehr erlaubt. Deshalb steht immer noch ein Haufen Kisten mit alten Ordnern im Lager."

„Ich weiß von meinem vorherigen Job, dass es einige sehr seriöse Sicherheitsarchivlager gibt. Benutzt Diamond so was?" Ich hoffte, nicht zu neugierig zu klingen, wenn ich ihr solche Fragen stellte. Natürlich wollte ich so herausfinden, wo diese alten Akten aufbewahrt wurden, um möglicherweise die meines Vaters einsehen zu können.

„Nein. Wir haben ein sicheres Archivlager hier im Haus."

„Ach so. In diesem Gebäude muss es ja eine Menge Platz geben. Es ist riesig." Meine Aufregung wuchs. Wenn ich Zugang zu den Personalakten bekommen könnte, die irgendwo lagerten …

Carol und ich blickten uns an, und ich spürte, dass sie aufbrechen wollte.

Schnell setzte ich die Unterhaltung fort, damit sie noch ein wenig blieb. „Ich brauche unbedingt einen Cappuccino", meinte ich. „Früher war ich mal ein herausragender Barista. Vielleicht kann ich Ihnen auch einen zubereiten?"

„Ach, zum Teufel, schon überredet. Ich werde einfach sagen, dass ich der Neuen geholfen habe." Carol lachte und lehnte sich seitlich gegen den Counter, während ich die Zutaten zusammensuchte, die ich benötigte.

Ich hoffte, noch mehr von ihr zu erfahren, musste jedoch darauf achten, möglichst diskret dabei vorzugehen. Mir blieb nicht viel Zeit, um die Informationen zu bekommen, die ich haben wollte. Außerdem musste ich sie noch auf etwas anderes ansprechen, bevor sie wieder an ihren Arbeitsplatz verschwand. „Sagen Sie, hat schon mal jemand den Vorschlag gemacht, hier im Gebäude eine Kindertagesstätte einzurichten?"

Carol schüttelte den Kopf. „Nein, ich kann mich nicht daran erinnern, dass dieses Thema jemals aufgebracht wurde."

„Gäbe es denn genug infrage kommende Mitarbeiter, damit sich so etwas rentieren würde?"

Sie dachte kurz nach. „Doch, ich glaube schon." Dann grinste sie mich an. „Woran denken Sie?"

„Ich war immer der Meinung, dass glückliche Angestellte produktiver sind. Wenn nicht gut für die Mitarbeiter gesorgt wird, leidet die Produktivität darunter." Ich runzelte die Stirn, als mir unwillkürlich einfiel, wie verzweifelt mein Vater gewesen war, nachdem sie ihn gefeuert hatten. Ich musste bei meinem Entschluss bleiben und die Informationen besorgen, die für meine Rache notwendig waren, doch langsam begann ich, die zwei Seiten dieses Unternehmens zu sehen. Das Gespräch mit den beiden Frauen hatte mir zu denken gegeben. Ich würde zwar weiter im Computersystem herumschnüffeln müssen, wollte aber auch noch mehr von Carol erfahren. Während ich tief Luft holte, breitete ich den Cappuccino mit genau der richtigen Menge Milchschaum zu. Ich zeichnete sogar ein kleines Muster in den Schaum. „Bitte schön."

Sie lächelte erfreut, als ich ihr die Tasse reichte. Überrascht stellte ich fest, wie sehr mich ihre Freundlichkeit berührte. Dann kümmerte ich mich um den zweiten Cappuccino.

„Sie machen das wirklich gut", sagte Carol.

„Damit habe ich mein Studium finanziert, es war ein typischer Studentenjob. Dazu hatte ich noch ein paar Stipendien gewonnen." Ich suchte in den Regalen nach braunem Zucker und war angesichts der Ausstattung sicher, auch welchen zu finden. „Ah, da ist er. Haben Sie das schon mal auf dem Milchschaum probiert?" Ich öffnete die Packung und streute etwas vom Inhalt auf die weiße Krone. „Das ist das Beste daran. So kann man sich durch den Schaum knabbern."

„Gern, ich versuch's mal." Sie hielt mir ihre Tasse hin, und ich streute den Rest aus der Tüte auf ihren Cappuccino.

Einen Moment tranken wir schweigend, während Carol anerkennend nickte. Ich fragte mich, welchen Posten sie hier innehatte.

Sie ging zur Sitzecke hinüber und setzte sich auf einen Sessel direkt vor dem Fenster. Ich wählte den Platz, der am weitesten von der Glasscheibe entfernt war, mit Blick in den Raum.

„Sie mögen keine Höhen, was?"

Ich schüttelte den Kopf. „Nein, absolut nicht."

„So hat jeder sein Ding. Ich hasse es, den Fahrstuhl zu benutzen. Klaustrophobie." Sie sah mich mit weit aufgerissenen Augen an, sodass ich lachen musste.

„Schon komisch, wenn man bedenkt, mit welchen Ängsten wir uns herumschlagen“, meinte ich. „Aber wenn man davon betroffen ist, kann man nicht darüber lachen.“

„Das stimmt. Wenn ich im Fahrstuhl stehe, gucke ich immer auf meine Füße.“

Ich nahm einen weiteren Schluck und beschloss, das Gespräch noch einmal auf die Tagesstätte zu lenken. Obwohl ich sie ja bereits gefragt hatte, hoffte ich, mehr von Carol erfahren zu können. „Ich hatte vorher keine Ahnung, wie schwierig die Situation mit den Kindergärten ist. Nachdem ich mitbekommen habe, wie schlecht es Jenny geht, wird mir allerdings klar, dass es ein echtes Problem darstellt. Seltsam, dass bei Diamond noch nie darüber diskutiert worden ist.“

„Ich nehme an, dass sie es wie die meisten Konzerne nicht so richtig ernst nehmen. Es ist nicht ihr Problem, sondern das der Angestellten.“

Ich schüttelte den Kopf. „Ein Unternehmen sollte aber vorausschauend sein.“

Ich fragte mich, ob Carol meine Gedanken lesen konnte, denn ihre nächste Bemerkung traf genau ins Schwarze. „Nun, wenn man es bedenkt, wäre das eine wirklich große Verbesserung für die Mitarbeiter.“

„Das wäre es garantiert. Selbst wenn die Firma nur einen Teil der Kosten für die Kindertagesstätte übernimmt, wäre den Angestellten eine ziemliche Last genommen.“

„Genau. Es ist dumm, wenn ein Betrieb nicht an so was denkt. Stellen Sie sich bloß vor, wie glücklich die Eltern wären. Ach du meine Güte! Ich muss wirklich gehen. Wie die Zeit rennt!“ Carol sprang auf und stellte ihre Tasse in den Geschirrspüler. „Ich freue mich, Sie kennengelernt zu haben. Hoffentlich finden Sie die richtige Stelle bei Diamond.“

„Mich hat es auch gefreut, mit Ihnen zu reden. Ich hoffe, dass wir uns wiedersehen.“

Ich lief in der Lounge umher und nippte an dem inzwischen abgekühlten Kaffee. Meine Gedanken überschlugen sich. Ich überlegte, ob ich meine ursprünglichen Recherchen zum Mitarbeiter-Engagement vom Vormittag verwerfen und stattdessen diese Idee weiterverfolgen sollte.

Erst als ich zu dem Schluss gekommen war, dass ich diesen Kampf aufnehmen würde, wurde mir klar, wo ich gerade stand. In meinem Inneren schrillten sämtliche Alarmglocken, und ich geriet ins Schwanken, doch zum Glück waren die Fensterscheiben sehr dick. Ich presste die Fingerspitzen gegen das Glas, um mich zu stabilisieren, und kämpfte gegen die aufkommende Panik an. Verdammte Höhenangst. Die musste ich unbedingt überwinden. Es war einen Versuch wert, und so zwang ich mich, auf die Straße hinunterzublicken.

Als ich es nicht mehr länger aushielt, wich ich ein paar Schritte zurück und atmete tief durch, um mein hämmerndes Herz zu beruhigen. Ich hatte keine Ahnung, ob ich diese Phobie wirklich loswerden konnte, aber dies war die längste Zeit, die ich je an solch einem „Abgrund" gestanden hatte. Mit einem erleichterten Seufzer wandte ich mich um und begab mich zu meinem vorübergehenden Büro. Es gab Arbeit, die erledigt werden musste. Kindertagesstätten-Arbeit.

Während meiner Recherche zu Betriebskindertagesstätten war ich auf lächerliche Weise aufgeregt. Es würde den Leuten sehr helfen, davon war ich überzeugt, und Diamond hatte vorher nie daran gedacht. Zumindest hatte Carol das behauptet. Ja, das war viel wichtiger als ein einfacher Bericht zum Mitarbeiter-Engagement.

Ein paar Stunden später hatte ich eine beachtliche Menge an Informationen zusammengetragen, die ich in eine präsentable Form gebracht hatte.

Erst jetzt fiel mir auf, wie spät es bereits war: Als ich auf meine Uhr schaute, zeigte die schon nach fünf. Ich warf einen

Blick in den Flur hinaus und stellte fest, dass die Mitarbeiter schon gegangen waren, ohne dass ich es mitbekommen hatte. Ich stand auf, nahm die beiden Hefter vom Schreibtisch und ging nach nebenan, um nachzusehen, ob Mr. Wednesday inzwischen zurückgekehrt war. Als ich um die Ecke in sein Büro lugte, saß er am Schreibtisch vor seinem Laptop. Ich beobachtete ihn einen Moment lang.

Er blickte auf, dann wieder auf seine Tastatur. „Tess, Sie sind aufgetaucht."

„Das bin ich. Ich wusste nicht, dass Sie schon wieder da sind."

„Ja, seit zwei Stunden. Aber Sie waren so in Ihre Arbeit vertieft."

Ich hob die Brauen. „Ja, das war ich."

„Wie ist es gelaufen?"

Ich legte ihm den Bericht auf den Schreibtisch. „Bitte schön."

„Vielen Dank. Hoffen wir, dass es ein Treffer ist."

„Ich bin sicher, dass es umfassend genug ist, um dem Leitungsteam etwas zum Nachdenken zu geben."

„Wie ich sehe, haben Sie da noch etwas." Er deutete mit dem Kopf auf den zweiten Bericht, den ich in der Hand hielt.

Ich räusperte mich. „Ja. Das ist eine Ergänzung zum Mitarbeiter-Engagement-Teil. Ich hatte heute Vormittag etwas bemerkt und fand es wichtig genug, um dem weiter nachzugehen. Mein Befund ist ziemlich interessant."

Er lehnte sich zurück und strich mit den Fingern über seine breite Brust. Selbst diese harmlose Geste wirkte auf mich sehr verführerisch. „Erzählen Sie mir davon."

Ich zog den Besuchersessel näher an seinen Schreibtisch heran und setzte mich. Den gebundenen Bericht legte ich vor mich auf seinen Tisch.

Er beugte sich interessiert vor.

Daraufhin schob ich ihm die Mappe zu und drehte sie herum, sodass er die Schrift lesen konnte. „Vorschlag für eine firmeneigene Kindertagesstätte."

Mit hochgezogenen Brauen starrte er mich an. „Eine Kindertagesstätte?"

Ich lächelte. „Ja, eine Kindertagesstätte. Ich denke, dass hier bei Diamond Enterprises ein großer Bedarf dafür vorhanden ist."

„Tatsächlich? Und wie kommen Sie darauf?" Er nahm den Bericht und schlug die erste Seite auf.

„Heute Vormittag habe ich gehört, wie sich zwei Mitarbeiterinnen darüber unterhielten. Ich stellte ihnen ein paar Fragen, recherchierte, und das ist mein Ergebnis." Nervös sah ich zu, wie er den Bericht durchblätterte. Bis zu diesem Moment war mir gar nicht klar gewesen, wie sehr mich dieses Thema mitgerissen hatte.

Für eine Weile studierte Mr. Wednesday ein Kreisdiagramm, bevor er mich mit zufriedener Miene betrachtete. „Ich muss sagen, dass ich ein bisschen erstaunt bin. Ich dachte, Sie hätten mit dem Report zum Mitarbeiter-Engagement alle Hände voll zu tun."

„Man weiß nie, woher plötzlich eine Inspiration kommt. Die ursprüngliche Arbeit war schon beendet, da hat mich die sehr bewegende Geschichte einer jungen Mutter auf die Idee gebracht."

Er legte den Bericht wieder auf den Schreibtisch und tippte auf den Umschlag. „Bevor ich die ganzen Ausführungen lesen muss, geben Sie mir doch bitte in zwei Sätzen einen kurzen inhaltlichen Überblick."

Ich lachte. „Sie wollen, dass ich in zwei Sätzen erkläre, woran ich den gesamten Nachmittag gearbeitet habe?"

Seine blauen Augen blitzten, als er mich anlächelte. „Das will ich in der Tat."

„War Ihre Mutter berufstätig?"

„Ja." Er verschränkte die Arme vor der Brust und wartete offenbar ab, wohin das führen sollte.

„Waren Sie im Kindergarten?"

Er schüttelte den Kopf. „Nein, meine Mutter hat ein paar Tage die Woche und zwei Nächte gearbeitet, wenn mein Vater zu Hause war, um auf uns aufzupassen."

„Haben Sie sich jemals Gedanken darüber gemacht, wie das gewesen wäre?"

Nachdenklich runzelte er die Stirn. „Nein, habe ich nicht. Aber meine Tante war alleinerziehend, und ich kann mich erinnern, dass meine Cousins im Kindergarten waren. Ich glaube, es hat ihnen nicht besonders gefallen."

„Wie war das für Ihre Tante, wissen Sie das noch?" Ich glaubte, dass er allmählich verstand, welchen Einfluss Kindertagesstätten auf das Familienleben hatten. Vielleicht war es in diesem Fall ein negatives Erlebnis.

Er neigte den Kopf zur Seite. „Ich denke, sie war oft ziemlich gestresst."

„Wenn Sie noch wissen, wie Ihre Tante sich gefühlt hat, dann denken Sie mal an Ihre Mitarbeiter hier. Stellen Sie sich vor, wie erleichtert sie wären, wenn sie wüssten, dass ihre Kinder gut aufgehoben und in der Nähe sind, in einer Einrichtung, die sie sich leisten können. Stellen Sie sich vor, wie verbunden sie Ihrem Unternehmen dadurch wären. Es gibt keinen Grund, warum der Besuch einer Kindertagesstätte für Familien keine positive Erfahrung sein sollte. Es braucht nur ein bisschen Planung und Engagement von allen Seiten, um einen solchen Hort aufzubauen, in dem man sich um die Kinder kümmert und in dem sie auch etwas lernen können."

Er nickte und dachte offensichtlich darüber nach. Vielleicht wurde ja etwas daraus. Es verwunderte mich, wie aufgeregt ich angesichts dieses Projekts war. Bis heute hatte ich dieses Thema nie auf dem Schirm gehabt, und plötzlich erschien es mir wie ein Traum, den ich wahrmachen wollte.

„Also, was halten Sie davon? Könnte es ein Projekt für Diamond Enterprises sein?“, wollte ich wissen. Um ihm gar nicht erst die Möglichkeit zu geben, Nein zu sagen, redete ich schnell weiter. „Ihnen ist bestimmt klar, wie gut das von den bei Ihnen tätigen Müttern und Vätern aufgenommen werden würde, oder? Das ist eine großartige Gelegenheit, um den Mitarbeitern zu zeigen, wie die Firma sich für sie einsetzt. Was wiederum Loyalität und Engagement im Betrieb zur Folge hätte.“

Lachend hob er die Hände, woraufhin ich wieder Platz nahm und mit angehaltenem Atem darauf wartete, was er nun sagen würde. „Sie haben mich überzeugt. Gut gemacht. Demnächst wird eine Managementsitzung stattfinden, und da werde ich Ihren Vorschlag präsentieren.“

Ich klatschte in die Hände, unglaublich erfreut, dass ihm meine Idee gefiel. „Das freut mich wirklich.“

„Wären Sie bereit, das Projekt zu beaufsichtigen?“

„Natürlich.“

„Vorsicht. Freuen Sie sich nicht zu früh. Es muss immer noch den üblichen Abstimmungsmodus durchlaufen.“

Meine Gedanken überschlugen sich, während ich überlegte, was ich tun könnte, um dabei nachzuhelfen. Ich begann daran zu glauben, dass ich das Zeug dazu hatte. Wenn sich eine Frau gegenüber diplomierten Metallurgen, Ingenieuren und Leuten mit Doktortiteln durchsetzen und sich in einer männerdominierten Branche wie der Bergbauindustrie Respekt verschaffen konnte, dann war das eine nicht gerade zaghafte Bibliothekarin wie ich! Alles, was ich jetzt erreichen musste, war, dass sie mich einstellten, denn als CEO konnte ich das neue Betriebskindertagesstätten-Projekt sofort umsetzen. Dann wurde ich jedoch schnell auf den Boden der Tatsachen zurückgeholt. Meine Euphorie angesichts dieser Idee verschwand, als ich mich daran erinnerte, warum ich hier war. Hier stand ich und wollte die Arbeitssituation für Eltern verbessern, dabei würde ich ihre Einnahmequelle zerstören, wenn ich meinen Racheplan weiterverfolgte. Vielleicht sollte ich mich dem von einem anderen Winkel aus nähern. Als Geschäftsführerin hätte ich die Möglichkeit, von innen Veränderungen herbeizuführen. Wenn ich neue Regeln aufstellte und fragwürdige finanzielle Praktiken aufdeckte, wäre es wirklich möglich, etwas zu verbessern. Ich konnte gar nicht glauben, dass ich den ganzen Nachmittag während meiner Recherchen nicht mehr an die Vergeltung für meinen Vater gedacht hatte. Diese Idee mit der Kindertagesstätte hatte mich vollkommen vereinnahmt und keinen Platz für etwas anderes gelassen. Ich gab es mir gegenüber nicht gern zu, aber das war erfrischend. Fast mein ganzes Erwachsenenleben hatte ich bisher darauf ausgerichtet, Diamond zu schaden, und dabei mein soziales Umfeld und anderes vernachlässigt, um einen Weg zu finden, meine Rachegedanken in die Tat umzusetzen. Mr. Monday kam mir in den Sinn und damit der Gedanke, dass ich nun bereit war, die verlorene Zeit aufzuholen.

„Haben Sie Hunger?“, fragte Mr. Wednesday.

„Wo Sie das fragen, tatsächlich.“ Ich hatte außer dem Bagel in der Limousine heute Morgen mit Mr. Monday und einem kleinen Snack aus dem Automaten nichts gegessen. Wenn ich an Mr. Monday dachte, machte mein Herz sofort einen Satz. Ich musste meine Gefühle in den Griff bekommen, denn wann immer sein Bild vor meinem inneren Auge erschien, wollte mein Körper mir nicht mehr gehorchen. Mein Atem ging stoßweise, Hitze schoss durch meine Adern, und ein süßer Schmerz, der um Erlösung flehte, breitete sich zwischen meinen Schenkeln aus. Zu meinem Entsetzen spürte ich, wie sich meine Nippel aufrichteten. Schnell verschränkte ich die Arme vor der Brust, in der Hoffnung, dass mir Mr. Wednesday meine Gelüste nach dem Mann in meinen Gedanken nicht ansah. Angesichts der geballten Ladung Sex, die von diesen Männern hier ausging, war es nicht so leicht, sich zusammenzureißen. Mit solchen Prachtexemplaren hatte ich bisher nie zu tun gehabt.

Gestern Abend hatte Mr. Monday mich bei Mr. Tuesday abgeholt. Würde er heute wiederkommen? Ich betrachtete diesen rothaarigen Adonis vor mir und versuchte, meine Empfindungen zu ergründen. Genoss ich es bloß, ihn anzusehen, oder war da mehr? Was würde ich tun, wenn Mr. Monday in diesem Moment hereinkäme?

„Wie wäre es denn, wenn wir etwas essen gingen?"

„Nur wir beide? Also ich meine, Sie und ich allein?" Verdammt, das klang auch nicht viel besser. „Was ich sagen will, ist …"

„Ich weiß, was Sie meinen." Seine tiefe Stimme klang schrecklich intim. „Ja, nur wir beide. Wäre das okay für Sie?"

Wäre das okay? Passiert hier noch irgendwas, von dem ich nichts weiß? Ich hatte keine Ahnung, wie ich reagieren sollte. Mutig sein, nahm ich an. Den Sprung wagen.

„Ja, natürlich. Ich würde gern mit Ihnen etwas essen gehen."

„Ich würde es vollkommen verstehen, wenn Sie so etwas nicht in Ordnung finden. Fühlen Sie sich von mir nicht gedrängt. Aber es wäre schön, Sie hier mal ein bisschen rauszuholen, weg von der stressigen Arbeit."

Das gab mir ein etwas besseres Gefühl, und ich entspannte mich.

„Außerdem würde ich Sie gern etwas besser kennenlernen." Er lächelte, wobei sich mein Unbehagen von Neuem meldete.

„Und was hatten Sie da so im Sinn?"

„Also, ich kenne ein kleines ruhiges Lokal in der Nähe …"

Die Vorstellung, auf privater Ebene etwas mit ihm zu unternehmen, beschleunigte meinen Puls. „Das hört sich gut an." Ich spürte die sexuelle Spannung, die von ihm ausging, und ein Schauer überlief meinen Rücken.

„Wunderbar. Was halten Sie dann davon, wenn wir diesen Laden hier verlassen?“

„Ja, gehen wir.“

Meine Nerven lagen blank. Ich empfing seine Signale laut und deutlich, und ich war mir ziemlich sicher, dass ich selbst ebenfalls welche aussandte. Bisher war Mr. Monday nicht aufgetaucht, und es war schon später Nachmittag. Wenn er mich hätte abholen wollen, wäre er längst da gewesen. Das ließ mir die Freiheit, die Sache mit Mr. Wednesday ein bisschen genauer zu erforschen. Ich war hin- und hergerissen zwischen Vorfreude und Nervosität. Als Mr. Mondays Gesicht vor meinem inneren Auge erschien, war ich mir nicht mehr so sicher, ob ich diese Expedition fortführen wollte.

Im Fahrstuhl blieb Mr. Wednesday hinter mir, und ich zog die Schlüsselkarte aus meiner Tasche. Nachdem ich sie in den Schlitz der Anzeigetafel geschoben hatte, schaltete sich deren Beleuchtung an. Ich drehte mich zu Mr. Wednesday um, der auf sein Handy starrte. Dann kam er ein Stück näher und beugte sich zu mir vor. Mein Herz machte einen Satz.

„Sehen Sie mal, was mir meine Schwester geschickt hat.“ Er hielt mir sein Handy so hin, dass ich das Display sehen konnte. Weil er mir plötzlich so nahe war, konnte ich vor Nervosität kaum etwas erkennen. Seine Energie war förmlich spürbar und überflutete mich. Ich atmete langsam aus und hoffte, dass er nicht bemerkte, welche Wirkung er auf mich ausübte. Ich schaute ihm in die Augen, aber er betrachtete lächelnd das Handy. Das ermöglichte es mir, einen genaueren Blick zu wagen. Zu gern hätte ich die Hand ausgestreckt, um ihm über den Bart zu streichen und mit den Fingern durch sein wildes Haar zu fahren. Dann sah er mich an. Ich ballte die Hände zu Fäusten und presste sie gegen meinen Bauch. Er neigte den Kopf ein wenig. *Will er mich küssen?* Mein Atem ging flacher. Es war, als würde ich wie magnetisch von ihm angezogen, und ich war neugierig, was ich dabei fühlen würde.

„Sie sind eine sehr faszinierende Frau." Seine Stimme klang tief und sanft, fast zärtlich, und ich entdeckte eine ganz bestimmte Empfindung in seinen Augen. Leidenschaft.

Ich zitterte leicht, und diesmal bemühte ich mich nicht, es zu verbergen. Er schlang den Arm um meine Taille, zog mich näher an sich, bis meine Schulter seine Brust berührte. Sofort dachte ich an die Umarmung mit Mr. Monday. Versuchte zu ergründen, was ich jetzt und hier empfand, verglichen mit der Situation gestern, als ich gestolpert war und er mich an sich gezogen hatte. War das anders? Aufregender oder eher nicht? In diesem Moment war ich mir nicht im Klaren darüber, wie sich meine Gefühle den beiden Männern gegenüber unterschieden. Mein Körper reagierte auf beide ziemlich heftig. Mein Verstand wollte irgendwie nicht mit dem Körper kooperieren, und so beschloss ich, ihn auszuschalten. Ich musste den Moment leben, hatte aber keine Ahnung, was ich nun tun würde und wie ich mich verhalten sollte. Innerhalb von zwei Tagen hatte ich drei aufregende Männer kennengelernt und war zwei von ihnen schon näher gekommen.

„Ich sollte das nicht tun, das weiß ich. Und du wahrscheinlich auch nicht", flüsterte er und senkte den Kopf.

Mir fiel nichts ein, was ich hätte sagen können, deshalb probierte ich es gar nicht erst. Der Fahrstuhl blieb stehen, als er das Erdgeschoss erreicht hatte. Mr. Wednesday trat einen Schritt zurück, aber zu meinem eigenen Erstaunen bemerkte ich, dass ich nicht wollte, dass er mich losließ. Dann kam er zurück und presste mich an sich. Er hob mein Gesicht, unsere Lippen berührten sich. Es war wie ein Tasten, bis er den Kuss vertiefte. Ich ging darauf ein, hatte auf sein Signal gewartet. Irgendetwas hätte passieren müssen, ein Funke, aber da war nichts. Wir hatten uns fast den ganzen Tag nicht gesehen, doch die Sehnsucht war deswegen nicht stärker geworden. Ich war gleichzeitig außerordentlich enttäuscht und unglaublich erleichtert. Meine Entscheidung war gefallen. Die Lifttür öffnete sich, und ich zögerte kurz. Ich hatte die Augen geschlossen und meine Hand auf seine Schulter gelegt, während ich ihn weiterhin küsste, nur um mich zu vergewissern.

Ich hörte das Geräusch der Fahrstuhltür, die sich schließen wollte, und schlug die Augen auf, als ein Rütteln signalisierte, dass die Tür mitten in der Bewegung blockiert wurde. Als ich Mr. Mondays eisigem Blick begegnete, holte ich erschrocken Luft und befreite mich ruckartig aus Mr. Wednesdays Umarmung, als wäre er in Flammen aufgegangen. Mir drehte sich der Magen um.

Schnell hatte er sein Gesicht wieder unter Kontrolle, aber erst nachdem ich den Schock und die Fassungslosigkeit darin erkannt hatte. Er wandte sich an Mr. Wednesday, der trotz der schrecklichen Situation äußerlich ganz ruhig wirkte.

Ich war entsetzt.

Mr. Wednesday nahm mich beim Ellbogen und führte mich aus dem Lift. Ich ging mit ihm, unsicher, wie ich reagieren sollte. Mr. Monday sprach erst, als wir in der Lobby standen.

„Vielen Dank, dass Sie sich um Ms. Canyon gekümmert haben. Ich werde jetzt wieder übernehmen."

Mr. Wednesday blieb stehen und drehte sich langsam zu seinem Widersacher um. Ich schaute von einem Mann zum anderen und hielt den Atem an. Die kurze Stille, die jetzt entstand, war voller Spannung, und ich wäre fast geplatzt, als Mr. Wednesday mich losließ.

„Tess, es war mir eine Freude. Viel Glück auf deinem weiteren Weg." Sein Blick machte mich traurig, doch in der Sekunde, in der ich Mr. Monday gesehen hatte, war es mir klar geworden. Wenn ich jemanden küssen wollte, dann ihn.

„Vielen Dank. Ich habe den Tag heute genossen."

„Keine Angst. Das hat nichts mit deinem Vorschlag zu tun. Ich hoffe wirklich, dass deine Idee mit der Kindertagesstätte Anklang findet." Er warf Mr. Monday einen Blick zu, dann sah er mich wieder an. „Das beweist viel Mitgefühl. Eine sehr wichtige Eigenschaft, die ich hier manchmal schmerzlich vermisse. Wir könnten in diesem Unternehmen sehr viel mehr davon gebrauchen." Und damit drehte er sich um und ging.

Diese Offenheit und die Tatsache, dass er dabei praktisch mit dem Finger auf Mr. Monday gezeigt hatte, schockierten mich. Was sollte das heißen? War das ein Hinweis auf die inneren Strukturen von Diamond? Kein Mitgefühl? Kein Interesse an den Mitarbeitern? Ich brauchte unbedingt etwas Zeit für mich, um über all das, was ich heute erlebt hatte, in Ruhe nachdenken zu können.

Ich schaute Mr. Monday an und hatte eigentlich damit gerechnet, dass er seinem Widersacher hinterherblickte, aber seine Augen waren auf mich gerichtet. Er streckte die Hand aus: Er wollte mir eine weitere Schlüsselkarte überreichen. Also hatte ich die heutige Prüfung ebenfalls bestanden, auch wenn er ziemlich verärgert wirkte. Da mir die Worte fehlten, nahm ich die Karte einfach schweigend an mich und steckte sie in meine Tasche.

„Gehen wir. Sie haben den ganzen Tag nichts gegessen."

Ich runzelte die Stirn. „Spionieren Sie mir hinterher? Woher wissen Sie, dass ich nichts gegessen habe?"

„Glauben Sie ernsthaft, wir würden nicht jede Ihrer Bewegungen verfolgen?", fragte er schneidend. Er war wütend auf mich. Was bedeutete das? Er hatte mich dabei erwischt, wie ich Mr. Wednesday geküsst hatte, und jetzt verhielt er sich wie ein Arschloch. War er eifersüchtig? Ich studierte seine Züge, um herauszufinden, ob das eine Möglichkeit war. Kein Anzeichen darauf, was auch immer er fühlte. Nun, wenn er sich intensiver um mich bemüht hätte, wäre das mit Mr. Wednesday vielleicht nicht passiert.

Obwohl es mir widerstrebte, wurde ich nun sauer auf ihn. Ich wollte nicht, dass er auf die Idee kam, ich wäre sein Eigentum. Aber noch wichtiger war, dass ich nicht wusste, was mich zorniger machte: dass meine Sehnsucht nach ihm womöglich nie befriedigt werden würde, nachdem er beobachtet hatte, wie ich einen anderen Mann küsste, oder die Tatsache, dass jede meiner Bewegungen überwacht wurde.

Er sah mich an, und ich erschauerte unter seinem glühenden Blick. Ich hatte keine Ahnung, was ich sagen sollte. Plötzlich fühlte ich mich sehr unwohl. Wie dumm, dass ich tatsächlich geglaubt hatte, sie würden mich nicht im Auge behalten! Das hieß, dass ich besonders vorsichtig sein musste. Aber war mir eigentlich noch klar, was ich überhaupt wollte? Ich wusste genau, nach welchem Mann ich mich sehnte – doch welche Richtung ich in Zukunft einschlagen würde, war mir ein Rätsel.

Teil 4

Mr. Thursday

Ich wartete im Eingangsbereich meines Wohnhauses und starrte in den strömenden Regen draußen, während ich auf Mr. Monday wartete. Ich hatte mich eindeutig schon an unser Morgenritual gewöhnt. Langsam wurde ich unruhig. Er hätte längst da sein müssen. Ich warf einen Blick auf meine Uhr. Es war fünf nach sieben. Er kam zum ersten Mal zu spät. Bei jemandem, der so notorisch pünktlich war, gab mir das einen Anlass zur Sorge. Der Regen war in der Tat heftig, es sah auch nach einem Gewitter aus, und der Verkehr war sicher höllisch. Aber wenn ihm nun etwas zugestoßen war? Mir drehte sich der Magen um. Bei der Vorstellung wurde ich unruhig. Warum machte mir das so viel aus? Ich blickte eine Weile nachdenklich in den Regen hinaus, der über das Pflaster fegte, nicht sicher, ob ich für die Beantwortung dieser Frage bereit war. Dies würde eine ganz neue Dimension eröffnen.

Hatte ich mich in ihn verliebt? Konnte das nach so kurzer Zeit sein? Wir hatten uns ja bloß an ein paar wenigen Vormittagen und Abenden gesehen, hatten uns einmal an den Händen gehalten, einige heiße Blicke getauscht, etwas scherzend geflirtet … alles, was unter normalen Umständen nach einer gewissen Zeit zu mehr führen konnte. War dieses „Mehr“ überhaupt möglich? Ich seufzte, als mein Körper sofort allein bei dem Gedanken an Mr. Monday reagierte. Ja, ich freute mich auf die morgendlichen Fahrten mit ihm. Ja, die Hoffnung auf dieses „Mehr“ mit ihm machte sich immer intensiver in mir breit. Ja, ich fühlte mich stärker zu ihm hingezogen als zu irgendeinem anderen Mann, den ich je kennengelernt hatte. Aber nein, wir hatten uns noch nicht mal geküsst oder waren nahe daran gewesen. Wie konnte dieses Gefühl dann so stark sein, wo doch eigentlich nichts passiert war?

Hatte ich nun alles verdorben, als ich Mr. Wednesday im Fahrstuhl geküsst und Mr. Monday uns dabei erwischt hatte? Kam er deshalb zu spät? Vielleicht war er überhaupt nicht spät dran, sondern holte mich gar nicht ab? „Oje“, stöhnte ich, als ich mich an seine Miene gestern Abend erinnerte. „Wie konnte ich nur so blöd sein?“ Würde er Mr. King berichten, dass ich mich mit einem Diamond-Mitarbeiter eingelassen hatte? Dass ich mich so unprofessionell und bei Weitem nicht wie eine potenzielle Führungskraft verhalten hatte? Was, wenn ich dadurch alles vermasselt hatte? Bloß wegen eines Kusses.

Mir zog sich der Magen zusammen, und mir wurde übel. Ich quälte mich noch zehn Minuten mit diesen Gedanken. Dann musste ich akzeptieren, dass er wohl nicht kommen würde. Es schmerzte mehr, als ich mir eingestehen wollte, doch ich wollte verdammt sein, wenn mir jetzt auch noch die Tränen kamen. *Mist, Mist, Mist.* Es ärgerte mich, dass ich mich so fühlte. Ich musste mich zusammenreißen. Vorsichtig trocknete ich mir die Augen und betrachtete den Regen und die klatschnasse Straße.

Ich würde ein Taxi bestellen müssen. Was auch immer der Grund für Mr. Mondays Wegbleiben war, ich musste ja trotzdem zu Diamond Enterprises. Bevor man mir nicht klipp und klar gesagt hatte, dass ich durchgefallen war, würde ich weitermachen. Zu viel stand auf dem Spiel, um wegen eines kleinen Zwischenfalls disqualifiziert zu werden.

Eine Nachbarin kam die Treppe herunter und blieb neben mir an der Tür stehen.

„Das ist ja ein Mistwetter“, meinte sie.

„Das stimmt. Ich sammle gerade all meinen Mut, um rauszulaufen und mir ein Taxi zu rufen.“ Ich hoffte, dass sie mein Jammern vorhin nicht gehört hatte.

„Musst du in die Innenstadt? Wir könnten uns ein Taxi teilen, wenn du einverstanden bist.“

„Ja, gern.“ Es wäre nett, etwas Gesellschaft zu haben.

Wir blickten auf der Suche nach einem Taxi durch die Glasscheibe. Es ärgerte mich, dass ich dieses Unbehagen nicht abschütteln konnte. Endlich kam ein gelber Wagen die Straße herunter.

„Da!“, rief ich, zog mir die Kapuze meines sonnengelben Regenmantels – ein Fund aus den Sechzigerjahren – über den Kopf und rannte mit meiner Nachbarin im Schlepptau nach draußen. Zum Glück bremste der Fahrer, und wir konnten einsteigen und dem Regen entkommen. Ohne meinen „Hippie-Regenmantel“, wie meine Mutter ihn nannte, und den Gummistiefeln wäre ich völlig durchnässt gewesen. Mom hatte mich begleitet, als ich diese Stiefel gekauft hatte. Das war kurz vor ihrer Abreise nach England, in ihre alte Heimatstadt Eastbourne, gewesen. Plötzlich erfasste mich Sehnsucht nach meiner Mutter. Sie war in den Staaten geblieben, bis ich mein Studium begonnen hatte. Von dem Zeitpunkt an hatte es keinen Grund mehr gegeben zu bleiben, wie sie gesagt hatte. Ich war erwachsen geworden, und sie hatte nach Hause gewollt. Traurigkeit überkam mich nun, und das Regenwetter verstärkte meine niedergeschlagene Stimmung.

„Deine Regenkluft gefällt mir“, sagte meine Nachbarin. „Ach, übrigens, ich bin Mia. Ich habe dich zwar schon öfter im Haus gesehen, aber wir haben uns nie vorgestellt.“

„Hallo, Mia, ich bin Tess. Wie schön, dich endlich mal kennenzulernen.“

„Ja, ich hoffe, wir können uns bei Gelegenheit mal wieder treffen.“

„Das wäre toll.“ Ich meinte es ehrlich. Die Begegnung mit ihr führte mir erneut vor Augen, dass ich keine Freundinnen hatte, und schuld daran war einzig meine Besessenheit, Rache an Diamond zu üben.

Wir unterhielten uns während der Fahrt, und ich war dankbar für die Ablenkung.

„Wir sollten mal zusammen losziehen. Ich wohne in der Nummer 101. Komm einfach vorbei und klingele mich raus, wann immer du möchtest.“

„Ich nehme dich beim Wort. Im Moment herrscht bei mir allerdings ziemliches Chaos. Wie wäre es, wenn ich mich melde, sobald sich das ein wenig gelegt hat?"

„Perfekt. Ich freue mich darauf. Hier." Mia gab mir etwas Geld für die Fahrt und stieg aus, als wir an ihrem Ziel hielten. „Danke für die gemeinsame Fahrt."

Dann war sie verschwunden. Wieder überwältigte mich das Gefühl von Einsamkeit. Während ich zum Bürohaus weiterfuhr und die Welt draußen wie ein trüber Nebel an mir vorbeirauschte, dachte ich daran, wie unsicher meine Zukunftsaussichten waren. Dieses kurze Gespräch mit Mia erinnerte mich in aller Härte daran, was ich alles für meine Rachepläne geopfert hatte. Freundschaften. Das Leben. Einfach mein Dasein zu genießen. Und dass Mr. Monday nicht da war, machte alles noch schlimmer. Obwohl er mir nicht gerade eine große Hilfe dabei war, mich auf das vorzubereiten, was mich erwartete, so hatten mich doch seine wenigen Hinweise immer in die richtige Richtung gewiesen. Ich vermisste ihn. Keine scherzhafte Begrüßung, kein vorsichtiges Flirten, kein Kaffee aus Costa Rica und keine New Yorker Bagels, keine zufälligen Berührungen. Kein Mr. Monday.

Der Wagen hielt vor Diamond Enterprises, und der Portier wartete geduldig, während ich den Taxifahrer bezahlte. Ich war wirklich dankbar für diese überdachte Einfahrt. Der Donner krachte, und die Wucht schien das Gebäude in den Grundmauern zu erschüttern. Ein Sprühnebel von den Wassermassen, die die Straßen fluteten, umgab mich, als ich zum Eingang rannte und die Lobby betrat. Ich hoffte, dass dieses heftige Gewitter kein Omen für den Ablauf des kommenden Tages sein würde. Auf dem Weg zum Empfangstresen stampfte ich ein paarmal auf, um das Wasser von den Gummistiefeln abzutreten, damit ich nicht womöglich auf dem blank polierten Marmorboden ausrutschte und auf unelegante Weise stürzte.

Als sich der Sicherheitsbeamte von seinem Sitz erhob, lächelte ich ihn an. „Guten Morgen, Stanley. Wie geht es Ihnen?“

„Gut, Ms. Canyon. Herzlich willkommen zu einem neuen Tag bei Diamond.“

„Vielen Dank. Ich bin immer noch hier, was für ein Wunder.“ Ich deutete auf die Einfahrt. „Haben Sie Mr. …?“ Ich brach ab, denn ich kannte immer noch nicht seinen richtigen Namen, und ihn in Gegenwart vom Sicherheitsbeamten Mr. Monday zu nennen, erschien mir doch ziemlich lächerlich.

Stanley schüttelte den Kopf. „Nein, tut mir leid. Ich kann Ihnen auch nicht sagen, wo er ist.“ Er senkte den Blick, als wollte er seine Liste überprüfen, und schüttelte erneut den Kopf.

„Nicht so schlimm. Einen schönen Tag wünsche ich Ihnen.“

Er nahm mir meine aufgesetzte Fröhlichkeit offensichtlich nicht ab, war aber höflich genug, sich nichts anmerken zu lassen. Als ich zu den Fahrstühlen gehen wollte, hielt ich kurz inne. Nervös betastete ich die Schlüsselkarte in meiner Tasche und strich mit dem Daumen über den Rand. Mr. Monday hatte mir bisher jedes Mal gesagt, auf welcher Etage der nächste Test stattfinden würde. Ohne seinen Hinweis würde ich nun die Karte einführen und alle Knöpfe drücken müssen, um herauszufinden, für welches Stockwerk der Schlüssel passte. Na, wunderbar.

„Warten Sie, Ms. Canyon. Ich habe hier einen Brief für Sie.“

Stanley reichte mir einen Umschlag, den ich gleich an mich nahm. Das Kuvert war aus hochwertigem Papier, und in der oberen linken Ecke entdeckte ich eine geprägte Signatur. Es handelte sich um ein elegant geschwungenes K. Mein Herz machte einen Satz. Das war seit dem Montagabend die erste Kontaktaufnahme von Mr. King persönlich.

Ich sah zu Stanley hoch. „Vielen Dank.“

Auf dem Weg zum Lift drehte ich den Brief um und schob vorsichtig einen Finger unter die Verschlusslasche, um ihn so zu öffnen, dass ich ihn nicht zerriss. Bevor ich das einzelne Blatt Papier daraus hervorholte, drückte ich den Knopf, um den Aufzug zu rufen. Sobald ich in der Kabine stand, schob ich die Schlüsselkarte in den Schlitz und begann mit dem großen Etagen-Ratespiel. Schließlich leuchtete die Taste für den siebzigsten Stock auf.

„Es geht immer weiter aufwärts, wie ich sehe", murmelte ich in dem leeren Raum vor mich hin. Ich zog die Nachricht aus dem Kuvert und hielt sie hoch, neugierig auf das, was darin stand, aber auch ängstlich. Wenn er mir nun mitteilte, dass ich den gestrigen Test nicht bestanden hatte? Dass die Prüfung beendet war und ich gehen konnte? Doch in dem Fall hätte Stanley bestimmt die Anweisung erhalten, mich nicht ins Gebäude zu lassen. Insofern konnte ich sicher sein, dass ich noch nicht hochkant hinausgeflogen war.

Vorsichtig entfaltete ich das Blatt, ebenfalls hochwertiges Papier mit eingeprägtem Briefkopf, und las:

Ms. Canyon,
dies ist Ihre vierte Prüfung. Was bedeutet, dass Sie sich gut machen. Aber natürlich überrascht mich das gar nicht. Wenn Sie nicht kompetent wären, hätten Sie es nicht zum ersten Vorstellungsgespräch geschafft. Ich gratuliere. Vorausgesetzt, dass Sie weiterhin gut abschneiden, werden wir uns in wenigen Tagen wiedersehen.
Mit freundlichen Grüßen
King

Nun, das waren viele Worte, die wenig aussagten. Zumindest wusste ich jetzt von einer Sache, die mich in den nächsten Tagen erwartete. Ich stieg in der siebzigsten Etage aus und registrierte gleich voller Ehrfurcht die äußerst geschmackvolle Ausstattung. Hier sah es so ähnlich aus wie in dem Stockwerk, das ich an meinem ersten Tag aufgesucht hatte, aber noch viel vornehmer.

Anders als gestern gab es hier eine Empfangsdame, die mich offensichtlich bereits erwartete.

„Guten Morgen, Ms. Canyon."

Ich lächelte und musste mich zusammenreißen, um nicht die Augen zu verdrehen. Langsam gewöhnte ich mich daran, dass jeder mich zu kennen schien, bevor ich überhaupt die Gelegenheit erhielt, deren Namen zu erfragen.

„Guten Morgen." Ich hielt mich mit der Frage, welche Abteilung sich auf dieser Etage befand und was mich heute erwartete, zurück. Selbst wenn die Rezeptionistin über dieses verrückte Vorstellungsprogramm Bescheid wusste, würde sie mir keine Einzelheiten verraten.

Mit einem höflichen Lächeln deutete die Frau auf eine Tür zur Rechten. „Dort hinein, bitte." Ich hörte ein Klicken und stellte fest, dass sie von ihrem Schreibtisch aus den Eingang für mich entsperrt hatte. Das überraschte mich nicht. Das Sicherheitssystem in diesem Gebäude hätte Fort Knox alle Ehre gemacht. Ich bedankte mich bei ihr, bevor ich durch die Tür verschwand.

Die Büros zu beiden Seiten des Flurs waren eine wirkliche Überraschung. Es herrschte Betriebsamkeit und Chaos, eine Menge Leute hetzten umher. Das erste Büro stellte ein echtes Desaster dar: überall unglaublich hoch gestapelte Regalboxen und lose Akten. Der einzige freie Platz in diesem Raum war ein Pfad, der vom mit allerlei Gerümpel vollgestellten Schreibtisch bis zur Tür führte. Ich war entsetzt. Wie konnte jemand so arbeiten? In meinem Schock blieb ich einen Moment zu lange dort stehen, sodass der Mann hinter dem Schreibtisch den Kopf hob und mich anblickte. Ich lächelte und nickte ihm zu, doch er reagierte nicht und widmete sich sofort wieder seiner Arbeit. *Hmm. Ziemlich unhöflich. Aber wer kann ihm das verdenken, wenn er in so einem Müllberg arbeitet?* Ich ging weiter, und mir wurde sehr schnell klar, dass ich hier im Arbeitsbienenbereich gelandet war. Zwar sah es in keinem anderen Büro so schlimm aus wie im ersten, aber auf dem gesamten Flur herrschte Unordnung. Das passte gar nicht zu der schnieken Oberfläche der Empfangsräume von Diamond.

Ich lief weiter den Flur entlang und schaute dabei in jedes Büro. Nichts gab mir irgendeinen Hinweis darauf, was hier in der siebzigsten Etage überhaupt passierte. Dennoch war ich mir sicher, dass ich es schnell genug erfahren würde. Bestimmt entdeckte mich gleich jemand und führte mich dorthin, wo ich sein sollte, oder ich fand es selbst heraus. So schien es hier generell abzulaufen.

Der Flur machte eine scharfe Kurve. Auf der Fensterseite befand sich ein Konferenzraum, auf der gegenüberliegenden weitere Büros. Ich warf einen Blick in den Konferenzraum, wo sich ein paar Leute mit Laptops an einem Tisch versammelt hatten, jeweils ein paar Hefter vor sich. Ein sehr gut aussehender Mann mit eindrucksvoller Statur am Kopfende sah hoch. Sofort wurde mir klar, dass dies mein Ziel war. Ich trat ein, ganz sicher, hier Mr. Thursday vor mir zu haben.

„Guten Morgen“, begrüßte ich die Runde. Vier Augenpaare richteten sich auf mich. Es kostete mich einige Anstrengung, meinen selbstbewussten Auftritt aufrechtzuerhalten, und ich tat mein Bestes, um Haltung zu bewahren. Energisch schloss ich die Tür hinter mir, legte meinen Regenmantel ab und hängte ihn an den Kleiderständer. Während ich aus meinen Gummistiefeln stieg und in meine Büroschuhe schlüpfte – flache Ballerinas, die sehr gut zu meinen engen schwarzen knöchellangen Hosen passten –, atmete ich tief durch. Ich strich den Dreiviertelarm meiner knallroten Bluse glatt und betrachtete für einen Moment zufrieden meine rot lackierten Fingernägel, die sehr gut mit dieser Farbe abgestimmt waren. Dann wandte ich mich zum Tisch um und suchte mir einen freien Platz.

Alle beobachteten mich, und niemand schien überrascht zu sein, dass ich hereinkam, was mich darin bestätigte, dass ich am richtigen Ort gelandet war.

Mr. Thursday verschränkte die Arme vor der Brust und lehnte sich in seinem Sessel zurück, während er mir einen Blick zuwarf, der mir Magenflattern verursachte. Er sah wirklich gut aus, das musste ich ihm lassen. Sein grauer Anzug saß tadellos und harmonierte mit seiner Augenfarbe, die verschiedene Grauschattierungen umfasste. Was mich allerdings etwas frösteln ließ, war seine vollkommen unbewegte Miene. Ich sah mich am Tisch um und versuchte mir schnell ein Bild von den anderen zwei Männern und der Frau zu machen, die mich alle ebenfalls leicht abschätzend musterten.

„Ms. Canyon, wie schön, dass Sie hier sind", sagte Mr. Thursday. Seine Stimme klang seidenweich und verursachte mir eine Gänsehaut, aber sein Tonfall signalisierte mir, dass er mein Zuspätkommen tadelte. Zumindest glaubte ich, das herausgehört zu haben. Ich schaute auf meine Uhr, stellte fest, dass es noch nicht allzu spät war, und hoffte, dass es ihm ebenfalls auffallen würde. Bisher waren Mr. Monday und ich um acht Uhr im Büro erschienen, und jetzt war es nicht viel später. Ich bemühte mich bei den Gedanken an Mr. Monday um einen neutralen Gesichtsausdruck und richtete meine Aufmerksamkeit auf Mr. Thursday.

„Ich freue mich, hier zu sein. Woran arbeiten Sie gerade?" Ich rückte mit dem Stuhl noch näher heran, legte die Hände auf den Tisch, sah zu jedem der Anwesenden und wandte mich dann wieder Mr. Thursday zu.

Kurz meinte ich, so etwas wie Respekt in seinen Augen aufflackern zu sehen – oder jedenfalls irgendetwas in der Art, ich war mir nicht ganz sicher. Angestrengt bemühte ich mich, meine Finger ruhig zu halten und nicht zu hektisch zu atmen, und faltete deshalb meine Hände. Bevor ich nicht wusste, worum es in diesem Test ging, und ich mich nicht meiner Aufgabe widmen konnte, lagen meine Nerven blank. Das hatte ich in den vergangenen Tagen an mir bemerkt. Wenn ich erst mal meine Aufgabe kannte, war ich unermüdlich damit beschäftigt, bis sie erledigt war. Eine Situation, die ich nicht unter Kontrolle hatte, machte mich nervös, und es überraschte mich, wie gut ich mit diesen Prüfungen aus dem Blauen heraus klarkam. Ich hatte auch nicht damit gerechnet, mit den Mitarbeiterbelangen eines Unternehmens konfrontiert zu werden. Das hatte mir die Augen geöffnet. Und obwohl ich immer noch Vergeltung für meinen Vater wollte, fragte ich mich allmählich, ob dies die Zerstörung so vieler Leben wert war. Ich sah mich am Tisch um und versuchte geduldig abzuwarten, welches Schauspiel sich heute vor mir entwickeln würde.

„Cathy, bitte gib doch Ms. Canyon eine Mappe."

Die Brünette, die mir gegenübersaß, nahm eine Akte und schob sie mir zu. Ich schlug sie auf und hätte fast erschrocken die Augen aufgerissen. Es waren die Gerichtsformulare des Northbrook-Deals. Ich starrte Mr. Thursday an.

„Gibt es damit ein Problem?", fragte ich.

„Um dieses Meeting knapp und effektiv zu halten, gebe ich Ihnen einen kurzen Überblick." Er stand auf. Ich konnte nicht anders, als ihn zu mustern, während er sich zu den Fenstern umdrehte. Er schob sein Jackett beiseite und stemmte die Hände in die Hüften, sodass ich eine gute Sicht auf sein wohlgeformtes knackiges Hinterteil hatte. Sein blondes Haar war kurz geschnitten. Alles an ihm wirkte perfekt. Ich hätte wetten können, dass auch seine Nägel astrein manikürt waren. Langsam stieß ich den Atem aus. Was Männer betraf, waren diese vergangenen Tage visuell wirklich außerordentlich eindrucksvoll gewesen.

Als er sich wieder umwandte, bemerkte ich seine Finger. Treffer. Entweder war er sehr gut im Nägelfeilen, oder er hatte sich eine professionelle Maniküre gegönnt. Die Nägel glänzten sogar leicht. Während ich seine großen Hände begutachtete, die auf seinen Hüften lagen, fiel mein Blick automatisch auf die Vorderseite seiner Hosen. Auf die Stelle, die mich gar nichts anging. Zum Glück entdeckte ich keine verräterische Wölbung, die mich noch nervöser hätte machen können. Ich sah vor mich auf den Tisch. Es handelte sich bei Mr. Thursday ganz sicher um ein besonders beachtliches Exemplar seiner Gattung, aber das erinnerte mich nur wieder an Mr. Monday und an die schmerzhafte Frage, warum er sich heute nicht hatte sehen lassen.

„Ich bin von Ihrer Verhandlung mit Northbrook am Dienstag sehr beeindruckt", sagte er und setzte sich wieder an den Tisch. „Die Unterlagen sind jetzt erfasst, und ich habe eine Klausel bezüglich der Leistungsfähigkeit des Chips eingefügt."

„Gibt es da ein Problem? Wir wussten, dass der Chip noch nicht erprobt wurde, als wir in die Verhandlungen gegangen sind." Mich beschlich das unangenehme Gefühl, ich könnte vielleicht Mist gebaut haben.

Mit einer Handbewegung zerstreute er meine Bedenken. „Nein, keine Probleme mit Northbrook. Sehen Sie sich die folgenden Dokumente an."

Ich blätterte durch die abgehefteten Seiten, ohne eine Ahnung zu haben, was mich erwartete. Hinter den Northbrook-Papieren stieß ich auf die Kurzprofile zweier Unternehmen, die ich neugierig las. Offensichtlich sollte eine der beiden Firmen gekauft werden. Der eine Name, Rockwood Country Club, erstaunte mich. Ich lächelte.

„Was finden Sie denn so amüsant, Ms. Canyon?", wollte Mr. Thursday wissen.

Ich sah auf und wurde angesichts seiner nüchternen Miene sofort wieder ernst. „Der Rockwood Country Club ist ein wunderbarer Ort. Es hat mir dort sehr gefallen. Und mich freut es, dass Diamond ihn endlich kaufen will."

„Was meinen Sie mit *endlich*?"

„Nun, mir wurde am Dienstag gesagt, dass die Anlage schon lange auf Diamonds Liste von potenziellen Unternehmens- und Grundstücksankäufen steht. Es ist nur nie in Angriff genommen worden." Ich zuckte die Schultern. „Das könnte wohl jetzt passieren."

„Ja, das stimmt." Er deutete auf den Hefter. „Sehen Sie sich das andere Unternehmen an."

Ich blätterte weiter und runzelte die Stirn. Von dieser Firma hatte ich noch nie gehört.

„Wer ist das?", fragte ich, während ich die Papiere überflog und nach einer Beschreibung ihrer Geschäftsgrundlage suchte.

„Ein Anbieter von Glasfaserkabeln."

„Tatsächlich? Und inwiefern ist der von Interesse?"

Ein Mann, der links von Cathy saß, meldete sich zu Wort. „Zusammen mit der Übernahme von Northbrook würde eine eigene Glasfaserkabel-Firma die Kosten des Outsourcings für Material und Arbeitskräfte erheblich reduzieren."

Ich nickte. „Das ergibt Sinn. Und ich nehme an, Sie haben diesbezüglich eine Aufgabe für mich?", meinte ich und betrachtete Mr. Thursday.

Zum ersten Mal lächelte er. Ich war entzückt. Am liebsten hätte ich ihm geraten, das öfter zu tun. „Ja, so ist es. Sie haben sich hier ja mit Ihren Recherchen einen gewissen Ruf erworben. Wir müssen alles erfahren, was zu diesen beiden Unternehmen herauszufinden ist, damit wir die richtige Entscheidung fällen können."

Ich nickte. „Ganz mein Fall. Aber was soll das heißen, *einen gewissen Ruf erworben*?"

Er hob eine Schulter. „Genau das. Sie haben die Firma in den vergangenen Tagen damit beeindruckt, und wir brauchen Ihre Fähigkeiten."

„Sie haben doch eine ganze Armee von Mitarbeitern." Ich deutete mit dem Daumen nach hinten zum Flur, wo sich die vielen Büros befanden.

„Vielleicht. Das ist jedoch eine Aufgabe, für die Sie am besten geeignet sind." Er griff nach seinem Smartphone auf dem Tisch und zog es zu sich heran, um die Uhrzeit zu checken. „Sie haben bis heute Abend Zeit, dann setzen wir uns wieder zusammen."

Ein einziger Tag, um eingehende Recherchen zu zwei verschiedenen Unternehmen durchzuführen? Das war unmöglich! Trotzdem würde ich das natürlich nicht laut sagen. „Okay. Gibt es ein freies Büro mit einem Computer für mich?"

Mr. Thursday nahm sein Handy an sich sowie ein paar der Akten und stand auf. „Folgen Sie mir."

Das tat ich. Wir verließen den Konferenzraum, begaben uns wieder in den summenden Bienenstock und liefen den Flur entlang, bevor wir an der Tür des Büros mit den Tausenden von Kartons und Akten stehen blieben.

Mr. Thursday blockierte mir die Sicht, deshalb ging ich ein Stück vor, um hineinsehen zu können. Der Mann drinnen hob den Kopf. Er schien über die Störung nicht besonders erfreut zu sein.

„George, ich möchte dir Ms. Canyon vorstellen. Sie wird heute bei uns arbeiten, in dem Raum gegenüber. Tess, wenn Sie irgendwelche Fragen haben, ist George Ihr Mann."

Ich schaute den Mitarbeiter an und versuchte, mich durch seine verärgerte Miene nicht einschüchtern zu lassen. „Hallo, George. Ich freue mich, Sie kennenzulernen."

Er strich sich über seine wilde Einstein-Frisur und kniff die Augen zusammen, als könnte er mich so direkt durchschauen.

Ich schluckte und erwiderte seinen Blick, obwohl dieser Typ mich leicht nervös machte. Er wirkte hart und verbittert.

„Tess, nett, Sie kennenzulernen“, sagte er dann freundlich. „Wenn Sie etwas brauchen oder eine Frage haben, kommen Sie einfach herüber.“ Seine Stimme passte so gar nicht zu seinem vorherigen Verhalten.

Ich war überrascht, denn diese Höflichkeit hätte ich von ihm nicht erwartet. So wie er auftrat, hätte ich ihn eher als schroff eingeordnet. Aber jetzt war seine schrullige Art plötzlich verschwunden.

Allmählich entspannte ich mich und atmete leise aus. „Vielen Dank, das Angebot weiß ich zu schätzen. Aber ich werde versuchen, Sie nicht zu belästigen.“

„Keine Ursache. Sie können jederzeit anklopfen, wie gesagt. Ich habe ein weitreichendes Gedächtnis“, fügte er lächelnd hinzu, und sein Nasenrücken kräuselte sich dabei.

George konzentrierte sich wieder auf die Arbeit. Ich drehte mich zur anderen Flurseite um, als Mr. Thursday sich an mich wandte und auf das gegenüberliegende Zimmer deutete. Beim Betreten des Raums stellte ich ohne große Verwunderung fest, dass es genauso ungenutzt war wie das Büro am Tag zuvor.

„Okay“, meinte Mr. Thursday. „Damit wäre alles geregelt. Ich werde später noch mal nach Ihnen sehen.“

Ich spürte den Zeitdruck auf mir, als würde ein Elefant auf meinem Brustkorb hocken. „In Ordnung, bis später dann.“ Nachdem ich mich an den Schreibtisch gesetzt hatte, drehte ich mich mit dem Sessel herum, zog die Akten heran, die er für mich dorthin gelegt hatte, und klappte die erste auf, während ich den Computer hochfuhr. Inzwischen mit dem Betriebssystem vertraut, loggte ich mich ein. Hochkonzentriert klickte ich die verschiedenen Fenster an. Die zwei Monitore in diesem Büro waren äußerst hilfreich. Ich tauchte in meine übliche Recherchearbeit ein, filterte nützliche Daten aus dem üblichen Internetmüll heraus, und meine Gedanken wanderten dabei zu Mr. Thursday. Offenbar war er einer der Topanwälte von Diamond, wenn nicht sogar der Leiter der Rechtsabteilung. Ich dachte daran, ihm ein paar weitere Informationen zu entlocken.

Alle bisherigen Mr. Tag-der-Woche waren auf gewisse Art attraktiv, und auch bei Mr. Thursday gab es einen kleinen Funken – doch er war nicht Mr. Monday. Mr. Thursdays gutes Aussehen wurde durch sein Auftreten relativiert. Er wirkte ziemlich ernst und schien nur auf Leistung bedacht zu sein. Irgendwie ähnelte er Benedict Cumberbatch, auf eine leicht zerzauste sexy Art. Mir fiel das GIF ein, das Cumberbatch am Internationalen Tag des Kusses auf Facebook gepostet hatte. Das war eines der aufregendsten Kuss-GIFs, die ich je gesehen hatte, und mir wurde allein bei der Erinnerung daran heiß. Ich hatte mir den Clip immer wieder angesehen und mir dabei gewünscht, diejenige zu sein, die diesen wunderbaren Kuss genießen durfte. Ich stellte mir Mr. Thursday an der Stelle von Benedict vor, doch aus irgendeinem Grund drängte sich dabei das Bild von Mr. Monday dazwischen. Ich seufzte, stützte das Kinn auf die Hand und ließ mir diese Szene durch den Kopf gehen. Als ein paar Mitarbeiter laut diskutierend über den Flur eilten, wurde ich aus meinen Tagträumen gerissen.

Zurück an die Arbeit.

Nachdem ich zumindest einen umfassenden Überblick über die Themen meiner Recherche bekommen hatte, schlug ich die Akten wieder auf und las sie noch einmal genauer durch. Ich wollte jede Einzelheit verstehen. Der Juristenjargon war nicht gerade meine Stärke, aber nach und nach ergab das meiste einen Sinn für mich. Ich machte mir einige Notizen und konzentrierte mich mehr auf die Glasfaserkabel-Anbieter als auf den Rockwood Country Club. Als wir dorthin gefahren waren, hatte Mr. Tuesday nichts darüber erzählt, deshalb hatte ich keine Ahnung, ob das Unternehmen bereits intensiv geprüft worden war. Dennoch würde ich dieser Aufgabe sorgfältig nachgehen.

Etwas an KevOptics sprang mir ins Auge. Es hätte leicht übersehen werden können, doch ich hatte es gefunden. Der Eigentümer wurde praktisch gar nicht genannt, und nur durch Zufall stieß ich darauf, wie er hieß. Als ich den Namen Kevin Lyle in die Suchmaschine eingab, erhielt ich nicht viele Treffer. Interessant war allerdings, dass die Homepage von Diamond Enterprises am Anfang der Liste auftauchte. Gab es da einen Zusammenhang zwischen Kevin Lyle und Diamond? War er womöglich früher ein Mitarbeiter in diesem Unternehmen gewesen?

Hmm. Ich überlegte, warum er dann die Firma verlassen und wie sich das genau abgespielt hatte, ob da womöglich ein unbekanntes Motiv hinter dem Kaufangebot steckte. Versuchte Kevin Lyle eine krumme Tour abzuziehen? Das musste ich in Erfahrung bringen, und ich wusste schon genau, mit wem ich darüber reden würde. Ich räumte meine Papiere zusammen, schob sie in den hinteren Teil einer der Hefter und legte diesen auf meinen Platz, sodass die Reihenfolge der Seiten nicht durcheinandergeriet. Ich versicherte mich, dass ich die Schlüsselkarte von gestern eingesteckt hatte, denn die brauchte ich, um Carol zu besuchen.

Im Fahrstuhl schob ich die Karte in den Schlitz und drückte die Etage der Personalabteilung. Ich seufzte erleichtert. Die alte Schlüsselkarte funktionierte wie erhofft. Als ich in die HR-Abteilung hinunterfuhr, fühlte ich mich nicht mehr so fremd. Nachdem ich durch die Außentür gekommen war, sah ich mich suchend um. Ich wanderte zwischen den Schreibtischen umher und fand sie schließlich. Carol hatte ein eigenes, recht geräumiges Büro mit einem wunderbaren Ausblick. Offensichtlich gehörte sie zum Management.

„Klopf, klopf“, sagte ich, während ich gegen den Türpfosten klopfte.

Sie blickte auf und schien ehrlich erfreut, mich zu sehen. „Tess! Was für eine nette Überraschung!“

„Hallo, Carol. Ich hoffe, es stört dich nicht, dass ich mal kurz vorbeischaue?“

„Natürlich nicht. Was machst du hier?“ Sie winkte mich heran, und ich trat ein.

„Hättest du einen kleinen Moment für mich Zeit?“ Ich sah mich um und vergewisserte mich, dass sich niemand in Hörweite befand. Worum ich Carol bitten wollte, würde einige Firmenregeln brechen. Ich schloss die Tür mit einem entschiedenen Klicken und setzte mich auf den Sessel vor ihrem Schreibtisch.

„Oh, offensichtlich kommst du mit einer Mission“, meinte sie und klang interessiert.

„So in der Art. Ich möchte dich um einen Gefallen bitten.“

Carol lehnte sich in ihrem Sessel zurück und spielte mit einem Kugelschreiber. „Wie kann ich dir helfen?“

„Also, ich habe für eine Aufgabe, die man mir gegeben hat, recherchiert, und dabei bin ich auf etwas Merkwürdiges gestoßen. Ich dachte, du könntest mir vielleicht behilflich sein, das Rätsel zu lösen.“ Ich beugte mich zu ihr vor. „Du hast doch Zugang zu den Namen von ehemaligen Mitarbeitern, oder?“

„Natürlich.“ Sie deutete mit dem Kugelschreiber auf den Computerbildschirm.

„Okay, das ist super. Ich suche nach einem Kevin Lyle. Sagt dir der Name etwas? Kannst du mir weiterhelfen?“

Nachdenklich starrte Carol mich an und tippte mit der Spitze des Kulis auf den Tisch, bevor sie den Stift fallen ließ und die Hände faltete. „Kevin Lyle. An den Namen kann ich mich nicht erinnern, aber irgendwas klingelt da bei mir. Warte eine Sekunde." Sie rückte näher an den Schreibtisch und ließ die Finger über die Tasten fliegen. Nach ein paar Minuten sagte sie: „Das ist komisch."

Ich beugte mich weiter vor, sodass ich fast auf ihrem Schreibtisch lag. „Was denn?"

„Es gibt keinen Kevin Lyle in der Liste der ehemaligen Mitarbeiter, aber ein *Robert* Lyle hat mal für uns gearbeitet."

„Gibt es noch weitere Informationen über ihn? In welcher Position war er hier beschäftigt? Warum ist er gegangen? Wurde er gefeuert?"

„Hey, hey!", rief Carol und lachte. „So schnell, wie du deine Fragen abfeuerst, komme ich nicht hinterher. Beruhige dich. Ich sehe mal, was ich finden kann." Sie wurde wieder ernst und warf mir einen Blick zu. Einen sehr eindringlichen Blick. „Dir ist doch klar, dass die Beantwortung deiner Fragen eine Übertretung des Datenschutzes ist. Wenn ich erwischt werde, könnte ich meinen Job verlieren."

Ich rutschte unruhig auf meinem Sitz herum. Carol würde alles für mich, eine Fremde, riskieren, doch ich musste darauf vertrauen, dass ich sie im Fall des Falles beschützen konnte. Als CEO hätte ich sowieso zu all diesen Daten Zugang. „Ich weiß. Ich würde dich auch nicht darum bitten, wenn es nicht für mich und Diamond wichtig wäre. Deinen Namen werde ich da vollkommen raushalten."

„Weißt du, es fällt mir schwer, dir nicht zu vertrauen. Vielleicht ist das dumm von mir, aber du warst gestern zu Jenny so nett, dass ich fest an deine guten Absichten glaube."

Mir wurde warm ums Herz. Es war lange her, dass jemand etwas so Nettes zu mir gesagt hatte. „Vielen Dank. Du kannst dir nicht vorstellen, wie viel mir das bedeutet."

Carol nickte lächelnd. Sie hatte einen fast mütterlichen Ausdruck auf dem Gesicht, was mich sofort sentimental werden und an meine Mom denken ließ.

Dann wandte sie sich wieder dem Bildschirm zu und navigierte sich durch die Mitarbeiter-Daten. „Okay, er hat offensichtlich vor zehn Jahren aufgehört. Gehörte zur Forschungs- und Entwicklungsabteilung. Hmm, hier gibt es nicht viele Infos. Mal gucken, ob ich ein Leistungsgutachten aufrufen kann."

Ich versuchte, nicht zu gespannt darauf zu sein, was sie herausfand. Alles, was mit Diamond zu tun hatte, erschloss sich erst Stück für Stück. Nichts lag richtig offen, es schien ein Netz von Geheimnissen und Verschleierungen über diesem Unternehmen zu liegen. Ich hatte mich in dieses Netz ziehen lassen, weil mein Vater fälschlicherweise beschuldigt worden war, und nun gab es noch einen ehemaligen Mitarbeiter, der irgendetwas vor dieser Firma verbarg. Auch wenn mich diese Prüfungsaufgaben zu sehr in Anspruch nahmen, um jetzt schon nach Dokumenten zu suchen, die für meine Rache wichtig waren, fühlte ich mich wie am Abgrund, so als würde ein weiterer Schritt nach vorn alles ändern.

„Hier haben wir's. Seine letzte Begutachtung war ein ziemlich begeisterter Bericht. Der einzig negative Punkt war, dass er sich über seine Kompetenzen hinweg einsetzte." Carol sah mich hochgezogenen Brauen an. „Einige Konzerne würden das als positiv betrachten. Innovativ. Zukunftsorientiert. Zielgerichtet. Nicht bei Diamond. Entweder du gehst konform oder du bist draußen. Ich nehme an, er konnte sich nicht anpassen und ist deshalb gegangen."

„Aber warum?", überlegte ich laut. „Glaubst du, er könnte dieser Kevin Lyle sein und hat nur seinen Namen geändert?"

„Keine Ahnung. Ich kann keinen Hinweis darauf finden, dass es sich um ein und denselben Mann handelt." Carol beugte sich vor und tippte konzentriert auf ihrem Keyboard. Dann runzelte sie die Stirn. „Warte mal!"

„Was?" Ich richtete mich gespannt auf.

„Sieh dir das an", meinte Carol. „Er hatte einen Bruder, der in seinen Personalakten als Kontaktadresse im Notfall angegeben wurde. Ein K. Lyle."

„Echt?" Ich lehnte mich zurück und dachte darüber nach. Carol schwieg ebenfalls. Dann sah ich sie an. „Wie groß ist die Chance, dass Kevin Lyle und K. Lyle dieselbe Person sind?"

„Nun, ich weiß nicht, warum du zuerst auf die Idee kamst, dass dieser Kevin Lyle bei uns gearbeitet hat, aber es scheint nicht abwegig zu sein, dass er und Robert was miteinander zu tun haben."

„Das denke ich auch. Kannst du die Infos ausdrucken?"

Carol seufzte und schüttelte den Kopf. „Nein, das werde ich nicht riskieren. Du weißt, dass man Ausdrucke genauso zurückverfolgen kann wie E-Mails. Das System registriert alles. Hier …" Sie schob mir einen Block und einen Kuli zu. „Ich kann dir die Infos vorlesen, und du schreibst mit."

„Okay." Ich nahm den Block und legte ihn mir aufs Knie. Mit dem Stift in der Hand schaute ich sie an. „Bereit."

In den nächsten Minuten notierte ich alles, was Carol mir vorlas. Das meiste davon waren eher unwichtige Einzelheiten, doch einige der Informationen würden mir dabei helfen, weiteren Schmutz aus dem Internet zutage zu fördern. Es war erstaunlich, was man mit der persönlichen E-Mail-Adresse und dem Aufenthaltsort einer Person alles herausfinden konnte. Wenig später riss ich die beschriebenen Seiten aus dem Block und legte ihn wieder auf Carols Schreibtisch. Schnell schloss sie das Programm, und wir beide lehnten uns mit einem erleichterten Seufzer zurück. Ich kam mir wie eine Verschwörerin vor und fragte mich, ob es ihr genauso ging. Ich hoffte, dass niemand uns auf die Schliche kam.

„Vielen Dank", sagte ich.

„Keine Ursache. So viel Spaß hatte ich schon lange nicht mehr. Aber vergiss nicht, was ich gesagt habe." Sie grinste immer noch.

„Auf keinen Fall! Du kannst dich auf mich verlassen.“

Ich hörte ein Geräusch hinter mir und hätte mich fast an meiner Zunge verschluckt, als ich Mr. Wednesday an der Tür stehen sah. „Tess, was machst du denn hier?“

Carol und ich zuckten zusammen, als hätten wir gerade eine der schlimmsten Sünden begangen. Ich hoffte, dass mir nicht anzusehen war, wie mir die Hitze in die Wangen stieg. Mein Herz überschlug sich fast, und ich befürchtete, nur noch wie eine Idiotin stammeln zu können. Ich war immer noch ein bisschen verunsichert wegen des Kusses im Lift.

„Ach, hallo“, begrüßte ich ihn, während ich die zusammengefalteten Notizen unter meinen Schenkel schob. „Ich wollte Carol einen kleinen Besuch abstatten. Wir haben uns gestern kennengelernt, und ich hatte gerade etwas Zeit, deshalb beschloss ich, vorbeizukommen und Hallo zu sagen. Wie geht es dir?“

Er schwieg, und mir war allzu klar, was ihm durch den Kopf ging. Unser Kuss. Wie Mr. Monday uns erwischt hatte. Seine sarkastische Bemerkung. Ich fühlte mich unwohl und überlegte, ob ich ihn mit meinem Verhalten beleidigt hatte. Ich hoffte, nicht.

„Verstehe.“ Ja, er war reserviert. Ganz geschäftsmäßig. Verschwunden war seine verführerische Art von gestern, stattdessen zeigte er sich als kühler Manager. Ich hatte ihn verletzt und fühlte mich deswegen schrecklich. „Ich dachte, du hättest heute in einer anderen Etage zu tun.“

Also kannten die Mr. Tag-der-Woche meine Tagesprogramme. Ich schaute Carol an und lächelte. „Es war nett, mit dir zu plaudern. Ich fürchte, ich muss in das Büro zurück, in dem ich heute arbeite.“ Ich stand auf und verbarg die beschriebenen Blätter in meiner Faust.

Carol schien meine stumme Nachricht empfangen zu haben. Sie setzte ihr Pokerface auf und blieb genauso geschäftsmäßig wie Mr. Wednesday. „Danke für deinen Besuch hier unten bei uns. Wir müssen irgendwann unbedingt noch mal einen dieser Cappuccinos zusammen trinken, die du so wunderbar zubereiten kannst."

„Abgemacht, jederzeit." Ich ging zur Tür.

Mr. Wednesday versperrte mir den Weg. Ich war mir nicht sicher, ob absichtlich oder nicht, doch seine Nähe verwirrte mich ein wenig. Ich hob die freie Hand und berührte unwillkürlich meine Lippen. Die Lippen, die er vor vierundzwanzig Stunden geküsst hatte. Aber es war nicht Mr. Wednesdays Kuss, den ich wirklich gewollt hatte. Ich fühlte mich unwohl neben ihm, hoffte jedoch, dass unser Intermezzo keine länger anhaltenden Nachwirkungen haben würde. Als ich mich an ihm vorbeidrängte, warf ich ihm einen Blick zu und lächelte unsicher. „Dann bis später wahrscheinlich."

Er erwiderte meinen Blick und nickte. „Ja, wahrscheinlich bis später."

Ich beeilte mich, zum Fahrstuhl zu kommen. Während ich nach oben zur Rechtsabteilung fuhr, dachte ich an seine Worte. Gab es bei seinem Kommentar irgendwelche Hintergedanken? Ich bekam eine Gänsehaut. Wusste er etwas, was ich nicht wusste? Das wäre allerdings nicht gerade eine Überraschung, denn offensichtlich wussten hier alle mehr als ich.

Die vielen Fragen schwirrten in meinem Kopf umher und machten mich nervös und fahrig. Ich erwartete jeden Moment, dass irgendetwas schiefging, und war nahe daran, zu glauben, dass diese ganze Sache eine Verschwörung war. Ich musste mich zusammenreißen und aufhören, Äußerungen als bedrohlich auszulegen, die vermutlich gar nichts weiter zu bedeuten hatten. Natürlich würde er mich später sehen. Er war der Kopf der Personalabteilung, und ich befand mich in einem einwöchigen Prüfungsverfahren.

Als sich die Aufzugtür öffnete, verdrängte ich all die beunruhigenden Gedanken. Ich hatte eine Aufgabe zu erfüllen, und darauf sollte ich mich nun konzentrieren. Schließlich hing meine Zukunft davon ab.

Ich schloss die Tür meines vorübergehenden Büros hinter mir und legte die Notizen auf den Schreibtisch. Bevor ich sie durchlas, um die Informationen auszuwerten, glättete ich sorgfältig das Papier, um besser lesen zu können.

Inzwischen war ich fest davon überzeugt, dass Robert und Kevin Lyle etwas miteinander zu tun hatten. Mit meinen zusätzlichen Informationen über Robert begann ich noch einmal im Internet zu recherchieren und stieß auf seine Todesanzeige. Die Todesursache wurde zwar nicht genannt, doch es wurde darum gebeten, eine Spende an die Krebshilfe zu überweisen, anstatt Blumengestecke zu schenken. Ein paar Klicks mehr, und ich fand die Homepage, die zum Gedenken an ihn eingerichtet worden war.

Robert war Elektroingenieur gewesen, Absolvent des Massachusetts Institute of Technology, kurz MIT. Meine Recherchen ergaben, dass er irgendeine Leitfaser für die Kommunikationstechnik erfunden hatte, bevor er durch die Krankheit arbeitsunfähig geworden war. Sehr beeindruckend. Dieser Mann war kein Versager gewesen. Hatte er Diamond nun freiwillig verlassen, als er krank geworden war, oder hatte ihn die Firma gefeuert?

Ich beschloss, Kevins Ausbildungsweg zu recherchieren, um zu sehen, ob er einen ähnlichen Werdegang hatte, doch alles, was ich fand, war ein Abschluss an der Kunstakademie. In seinem Lebenslauf deutete nichts darauf hin, dass er irgendetwas mit Technologien oder Unternehmertum zu tun hatte. Wie kam er dann dazu, KevOptics zu leiten? Wie konnte er den Betrieb führen und Glasfaserkabel verkaufen, wenn er im Grunde keine Ahnung von diesem Metier hatte? Vielleicht war er von seinem Bruder vor dessen Tod angelernt worden, doch das kam mir etwas weit hergeholt vor.

Daraufhin suchte ich zunächst nach Informationen über Anlegerbeziehungen der Firma, konnte allerdings nichts dergleichen finden, da sie nie an die Börse gegangen war. Ich hatte nichts weiter als die unzureichenden Aussagen von der offiziellen Homepage. Dort fand ich bestätigt, dass Kevin als CEO fungierte, und es gab einen kurzen Abschnitt über den Hintergrund von KevOptics, in dem bloß eine Menge Blabla stand. Robert wurde überhaupt nicht erwähnt. Mein Instinkt sagte mir, dass hier etwas in der Luft lag. Wo blieben die glänzenden Werbebroschüren? Die Empfehlungsschreiben zufriedener Kunden? Warum gab es keine Interviews mit Kevin oder Firmenprofile in Handelsblättern? Ich brauchte einen Beweis dafür, dass es sich bei KevOptics um ein sauberes Unternehmen handelte. Es wurde Zeit, ein paar echte Recherchetricks anzuwenden.

Nach einer Weile lehnte ich mich zurück und atmete laut aus. Mittlerweile war ich vollkommen sicher, dass KevOptics nicht wirklich existierte. Ich hatte Gerichtsakten durchforstet, weil ich zunächst vermutet hatte, dass Robert wegen seiner Krebserkrankung gekündigt worden war und die Firma sich rechtlich hatte absichern wollen. Es hatte sich jedoch herausgestellt, dass er nicht direkt gefeuert, sondern wegen Arbeitsunfähigkeit mit reduziertem Gehalt beurlaubt worden war, nachdem er zu viele Tage wegen Krankschreibung versäumt hatte. Man hatte ihm gesagt, dass er an seinen Arbeitsplatz zurückkehren könne, sobald er sich erholt habe. Für ihn hatte das allerdings bedeutet, dass er einen großen Teil seiner Krankenversicherung aus eigener Tasche hatte bezahlen müssen. Das und seine hohen Behandlungskosten hatten Roberts Ersparnisse aufgebraucht. Das Einzige von Wert, was er seinem Bruder hatte hinterlassen können, war sein Patent für einen neuen Typ von Glasfaserkabel.

Im Grunde hatte Kevin diese Scheinfirma um das Patent herum aufgebaut und damit offenbar gehofft, dass Diamond wegen dieser Technologie in das Unternehmen investierte, ohne es sich näher anzusehen. Ich vermutete, dass der Gedanke dahintersteckte, für eine Firma mehr fordern zu können als für ein Patent. Der Deal war eine Farce. Kevin wollte Geld und Rache für seinen Bruder. Alarmiert sprang ich auf, sodass mein Sessel mit einem lauten Knall gegen die Wand hinter mir flog. Der Krach sorgte dafür, dass George vor meinem Büro auftauchte.

„Was ist passiert?“ Er sah mich besorgt an, und ich starrte zu ihm hinüber, unsicher, was ich antworten sollte. Ich beschloss, es herunterzuspielen.

„Ach, nichts von Belang, bin nur beim Aufstehen über meinen Stuhl gestolpert.“ Ich winkte lachend ab und hoffte, dass ich zumindest ein bisschen überzeugend wirkte.

„Wirklich alles in Ordnung?“, hakte er nach, und ich schenkte ihm ein strahlendes Lächeln. Ich konnte ihm schlecht von meiner Entdeckung berichten, dass jemand einen Racheplan gegen Diamond schmiedete. George musterte mich, als versuchte er, meine Gedanken zu lesen. Ich konzentrierte mich darauf, meinen Stuhl wieder aufzurichten und ihn ein paarmal herumzudrehen, um mich ein wenig zu sammeln.

„Ja, wirklich, alles bestens. Danke, dass Sie sich erkundigt haben.“ Ich warf einen Blick auf meine Uhr und setzte mich wieder. „Tut mir leid, aber ich muss das hier dringend fertig machen.“

Er nickte und schlurfte über den Flur zu seinem Chaos-Büro zurück. Ich widmete mich meinem Dilemma. Was sollte ich tun? Ich konnte Mr. Thursday mitteilen, dass KevOptics nichts weiter von Wert zu bieten hatte als das Patent und dass Diamond sein Angebot lieber zurückziehen oder es ändern sollte. Ich konnte nichts davon verraten und den Kauf des Rockwood Country Clubs als die bessere Alternative empfehlen. Oder …

ich sagte nichts und empfahl KevOptics. Damit Kevin seine Rache ausführen konnte, so wie ich meine Vergeltung suchte.

Aber auf wessen Kosten? Was passierte, wenn Diamond kaufte und man dann feststellte, dass man einen exorbitanten Preis für ein Patent bezahlt hatten? Es würde Jahre dauern, bis die Firma den Verlust wieder ausgeglichen hätte. Doch Diamond war so groß, dass diese Summe sicher nicht mehr als ein Tropfen in einem Meer war. Doch was wäre mit Mr. Thursday? Würde er Ärger bekommen, weil er den Betrug nicht entdeckt hatte?

Ein Teil von mir – ein großer Teil – hätte Kevin gern unterstützt. Diamond hatte seinen Bruder fallen gelassen, als der auf die Hilfe seines Arbeitgebers angewiesen war, und genauso hatte Diamond auch meinen Vater fertiggemacht. Der andere Teil von mir wusste jedoch, dass es falsch war. Mein Plan, die Ausgaben des Führungsteams mithilfe der Medien aufzudecken, mochte vielleicht unter die Veröffentlichung von geheimen Firmendaten fallen, aber es würde nicht zu meiner persönlichen Bereicherung geschehen. Kevin hingegen würde von seinem Betrug mit Millionen von Dollar profitieren.

Ich rang immer noch mit meinem moralischen Dilemma, als mich ein Geräusch aufschrecken ließ.

„Und, wie läuft es?“ Mr. Thursday stand in der Tür, eine Hand gegen den Rahmen gestützt.

„Ziemlich gut.“ Ich verspürte den unwiderstehlichen Drang, mit allem herauszuplatzen, und konnte mich nur schwer zurückhalten.

„Nun, es ist längst nach Mittag, und ich denke, Sie sollten jetzt mal eine Pause einlegen.“

Ich sah auf meine Uhr. Wow, ich hatte gar nicht mitbekommen, wie schnell die Zeit vergangen war. „Tatsächlich, es ist ja fast schon Feierabend. Wollen Sie wissen, was ich herausgefunden habe?“

„Alles zu seiner Zeit. Haben Sie Hunger?“, erkundigte er sich.

Ich grinste und legte den Kopf schief. „Wollen Sie mich zu einem verspäteten Mittagessen einladen?“, fragte ich, um von meiner Unentschlossenheit abzulenken, die mich nach meiner Entdeckung quälte.

Er erwiderte mein Lächeln. „Ja, wenn Sie es so sehen wollen, dann lade ich Sie zum Lunch ein.“

Ich stand auf und strich meine Hose glatt. Was gab es Besseres, um mich von einem ethischen Problem abzulenken, als mit einem heißen Typen essen zu gehen? Ich war froh, dass ich diesen Gedanken nicht laut ausgesprochen hatte, denn das wäre wohl nicht so gut angekommen. Schließlich war dieser Mann recht energisch.

„Wo denn? Regnet es noch?“, wollte ich wissen.

„Es sieht gut aus. Kommen Sie. Zum Essen verlasse ich das Büro ganz gern.“

Das überraschte mich. Er schien mir der typische Büromensch und ein Workaholic zu sein.

„Na gut“, erwiderte ich. „Lassen Sie mich nur meinen Regenmantel und die Stiefel holen. Als ich das letzte Mal nachgesehen habe, hat es noch ziemlich gegossen.“

„Die Sonne scheint, doch laut Wetterbericht regnet es bald wieder. Es hat sich außerdem ein bisschen abgekühlt. Wenn wir jetzt gleich losgehen, können wir die Zeit bis zum nächsten Guss genau abpassen.“

„Meine Mutter hat sich immer den Wetterbericht angesehen und uns dann alle informiert, damit wir stets vorbereitet waren.“

„Es kann nie schaden, zu wissen, was Mutter Natur so vorhat, glauben Sie mir.“ Er schaute mich an, und meine Neugierde erwachte, denn ich war sicher, dass sich dahinter eine Geschichte verbarg.

„Warum? Sind Sie mal in ein besonders schlimmes Unwetter geraten?"

Ich bemerkte, wie ein Muskel in seiner Wange zuckte. „Das könnte man so sagen." Aber mehr wollte er nicht verraten und schob mich aus dem Büro.

„Was ist denn passiert?", hakte ich nach, als wir im Fahrstuhl standen.

„Ich bin in Florida aufgewachsen. Da sind Hurrikans öfter zu Besuch."

„O ja." Ich betrachtete ihn aus dem Augenwinkel. Zu gerne wollte ich mehr darüber erfahren, doch ich hütete mich davor, ihn zu fragen. „Was ist eigentlich mit George? Sein Büro ist ganz schön chaotisch. Das kann nicht gesund sein, vielleicht ist es sogar gefährlich. Wenn nun ein Feuer ausbricht? Das ist ja wie in einem Kaninchengehege."

Er musterte mich kühl, und ich stellte fest, dass er zwar gut aussah, aber überhaupt nicht mein Typ war. Bei Mr. Monday hatte ich nie ein schlechtes Gefühl wegen meiner Fragen gehabt.

„Er ist unser dienstältester Mitarbeiter in der Rechtsabteilung. Sozusagen seit Entstehung der Erde." Bei diesen Worten musste ich lächeln. Einen so humorvollen Ton hätte ich ihm nicht zugetraut. „Er ist Anhänger der Verschwörungstheorie und traut niemandem. Deshalb hat er sich geweigert, auch nur einen Teil der Unterlagen ins Firmenarchiv zu geben. Er hat seine sämtlichen alten Akten im Büro untergebracht und verschließt alles fest, wenn er nach Hause geht."

„Wie seltsam", murmelte ich. „Ziemlich interessant."

Konnten sich in diesem katastrophalen Büro womöglich Unterlagen über meinen Vater befinden? Wenn ja, wie sollte ich die dort jemals finden? Außerdem, wenn George so misstrauisch war, wie Mr. Thursday behauptete, konnte ich mich dort wohl kaum einfach mal umsehen.

„Muss er die ganzen Akten nicht fürs Firmenarchiv digitalisieren lassen? Aus Sicherheitsgründen zum Beispiel, falls es mal brennt?“

Die Lifttür öffnete sich. Mr. Thursday legte die Hand an den Türrahmen und trat beiseite, um mich aussteigen zu lassen.

„Er hat eine Weile gebraucht, um mit der Digitalisierung hinterherzukommen. Als wir ihn endlich überzeugt hatten, dass es notwendig ist, hat er angefangen, Unterlagen in seiner freien Zeit zu scannen. Manchmal lässt er das auch von Leuten machen, denen er vertraut. Das war ein langer Prozess, und er hat die Hälfte geschafft, weigert sich aber immer noch, die Originalakten rauszugeben. Nächstes Jahr wird er in Rente gehen. Dann können wir alles scannen und endlich das Papierzeug schreddern, ohne dass er seine Akten wie eine Glucke verteidigt.“

Ich spürte Mr. Thursdays Präsenz, während er hinter mir ging. Die anfängliche Anziehung, die ich ihm gegenüber empfunden hatte, war vollständig verschwunden und auch eigentlich nicht besonders stark gewesen. Wieder ging mir Mr. Monday durch den Kopf. Was war mit ihm los? Da ich noch nicht mal seinen richtigen Namen kannte, konnte ich mich auch nicht nach ihm erkundigen. Diese Ungewissheit machte mich nervös. Ich wollte unbedingt wissen, warum er heute nicht gekommen war.

Es würde interessant werden, wohin Mr. Thursday mich zum Lunch führte. Restaurants und Cafés gab es in New York massenweise.

„Was wollen wir denn essen?“ Ich stellte fest, dass ich kurz vorm Verhungern war.

„Meine Leibspeise“, antwortete er.

„Und was ist das?“

„Hotdogs.“

Ich lachte herzhaft. „Ehrlich? Hotdogs?“

Er schenkte mir das aufrichtigste Lächeln, das ich seit heute Morgen überhaupt bei ihm gesehen hatte. „Jawohl. Es gibt einen grandiosen Hotdog-Stand um die Ecke."

Ich war mir nicht sicher, ob ich enttäuscht darüber war, einen Hotdog vom Imbiss angeboten zu bekommen. „Es ist Ewigkeiten her, seit ich so was zuletzt gegessen habe."

Als wir am Empfangstresen vorbeikamen, hielt ich Ausschau nach Stanley, konnte ihn jedoch nicht entdecken. Stattdessen stand jemand anders dort. Ich war nicht direkt überrascht, dass er genauso muskulös und eindrucksvoll gebaut war. Wir verließen das Gebäude und traten auf die Straße. Die Temperaturen hatten sich abgekühlt, Wolken verdeckten die Sonne, doch die Luft war immer noch ziemlich feucht.

„Ich dachte, es wäre sonnig", sagte ich herausfordernd zu Mr. Thursday. „Aber ich mag dieses Wetter, wenn der Himmel bedeckt ist und die Luft schwül", fügte ich dann hinzu. Der einzige Nachteil daran, in der Stadt zu leben, war der ständige Geruch nach feuchtem Müll und erhitztem Abwasser im Sommer. Ich wäre jetzt viel lieber wieder im Rockwood Country Club gewesen.

„Es war noch sonnig, als ich es das letzte Mal überprüft habe."

Ich warf einen Blick zwischen den riesigen Wolkenkratzern hindurch nach oben. „Kein Anzeichen von Sonne in Sicht, würde ich sagen. Meine Mutter meinte immer, wenn genug Blau am Himmel ist, um damit eine Seemannshose flicken zu können, dann wird es ein schöner Tag." Ich wandte mich zu ihm um und grinste. „Sie ist Engländerin."

„Na ja, ich nehme an, diese Matrosen werden heute eine Menge ungeflickte Löcher in ihren Hosen haben", erwiderte er lächelnd.

Mr. Thursday umfasste meinen Ellbogen und dirigierte mich durch die Massen von Menschen. Es war, als wären alle aus den

Häusern gekommen, als der Regen aufgehört hatte: Die Straßen waren dicht bevölkert. Es war nett von ihm, mich zum Essen einzuladen, selbst wenn es nur ein Hotdog war. Trotzdem musste ich ständig an Mr. Monday denken und wünschte, ich wäre mit ihm unterwegs.

Vor dem Hotdog-Stand hatte sich eine Warteschlange gebildet, aber das machte mir nichts aus. Es gefiel mir, hier draußen mit einem attraktiven Mann zu stehen. Ich bemerkte die Blicke der anderen Frauen in der Nähe, die ihn von oben bis unten musterten und mich dann fast feindselig betrachteten. Sie dachten, wir wären ein Paar. Das interessierte mich jedoch nicht, und sie konnten ja nicht ahnen, dass der Mann, der gerade mein Herz eroberte, sogar noch umwerfender war als Mr. Thursday.

„Erzählen Sie mir doch mal, was Sie herausgefunden haben. Geben Sie mir einen kurzen Überblick."

Das war's. Ich musste mich jetzt sofort entscheiden. Verbündete ich mich mit Diamond und warnte sie, oder half ich Kevin, Rache zu nehmen? Letztendlich musste ich das tun, von dem ich glaubte, dass es das Richtige war.

„Nun, ich bin auf ein paar interessante Informationen gestoßen. Also, mein Rat wäre, bei KevOptics Vorsicht walten zu lassen."

Er zog die Brauen hoch. „Tatsächlich? Was veranlasst Sie dazu, das zu sagen?"

„Ich denke, die Firma ist nicht das, was sie zu sein vorgibt."

Wir befanden uns inzwischen am Anfang der Schlange, und er bestellte für uns beide, ohne sich nach meinen Vorlieben zu erkundigen. Als er sein Geld aus der Tasche zog, bat ich den Imbissverkäufer um eine Flasche Limonade und Zwiebeln auf meinem Hotdog. Mr. Monday hätte sich ganz sicher darum gekümmert, dass ich das bekam, was ich wollte. Ich beobachtete, wie Mr. Thursday einen Zwanziger aus seinem Bündel Bargeld fischte und dem Verkäufer gab.

Er schüttelte den Kopf, als der Mann ihm das Wechselgeld reichen wollte, nahm die Hotdogs und drückte mir meinen in die Hand. Ich tat noch ein bisschen Ketchup und Senf dazu und jonglierte mit meinem Pappteller und der Limonadenflasche. Sein Hotdog war mit Zutaten überladen, und er fügte noch jede Würzsoße hinzu, die es gab.

Nachdem ich einen Bissen genommen hatte, schloss ich genüsslich die Augen. Ich kaute und schluckte. „Es geht doch nichts über einen Hotdog auf der Straße."

„Da haben Sie recht", stimmte er zu und biss in sein Brötchen. Er hob den Pappteller an und nickte anerkennend.

„Genau." Ich hob meinen, und wir machten eine Geste, als würden wir uns mit unserem Imbiss zuprosten. Schweigend wartete ich darauf, dass er mich weiter zu meinen Recherchen befragte, hoffte aber eigentlich, dass er es nicht tat. Meinen Hotdog zu essen war im Moment das Beste, was ich tun konnte.

Dass wir hier auf der Straße standen und Hotdogs aßen, anstatt irgendwo in einem noblen Restaurant zu sitzen, und dass er dazu dem Verkäufer ein ordentliches Trinkgeld gegeben hatte, sagte mir ein bisschen mehr über ihn. Meist kannte ich Rechtsanwälte, die nur das Beste vom Besten wollten oder sich gern mit den gerade angesagten Statussymbolen schmückten. Mr. Thursday trug einen sehr teuren maßgeschneiderten Anzug, aber jetzt konnte ich ihn mir auch ohne Weiteres in Tommy-Bahama-Klamotten vorstellen, barfuß und einfach nur entspannt mit einem Bier an der Strandpromenade sitzend.

Wir aßen wortlos. Er war früher fertig als ich und trank den letzten Schluck aus seiner Seltersdose, bevor er sie ordentlich in die Recyclingtonne warf. Auch das sprach für mich Bände.

„Beeilen Sie sich, damit wir wieder nach oben gehen können. Ich möchte gern hören, was Sie entdeckt haben."

Jetzt drängelte er. Ich kaute extra langsam an meinem letzten

Bissen und schlenderte dann zu den Abfallcontainern, um meinen Müll zu entsorgen, während ich noch die letzten Reste aus meiner Limonadenflasche trank. Nachdem ich mir den Mund zufrieden mit einer Serviette abgewischt hatte, warf ich diese ebenfalls in den Eimer und ging zu Mr. Thursday zurück.

„Mir bleiben noch ein paar Stunden bis zu meiner Deadline. Zu KevOptics habe ich zwar schon meine fertige Einschätzung, ich muss aber noch ein bisschen zum Rockwood Country Club recherchieren."

Er legte die Hand auf meinen Rücken und führte mich durch die Menge von Leuten, die in der Mittagspause unterwegs waren, zum Bürogebäude. Kurz bevor wir den überdachten Eingang erreichten, öffnete der Himmel seine Schleusen, und wir beide rannten lachend das letzte Stückchen.

„Das war genau abgepasst, möchte ich mal sagen", meinte ich. Der Donner rumpelte, und Blitze zuckten, als wir in die Lobby stürzten. Stanley war immer noch nicht zurück, wie ich stirnrunzelnd feststellte. Automatisch brachte ich sein Fehlen mit Mr. Mondays Ausbleiben in Zusammenhang. Im Fahrstuhl auf dem Weg nach oben dachte ich darüber nach. Als wir in den Lift gestiegen waren, hatte Mr. Thursdays Handy kurz geklingelt, und nun war er mit irgendeiner SMS beschäftigt, die man ihm geschickt hatte. Ich hatte mein Smartphone schon ewig nicht mehr gecheckt, also zog ich es aus der Tasche und freute mich, als ich eine SMS von meiner Mutter entdeckte.

Hier ist alles in bester Ordnung. Wie geht es dir, meine Liebe? LG

Ich antwortete: *Alles bestens. Rufe dich nächste Woche an. LG*

Ich wollte ihr nicht erklären, dass ich meinen Job aufgegeben hatte, um bei einem verrückten Vorstellungsquiz um die Stellung als CEO teilzunehmen. Dass ich einen Vergeltungsschlag vorbereitet hatte, von dem ich nicht mehr sicher war, ob ich ihn durchführen wollte. Ich glaubte nicht, dass meine Mutter das verstehen würde.

Stattdessen konzentrierte ich mich wieder auf die Gegenwart und meine Bedenken bezüglich KevOptics.

„Welche Vorbehalte haben Sie gegen die Firma?“, wollte Mr. Thursday wissen. „Ich habe nämlich auch welche.“

Das war interessant. Vielleicht würde mir das, was auch immer er zu sagen hatte, einen weiteren Anhaltspunkt geben, um weiterbohren zu können.

„Was sind denn Ihre Bedenken? Das könnte mir eventuell bei weiteren Recherchen helfen.“

„Na ja, dieses Angebot kam mehr oder weniger aus heiterem Himmel, und ich weiß nicht genau, wie das Akquisitionsteam überhaupt darauf kam. Das erscheint mir verdächtig.“

Ich nickte. „Das ist in der Tat merkwürdig. Bevorzugen Sie eine der beiden Firmen?“

Als wir den Aufzug verlassen hatten, sah er mich an. Er war sehr charismatisch und schien die Empfangshalle mit seiner Präsenz zu beherrschen. Ich achtete nicht auf die Frau hinter dem Tresen, sondern war von seiner Ausstrahlung gefangen. Das Bild des lässigen Mannes, der einen Hotdog verschlang, war verschwunden. An dessen Stelle war der eindrucksvolle Mann getreten, der mich heute Morgen gleich ziemlich nervös gemacht hatte. Trotzdem war irgendetwas anders – ich hätte nur nicht genau sagen können, was.

„Mir persönlich ist es egal, welches Unternehmen Diamond kauft. Das gehört nicht in meinen Aufgabenbereich. Mich interessiert eher, welche rechtlichen Konsequenzen der Kauf einer der beiden Firmen für uns haben könnte.“

„Verstehe. Nun, Sie wissen ja, dass ich keine Anwältin oder Finanzexpertin bin, sondern Bibliothekarin und Rechercheurin. Was ich also tun kann, ist, Ihnen die Informationen zu besorgen, die Sie an Ihr Akquisitionsteam weitergeben können.“

Seine nächsten Worte legten das Gewicht der ganzen Welt auf meine Schultern. „Ihnen ist doch klar, dass wir Ihnen die Entscheidung überlassen." Das war keine Frage, vielmehr eine Feststellung. „Wir erwarten von Ihnen, dass Sie aufgrund Ihrer Rechercheergebnisse die richtige Firma vorschlagen, die Diamond kaufen soll."

Ich holte tief Luft. *War das … ein Befehl?*

Vor meinem vorübergehenden Büro trennten sich unsere Wege, und ich setzte mich in meinen Schreibtischsessel. Mir war klar, dass ich nicht mehr viel Zeit hatte, um meine Aufgabe zu beenden.

Was KevOptics betraf, hatte ich alles, was ich brauchte. Als Nächstes kümmerte ich mich daher um den Rockwood Country Club. In der Hinsicht gab es keine Überraschung. Ich bereitete meinen Bericht vor und sah auf die Uhr. Ich war fertig.

„Ms. Canyon?" Eine Frau, die ich vorher noch nie gesehen hatte, stand an der Tür.

„Ja?"

„Wenn Sie bitte mit mir mitkommen könnten?" Sie wandte sich um, bevor ich irgendwelche Fragen stellen konnte. Schnell schnappte ich mir meine Aufzeichnungen und folgte ihr. Durch eine weitere Tür gelangten wir in einen äußerst eleganten Bereich der Rechtsabteilung, der so ganz anders wirkte als der Rest.

Sie blieb an einer offenen Bürotür stehen, und ich warf einen Blick hinein. Mr. Thursday saß hinter einem ausladenden Schreibtisch.

„Wir werden uns hier unterhalten", sagte er knapp.

Sein Büro war um einiges opulenter als die der vorherigen Mr. Tag-der-Woche. Das war wohl nicht anders zu erwarten gewesen.

Ich setzte mich in einen Sessel mit butterweichem Lederbezug. „Nett hier“, meinte ich.

Er kam hinter dem Tisch hervor und setzte sich in den Sessel neben mir.

„Schießen Sie los.“ Von all den Männern, die ich bisher hier kennengelernt hatte, war keiner so schroff und geradeheraus wie er gewesen. Dieser Mr. Tag-der-Woche war in der Hinsicht einmalig.

„Kurz zusammengefasst? Vergessen Sie KevOptics und kaufen Sie den Rockwood Country Club.“ Er wollte kein Geplänkel, also redete ich auch nicht lange darum herum.

Ich musste ein Grinsen unterdrücken, weil mir Mr. Thursdays erstaunte Miene auf schräge Weise eine gewisse Genugtuung verschaffte. Wahrscheinlich hatte er erwartet, dass ich anfangen würde zu schwafeln. Das war die stärkste Gefühlsregung, die ich heute in seinem Gesicht bemerkt hatte. Es gefiel mir, dass ich ihn aus der Reserve locken konnte und endlich wusste, dass sich hinter seiner Fassade noch immer menschliche Regungen verbargen. Wie tief waren sie vergraben?

„Also keine Glasfaserkabel-Firma. Vielleicht könnten Sie das näher erläutern?“

„Das mache ich gern.“ Ich reichte ihm den Ordner, und er schlug ihn auf.

Während er die Seiten umblätterte, zog er die Brauen hoch. Natürlich war mein Bericht professionell organisiert, und dank des Inhaltsverzeichnisses auf der ersten Seite hatte er keine Probleme, die Informationen, die er suchte, gleich zu finden. Er sah mich an und schenkte mir ein anerkennendes Lächeln. Das bedeutete wohl, dass er von meiner Arbeit beeindruckt war. Ich hatte in meinem vorherigen Job Erfahrungen im Zusammenstellen juristischer Informationen gesammelt. Nicht sehr umfassend, aber genug, dass es mir bei dieser Aufgabe geholfen hatte.

Wir schwiegen ein paar Minuten, solange er den Bericht

durchging, dabei nickte und mir ab und zu einen kurzen Blick zuwarf. Schließlich klappte er den Hefter zu, stand auf und nahm hinter seinem Schreibtisch im Sessel Platz. Sein Arbeitstisch war aus dunklem Eichenholz gefertigt und besaß eine Lederschreibunterlage, der Sessel ebenfalls aus dunklem Holz und mit glänzendem Leder bezogen. Alles sehr eindrucksvoll. In diesem Büro hatte man offensichtlich keine Kosten gescheut. Auch die Kunst an den Wänden war bemerkenswert – alles von namhaften modernen Künstlern.

„Okay, aufgrund Ihrer Recherchen kommen Sie also zu dem Schluss, dass KevOptics uns übervorteilen will."

„Genau. Der Eigentümer des Unternehmens, Kevin Lyle, hatte einen Bruder, der bei Diamond angestellt war. Dieser Robert Lyle ist an Krebs erkrankt, und Diamond stellte ihn mit reduziertem Einkommen frei, servierte ihn so mehr oder weniger ab. Ich denke, dass Kevin sich rächen will."

Jetzt hatte ich Mr. Thursdays volle Aufmerksamkeit. „Rächen? Ist das nicht ein bisschen zu melodramatisch?"

Ich zuckte die Schultern. „Kevin ist nicht so dumm, in den sozialen Medien anzukündigen, dass er Diamond auf dem Kieker hat, aber es ist eine logische Folgerung. Ohne sein Gehalt war Robert schnell pleite, er ist kurz darauf verstorben. Kevin benutzt die Erfindung seines Bruders als Köder, doch es gibt keinen Anhaltspunkt dafür, dass diese besonderen Leitkabel funktionieren oder überhaupt produziert wurden."

„Sie haben recht." Er nahm seinen Kugelschreiber, und ich betrachtete seine Finger, während er damit spielte. Sein Sessel knarrte leise, als er sich zurücklehnte. „Abgesehen davon, was mit Robert passiert ist: Tatsache ist, dass KevOptics' einziger Wert im Patent besteht, und das ist im Moment das einzig Relevante."

„Dem stimme ich zu." Ich schlug die Beine übereinander, und er verfolgte meine Bewegung aufmerksam. Sein männliches Interesse ließ mich schlucken. Als er mir wieder in die Augen sah, war jedoch keine Gefühlsregung zu erkennen. „Der Rockwood Country Club ist solide?"

„Ja. Ich habe nichts gefunden, das Anlass zur Sorge geben könnte. Die Besucherzahlen sind ein wenig lau, und die Buchungen für das Restaurant und den Konferenzraum gehen runter, aber das kann man wieder ändern. Der Shop und der Golfplatz bringen den größten Gewinn. Und da diese Anlage die bevorzugte Location für Diamonds Firmen- und Benefiz-Events ist, würden Sie außerdem eine Menge Geld sparen, wenn Ihnen das Anwesen gehört."

„Wenn wir den Kauf des Country Clubs weiterverfolgen, könnten Sie dann Empfehlungen zum Budget geben?"

Ich hatte ihn bereits darauf hingewiesen, dass ich keine Finanzexpertin war. Was hatte ich also zu verlieren?

„Ich werde mein Bestes tun. Das dürfte sicher nicht allzu schwierig sein", sagte ich – und erwartete, dass meine Nase gleich in die Länge wuchs.

„Na gut. Damit wäre das erledigt." Als er sich nun erhob, wurde mir klar, dass unser Meeting beendet war. Er tippte mit seinem langen eleganten Zeigefinger auf den Deckel des Hefters und fügte hinzu: „Sie haben gute Arbeit geleistet. Ich bin mit Ihren Recherchen und dem Bericht sehr zufrieden. Sie sind sehr gründlich und wären eine Bereicherung für unser Team."

„Vielen Dank." Ich stand ebenfalls auf und wartete auf den nächsten Schritt.

Er drückte eine Taste an seinem Schreibtisch, und die Frau von vorhin erschien an der Tür. Mr. Thursday nahm den Bericht und hielt ihn ihr entgegen. „Bitte geben Sie das dem Akquisitionsteam."

„Ja, Sir." Sie nahm die Mappe und ging.

Voller Erwartung sah ich ihn an. *Was nun?*

„Unten wird Sie jemand in Empfang nehmen, um Sie nach Hause zu fahren."

„Ach?"

Konnte das Mr. Monday sein? Plötzlich war ich mehr als bereit, mich zu verabschieden.

„Ja." Wir schauten uns an. „Sie haben sich gut geschlagen. Das werde ich ganz sicher in meinen Bericht schreiben."

Also schrieben sie Berichte über mich. Aber damit war zu rechnen gewesen.

„Vielen Dank", meinte ich und richtete mich gerade auf. „Da ich jetzt eine weitere Prüfung bestanden habe, werde ich für heute nach Hause gehen."

Er warf einen Blick auf seinen Schreibtisch, dann betrachtete er wieder mich. „Natürlich. Es war nett, Sie kennengelernt zu haben, Tess. Ich bin sicher, dass wir uns wiedersehen." Ich hatte das Gefühl, entlassen worden zu sein.

Nachdem ich das Büro und den abgetrennten Bereich verlassen hatte, lief ich den Flur entlang zum Fahrstuhl. Ich war nicht so richtig glücklich mit Mr. Thursdays Verhalten. Für ihn schien ich eher ein nützliches Werkzeug als eine eigenständige Person zu sein. Wie auch immer, als ich schließlich in der Aufzugskabine stand, wurde ich beim Gedanken an den Verlauf des heutigen Tages ziemlich aufgeregt. Ich hatte einen weiteren Test bestanden! Außerdem begeisterte mich die Übernahme des Rockwood Country Clubs durch Diamond. Es gab so viele Möglichkeiten, das Areal zu nutzen. Wenn ich – oder *falls* ich – die Geschäftsführung übernahm, würde ich ganz bestimmt das Beste daraus machen.

Das einzige Haar in der Suppe war mein Racheplan. Ich hatte mich verpflichtet gefühlt, Mr. Thursday von Kevins Vorhaben zu erzählen, doch was bedeutete das für meinen eigenen Vergeltungsschlag? Kevins Rache hätte die Firma viel Geld gekostet, aber meine Pläne konnten dem Unternehmen ernsten Schaden zufügen, womöglich zur Verringerung des Personals führen und damit das Leben von Menschen beeinflussen. Vielleicht wurde es Zeit, meinen Wunsch nach Rache zu vergessen und mich mehr darauf zu konzentrieren, wie ich der Firma als CEO nützen konnte.

Auf meinem Weg ins Erdgeschoss verfiel ich in Tagträumereien, malte mir aus, was wohl die Zukunft für mich bereithielt. Mr. Monday spielte dabei eine wichtige Rolle … Unten in der Lobby verließ ich den Lift und steuerte noch immer grübelnd auf den Ausgang zu, ohne darauf zu achten, wer mir entgegenkam. Prompt rempelte ich jemanden an.

„Oh, tut mir leid!" Ein vertrauter Duft umfing mich, als ich automatisch die Hand ausstreckte und plötzlich eine harte, muskulöse Brust unter den Fingern spürte. Konnte das wahr sein?

Ich schaute auf, und da war er zweifellos. Unwillkürlich erschien ein breites Lächeln auf meinem Gesicht, mein Herz hüpfte vor freudiger Erregung. Er sah mich mit seinem charakteristischen dunklen und intensiven Blick an, aber irgendetwas war heute anders als sonst.

„Ist alles in Ordnung?", erkundigte ich mich, ohne mich von seiner Brust zu lösen. Stattdessen rückte ich sogar ein Stück näher an ihn heran.

Seufzend ergriff er meine Hand. „Gehen wir. Ich habe gehört, Sie haben sich heute gut gemacht."

Das hieß, er hatte mit Mr. Thursday gesprochen. Trotzdem freute mich seine Anerkennung.

Und wie es sich erst anfühlte, ihm nahe zu sein! Vergessen war das dumpfe, schmerzende Sehnen, als ich wieder in seiner tröstlichen Nähe sein konnte. Auf dem Weg nach draußen legte er kurz die Hand auf meinen Rücken, und mir wurde jetzt erst richtig klar, wie wichtig er für mich geworden war. Er bildete das Highlight des Tages. Mr. Monday schien sich in mein Herz geschlichen zu haben – und zwar nachdrücklicher als irgendjemand anders zuvor. Dann nahm er meine Hand, als wäre es das Normalste auf der Welt. Es ging mir durch und durch. Schweigend liefen wir weiter, und meine gesamte Aufmerksamkeit war auf unsere Berührung gerichtet. Unsere körperliche Nähe, auch wenn sie noch so unschuldig war, gab mir einen Vorgeschmack auf das, was da kommen konnte. Er half mir beim Einsteigen in die Limousine. Ich rutschte nicht in die äußere Ecke der Sitzbank, sondern blieb in der Mitte sitzen, als er den Platz neben mir einnahm.

Dann legte er den Arm um meine Schulter und zog mich an sich. Ich wandte mich ihm zu, sodass ich ihn ansehen konnte, und lehnte mich an ihn. Da ich nicht wusste, was ich mit meinen Händen anfangen sollte, legte ich die eine auf meinen Schoß. Aber ich wollte ihn berühren, und so landete die andere auf seinem Schenkel.

Für einen Moment spannte er sich an. Ich spürte das Spiel der harten Muskeln unter meinen Fingerspitzen. Am liebsten hätte ich ihm auf der Stelle die Kleider vom Leib gerissen, um ihn in seiner ganzen männlichen Pracht zu sehen. Das musste irgendwann unbedingt passieren. Er seufzte, streckte die Beine aus und lehnte den Kopf zurück, den Blick auf das Wagendach gerichtet. Ich beobachtete ihn. Irgendetwas war heute vorgefallen. Ich konnte es fühlen, aber ich wollte nicht noch einmal fragen. Wenn er mir davon erzählen wollte, würde er es tun. So gut hatte ich ihn in dieser Woche bereits kennengelernt.

Als er wenig später zu reden begann, war es, als würde seine tiefe Stimme meinen Körper zum Vibrieren bringen. Heute bemerkte ich jedoch noch etwas anderes in seinem Tonfall. Er schien müde zu sein und wirkte fast ein bisschen unglücklich.

„Ich bin froh, dass der Tag für Sie so gut verlaufen ist. Sie haben es bald geschafft.“

Ich war besorgt, ich konnte nichts dagegen tun. „Sie klingen niedergeschlagen. Wollen Sie darüber sprechen?"

Er wandte den Kopf und sah mich an, dann schloss er die Augen. Ich überlegte, ob er mir überhaupt antworten würde.

„Ich hatte schon bessere Tage", erwiderte er schließlich.

„Als Sie heute Morgen nicht aufgetaucht sind, hatte ich schon befürchtet, es wäre was passiert."

Er nickte. „Ja, ich musste mich um etwas kümmern. Es ist ein Glücksfall, dass ich mich freimachen konnte, um Sie abzuholen."

„Ist es irgendwas, bei dem ich vielleicht helfen kann?", sagte ich leise. Als er die Augen öffnete und mich betrachtete, blieb mir fast das Herz stehen. Sein Lächeln war traurig, und ich fragte mich, was um alles in der Welt heute vorgefallen war.

Dann zog er mich näher an sich und drückte seine Lippen auf meine Schläfe. Der zärtliche Kuss erregte mich sofort, obwohl ich mich gleichzeitig sehr um ihn sorgte. Diese Kombination von Fürsorge und Anziehungskraft machte mich ganz schwindelig. Ich drehte mich weiter zu ihm um und schloss ihn in meine Arme. Er erwiderte die Umarmung.

Schweigend wartete ich darauf, dass er sich mir öffnete.

„Nicht jetzt", sagte er leise. „Deine Nähe ist einfach tröstlich."

Ich schaute ihm in die Augen, konnte den Schmerz darin erkennen, und meine Sorge wurde größer. „Ist heute was Schlimmes passiert?"

Er nickte. „Ja."

„Du bist sicher, dass du nicht darüber reden willst?"

Er schüttelte den Kopf. „Ich bin noch nicht so weit."

Er fuhr sich mit den Fingern durchs Haar, bevor er sich mir wieder zuwandte und mein Gesicht umfasste. Seine Geste nahm mich völlig ein – nicht nur wegen seines intensiven Blicks, sondern wegen der Zärtlichkeit seiner Berührung. Er senkte den Kopf. Ich hielt den Atem an. Seine Lippen berührten meine, und ich schloss die Augen. Aus dem zärtlichen Kuss wurde schnell mehr. Er drückte mich fest an sich, während seine Zunge mit meiner spielte und ein Feuer in mir entzündete. Ich öffnete mich für ihn. Unwillkürlich schlang ich die Arme um seinen Nacken, spielte mit seinem Haar. Er schob mich zurück in den Sitz, sodass ich fast unter ihm lag. Ich ließ es geschehen, genoss es, dem Mann endlich näher zu sein, so wie ich es mir die ganze Zeit ersehnt hatte.

Ich war von seiner Gegenwart wie gefangen, von seinem wundervollen Duft, seiner Kraft. Mit meinem Atem nahm ich ihn in mich auf, seine Wärme umfing mich. Ich spürte ihn in jeder Faser meines Körpers, aber vor allem seine Leidenschaft verzauberte mich. Instinktiv hatte ich geahnt, dass wir gut zueinanderpassten. Dieses erschütternde Gefühl, das er in mir hervorrief, war bisher fremd für mich gewesen. So sehr hatte mich noch niemand mitgerissen. Es kam mir vor, als würde er mir Leben einhauchen, nachdem ich lange Zeit wie ein Zombie durch die Welt gegangen war. Das hier war eine Beteuerung. Wir waren zusammen.

Als er meinen Rücken streichelte, schmiegte ich mich an ihn. Trotz der Kleidung, die uns trennte, war jede seiner Berührungen elektrisierend. Ich drängte mich an ihn, wollte ihm zeigen, wie sehr ich ihn brauchte. Sehnte mich nach ihm. Konnte nicht genug von ihm bekommen. Sein Körper war mir so nahe, und ein Schauer durchfuhr mich, als ich seine Erektion spürte. Hitze schoss durch meine Adern. Ich war bereit für ihn. Wenn er mir jetzt die Kleider vom Leib gerissen hätte, wäre ich vollkommen einverstanden gewesen. Ich hätte ihn mit Freude empfangen und mich in ihm verloren, mich mit ihm auf dem Rücksitz der Limousine geliebt.

Er verstand es zu küssen. Ich wollte nicht wissen, wo und wie er das gelernt hatte, verdrängte den leichten Anflug von Eifersucht, der unser gegenseitiges Verlangen zu überschatten drohte. Nie zuvor hatte mich ein Kuss dermaßen erregt. Doch eigentlich war das alles andere als ein einfacher Kuss. Da war noch so viel mehr, über das ich aber jetzt nicht nachdenken wollte. Dafür hätte ich später Gelegenheit. In diesem Moment wollte ich nichts anderes, als zu fühlen, ihn zu spüren und für ihn da zu sein, als ein sicherer Hafen im Sturm des heutigen Tages. Was auch immer er heute erlebt hatte, ich wollte ihm den Schmerz nehmen und wünschte mir verzweifelt, dass es ihm besser ginge. Er sollte vergessen, was ihn so bedrückte.

Ich spielte mit seiner Zunge, fuhr mit den Fingern über seinen Rücken, strich über die harten Muskeln unter seinem Jackett. Es war, als wollte ich ein Zeichen hinterlassen, als wollte ich ihn markieren. Als er sich zwischen meine Schenkel drängte, schlang ich ein Bein um ihn und hob die Hüften. Er stöhnte leise, und ich nahm den Laut in mich auf. Unser Atem vermischte sich, wir holten stoßweise Luft. Nur kurz ging mir die Frage durch den Kopf, ob der Fahrer uns durch die Trennscheibe sehen konnte.

Mr. Monday hatte mein Herz erobert. Obwohl wir bisher so wenig Zeit miteinander verbracht hatten und er so reserviert war, gab es da offensichtlich eine starke Verbindung zwischen uns, die sich von Anfang an weiterentwickelt hatte.

Mit seinem starken, muskulösen Körper presste er mich auf den Rücksitz des Wagens. Er war schwer, und trotzdem wollte ich nicht, dass er sich von mir löste. Ich hätte eine Ewigkeit so weitermachen können. Unser Kuss wurde immer feuriger, seine Umarmung leidenschaftlicher. Überwältigt von seiner Nähe, von seinen Lippen auf meinen, seinen suchenden Händen, verlor ich vollkommen das Gespür für Zeit und Raum. Bis plötzlich das Handy in seiner Tasche klingelte und ich erschrocken in die Gegenwart zurückgerissen wurde.

Er hob den Kopf und sah mich an. Sein glühender Blick versengte mich förmlich. Mit einem Seufzen wollte ich ihn wieder an mich ziehen, wollte seinen Mund erneut erobern. Er drückte mir jedoch nur einen herzerweichend zarten Kuss auf die Lippen. Voller Begehren schaute ich ihn an. Er war so umwerfend.

„Du bist eine echte Überraschung, Ms. Canyon."

„Du auch", murmelte ich.

Er lächelte mich an. Ich konnte seiner Wirkung auf mich einfach nicht widerstehen. Vorsichtig strich ich ihm über seinen Nacken, durch sein Haar, und wieder störte sein klingelndes Handy. Ich wusste, dass dieser Anruf ihn jetzt von mir fortreißen würde.

„Willst du mit nach oben kommen?", fragte ich, bevor er sich auf sein Telefonat konzentrieren konnte. Ich umfasste sein Gesicht, presste die Lippen auf seinen Mund, suchte seine Zunge mit meiner.

Er stöhnte auf, unser lustvolles Keuchen erfüllte das Innere des Wagens. Widerwillig ließ ich ihn los, als er sich aufrichtete, um sein Telefon aus der Tasche zu ziehen.

„Das würde ich gern, aber …" Er warf einen Blick auf das Display und runzelte die Stirn. „Ich muss den Anruf wirklich annehmen."

Ich nickte und setzte mich wieder aufrecht hin. Mein Herz hämmerte wie wild in meiner Brust. Doch mir wurde klar, dass das schmerzhafte Verlangen, das ich zwischen meinen Schenkeln spürte, keine Linderung finden würde. Immer noch heftig atmend schaute ich aus dem Fenster, während er den Anruf annahm.

Die Limousine stand am Straßenrand vor meinem Apartmenthaus. Wie lange waren wir schon hier? Mir wurde ganz heiß bei dem Gedanken, dass der Fahrer ahnte, was wir hier taten. Dann dachte ich, dass es mir eigentlich völlig egal sein konnte. Nach wie vor in der Hitze des Augenblicks gefangen, sah ich zu Mr. Monday. Seine Miene war finster, er hatte die Stirn gerunzelt. Während er der Person am anderen Ende zuhörte, nickte er ab und zu. Mir sank das Herz. Ich hatte recht gehabt. Er entglitt mir.

„Verstanden“, sagte er nur, bevor er das Gespräch beendete und das Handy auf den Sitz zwischen uns legte.

Verärgert starrte ich das Ding an. Zu gern hätte ich es aus dem Fenster geschleudert.

„Bist du sicher, dass du nicht mehr mit hochkommen willst?“, fragte ich erneut und konnte den hoffnungsvollen Tonfall nicht verhindern.

„So gern ich das möchte, es geht leider nicht. Ich muss weg.“

Er öffnete die Autotür und stieg aus, drehte sich um und streckte die Hand nach mir aus. Ich genoss das Gefühl, wie sich seine Finger besitzergreifend um meine schlossen. Wir standen dicht an dicht neben dem Wagen am Straßenrand unter dem Blätterdach der Bäume, durch das die Abendsonne kleine Lichttupfen warf. Ich umfasste seine Schultern, woraufhin er einen Arm um meine Taille schlang, die freie Hand in meinen Nacken schob und mich an sich zog. Der atemlose Kuss, den wir tauschten, bevor er mich wieder losließ, haute mich fast um. Ich zitterte und konnte meine Begierde kaum noch im Zaum halten. Er umarmte mich noch einmal, dann lief ich zu meiner Haustür. Aufgeregt stellte ich fest, dass er mir folgte.

Schweigend standen wir uns an den Treppenstufen gegenüber und sahen uns an. Wahrscheinlich rasten seine Gedanken genauso wie meine.

„Pass auf dich auf“, meinte ich und bekam nur noch ein Flüstern heraus. „Wir sehen uns morgen.“

Er nickte und küsste mich zärtlich auf die Wange, bevor er sich umwandte. Ich beobachtete ihn dabei, wie er zur Limousine zurückging. Selbst sein Gang erregte mich. Als er im Wagen Platz genommen hatte, griff Mr. Monday nach dem Türgriff und warf mir einen letzten Blick zu. Er lächelte und winkte, dann schloss er die Tür. Ich blieb noch einige Minuten dort stehen und blickte dem Wagen hinterher, bis er verschwunden war. Mit einem Seufzen öffnete ich die Haustür und stellte entsetzt fest, dass mir die Tränen kamen. Was war bloß mit mir los? Dieser Kuss hatte alles verändert.

Ich stieg die Treppen zu meiner Wohnung hoch, machte die Tür auf und trat ein. Eine Welle von Einsamkeit schwappte mit einem Mal über mich hinweg, und ich zitterte. Überwältigt von meinen Gefühlen, ließ ich mich in den Sessel fallen. Ich spürte, wie die Tränen über meine Wangen rollten. Es waren die Tränen, die ich nach dem Tod meines Vaters so lange zurückgehalten hatte. Ich fragte mich, ob er das, wessen er beschuldigt worden war, tatsächlich getan hatte, und war mir zum ersten Mal bezüglich seiner Unschuld nicht mehr so sicher. Ich weinte, weil meine Mutter zurück nach England gezogen war. Weil ich so viel Zeit in meine Rachepläne investiert hatte, ohne mein Leben zu leben.

Diese vergangene Woche hatte mir gezeigt, dass ich lebendig war. Dass ich eine Frau war. Eine Frau mit Wünschen und Sehnsüchten. Die Begegnung mit Mr. Monday hatte mir deutlich gezeigt, wie viel ich all die Jahre verpasst, was ich aufgegeben hatte. Er hatte mir an diesem Abend einen kleinen Einblick gegeben, und ich wünschte mir mehr davon. Aber konnte ich wirklich meine Vergangenheit vergessen, um nach der Zukunft zu greifen, die er mir bot?

Teil 5

Mr. Friday

Was Mr. Monday betraf, stand ich immer noch unter Hochspannung. Nachdem ich meinen emotionalen Hänger ausgelebt und mich ausgeheult hatte, war ich über die weinerliche Phase hinweggekommen und munterte mich danach schnell mit den Erinnerungen an das heiße Zusammentreffen gestern in der Limousine auf. Es machte mich sofort wieder atemlos, wenn ich bloß daran dachte, wie wir den Rücksitz des Wagens zum Dampfen gebracht hatten. Und ich bedauerte, dass wir nicht die Gelegenheit gehabt hatten, es bis zum Ende durchzuziehen, weil er so eilig hatte wegfahren müssen. Obwohl es ehrlich gesagt nicht unbedingt mein Wunsch war, es mit ihm beim ersten Mal in einer Limousine zu treiben. Das erste Mal mit Mr. Monday sollte perfekt sein – und das am besten so bald wie möglich.

Gestern Abend war es nicht einfach gewesen einzuschlafen. Ich hatte ständig an ihn denken müssen. An seine Berührungen. An seine Lippen. Mein Körper hatte die ganze Nacht in Flammen gestanden, bevor ich endlich im Morgengrauen einige Stunden Schlaf gefunden hatte. Klar also, dass ich jetzt erschöpft war. Trotzdem wurde mir heiß, wenn ich an Mr. Monday dachte. Ich verfluchte denjenigen, der ihn angerufen und von mir weggezerrt hatte. Mir war klar, dass wir ohne diesen Anruf die Nacht zusammen verbracht hätten. Er war ein Mysterium für mich, ein Rätsel, das ich unbedingt lösen musste. Jeden Tag hatte ich mehr darüber erfahren, wie viel in ihm steckte.

An diesem wunderbar sonnigen, aber frischen Morgen stand ich nun vor meinem Haus an der Straße – das gestrige Gewitter hatte die Luft etwas abgekühlt – und wartete ungeduldig darauf, dass er mich abholte. Ich blickte zur Straße, dann auf meine Uhr. Es war Viertel vor sieben. Ich war viel zu früh dran, doch ich hätte unmöglich noch fünfzehn Minuten in der Wohnung oder im Hausflur warten können. Dazu war ich wegen des Wiedersehens mit ihm zu aufgeregt. Ungeduldig lief ich auf und ab, wobei ich abwechselnd die Uhrzeit prüfte und Ausschau hielt. Keine Limousine weit und breit.

Oje, was, wenn er gar nicht kam? So wie gestern? Ich versuchte, die Panik zu unterdrücken, die langsam in mir aufstieg. *Ruhig bleiben, Mädchen. Er wird schon kommen.*

Tatsächlich röhrte ein silberfarbener Sportwagen einige Minuten später – zehn Minuten zu früh – die Straße entlang. Das Dröhnen des Motors ging mir durch und durch und brachte mich auf Touren. Ich hechelte fast vor Aufregung. Der raue Sound, als der Gang heruntergeschaltet wurde, erinnerte mich an Mr. Mondays Stöhnen gestern. Es war so fürchterlich aufregend und sehr, sehr sexy. Als das Auto auf meiner Höhe mit quietschenden Reifen anhielt, entdeckte ich ihn auf dem Fahrersitz. Mein Herz machte einen Hüpfer, und ich grinste, während ich durch die Scheibe blickte. Er war gekommen, holte mich in seinem eigenen Wagen ab – ohne den Chauffeur.

Mein dümmliches Grinsen wurde breiter, und ich wäre am liebsten auf und ab gesprungen, als er mein Lächeln erwiderte. Ich hatte keine Ahnung, was für ein Wagen das war, aber er sah traumhaft aus. Wieder überlegte ich, was dieser Mann wohl für eine Stellung in der Firma innehatte. Ich wollte alles über ihn wissen. Wollte alles erkunden, was es über seinen Charakter und seine Lebensumstände zu erfahren gab. Ich wollte ihn entblättern, seine Geheimnisse aufdecken, zum Beispiel wie er zu seiner Narbe gekommen war oder, oje, wie er *hieß*. Es war eine Besessenheit. Ich versuchte mich zu zügeln und dachte an den Tag, der vor mir lag. Eine weitere Prüfung erwartete mich. Vielleicht die Gelegenheit, endlich einen Blick auf die Finanzberichte zu werfen. Noch immer focht ich bezüglich des Racheplans in meinem Inneren einen Konflikt aus. Aber ich war inzwischen zu weit gekommen, um jetzt aufzugeben.

Ich rannte zur Beifahrertür. Mr. Monday beugte sich herüber und öffnete sie für mich. Nachdem ich eingestiegen war, schaute ich ihn an. Mein breites Grinsen oder die Erinnerung an gestern, als wir aufeinandergelegen hatten, verunsicherten mich keineswegs. Ich wollte mehr von ihm, von unserem Zusammensein, wollte ergründen, wohin uns unsere Anziehungskraft führte. Mein Herz schien mir fast aus der Brust zu springen, als er sich zu mir herüberlehnte. Ein Begrüßungskuss. Ich hob die Hand und strich ihm über die Wange.

„Guten Morgen", murmelte er an meinen Lippen.

Ich fühlte mich wie im Himmel.

Dann presste er seinen Mund auf meinen, sodass ich unfähig war, ihm zu antworten. Ich stöhnte leise und legte die Hand in seinen Nacken, schob meine Finger in sein Haar. Bei diesem Kuss am frühen Morgen wirkte der Sonnenschein noch heller. Die Blüten dufteten noch intensiver. Mein Herz jubelte. Wir fielen übereinander her, und es war wie gestern Abend, nur noch heftiger. Intensiver. Leidenschaftlicher. Einfach mehr. Himmel, es gab Momente, in denen ich glauben wollte, es wäre Liebe. Aber konnte ich wirklich einen Mann lieben, dessen Namen ich nicht einmal kannte? Sicher war es bloß reines Verlangen.

Mein Körper schrie nach seiner Nähe. Ich wünschte mir schmerzlich, ihn enger an mich zu ziehen, ihn überall zu spüren, doch das war wegen der Konsole des Sportwagens zwischen uns unmöglich. Die tiefen Sitze zwangen uns außerdem dazu, in einem merkwürdigen Winkel zu liegen, und trennten uns auf ärgerliche Weise voneinander. Er fuhr mit der Zunge über meinen Mund, und ich öffnete die Lippen für ihn, während ich ihn so nahe wie möglich an mich drückte. Nach einigen Minuten löste er sich von mir, und ich seufzte. Er lehnte seine Stirn an meine, unsere Nasen berührten sich, mein Atem vermischte sich mit seinem, während wir uns tief in die Augen sahen. Dann schloss er kurz die Lider und holte tief Luft.

„Ist heute alles in Ordnung?", erkundigte ich mich. „Besser als gestern?"

Er schüttelte ganz, ganz langsam den Kopf, und Mitgefühl durchflutete mich.

„Aber es wird alles gut, keine Sorge", fügte er hinzu, ohne den Blick von mir zu lösen. Ich hielt den Atem an. „Ich will, dass du weißt …" Er zögerte, als ob es ihm schwerfiel, das Folgende zu sagen. „Durch dich fühle ich mich im Moment viel besser. Danke. Später kann ich dir mehr erzählen. Verstehst du?"

Ich nickte. Eigentlich verstand ich es nicht, doch mir reichte es, zu wissen, dass ich ihm auf irgendeine Weise helfen konnte. Dass ich in der Lage war, ihm einen Hafen im Sturm zu bieten. Ich hielt seine Hand fest, und er drückte meine.

„Ich wünschte, ich könnte mehr für dich tun", sagte ich.

„Du hast schon sehr viel getan."

Mir fiel keine Antwort darauf ein, und ich schaute zur Konsole hinunter. Ich musste lachen, als ich die beiden Campingtassen entdeckte.

„Für uns?", fragte ich und tippte auf den Deckel der einen.

„Ja, für uns."

Sein Lächeln war so warm und entspannt, wie ich es bei ihm noch nicht gesehen hatte. Es gefiel mir, und ich wünschte, dass er viel öfter Anlass dazu hätte. Es glättete die verhärteten Linien in seinem Gesicht und enthüllte seine leidenschaftliche Seite. Es war wie ein Fenster, durch das ich das Geheimnis dieses Mannes zum Teil erkennen konnte.

„Aus Costa Rica?"

„Schlaues Mädchen", erwiderte er scherzhaft und strich mir eine Haarsträhne hinters Ohr.

„Oh, vielen Dank, ich bin ganz deiner Meinung."

Er lachte – noch etwas, das ich viel öfter erleben wollte.

Ich griff nach den Bechern und gab ihm einen davon. „Heute

Morgen eingeflogen? Ich bin durch den Luxus dieses guten Kaffees schon für alles andere verdorben."

Als er seinen Kaffee entgegennahm, streifte er absichtlich meine Finger. Der Funke der Lust schoss sofort von meiner Hand bis in meine Zehenspitzen. Mein gesamter Körper brannte für diesen Mann, und ich fragte mich unwillkürlich, wie ich in dieser Hochspannung, die er in mir auslöste, den Tag überstehen sollte. Kurzatmig und mit hämmerndem Herzen saß ich da, als er den Motor anließ und im Rückspiegel den Verkehr auf der Straße checkte. Wenn er mich mit solchen kleinen Berührungen schon in diesen Zustand versetzen konnte, was würden dann intensivere Zärtlichkeiten mit mir anstellen? Sehnsucht und Angst erfüllten mich bei diesem Gedanken gleichermaßen. Ich versuchte, mich zu beruhigen, atmete langsam ein und aus und trank einen Schluck von diesem köstlichen Kaffee. Unsere Begegnungen erreichten mit jedem Tag eine neue Tiefe und Intensität.

Er schwieg eine Weile, während er an seinem Becher nippte, bevor er ihn wieder in die Halterung stellte. Dann legte er eine Hand auf mein Knie. Ich wäre fast zusammengezuckt, und mir wurde ganz heiß. War ihm klar, welche Wirkung er auf mich ausübte? Er schien aufrichtig zu sein, aber in meinem Kopf herrschte Chaos. Zum ersten Mal stellte ich mir die Frage, ob er und die Anziehungskraft zwischen uns nur der Teil einer weiteren Prüfung waren. Konnte es sein, dass er für mich eine Versuchung darstellen sollte, etwas, das mich aus der Bahn warf? Ich lehnte mich an die Nackenstütze und betrachtete ihn. Er konzentrierte sich auf die Straße. Sein Gesicht gab keine Gefühlsregung preis, die ich hätte deuten können. Noch immer spürte ich seine Gegenwart mit jeder Faser. *Fühlt er dasselbe für mich?*

Ich wollte ihm körperlich näher sein, doch konnte ich mich mit einem One-Night-Stand zufriedengeben, wenn er nicht mehr als das im Sinn hatte? Es würde mir nichts anderes übrig bleiben. Ich tröstete mich mit dem Gedanken, ihn zumindest aus meinen Tagträumen verbannen zu können, wenn eine Nacht alles war, was auf uns wartete. Trotzdem hegte ich Hoffnungen. Diese Verbindung zwischen uns, diese körperliche und emotionale Spannung, die Mr. Monday in mir hervorrief, wurde weitaus schneller als erwartet immer intensiver.

„Heute wartet ein schwieriger Tag auf dich."

„Wie bitte?" Ich verstand im ersten Moment nicht, wovon er sprach. Mit einem lauten Knall wurde ich in die Realität zurückgerissen und daran erinnert, warum ich hier war. All die warmen und elektrisierenden Vibrationen, die ich gerade noch empfunden hatte, waren mit einem Mal verschwunden. Ich war ernüchtert.

„Es wird eine Herausforderung sein."

Ich riss den Kopf herum und sah ihn an. „Was meinst du damit?"

Er hob die Brauen, während er die Augen weiterhin auf die Straße richtete. Dann warf er mir einen kurzen Blick zu, und ich bemerkte die Besorgnis in seinen Zügen. Es war nicht nur die Sorge um mich, sondern noch etwas anderes. Etwas machte ihm zu schaffen, hatte ihn verletzt, doch er verbarg es vor mir.

Was war ihm zugestoßen?

Er wechselte den Gang, trat aufs Gas und raste gekonnt durch den dichten Verkehr. Ich atmete tief durch, streckte die Beine aus und lehnte mich zurück. Als er wieder langsamer fuhr, legte ich die Hände auf die Knie und stieß einen Seufzer aus.

„Ich hasse schlechte Autofahrer", meinte er.

„Scheint so", erwiderte ich. „Wo hast du gelernt, so zu fahren?"

Er zuckte die Schultern und schlängelte sich nun weniger schnell zwischen den anderen Wagen hindurch. „Ich bin ein paarmal auf einer Strecke gefahren. Kein offizielles Autorennen oder so was." Er schaute mich kurz an. „Ich liebe die Geschwindigkeit."

Ich zog die Brauen hoch. „Ach, im Ernst? Das hätte ich jetzt gar nicht vermutet", gab ich in scherzhaftem Ton zurück. „Gib mir ein paar Sekunden, damit ich meine Fingernägel aus den Knien ziehen kann."

Er grinste mich an und wandte sich dem Verkehr zu. Während wir uns Diamond näherten, wurden mir die Gebäude am Straßenrand immer vertrauter. Unsere gemeinsame Fahrt zu zweit würde viel zu schnell wieder zu Ende sein.

„Ich will dich bloß darauf aufmerksam machen, dass der heutige Tag ein bisschen komplizierter wird, als du vielleicht denkst. Und dass das, was du bisher geschafft hast, aufmerksam verfolgt wurde. Du hast dich sehr gut gehalten."

Was würde denn passieren? Seine Bemerkung machte mich nervös. Bislang hatte er mir keine besonders hilfreichen Informationen gegeben, und nun kam diese kryptische Warnung. Dass er überhaupt etwas dazu sagte, war für ihn schon bemerkenswert.

„Tut mir leid, mehr kann ich nicht verraten. Ich will nur, dass du es heute so gut machst wie in den letzten Tagen. Lass dich nicht unterkriegen und halte die Augen offen."

Ich bekam Herzklopfen. „Du machst mir Angst." Als er mein Knie ergriff, bedeckte ich seine Finger mit meinen.

Er streichelte mein Knie, bevor er meine Hand nahm. Sofort fühlte ich mich getröstet. Obwohl ich jetzt wusste, dass meine Prüfung sich heute von denen unterschied, die ich in den vergangenen Tagen durchlaufen hatte, beruhigte mich seine Berührung.

„Es gibt nichts, wovor du dich fürchten müsstest. Glaub mir. Es wird unter Umständen nur ein bisschen unangenehm, und du wirst womöglich ein bisschen aus deiner Wohlfühlzone herausgerissen."

Während ich seinen Händedruck erwiderte, betrachtete ich sein Profil. Ich liebte sein markantes Kinn, die Form seiner Nase. Alles an seinem Gesicht wirkte wie gemeißelt. Er sah so unglaublich umwerfend aus. Für mich war er so vollkommen, ich hätte ihn ununterbrochen ansehen können.

„Ist dir klar, dass ich mich diese Woche ständig außerhalb meiner Wohlfühlzone befunden habe?" Als ich das sagte, zuckte sein Mundwinkel leicht.

„Hat dir das was ausgemacht? Du hast jeden Test glänzend bestanden. Das sollte dich stolz machen." Erneut warf er mir einen Blick zu, lange genug, um mich von innen heraus zu wärmen. „Ich wollte dir keine Angst einjagen. Ich will bloß, dass du es schaffst."

„So direkt hast du mir noch nie Erfolg gewünscht. Oder mir mitgeteilt, dass du möchtest, dass ich hierbleibe." Mehr wollte ich lieber nicht hinzufügen, um nicht zu riskieren, dass er sich wieder verschloss.

„Ich denke, gestern Abend habe ich dir bereits gezeigt, wie sehr ich dich will." Seine Stimme war wie eine Liebkosung. Er strich über meinen Handrücken, bevor er nach seiner Kaffeetasse griff. Ich beobachtete, wie er einen Schluck trank, wie sich sein Adamsapfel beim Schlucken bewegte, und versuchte verzweifelt, meinen Atem zu beruhigen, nachdem er mich von Neuem total durcheinandergebracht hatte.

Wir fuhren schweigend weiter, und ich bemühte mich, mein Hirn wieder in Gang zu setzen. Sollte ich auf seinen Flirt eingehen? Ihn nach gestern früh fragen? Würde er jetzt mehr verraten? Nein, wenn er zugeben konnte, dass er scharf auf mich war, hätte er sicher kein Problem damit, mir zu erzählen, was ihm zu schaffen machte, wenn er das wollte. Ich beschloss, meinen Mund zu halten, und blickte aus dem Fenster. Wir waren fast bei Diamond Enterprises angekommen. Aus einem Impuls heraus platzte ich dann doch damit heraus.

„Warum bist du gestern früh nicht gekommen?“ Ich schaute weiterhin aus dem Fenster, um mich ihm nicht stellen zu müssen. Falls ich ihn verärgert hatte, wollte ich das nicht bemerken.

Als er schwieg und zunächst gar nicht reagierte, beschloss ich, die Frage nicht zu wiederholen. Einmal reichte.

„Persönliche Gründe“, antwortete er nach einer Weile.

Das hatte ich mir schon gedacht, es war nichts Neues für mich. Doch dass er meine Vermutung bestätigt hatte, war dennoch ein gewaltiger Schritt nach vorn. Sosehr ich auch mehr über Mr. Monday erfahren wollte, ich gab mich mit diesem kleinen Erfolg zufrieden und drängte ihn nicht weiter. Vorsichtig streichelte ich seinen Arm.

„Ich bin da, wenn du mich brauchen solltest“, erklärte ich. Mehr sagte ich nicht dazu.

Er runzelte die Stirn und nickte leicht. Unwillkürlich grübelte ich, was ihm wohl so wehgetan haben mochte. Hatte er jemanden verloren, der ihm nahestand? Hatte er irgendetwas Traumatisches erlebt? Meine Vermutungen bestätigten allerdings nur wieder, wie wenig ich über ihn wusste.

In einvernehmlichem Schweigen fuhren wir an den letzten Häuserblocks vorbei. Schließlich bog Mr. Monday mit kreischenden Bremsen in die Auffahrt ein und hätte dabei fast ein Taxi gestreift, das im selben Moment vom Straßenrand ausscherte. Der Portier lehnte diskret an einer Säule und rieb sich die Brust, als würde er hyperventilieren.

Weder Mr. Monday noch ich verspürten das Bedürfnis, uns zu bewegen. Wir saßen einfach da und blickten uns an.

„Kommst du mit rein?“

Er schüttelte den Kopf. „Nein. Heute nicht. Ich habe viel zu erledigen.“ Er griff in seine Tasche und holte eine Schlüsselkarte hervor. Daran hatte ich gar nicht gedacht. Er hielt sie mir hin, und ich nahm sie an mich. „Ich bin gestern nicht mehr dazu gekommen, sie dir zu geben.“

Ich schob die Karte in meine Tasche. „Also, es wird ein schwieriger Tag, und ich soll mich in Acht nehmen. Sonst noch irgendein Rat?"

Er schüttelte den Kopf. „Tut mir leid, ich wünschte, ich könnte mehr sagen."

„Kannst du mir wenigstens verraten, in welche Etage ich muss, oder soll ich wieder alle Knöpfe drücken, bis ich den richtigen gefunden habe?", fragte ich trocken.

Erneut schüttelte er den Kopf. Dann legte er eine Hand an meinen Hinterkopf und zog mich an sich. Sein Kuss war feurig und voller Emotionen. Mir stockte der Atem, als ich seinen Mund auf meinem spürte. Er strich mit der Zunge über meine Lippen, und ich öffnete sie für ihn, erwiderte seinen Kuss. Ich wollte nicht, dass es jemals endete, und war enttäuscht, als er sich zurücklehnte.

Er atmete genauso heftig wie ich. „Was du mit mir machst …", flüsterte er. Daraufhin berührte er meine Wange und brachte mich dazu, ihn anzusehen. „Glaube niemals, dass du mich nicht auch berührst."

All das geschah innerhalb weniger Minuten. Er ließ die Hand sinken und schaute mich eindringlich an. Sein Blick brach mir fast das Herz. Ich war versucht, die Prüfung einfach in den Wind zu schießen – und mich sowohl von dem CEO-Job als auch von meinen Rachepläne zu verabschieden –, um mit ihm zusammen sein zu können.

Als hätte er meine Gedanken gelesen, schüttelte er noch einmal den Kopf. „Geh jetzt. Dreiundzwanzigster Stock. Tritt dem heutigen Tag kräftig in den Hintern."

Meine Autotür wurde geöffnet, und ich ließ mir vom Portier aus dem Wagen helfen. Glücklicherweise trug ich heute einen weiten fließenden Rock. Das erleichterte mir das Aussteigen aus diesem tief liegenden Sportwagen.

„Ich denke, wir sehen uns später." Das war eigentlich keine Frage, deshalb erwartete ich auch keine Antwort.

„Ja, wir sehen uns wieder. Da kannst du sicher sein."

Ich lächelte und griff nach meiner pinkfarbenen Lederumhängetasche, die fast so groß war wie ich. Ich warf mir den Riemen über die Schulter und beugte mich in den Wagen, um Mr. Monday ein letztes Mal anzusehen. Erst als sein Blick auf meine Brust fiel, wurde mir bewusst, dass sich der Ausschnitt meines Tops verschoben hatte und ihm eine gute Aussicht auf meine Brüste bot. Das war nicht meine Absicht, sondern eine ganz unschuldige Geste gewesen, aber die Luft erhitzte sich im Nu. Es war einmalig, wie sich sein Gesichtsausdruck plötzlich veränderte und das Verlangen in seinen Augen funkelte. Es war nicht im Mindestens peinlich, zu wissen, dass er auf meine Brüste starrte.

„Bald, Ms. Canyon." Seine Worte klangen wunderbar zweideutig, und ich musste mich zusammenreißen, um nicht wieder ins Auto zu springen.

Ich straffte die Schultern und streckte die Brust heraus. „Auf jeden Fall", entgegnete ich.

Danach zwinkerte ich ihm zu, drehte mich um und ging zum Eingang des Bürogebäudes, wobei ich absichtlich die Hüften schwang. Ich widerstand dem Drang, mich noch einmal umzuwenden, bevor ich die Lobby betrat. Es dauerte ein, zwei Sekunden, bis ich den Motor des Sportwagens aufheulen hörte und er wegfuhr.

Stanley hatte heute Dienst, und wir tauschten ein paar Höflichkeiten aus, während ich mich eintrug. Als ich auf die Fahrstühle zuging, versuchte ich meine Gefühle im Zaum zu halten. Wenn Mr. Monday meinte, der heutige Tag wäre besonders schwierig, dann musste ich in Bestform sein.

Die Lifttür öffnete sich im dreiundzwanzigsten Stockwerk, ich zog meine Karte aus dem Schlitz und steckte sie wieder in meine Tasche. Vor mir lag eine verlassene Rezeption, die dem Empfangsbereich in der Rechtsabteilung glich. Das sollte sich schon vertraut anfühlen, da ich nun den vierten Tag in unbekannte Sphären eintrat, wo jeder falsche Schritt das Ende dieser Exkursion bedeuten konnte.

Meine Erregung verschwand, stattdessen verspürte ich nun eine aufsteigende Nervosität. Ich wählte die nächstbeste Tür und öffnete sie. Dahinter befand sich ein Flur, der den anderen aus den Tagen zuvor zum Verwechseln ähnlich sah. Büroeinheiten und Leute. Wieder lief ich an einer Reihe von Schreibtischen vorbei. Heute schoss mir dabei durch den Kopf, dass sich Diamond keinen Zacken aus der Krone brechen würde, mir irgendeinen Praktikanten zu schicken, der mir den Weg zeigte. Doch ich wusste, dass ich die Ressortleitung aufsuchen musste, deshalb steuerte ich die Büros in der hinteren Ecke an. In dem ersten saß ein umwerfend gut aussehender Mann, der sich gerade vor einem Bücherregal bückte. Ich genoss einen kleinen Moment die Aussicht auf diesen atemberaubenden Hintern, natürlich aus rein ästhetischen Gesichtspunkten, bevor ich an die Tür klopfte.

„Guten Morgen“, sagte ich.

Der Mann richtete sich abrupt auf und drehte sich um. „Ach, ja, guten Morgen. Tess?“

Ich lächelte höflich. „Genau die und keine andere.“

„Sehr gut. Ich habe alles vorbereitet, was Sie benötigen. Gehen Sie einfach in das Büro zwei Türen weiter – die Akten liegen auf dem Schreibtisch. Außerdem haben Sie Zugriff auf alle notwendigen Dateien im Computer. Sie können sofort anfangen. Wir werden uns dann am Ende des Tages zusammensetzen, ja?“

Er schien nicht direkt auf eine Antwort zu warten, bekam aber trotzdem eine. „Alle Achtung, Sie haben hier wohl alle die gleiche Management-Ausbildung genossen, oder?“

„Wie bitte?" Mr. Friday starrte mich mit gerunzelter Stirn an.

In diesem Moment, nachdem ich fast alles für Mr. Monday hätte sausen lassen, war ich nicht besonders besorgt, dass ich womöglich eine Grenze übertrat. Bisher hatte ich gut abgeschnitten, doch all die kryptischen Zuweisungen und Anordnungen von diesen Männern gingen mir allmählich auf die Nerven.

Ich rückte den Riemen meiner Taschen zurecht. „Es war jeden Tag dasselbe. Alle haben sich gleich verhalten. Ich bekomme Akten – ohne irgendwelche Hintergrundinformationen –, werde aufgefordert, mich damit vertraut zu machen, ein leer stehendes Büro und eine unmögliche Deadline." Ich seufzte. So viel zu der heutigen Herausforderung. Es war nicht anders als sonst. Nur ein anderer heißer Typ als Mr. Tag-der-Woche. Ich wandte mich um und wollte mich auf den Weg in den besagten Raum begeben, als er mir hinterherrief.

„Meinten Sie denn, die Prüfung für den CEO-Job würde einfach werden? Diamond ist ein milliardenschweres Unternehmen mit weitverzweigten Branchen. Die Geschäftsführung muss in der Lage sein, jedes täglich neu auftauchende Problem sofort in den Griff zu bekommen. Wenn Sie nicht flexibel sind und diese Tests zu schwierig finden, dann ist das vielleicht nicht die richtige Stelle für Sie."

Panik überfiel mich, als mir klar wurde, dass ich mich mit meiner albernen Bemerkung fast disqualifiziert hätte. Aber Mr. Fridays Tonfall ärgerte mich trotz allem. Womöglich hatte Mr. Monday mich gar nicht vor der heutigen Aufgabe, sondern vor dem Abteilungsleiter warnen wollen.

„Ich werde es schon schaffen, Sir. Welche Aufgabe mir auch immer bevorsteht: Ich gebe mein Bestes und löse sie."

Er verschränkte die Arme vor der Brust, lehnte sich gegen den Schreibtisch und sah mich an. Unter seinem unnachgiebigen Blick wurde ich nervös, riss mich jedoch zusammen, um keine Schwäche zu zeigen. Nach einigen unangenehmen Sekunden meinte er: „Sie haben gestern empfohlen, dass Diamond einen Country Club kauft. Ihre heutige Aufgabe besteht darin, die Finanzplanung zu überprüfen und Möglichkeiten der Gewinnmaximierung zu finden. Mir ist zu Ohren gekommen, dass Sie dies nicht für allzu schwierig halten."

Was hatte ich mir bloß dabei gedacht, als ich das gesagt hatte? Finanzplanung? Ich konnte kaum mit meinem eigenen Bankkonto haushalten. Wie zum Teufel sollte ich einen Finanzplan für einen so riesigen Konzern entwerfen? Dieser Mann hatte etwas Herrschsüchtiges an sich, und ich spürte, dass ich in seiner Gegenwart am besten so wenig wie möglich redete. Ich konnte mir denken, dass er jeden Fauxpas gegen mich verwenden würde. Deshalb erwiderte ich nur: „Ja, Sir."

Ich hielt seinem stechenden Blick stand und bemühte mich, nicht zu erschauern. Mir war, als könnte er direkt in mich sehen und die verborgensten Geheimnisse aufspüren.

Mr. Friday war offensichtlich kein gewöhnlicher Mr. Tag-der-Woche und unterschied sich stark von den anderen: Er war unnahbar, schroff und unverblümt, was ich sowohl nervenaufreibend als auch irgendwie faszinierend fand. Er sah von Kopf bis Fuß wie der perfekte Finanzvorstand aus, inklusive Maßanzug und Drahtbrille. Er strahlte eine Energie aus, die unter seiner kühlen Oberfläche zu brodeln schien. Für mich waren Zahlen das absolut Langweiligste überhaupt, ich hasste Mathematik aus tiefstem Herzen. Doch dieser Mann besaß eine merkwürdige Anziehungskraft, eine Ausstrahlung, die mich neugierig machte. Beim kleinsten Anzeichen von Aufsässigkeit meinerseits hatte er sofort verbal zurückgeschlagen und mich daran erinnert, dass ich hier noch nicht die Geschäftsführerin war. Konnte ich den Mann vielleicht in einem Gespräch etwas auflockern? Ich beschloss, einen Versuch zu wagen, bevor ich mich in den Akten vergrub. Der Gedanke, die nächsten Stunden ausschließlich mit Zahlen beschäftigt zu sein, ließ mich innerlich aufstöhnen.

„Arbeiten Sie schon lange bei Diamond?"

Er zuckte bei dieser völlig aus der Luft gegriffenen Frage nicht mit der Wimper, und ich verspürte den Drang, zu schlucken oder mir über das Haar zu streichen oder was auch immer. Er machte mich nervös, ich fühlte mich in seiner Nähe irgendwie unbehaglich, andererseits hatte es auch etwas Aufregendes. Ich wollte die Gelegenheit nutzen und ihm ein paar Fragen stellen.

„Lange genug." Er wirkte nicht gerade gesprächig, und es sah nicht so aus, als würde sich das ändern.

In diesem Moment bemerkte ich, dass er sein Jackett ordentlich an den Kleiderständer an der Wand gehängt hatte. Sein weißes Hemd war frisch und perfekt gebügelt. Während er dastand und mich musterte, ließ er seine Seidenkrawatte – im Übrigen in einem korrekten Windsor-Knoten gebunden – durch die Finger gleiten, auf und ab. Wie hypnotisiert verfolgte ich seine Bewegungen. Vor allem als er das Ende zwischen Zeige- und Mittelfinger nach oben rollte.

Plötzlich tauchte in meinem Kopf ein Bild auf, wie er diese Krawatte für etwas anderes als bloß als Teil seines Anzugs benutzte. Ich atmete tief durch und stellte mir vor, dass mir damit die Hände zusammengebunden wurden, wie ich ausgeliefert auf dem Bett lag … Ich schaute ihn an. Ein mysteriöses Lächeln erschien auf seinen Lippen, als wüsste er genau, woran ich dachte. Aber, nein, ich hatte in meiner Fantasie nicht Mr. Friday gesehen, der sich über mich beugte. Schnell drehte ich mich um und wollte mich aus dem Staub machen.

„Ich kümmere mich jetzt lieber um den Finanzierungsplan."

Damit eilte ich in das leere Büro und ließ meine Umhängetasche mit einem heftigen Knall auf den Schreibtisch fallen. Es dröhnte fast so laut, wie mein Herz klopfte. Ich musste mich zusammenreißen. Es mochte vielleicht Mr. Monday gewesen sein, der in meiner Vorstellung diese Krawatte in den Händen gehalten hatte, doch Mr. Friday hatte diese heiße Vorstellung erst provoziert. Er war sicher kein geselliger Mensch, aber dieser Mann besaß eine unglaubliche Präsenz, und ich hatte unwillkürlich darauf reagiert.

Ich öffnete den ersten Hefter und starrte wie blind auf die Seite vor mir. Mr. Monday hatte mich gewarnt, dass es heute schwierig werden würde, und Mr. Fridays Bemerkung hatte mich daran erinnert, was auf dem Spiel stand. Noch immer hatte ich jedoch dieses Bild vor Augen, und ich glaubte fast, Mr. Mondays Finger auf meiner Haut zu spüren, während ich mich in den seidenen Fesseln wand.

Ich räusperte mich und wandte mich entschlossen dem Computer zu. Rasch loggte ich mich ein und verschaffte mir einen Überblick über die Daten, zu denen ich Zugang hatte. Es waren eine Menge. Ich öffnete die Dateien, die mit den Akten im Hefter in Zusammenhang standen. Angesichts der Zahlen auf dem Bildschirm wurde mir leicht schwindelig. Mit Summen, die so viele Nullen am Ende trugen, hatte ich noch nie zu tun gehabt. Es haute mich um, mit welchen Beträgen hier herumgeworfen wurde. Ich schaffte es, mich durch den größten Teil der Daten zu arbeiten, doch es war ziemlich anstrengend. Wie Leute von früh bis spät auf Zahlen starren konnten, war mir ein Rätsel. Schon nach einer Weile tanzten sie vor meinen Augen und bildeten ein einziges Chaos. Doch daran würde ich mich wohl gewöhnen müssen, wenn ich Geschäftsführerin werden wollte.

Nachdem ich alles durchgegangen war, hatte ich eine Liste von Bereichen des Country-Club-Geschäfts, die ich mir vornehmen musste. Die Personalbesetzung war der größte Ausgabenfaktor. Wenn ich schon fand, dass die Summe ziemlich hoch war, so würde jemand anders, der bei Finanzhaushalten mehr Durchblick besaß, diese Kosten sicher hinterfragen. Der Vorschlag wäre dann bestimmt, den Mitarbeiterstab zu reduzieren und Leute zu entlassen. Das war mir klar, doch das Letzte, was ich erreichen wollte, war, dass Menschen auf die Straße gesetzt wurden. Sie hatten Familien, die sie versorgen mussten. Ich erinnerte mich noch gut daran, welche Auswirkungen die Entlassung meines Vaters auf uns gehabt hatte. Ganz zu schweigen von den Umständen, unter denen er gefeuert worden war. Der Verlust seines Einkommens hatte uns hart getroffen. Ich konnte mir nicht vorstellen, anderen Familien dieses Leid zuzufügen, es sei denn, es gab keine andere Möglichkeit. Energisch schüttelte ich den Kopf. Ich würde eine Lösung finden.

Mein Racheplan kam mir wieder in den Sinn. Diese Tests, die Mr. King sich für mich ausgedacht hatte, ließen mir nie genügend Zeit, um meine privaten Recherchen durchzuführen. Jetzt saß ich aber hier mit fast unbegrenztem Zugang zu den Finanzberichten des Unternehmens. Ich hob den Kopf und blickte mich um. Niemand achtete auf mich, und vor mir stand ein Computer, von dem aus ich wahrscheinlich mit ein paar Klicks die Informationen abrufen konnte, die ich benötigte. Ich zögerte mit der Hand über der Maus. Was war los mit mir? Warum klickte ich nicht?

Du hast alles dafür aufgegeben.

Bevor ich es mir noch anders überlegte, öffnete ich die Finanzberichte und starrte auf den Monitor. Ich musste mich zwingen, jede Zeile zu lesen – jeden Vermerk, alles –, bis ich es gefunden hatte. Es gab Abweichungen zwischen einigen Geschäftsbüchern und den Finanzberichten der Führungskräfte. Sie passten nicht zusammen, die Zahlen unterschieden sich. Ich überprüfte die Daten, und sie fielen genau in die Zeit, in der mein Vater dort gearbeitet hatte. Als ich auf seine Ausgabenberichte stieß, klopfte mein Herz wie wild. Es traf mich völlig unvorbereitet, die Kopien seiner Spesenabrechnung zu sehen. Beim Anblick seiner extravaganten Unterschrift am Ende des Berichts kamen mir plötzlich die Tränen. Angestrengt schob ich meine Gefühle beiseite.

Nichts war irgendwie außergewöhnlich. Es handelte sich um typische Ausgaben, die mir nicht übermäßig hoch erschienen. Ich verglich sie mit den Geschäftsfinanzen, und alles passte zusammen. Wieso konnten sie meinen Vater wegen nichts entlassen? Es musste einen Anlass gegeben haben. Ich grub etwas tiefer, und dann tauchte ein Name auf, der mir bekannt vorkam. Der frühere Vorgesetzte meines Vaters: Grant Kennedy. Ich rief die gescannten Dokumente wieder auf und wählte einen bestimmten Monat, in der Hoffnung, dort etwas zu finden. Das war der Fall.

Die Unterschrift auf einem Bericht, der von Kennedy genehmigt worden war, stimmte nicht mit der Handschrift meines Vaters überein. Es war eine Fälschung. Mit klopfendem Herzen druckte ich diesen und ähnliche Berichte aus. Dann öffnete ich ein paar ältere Schriftstücke, die tatsächlich von meinem Vater unterzeichnet worden waren, und druckte auch davon einige aus. Ich verteilte sie auf dem Schreibtisch vor mir und verglich sie. Es bestand kein Zweifel: Die Signaturen stimmten nicht überein. Jemand hatte also Ausgaben über das Konto meines Vaters deklariert und seine Unterschrift gefälscht. Um es noch schlimmer zu machen – oder besser, je nachdem, wie man es betrachtete –, befanden sich darunter Aufwendungen für Produkte und Dienstleistungen, die ganz eindeutig für eine Frau bestimmt waren.

Das war es. Das konnte meinen Vater rehabilitieren. Erneut schossen mir Tränen in die Augen, und ich wischte sie schnell weg, bevor sie mir die Wangen hinunterliefen. Ich konnte es kaum abwarten, meiner Mutter davon zu erzählen. Dad hatte keine Affäre gehabt, sondern sein Chef. Der Mann hatte den Namen meines Vaters benutzt, damit niemand es herausfand. Doch meinen Vater hatte es alles gekostet. Ich saß ein paar Minuten völlig schockiert da. Für mich war immer klar gewesen, dass Dad unschuldig war, und es überwältigte mich, nun endlich den Beweis dafür in der Hand zu halten. Zahlen logen nicht, und diese Ausdrucke bewiesen, wie es wirklich gewesen war.

Mir kam der Gedanke, dass es sich vielleicht nicht um eine einmalige Sache handelte. Also ging ich die Spesenabrechnungen von anderen Mitarbeitern durch und entdeckte noch weitere, die mir verdächtig erschienen. Diese druckte ich ebenfalls aus. Wer konnte schon sagen, wie viele mir nicht aufgefallen waren? Wie viele andere Mitarbeiter waren von diesem Skandal betroffen? Wer wusste davon? Bis zu welcher Stufe in der Hierarchie reichte das hinauf? Wenn ich den CEO-Job bekommen sollte, konnte ich eine umfassende Untersuchung anordnen. Ich würde die Dinge richtigstellen können, vielleicht sogar Anklagen erheben. Nach wie vielen Jahren verjährte Betrug?

Aber jetzt musste ich mich darauf konzentrieren, es bis zum Ende der Prüfungen zu schaffen. Ich nahm einen Umschlag aus der Schreibtischschublade, in den ich alle ausgedruckten Seiten legte. Ich klebte ihn zu und seufzte laut. Dass ich nun im Besitz der Papiere war, nach denen ich gesucht hatte, war gleichzeitig aufregend und ernüchternd. Nun hatte ich die Munition – ich musste bloß entscheiden, wann ich sie verschoss.

Nach einem kurzen Blick auf die Uhr widmete ich mich wieder dem Haushalt des Country Clubs. Es fanden sich keine anderen Bereiche außer dem Personal, in dem man Geld einsparen könnte. Doch es musste einfach etwas geben! Was hatte ich zu Mr. Wednesday gesagt? *Ein glücklicher Angestellter ist ein loyaler Angestellter, und das erhöht die Produktivität.* Das konnte hier genauso gut angewendet werden. Vielleicht gab es Wege, den Mitarbeiterstab produktiver und kundenorientierter zu machen. Das würde das Image des Country Clubs erhöhen und mehr Kunden anziehen. Dazu könnte man Anreize in Form von Ruhestandsgeld anbieten. Eine Verkleinerung des Stabs durch natürlichen Abgang.

Ich legte meinen Fokus auf die Geschäftsoperationen. Man konnte nie wissen, was hinter den Kulissen passierte. Es gab alle möglichen Ursachen für den Verlust von Geld: bestellte Lieferungen, die nie ankamen, oder Lebensmittel, die aus dem Laderaum eines Lieferwagens verschwanden. Nachdem ich in meinem vorherigen Job Erfahrungen mit Bestellungen gemacht hatte, staunte ich darüber, wie viel es kostete, einen Golfplatz zu unterhalten. Wasser, Rasen, Dünger – die Auslagen waren extrem hoch. Ich überlegte, ob es in diesem Bereich keine Möglichkeiten zum Einsparen gab.

Zuerst musste ich vollkommen verstehen – zumindest soweit ich das vom grünen Tisch aus tun konnte –, wie ein Golfklub geführt wurde. Also recherchierte ich als erfahrene Bibliothekarin. Ich war entgeistert, wie viel Wasser für einen Golfplatz verbraucht wurde und wie viele Arbeitsstunden nötig waren, um alles makellos und perfekt zu erhalten. Offensichtlich wollten Golfer ihre achtzehn Löcher nicht auf vertrocknetem Gras spielen.

Es musste noch andere Wege geben, einen Golfplatz zu pflegen. Als Nächstes suchte ich nach alternativen Methoden zum Bewässern und einer preiswerteren Düngung. Mir rauchte der Kopf von all diesen neuen Informationen, und ich machte seitenweise Notizen. Natürlich war es für die Niedrighaltung der Ausgaben wichtig, einen leitenden Platzwart zu haben, der seinen Job verstand und wusste, wie man ein solches Areal hegte. Ich überlegte mir, wie der Golfplatz besser genutzt werden konnte. Wenn die Standards erhöht wurden, konnte man echte

Golfsportler anlocken, die Anlage eventuell sogar für die Veranstalter professioneller Turniere interessant machen.

Wie auch immer, meine Prüfung bestand darin, die Kosten zu senken, und nicht, den Standort qualitativ aufzuwerten. Egal, wie oft ich die seitenlangen Zahlenaufstellungen begutachtete, ich fand nichts, wo man einschneidende Einsparungen vornehmen konnte. Mein Gott, ich hasste diese Rechnereien. Die Stunden, die ich hiermit verbracht hatte, waren die längsten meines Lebens. Allmählich breitete sich Frustration in mir aus. Ich hatte keine Ahnung, welche Richtung ich noch einschlagen sollte, und geriet ins Schwimmen.

„Tess, kommen Sie mit."

Ich zuckte zusammen. Mr. Friday stand auf der Schwelle, lehnte sich gegen den Türrahmen und starrte mich an. So wie er dort stand, hätte er ein Model für ein Modemagazin für Männer sein können. Es war schwer zu glauben, dass er der Leiter der Finanzabteilung war. Das Büro, das mir relativ groß vorgekommen war, schien auf einmal zu klein zu sein, weil er den Raum mit seiner Präsenz ausfüllte. Ich wusste nicht, was es war, aber etwas an ihm brachte mich ständig aus dem Lot. Trotz seiner gelassenen äußeren Haltung war er angespannt. Kontrolliert. Seine Drahtbrille ließ ihn sehr streng wirken, und ich fragte mich, wie er wohl ohne sie aussah.

Er richtete sich auf und verschwand, wahrscheinlich ging er in sein Büro zurück. Ich nahm an, dass von mir erwartet wurde, ihm wie ein braves Mädchen hinterherzutrotten. Ich schob den Briefumschlag mit dem Beweismaterial, das ich gesammelt hatte, unter die Schreibauflage des Schreibtisches, räumte meine Notizen zusammen und machte mich auf den Weg zu seinem Büro. Er wartete mit ausdruckslosem Gesicht an der Tür. Als ich mich näherte, trat er einen Schritt zurück, um mich durchzulassen, und deutete auf den Gästesessel. „Setzen Sie sich."

Ja, er betrachtete mich wirklich wie eine Schülerin oder einen kleinen Hund, was mich zutiefst beleidigte. Das war ein Mann, der es gewohnt war, die Verantwortung zu übernehmen. Er besaß eine autoritäre Art – eine dominante Natur, wenn man es so ausdrücken wollte. Dennoch, zwischen Hass und Liebe gab es eine schmale Linie, und schon wieder kamen mir schmutzige Gedanken. Unvermittelt fragte ich mich, ob er im Bett genauso dominant war wie im Büroalltag. Als ich mich im Sessel zurücklehnte und die Beine überschlug, musste ich innerlich grinsen, als er meine Bewegung aufmerksam verfolgte.

Zum ersten Mal schaute ich mich in seinem Büro um und suchte nach irgendwelchen Anzeichen, die Aufschluss darüber geben konnten, wer dieser Mann hinter den Zahlen war. Ich vermutete, dass er die Stelle des Finanzvorstands innehatte, da alle Mr. Tag-der-Woche zum Führungspersonal und wahrscheinlich zu den Vizepräsidenten gehörten. Wenn er außerhalb des Bürogebäudes war und seinen CFO-Hut absetzte, wer war er dann? Ich bemerkte die sanfte klassische Musik, die im Hintergrund lief. Die Klänge, vorher weich und ruhig, schwollen gerade zu einem aufdringlichen Crescendo an. Ich legte den Kopf schief und lauschte.

„Höre ich da gerade den *Boléro*?“

Mr. Friday saß wieder auf dem Sessel hinter seinem Schreibtisch und beobachtete mich nachdenklich. Ich glaubte, einen leichten Zug von Überraschung in seiner Miene zu sehen. „Ja, das stimmt. Gefällt Ihnen das Klassische?“

So wie er es ausdrückte, klang es ziemlich zweideutig.

„Eigentlich nicht. Das meiste, was ich in dieser Richtung gehört habe, war mir zu schwülstig. Aber der *Boléro* gefällt mir. Ich kenne das Stück.“

„Ich liebe klassische Musik“, sagte er. „Und alles, was einen hämmernden Beat hat.“

Seine Augen schienen sich zu verdunkeln, und ich hielt den Atem an. Plötzlich hatte ich wieder das Gefühl, als würden meine sämtlichen Geheimnisse offen vor ihm ausgebreitet liegen. Er machte mich nervös. Fast kam ich mir wie eine ängstliche Maus vor, die vor einem hungrigen Köter saß. Es war nicht unbedingt der bevorzugte Snack für ihn, aber wenn er hungrig genug war, würde er eine Ausnahme machen. Mein Herz schlug schneller. Ich wusste nicht, ob ich geschmeichelt, erfreut, verängstigt oder angeturnt war.

Ich musste mich ablenken. „Spielen Sie ein Instrument?“, fragte ich, weil mir nichts Besseres einfiel, als weiter über Musik zu reden. Waren Musik und Mathematik nicht verwandt? Ich glaubte mich daran zu erinnern, das irgendwo gelesen zu haben.

Er lächelte, doch seine Augen blieben ernst. Als würde er spüren, wie die unterschiedlichsten Empfindungen in mir miteinander rangen. „Das tue ich tatsächlich.“

„Und was für ein Instrument?“

Das angedeutete Lächeln, das er mir schenkte, hätte alles Mögliche bedeuten können, worüber ich nur spekulieren konnte. Trotzdem fühlte ich, dass ich wohl aus Versehen sein persönliches Territorium betreten hatte. Die Frage war mir harmlos erschienen.

„Es ist egal, Sie brauchen mir nicht zu antworten, wenn Sie das nicht möchten.“ Ich war bereits genug mit den Mysterien von Mr. Monday beschäftigt und wollte nicht noch mehr Zeit mit Grübeleien über einen anderen geheimnisvollen Mann verbringen.

„Ich beherrsche verschiedene Instrumente“, erwiderte er, und mir fiel unwillkürlich auf, wie er das Wort Instrumente betonte. Ich konnte nicht anders, als dabei gebannt auf seine Finger zu starren, in denen er einen Bleistift hielt. Er zeichnete damit rhythmisch kleine Kreise in die Luft, die merkwürdig hypnotisch auf mich wirkten. Dann ließ er den Stift fallen, und der Bann war gebrochen. Ich schaute auf und hielt den Atem an, als ich seinen Blick auffing. Aufgrund seiner irgendwie zweideutigen Antwort musste ich an ein Instrumentarium für lustvolle Stunden denken. Ich fragte mich, ob er vielleicht ein BDSM-Anhänger war. Hatte er ein Spielzimmer? Ich erschauerte bei der Vorstellung von ihm in einem solchen Raum, in dem jede Art von Spielzeug und Hilfsmittel aufgereiht waren, sämtliches Zubehör für Lust und Schmerz.

„Okay, ein kurzer Lagebericht. Bisher habe ich keinen fertigen Report zusammenstellen können. Aber da der Mitarbeiterstab die höchste Ausgabe ist und ich ein paar der gekauften Lieferungen als verdächtig markiert habe, denke ich, unser primäres Ziel sollte es sein, die Einnahmen zu steigern, anstatt das Budget zu kürzen. Außerdem schlage ich vor, ein Auge auf die Haltungskosten des Golfplatzes zu haben."

Ich legte den Hefter auf den Schreibtisch, blätterte durch meine Notizen und suchte darin nach weiteren Punkten, die ich ansprechen sollte. Er beugte sich über den Tisch und griff nach dem Hefter. Überrascht bemerkte ich die Tattoos, die aus seinem Hemdsärmel hervorlugten. Ich sah ihm ins Gesicht und wusste in diesem Moment, dass meine Vermutungen bezüglich seiner Vorlieben zutrafen.

Er schlug die Mappe auf und überflog meine Aufzeichnungen. Dabei schürzte er die Lippen. Seine Stimme war leise und eindringlich, als er seinen Kommentar abgab. „Habe ich mich vielleicht bezüglich Ihrer Aufgabe irgendwie falsch ausgedrückt? Sie sollten nach Möglichkeiten suchen, um die Kosten zu senken, und nicht Wege aufzeigen, wie man noch mehr Geld ausgeben kann."

„Ich habe gesagt, dass ich keine Finanzexpertin bin und versuchen würde, einige Empfehlungen für das Budget zu geben." Ich zeigte auf den Hefter in seiner Hand. „Und das habe ich getan."

Er lächelte kurz, doch ich war mir nicht sicher, wie ich das deuten sollte.

„Ich will heute für eine kurze Besichtigung zur Location rausfahren. Mir die Umgebung ansehen, ein paar Posten begutachten, die Sie als potenzielle Probleme herausgestellt haben."

Das erstaunte mich etwas. „Ergibt Sinn", sagte ich. „Es wird Ihnen da bestimmt gefallen."

„Wie ich erfuhr, sind Sie am Dienstag dort gewesen."

Zunächst machte es mich stutzig, dass er von meinem Besuch wusste, doch dann erinnerte ich mich daran, dass all diese Mr. Tag-der-Woche gern zusammensaßen und sich über mich unterhielten. Die Vorstellung, wie sie lustige Tess-Geschichten austauschten, war mir lieber als die realistischere Version, in der sie zusammen über mein Schicksal berieten.

„Ach", meinte ich leise und fühlte mich wie eine total überwachte Person ohne Privatsphäre, von der alles, was sie hier tat, die Runde machte. Ich schaute auf die Uhr. „Es ist eine ziemlich lange Fahrt, da wird nicht viel Zeit bleiben, um eine gute Übersicht zu bekommen."

Er sah mich über seine Brillenränder hinweg an. „Wir werden nicht fahren." Mir sank das Herz. Mir war allzu klar, was das bedeutete. „Aber Sie haben recht, es bleibt nicht viel Zeit." Er stand auf, kam mit meinen Notizen in der Hand um den Schreibtisch herum und deutete zur Tür. „Wollen wir?"

Was konnte ich sagen? Ich hatte keine andere Wahl, als seiner Aufforderung nachzukommen. Ich erhob mich, nahm meine Umhängetasche und ging an ihm vorbei nach draußen. Je näher ich ihm kam, desto intensiver spürte ich seine Energie. Direkt neben ihm umfing mich seine starke Aura, die fast Mr. Mondays Ausstrahlung nahekam. Ich hörte sein Atmen, als ob es durch einen Lautsprecher verstärkt wurde. Im Vorbeigehen wagte ich es nicht, ihn anzusehen, weil ich mich vor dem fürchtete, was womöglich in seinen Augen zu lesen war. Ich bekam eine Gänsehaut, fühlte ein Prickeln im Nacken. Es war, als würde er mich mit seinem Blick berühren. Auf dem Weg an den anderen Büros vorbei nahm ich seine Gegenwart hinter mir wahr, hörte seine Schritte. Doch obwohl er mich faszinierte, interessierte er mich im Grunde nicht. Mr. Monday hatte einen zu großen Eindruck auf mich gemacht. Wenn ich jemandem gestatten würde, mich zu dominieren, dann nur ihm.

Während der Fahrt zum Dach schwiegen wir. Die gegensätzlichsten Emotionen kämpften in mir. Ich betrachtete ihn, aber er konzentrierte sich vollkommen auf die Akte und studierte meine Notizen. Nur zu gut konnte ich mir vorstellen, wie es wäre, wenn er diese intensive Aufmerksamkeit einer Frau schenkte, sie berührte … Ich erschauerte.

Und da war ich wieder. Auf dem Dach. Unterwegs zu einem bereitstehenden Helikopter. Nur dass es diesmal taghell war und keine Dunkelheit verbarg, wie hoch oben wir uns hier befanden. Ich zögerte kurz, bevor ich den Laufsteg betrat, Mr. Friday direkt hinter mir. Ich spürte ihn mit jeder Nervenfaser. Es war ein ständiges Gefühlschaos zwischen Verlangen und Verfolgungsangst.

Vorsichtig nahm ich die erste Stufe. Meine Schuhe waren absolut ungeeignet für einen Marsch über die Metallbrücke. Die Absätze waren schmal und konnten sich leicht im Gitter verfangen. Das half mir nicht unbedingt bei meinem aufsteigenden Schwindelgefühl. Ich griff nach dem Geländer und nahm allen Mut zusammen, um weiterzugehen. Wusste Mr. Friday auch über meine Höhenangst Bescheid?

Als er seine Hand auf meine Schulter legte, zuckte ich erschrocken zusammen und wäre fast in die Knie gegangen.

„Alles okay“, sagte er. Sein Griff war fest. Es fühlte sich fast so an, als würden all meine Ängste durch die Berührung seiner Finger über meine Schulter aus mir herausgesogen. Ich drehte mich kurz zu ihm um, überrascht über dieses neue Gefühl.

Wie schaffte er das? Es war mir nicht möglich zu deuten, was ich in seinen Augen sah, aber es machte mich ganz schwach. Einen kurzen Moment später verdrängte ich diese seltsamen Empfindungen und befreite mich vorsichtig von seiner Hand.

„Vielen Dank. Es geht schon." Dann ging ich viel sicherer als vorher in Richtung des wartenden Hubschraubers. Auch wenn er mir gerade etwas Zuversicht gespendet hatte, nervte mich seine Gegenwart trotz allem immer noch. Ich wusste nicht, was mich mehr störte: der Helikopter oder er.

Ich war froh, dass ich diesen Rock trug. Genauso wie im Sportwagen konnte ich damit viel leichter einsteigen. Ich setzte mich auf denselben Platz wie auf dem ersten Flug. Mr. Friday nahm den Sitz ein, auf dem Mr. Monday gesessen hatte, was ich mit Widerwillen zur Kenntnis nahm. Es war, als würde er in geheiligtes Terrain einfallen, und ich nahm ihm übel, dass er sich dort niederließ, wo Mr. Monday hätte sein sollen. Das war natürlich totaler Blödsinn. Keine Ahnung, warum mir so etwas durch den Kopf schoss.

Er lehnte sich entspannt zurück, als könnte ihn nichts erschüttern. Mit seiner starken Aura beherrschte er den ganzen Passagierraum des Helikopters. Er war wirklich eindrucksvoll, das musste ich zugeben. Wieder schweiften meine Gedanken in Richtung Sex ab. Ich fragte mich, ob er ein „Dom" war. Ich kannte mich in dieser Welt nicht so gut aus. Mein gesamtes Wissen darüber stammte aus ein paar Liebesromanen und Filmen. Diese Szene hatte mich bis heute Morgen, als mir Bilder durch den Kopf gegangen waren, wie Mr. Monday mich ans Bett fesselte, gar nicht sonderlich interessiert. Ich stellte mir nun vor, Mr. Friday nackt gegenüberzustehen, und meine Erregung legte sich. Vertrauen spielte in meiner Fantasie auf jeden Fall eine große Rolle.

Leichte Fesselspiele waren eine Sache, doch ich bezweifelte, dass ich eine gute Unterworfene wäre – keine richtige jedenfalls. Jegliche Kontrolle abzugeben war nichts, was mich anzog. Klar konnte ich verstehen, warum es so manche Frau anturnte, wenn ein Mann wunderbare Empfindungen in ihr auslöste, wenn er ihr jeden Stress und alle Sorgen nahm. Auch ich wünschte mir auf jeden Fall im Bett einen Partner, der wusste, was er tat. Aber ich wollte, dass es auf Gegenseitigkeit beruhte, und ich wollte ihn genauso verrückt vor Lust machen wie er mich.

Während ich mir alle möglichen aufregenden Szenarien von sexuellen Abenteuern ausmalte, vergaß ich fast, dass ich mit Mr. Friday in einem Hubschrauber saß. Als er sich vorbeugte und mein Knie berührte, durchfuhr mich ein sprühender Funke heißen Begehrens und riss mich aus meinen Tagträumereien. Ich konnte es nicht fassen, wie ich reagierte, und sagte mir, dass es nur wegen meiner Gedanken an Mr. Monday passierte.

„Oh! Sie haben mich erschreckt."

„Ich weiß", sagte er mit wissendem Unterton. Ich tat mein Bestes, um nicht zu erschauern. Mr. Monday hatte vielleicht mein Herz erobert, aber obwohl ich nicht glaubte, dass unsere Vorlieben zusammenpassten, übte Mr. Friday hin und wieder eine starke sexuelle Anziehung auf mich aus.

„Sie haben sehr gute Punkte hier angesprochen. Erzählen Sie mir, welche Empfehlungen Sie geben."

Die Umdrehungen der Rotorblätter wurden langsamer, und ich umklammerte meine Knie, als der Helikopter sich zur Landung senkte. Daran würde ich mich nie gewöhnen.

„Sie haben Flugangst", meinte er. Ich öffnete die Augen und bemerkte erst jetzt, dass ich sie zugekniffen hatte. Mein Blick war auf ihn gerichtet. Wegen des Sonnenlichts, das hinter ihm in die dezent beleuchtete Kabine fiel, nahm ich ihn nur als dunkle Silhouette wahr. Er wirkte noch größer und eindrucksvoller. Sofort dachte ich an Mr. Monday, was in mir den drängenden Wunsch weckte, schnell wieder auf dem Boden zu stehen, anstatt hier mit diesem dominanten Mann in der Luft zu schweben. Ich konnte es nicht erwarten, dass er endlich kam und mich abholte, um mich wie jeden Abend in dieser Woche nach Hause zu fahren.

Ich würde meine Angst nicht eingestehen – von diesen Geständnissen hatte es in den vergangenen Tagen genug gegeben. Daher schaute ich schweigend aus dem Fenster.

„Das ist nichts, weshalb man sich schämen müsste. Jeder hat so seine Ängste. Wichtig ist, wie man ihnen begegnet."

Ich nickte nur.

„Ich kann Ihnen dabei helfen."

Hatte ich ihn richtig verstanden? Ich wusste genau, wovon er redete. Langsam drehte ich mich zu ihm um und schaute ihn an. Mir war klar, dass er nicht nur von meiner Flugangst gesprochen hatte, sondern noch von etwas anderem. Ein Teil von mir war versucht, mit ihm in dieses Kaninchenloch hinunterzusteigen, doch der andere Teil weigerte sich. Er war nicht Mr. Monday. Es war einfach, Nein zu ihm zu sagen, einfacher, als ich gedacht hätte.

„Vielen Dank für Ihr Angebot. Aber ich hoffe, Sie fühlen sich nicht beleidigt, wenn ich ablehne." Ich hielt seinem Blick stand, wollte ihm Stärke zeigen, die ich im Moment gar nicht empfand. Tatsächlich fühlte ich mich eingeschüchtert von ihm, und um alles noch schlimmer zu machen, geriet der verfluchte Hubschrauber jetzt wegen des starken Windes ins Schwanken.

Er legte den Kopf schief und lächelte. Es war das erste richtige Lächeln, das ich heute von ihm gesehen hatte. „Das Angebot besteht weiterhin, sollten Sie es sich irgendwann anders überlegen."

Darauf fiel mir keine Antwort ein. Ich nickte bloß und sah wieder aus dem Fenster. Dieser Helikopterausflug konnte für mich nicht schnell genug enden.

„Ich glaube, wir nähern uns jetzt dem Country Club“, sagte ich und zeigte nach unten. Ich hatte mich ein bisschen beruhigt. Vielleicht war das ja eine Art, meine Höhenangst zu überwinden, indem ich mich dazu zwang, Dinge zu tun, die mich zu Tode ängstigten. „Wow! Von hier oben sieht es wirklich sehr schön aus.“

„Das stimmt. Ich denke, das ist ein guter Kauf. Die Einsparungen werden auch sicher dabei helfen, das Geschäft profitabel zu machen.“

Ich wandte mich zu ihm um. „Welche Einsparungen?“

Er wirkte überrascht. „Die Antwort darauf kennen Sie doch. Ihre Notizen haben die Posten genau aufgeführt, bei denen gekürzt werden muss.“

O Gott, er redete vom Personal. Er wollte den Mitarbeiterstab reduzieren.

„Ich habe zwar die Bereiche aufgeführt, um die man sich kümmern muss, aber ich habe auch Lösungen vorgeschlagen, mit denen man Entlassungen vermeiden kann.“ Nervös ballte ich die Fäuste, während ich ihn zu überzeugen versuchte.

„Das habe ich gelesen. Nach meiner Einschätzung sind Entlassungen jedoch die schnellste Möglichkeit, um Kosten zu sparen.“ Mit einer lässigen Handbewegung tat er meine Bedenken ab.

Der Helikopter drehte sich zur Landung. Ich atmete tief durch und zwang mich, Ruhe zu bewahren. „Das könnte stimmen. Trotzdem halte ich das für einen großen Fehler. Das ist ein Dienstleistungsbereich. Sie können keinen Eins-a-Service bieten, wenn das Personal überlastet und gestresst ist. Das wird sich sofort auf die Kundschaft auswirken.“

Abwehrend hob er die Hand, und ich starrte ihn finster an. Sein fehlender Respekt für meine Ansichten ärgerte mich. „Das mag vielleicht so sein, Tess …“

„Es gibt kein Aber. Sie können nicht einfach Leute entlassen.

Eine Reduzierung des Mitarbeiterstabs kann man auch durch natürlichen Abgang erreichen und langjährigen Angestellten einen Anreiz durch Ablösezahlungen geben. Ich bin fest davon überzeugt, dass Entlassungen nicht der richtige Weg sind."

Offensichtlich war er es nicht gewohnt, dass ihm jemand widersprach, doch ich würde nicht nachgeben. Ich hatte gesehen, wie unproduktiv unzufriedene Angestellte waren, und war bereit, meinen Standpunkt zu verteidigen. Mr. Friday beobachtete mich eine Weile nachdenklich, während der Helikopter landete. Dann lenkte er ein. „Okay, fürs Erste werden wir versuchen, niemanden aus dem Mitarbeiterstab zu entlassen."

Erleichtert atmete ich aus. Ich hatte keine Ahnung, wie viele Jobs ich womöglich gerade gerettet hatte, aber selbst wenn es nur einer war, verbuchte ich das als Erfolg. Mr. Friday sprang aus dem Hubschrauber und reichte mir die Hand. Ich sah ihn an und verstand seine Gentleman-Geste als Friedensangebot, deshalb nahm ich seine Hilfe an. Erfreut bemerkte ich, dass ich bei seiner Berührung keine Gänsehaut bekam und auch keine Erregung verspürte.

„Gehen Sie voraus, Ms. Canyon." Bei seiner formalen Ansprache musterte ich ihn fragend. Er hatte mich den ganzen Tag beim Vornamen genannt. Dann zuckte ich die Schultern und schlug den Pfad ein, den ich erst vor wenigen Tagen entlanggelaufen war.

„Ich war erst einmal hier, kann Ihnen also keine näheren Informationen liefern."

Mr. Friday überprüfte die Zeit. „Wir haben noch ein paar Minuten bis zum Meeting."

„Was für ein Meeting?", erkundigte ich mich alarmiert, weil ich so etwas nicht erwartet hatte. Er war mit seinem Smartphone beschäftigt, tippte eine SMS und ignorierte mich. Ich musste meine Frage wiederholen, bevor er mir antwortete.

„Eine Ressortleiterbesprechung", sagte er abwesend.

„Warum haben Sie das nicht gleich gesagt?"

„Es wird Ihnen nicht alles vorher erklärt. Ist Ihnen das nicht inzwischen klar geworden?" Mr. Friday steckte sein Handy ein und schaute sich um.

Ich schnaubte unbeeindruckt, auch wenn er recht hatte. „Trotzdem wäre es nett gewesen, mich vorzuwarnen, damit ich mich vorbereiten kann."

Er hielt den Hefter hoch. „Das haben Sie doch schon. Nun, ich weiß, dass es hier einen Konferenzraum gibt. Kennen Sie den Weg?"

Meine Güte, konnte er noch herablassender sein? „Natürlich kenne ich den Weg. Hier entlang."

Wir gingen durch das eindrucksvolle Eingangsportal, und ich verspürte die gleiche Ehrfurcht wie am Dienstag. Ich glaubte, mich in diesen Ort verliebt zu haben. Wir betraten denselben Konferenzraum, den ich schon vom Dienstag kannte, und trafen dort ein Dutzend Leute an, inklusive Mr. Wednesday. Mein Herz begann heftig zu klopfen. Ich war schockiert, ihn hier anzutreffen, und wusste nicht, was ich sagen sollte. Er nickte mir zum Gruß zu, und ich lächelte nervös.

Um ihn nicht länger ansehen zu müssen, blickte ich mich am Konferenztisch um und versuchte, die anderen einzuschätzen. Es musste sich um das Managementteam des Country Clubs handeln. Alle wirkten ein bisschen nervös, und sofort verspürte ich den Wunsch, sie zu beruhigen und ihnen zu versichern, dass sie sich um ihre Jobs keine Sorgen zu machen brauchten. Ich schaute zu Mr. Friday und kniff die Augen zusammen. Würde er zu dem Versprechen stehen, das er mir im Hubschrauber gegeben hatte? Dann sah ich zu Mr. Wednesday hinüber, doch seinen Gesichtsausdruck konnte ich nicht deuten. Beide Männer verrieten mit keiner Miene, was in ihnen vorging.

Ich war nicht überrascht, als Mr. Wednesday das Meeting eröffnete. Er verteilte Blätter mit den Tagesordnungspunkten.

Ich überflog die Kopie und war erleichtert, als ich entdeckte, dass nur das Budget als Punkt aufgelistet war, keine Einzelheiten. Vielleicht konnten wir die Kündigungen tatsächlich verhindern.

„Dieses Meeting wurde aus Respekt Ihnen und Ihren Angestellten gegenüber einberufen." Mr. Wednesday ging zum Kopf des Tisches zurück und setzte sich. Er hatte das Talent, seinen Gesprächspartnern ein gutes Gefühl zu vermitteln, und ich beobachtete, wie sich die Gesichtszüge der Manager etwas entspannten. Auch ich fühlte mich ein wenig ruhiger und nahm am hinteren Ende des Tisches Platz, um abzuwarten, wie sich dieses Treffen entwickelte. Mr. Wednesday fuhr fort: „Wie Sie wahrscheinlich inzwischen wissen, wird Diamond Enterprises den Rockwood Country Club kaufen. Ich bin sicher, Sie haben bereits Gerüchte gehört. Deshalb sind wir hier, um Sie zu beruhigen."

Mr. Friday gab mir meine Notizen zurück und bedeutete mir, sie an Mr. Wednesday zu reichen. Noch ein Grund, warum ich gern vorher über diese Sitzung informiert worden wäre: Ich hätte einen vorzeigbaren Bericht zusammenstellen können. Ich stand auf, umrundete den Tisch und berührte Mr. Wednesday leicht an der Schulter, bevor ich den Hefter vor ihn auf den Tisch legte. Unter meinen Fingern spannte er sich spürbar an, und ich stellte wieder einmal bedauernd fest, dass ich neulich abends seine Gefühle verletzt hatte.

„Ms. Canyon hat eine Analyse des Geschäftsbudgets vorgenommen. Nach ihren Recherchen hat sie einige problematische Bereiche herausgesucht und Lösungsvorschläge gemacht."

„Werden Sie Mitarbeiter entlassen?" Derjenige, der die Frage gestellt hatte, trug ein dunkelgrünes Poloshirt mit dem Logo des Unternehmens und khakifarbene Hosen. Seine legere Kleidung ließ vermuten, dass er entweder den Golfplatz managte oder für das Wartungsteam verantwortlich war.

Mr. Wednesday schaute zu mir. „Tess, würdest du die Frage beantworten?"

Ich sah den Mann an. „Entschuldigung, ich weiß Ihren Namen nicht", sagte ich.

„Vincent."

„Danke, Vincent. Nein, zum gegenwärtigen Zeitpunkt wird niemand entlassen." Ich bemühte mich, Mr. Friday keinen triumphierenden Blick zuzuwerfen. „Wir befinden uns immer noch in der Phase der Faktenfindung und wollen nicht übereilt handeln. Wie auch immer, ich kann Ihnen sagen – und diese Information bleibt unter uns, da wir noch nicht so weit sind, dem restlichen Mitarbeiterstab irgendwelche Ankündigungen zu machen –, dass wir über die Einführung von Kontrollen der Lagerbestände gesprochen haben sowie über Anreize durch Abfindungsangebote." Ich betrachtete Mr. Wednesday und hob fragend die Brauen.

„Ja, Ms. Canyon hat recht. Über das Angebot von Abfindungen wird Diamond ernsthaft nachdenken. Wenn wir die Berichte Ihrer Mitarbeiter in unser System integriert haben, werden wir die infrage kommenden Angestellten auswählen und mit ihnen darüber sprechen. In der Zwischenzeit wird alles wie gewohnt ablaufen, doch Veränderungen werden stattfinden. Die wichtigsten Ziele sind die Vergrößerung der Mitgliederzahl und die Erhöhung der Einnahmen. Jeder von Ihnen ist aufgerufen, nach Wegen zu suchen, mit denen dies in Ihrem Bereich erreicht werden kann. Deshalb schlage ich vor, dass Sie mit dem Brainstorming beginnen und wir uns nächste Woche wieder zusammensetzen."

Und damit war das Meeting am spannendsten Punkt schon vorbei. Nach der ganzen Aufregung kam es mir vor, als hätte man mir die Luft herausgelassen. Der Mann im Poloshirt verließ den Raum ziemlich schnell, vermutlich um dem Rest des Mitarbeiterstabs die gute Nachricht zu vermitteln, dass zurzeit keine Kündigungspläne bestanden. Die anderen unterhielten sich noch mit Mr. Wednesday und Mr. Friday, während ich am Tisch sitzen blieb und mich plötzlich unwohl fühlte, weil beide zusammen in diesem Saal waren. Gott stehe mir bei, wenn auch Mr. Monday noch auftauchte – was gar nicht so abwegig erschien. Nach einigen weiteren Fragen und etwas Small Talk machten sich die Manager langsam auf den Weg nach draußen, und wir blieben allein zurück, nur wir drei.

„Ich bin zum ersten Mal hier", verkündete Mr. Wednesday. „King hat diese Management-Erholungstouren immer zu einer Zeit geplant, wenn in der Personalabteilung am meisten zu tun war." Er wandte sich an Mr. Friday: „Sind Sie auch zum ersten Mal hier?"

Er nickte. „Ja, ich hatte gehofft, Tess könnte uns herumführen, aber offensichtlich hat sie nicht viel gesehen, als sie hier war."

„Okay, also, was sind Ihre Pläne für diesen Country Club?", erkundigte ich mich bei den beiden Männern. Die beiden sahen mich bei meiner Frage überrascht an. „Was ist? Das dürfte doch ziemlich leicht zu beantworten sein."

Mr. Friday verschränkte die Arme vor der Brust. „Also, bevor wir Ihnen sagen, was wir darüber denken, warum erzählen Sie uns nicht, was Sie vorschlagen?"

„Nun, wie Sie erwähnt haben, hat Diamond bereits jede Menge Events hier gebucht. Wenn Sie die Anlage besitzen, sparen Sie viel Geld bei der weiteren Nutzung des Geländes für Großveranstaltungen und Erholungstouren. Außerdem sollte es Vergünstigungen für die Mitarbeiter geben." Ich sah Mr. Wednesday bedeutungsvoll an. „Ich denke da an einen Angestelltenrabatt für das Spa oder den Golfplatz. Als Anreiz könnten auch regelmäßig Werbegeschenke vergeben werden. Aber am meisten sollte Diamond meiner Meinung nach darüber nachdenken, wie man den Golfplatz effektiver nutzen kann. Wir könnten die Ausrichtung eines Golfturniers ankurbeln oder eine Partnerschaft mit einem regionalen Hotel eingehen, ein Angebotspaket für Mittagessen oder Kaffeegesellschaften aushandeln. Doch in jeder Hinsicht ist der Mitarbeiterstab sehr wichtig. Qualitativ hochwertige Events sind ohne qualitativ hochwertiges Personal nicht möglich."

Die Männer stellten mir ein paar Fragen, bevor Mr. Wednesday meinte: „Ich würde mich trotzdem gern mal umsehen." Er fragte weder mich noch Mr. Friday, ob wir ihn begleiten wollten, und verließ den Konferenzraum ohne uns.

„Kommen Sie mit", forderte Mr. Friday mich auf, der sich ebenfalls auf den Weg machen wollte. Erneut blieb mir nichts anderes übrig, als ihm zu folgen, während er in die Haupteingangshalle zurücklief.

„Als ich hier war, hätte ich wirklich gern mehr von der Anlage gesehen, doch leider blieb keine Zeit dafür", erklärte ich, als wir am Restaurant vorbeikamen.

„Nun, besser jetzt als nie", erwiderte er und schob die Tür auf, die zu einer gefliesten Terrasse führte.

Eine angenehme Brise wehte über den See. Ich atmete tief durch und füllte meine Lunge mit der frischen Luft. „Ich liebe die Landluft, das muss ich schon sagen."

„Da bin ich ganz Ihrer Ansicht", entgegnete Mr. Friday, und wir stiegen die breiten Stufen hinunter zum Ufer.

Es waren nur ein paar Boote an der Anlegestelle vertäut. „Als ich hier war, haben Wasserflugzeuge vor Anker gelegen", bemerkte ich.

„Ich habe gehört, dass hier auch Flugzeuge gelandet sind. Das wäre ein weiterer möglicher Anreiz für eine höhere Klientel."

Ich drehte mich um und betrachtete die Gegend. Die Schönheit der Landschaft war erstaunlich. Tatsächlich hatte ich mich in diesen Country Club und die Anlage verliebt und hoffte, hier als CEO viel Zeit verbringen zu können. *Wow, jetzt hör doch nur. Da sehe ich mich bereits als Geschäftsführerin!*

Die fünf Tage mit den bestandenen Prüfungen schienen mir zu Kopf gestiegen zu sein. Aber wer konnte da sicher sein? Vielleicht hatte ich den heutigen Test ja gar nicht bestanden. Es gab nirgends ein Anzeichen von Mr. Monday, niemand hatte mir eine neue Schlüsselkarte überreicht. Ich schaute mich in der Hoffnung um, ihn irgendwo zu entdecken, und war enttäuscht, als er nicht auftauchte. Wenn er sich allerdings schon angesichts seiner wie auch immer gearteten persönlichen Krise hatte freimachen müssen, um mich heute Morgen zum Büro zu fahren, würde er sicher keine Zeit haben, den ganzen Weg hierherzufahren und mich abzuholen. Ich bemühte mich, keine Erwartungen diesbezüglich zu hegen. Ich stieg die Stufen zum Haupthaus wieder hoch und fragte mich, wann wir wohl zurückfahren würden. Plötzlich überfiel mich Müdigkeit. Es war eine aufreibende Woche gewesen, und ich fühlte mich völlig ausgelaugt. Am liebsten wollte ich die nächsten fünf Tage bloß schlafen. Doch ich hatte ja immer noch zwei weitere Tage mit Prüfungen vor mir, falls ich den heutigen Test bestanden hatte.

Im Vereinshaus verspürte ich den starken Wunsch nach Kaffee und hatte keine Lust, auf Mr. Friday zu warten. Er war ein großer Junge und konnte sich allein umsehen, und ich brauchte etwas Zeit für mich allein. Also betrat ich das Restaurant und setzte mich auf einen Barhocker. Nachdem ich meinen Rock glatt gestrichen hatte, wandte ich mich den bodentiefen Fenstern mit dem sagenhaften Ausblick auf den See zu. Die Kellnerin kam, um meine Bestellung aufzunehmen, und unwillkürlich achtete ich darauf, wie sie mich bediente. Ich war freudig überrascht, wie freundlich und aufmerksam sie war. Wenn sie ein Beispiel für das Personal darstellte, dann wertete ich das als gutes Zeichen.

Ich hatte keine Ahnung, wie ich in die Stadt zurückkommen würde. Vermutlich mit dem Helikopter. Im Moment genoss ich meine kleine Pause von den intensiven Prüfungstagen. Doch ich war sicher, dass Mr. Friday bald kommen und mich abholen würde. Der Kaffee tat gut, und ich entspannte mich allmählich etwas. Es freute mich, dass Diamond dieses Anwesen kaufte. Es freute mich außerdem, dass ich womöglich die Gelegenheit bekam, die Entwicklung des Anwesens zu verfolgen. Aus irgendeinem Grund fühlte ich mich diesem Country Club verbunden.

Ich genoss die Minuten, in denen ich Luftschlösser für die Zukunft dieses Areals baute, und war ein bisschen enttäuscht, als Mr. Friday auftauchte.

„Wir machen uns auf den Rückweg“, kündigte er an.

Ich rutschte vom Hocker. „Haben Sie einen kleinen Rundgang gemacht?“

„Ja, habe ich.“

„Und, sind Sie froh über den Kauf?“, wollte ich wissen und wartete gespannt auf seine Antwort.

„Ja, ich bin zufrieden.“

Ich schüttelte den Kopf und sagte mir, dass er eben ein Zahlentyp war. Schwarz und Weiß. Addieren und Subtrahieren. Aber ich wusste auch, dass in seinem tiefsten Inneren eine Leidenschaft brodelte, etwas, das er gut hinter seiner Buchhalterfassade verbarg.

Als wir in den Hubschrauber eingestiegen waren, ging mir etwas durch den Kopf. „Wollen Sie hören, wie man noch Geld einsparen kann?“, fragte ich, während wir uns anschnallten.

„Natürlich. Was schlagen Sie vor?“

„Nicht mehr mit diesem verdammten Helikopter durch die Gegend zu fliegen.“

Zum ersten Mal heute lachte er herzlich. Es klang nett, tief und kehlig. Ich lächelte und lehnte mich entspannt zurück.

Er war wirklich ein beeindruckender Mann. Nur eben nicht beeindruckend genug für mich.

Und genau in dieser Sekunde fiel mir ein, dass ich den Umschlag mit dem ausgedruckten Beweismaterial im Büro vergessen hatte. Das Beweismaterial, das Diamond Enterprises belastete … und mich.

Teil 6

Mr. Saturday

Ich träumte. Es musste sich um einen Traum handeln, denn alles war zu verwirrend, und die Szenen änderten sich ständig. Bis auf das laute Hämmern, das plötzlich einsetzte. Es hörte nicht auf, schien in meiner Traumgeschichte irgendwo aus dunklen Tiefen zu kommen, bis daraus das kräftige *Zisch, Zisch* der Rotorblätter wurde. Ich saß im Hubschrauber, flog über schattige Landschaften. *Wumm! Bamm, bamm. Wumm! Wumm!* Mit einem Mal drehte sich der Helikopter, mein Sicherheitsgurt verschwand, und ich fiel aus der offenen Tür. Mein schlimmster Albtraum! Verzweifelt streckte ich die Arme aus, suchte in der Luft nach irgendeinem Halt. Da war nichts. Im Fallen sah ich tief unten Mr. Monday stehen, der zu mir hochschaute. Er hielt ein altmodisches Sprungtuch in der Hand, bereit, mich aufzufangen. Aus weiter Ferne hörte ich, wie er rief: „Keine Angst, es ist Vintage!“

Aber je weiter ich Richtung Boden fiel, desto ferner erschien er mir.

Wumm! Wumm! Wumm! Der Krach ließ nicht nach, und ich bäumte mich auf. Langsam zog mich das Hämmern aus den Tiefen meines chaotischen Traums. Ich wehrte mich dagegen, aufzuwachen und Mr. Monday zurückzulassen. Es schmerzte, dass ich ihn nicht mitnehmen konnte. Als ich wach war und das helle Morgenlicht mich blendete, verspürte ich sofort ein Gefühl von Verlassenheit.

Ich blinzelte und sah mich völlig verwirrt um. Ich lag in meinem Bett. In der Hoffnung, Mr. Monday neben mir zu finden, suchte ich tastend mit den Fingern neben mir. Da war niemand, das Laken fühlte sich kalt an. Alles hatte so verdammt real gewirkt. Das musste ich erst mal verarbeiten. Noch immer versuchte ich, richtig wach zu werden und zu verstehen, was hier eigentlich vor sich ging.

Der Krach wollte jedoch nicht aufhören und wie mein Traum verschwinden. Es hämmerte immer weiter. Ich rieb mir die Augen, schob widerwillig die Decke weg, obwohl ich die tröstliche Wärme meines Betts nicht verlassen wollte. Leicht schwindelig, weil ich zu schnell aufgestanden war, taumelte ich aus dem Schlafzimmer ins Wohnzimmer hinüber. Ja. Das Hämmern kam von der Wohnungstür.

„Ist ja gut, ist ja gut! Ich komme schon!"

Ich schloss die Tür auf und öffnete, dann blieb ich wie erstarrt stehen, als mir mein Fehler bewusst wurde. Normalerweise machte ich nie auf, ohne vorher durch den Spion zu spähen. Das musste bloß passiert sein, weil ich noch schlaftrunken war und diese offensichtlich lebensmüde Person draußen randalierte und meinen nach einer fürchterlich anstrengenden Arbeitswoche wohlverdienten Schönheitsschlaf gestört hatte.

„Na endlich!", ertönte eine tiefe volle Stimme aus dem dunklen Flur.

„Was machen Sie denn hier? Und wer sind Sie überhaupt?", wollte ich wissen und rieb mir den Schlaf aus den Augen. Allmählich sah ich etwas klarer, trotzdem musste ich mehrmals blinzeln. Er stand zwar nicht im Licht, aber ich konnte genug von ihm erkennen, um anzunehmen, dass er von Diamond kam. Als ich den Kopf hob, kam er einen Schritt näher, bis er vom Tageslicht beleuchtet wurde, das durch meine Fenster in den Hausflur fiel. Er. War. Riesig. Mit seinem schulterlangen blonden Haar, den leuchtenden blauen Augen und seiner kräftigen, muskulösen Statur sah er aus wie ein Wikingergott, der mich mit auf sein Langschiff schleppen wollte. Heiliger Herr! In meinem schlafumwölkten Geist wäre ich sofort bereit gewesen, meine Sachen zu packen.

Ich musste mich zur Ordnung rufen. Es war Mr. Monday, der mich von den Füßen reißen sollte. Ja. Genau der. Ich versuchte mich wieder auf diesen Adonis in meinem Hausflur zu konzentrieren, der mich schweigend beobachtete, während ich langsam sauer wurde. Auch wenn er von Diamond kommen sollte, würde ich ihm das nicht so mir nichts, dir nichts durchgehen lassen und ihm den roten Teppich ausrollen. Er sollte dafür büßen, was auch immer er von mir wollte.

„Wer zum Teufel sind Sie? Und warum hämmern Sie so früh am Morgen gegen meine Tür? Es ist verdammt noch mal Samstag! Arbeitsfrei. Ein Tag, an dem man ausschlafen kann – was ursprünglich übrigens mein Plan war." Ich wollte streng und hart klingen, doch meine Stimme war immer noch ein bisschen heiser vom Schlaf.

„Ich weiß, dass es Samstag ist. Heute ist Play Day und ..." Er warf einen Blick auf seine Uhr. „... bereits zehn Uhr. Genug geschlafen." Damit lief er an mir vorbei in meine Wohnung.

„Was soll das? Sie können nicht einfach hier reinmarschieren. Ich kenne Sie ja gar nicht!" Es empörte mich, wie dreist er in meinen privaten Bereich eindrang. „Hallo, Sie da! Das reicht. Und verdammt recht haben Sie, es ist Play Day, und ich will auf meine Art spielen, nämlich im Bett!"

Kaum waren die Worte ausgesprochen, wäre ich am liebsten im Erdboden versunken. So wie er mich anzüglich von oben bis unten begutachtete, erinnerte ich mich plötzlich daran, dass ich lediglich Shorts und ein Tanktop trug und der mysteriöse Wikinger offensichtlich an etwas anderes als ans Schlafen dachte. „Sie wissen, was ich meine", murmelte ich.

„Den besten Play Day verbringt man mit jemandem zusammen." Er grinste unverschämt, wobei sich ein Grübchen in seiner Wange bildete, und mir knickten fast die Knie ein. „Also beeilen Sie sich, damit wir gehen können."

Ich schüttelte den Kopf und wedelte abwehrend mit den Armen. „Das verstehe ich nicht. Sie überrumpeln mich hier am frühen Morgen."

„Es ist nicht früh." Er stolzierte zu meinem Bücherregal hinüber und überflog die Titel. „Aber Sie haben eine sehr sexy Morgenstimme, das gefällt mir", fügte er über die Schulter hinweg hinzu.

„Wie bitte?“ Wer war dieser Typ, dieser ungehobelte, arrogante und, ja, ich musste es zugeben, unglaublich gut aussehende Mann? „Sexy Morgenstimme …“ Erneut schüttelte ich den Kopf und starrte ihn an. „Jawohl, Sie haben mich soeben geweckt. Und nein, ich gehe nirgendwohin. Heute ist Samstag.“

Herzhaft gähnend ließ ich mich auf die Couch fallen. Ich wollte etwas sagen, aber es kam nur ein undeutliches Gestammel heraus, weil ich nicht aufhören konnte zu gähnen.

Er musterte mich verständnislos. „Wie auch immer, es ist vielleicht Samstag, Test-Tess. Das bedeutet allerdings nicht, dass Sie heute frei haben.“

„Wie meinen Sie das? Meine Arbeitswoche ist beendet.“ Ich lehnte mich gegen das Couchkissen. Mir war klar, dass ich noch zwei Prüfungen vor mir hatte, doch die würden ja sicher Montag und Dienstag stattfinden. Oder etwa nicht? Etwas anderes hatte ich jedenfalls nicht erwartet und mich schon auf das Wochenende gefreut. Ich brauchte etwas Zeit für mich und musste endlich eine Entscheidung treffen, was ich bezüglich meines Racheplans unternehmen wollte.

„Mr. King hat Ihnen mitgeteilt, dass Sie sieben Tage lang jeweils eine Prüfung absolvieren. Er hat nichts davon verlauten lassen, dass Samstag und Sonntag frei sind. CEOs sind rund um die Uhr beschäftigt. Sie sollten mir dankbar sein. Heute gibt es keine Finanzpläne. Aber wenn Sie lieber ausschlafen wollen, dann fahre ich eben in die Firma zurück und sage denen, dass Sie mit Ihrer Prüfungsreihe fertig sind.“ Mr. Saturday, dieser Unmensch, lief zur Tür. Jetzt hatte er mich in Alarmbereitschaft versetzt.

„Und es gibt keine Finanzpläne heute? Keine endlosen Zahlenreihen?“

Er drehte sich lachend um. „Nein, Tess, Mathematik-Analphabetin. Ich verspreche, zum heutigen Test gehören keine Finanzprobleme.“

Ich richtete mich auf, wollte in mein Schlafzimmer gehen und mich mit einem sehnsüchtigen Blick auf das gemütliche Bett fertig machen. Doch dann stutzte ich. Ich musste ganz sicher sein. „Woher soll ich wissen, dass ich Ihnen vertrauen kann? Sie könnten ja ein verkleideter Aktienanalyst sein."

Es überraschte mich, dass meine Nachbarn nicht gegen die Wand klopften, als Mr. Saturday dröhnend lachte. In vierzig Jahren würde er vermutlich einen erstklassigen Weihnachtsmann abgeben. Er kam zu mir herüber und nahm meine Hand. „Gestatten, ich bin der Vizepräsident der Marketingabteilung, Darling. Warum sollte ich lügen?"

Ich verdrehte die Augen. Ging es beim Marketing nicht genau darum, die Realität hinter einer glänzenden Verpackung und hysterischen Werbebotschaften zu verbergen? Ich befreite mich von seinem Griff. „Okay, dann dusche ich ganz schnell und ..."

„Nicht nötig." Er winkte ab. „Sie können an unserem Zielort duschen."

Misstrauisch betrachtete ich ihn. „Also, das klingt reichlich merkwürdig. Wohin zum Teufel wollen Sie mich denn bringen?" Ich kniff die Augen zusammen und hob das Kinn. „Vielleicht zeigen Sie mir besser einen Ausweis, bevor ich mit Ihnen überhaupt irgendwohin gehe."

„Na, das kommt aber jetzt ein bisschen spät, oder?", erwiderte er lachend.

„Ich finde das wirklich nicht komisch", entgegnete ich und streckte die Hand aus. „Beweisen Sie, dass Sie von Diamond sind, ansonsten können Sie gleich gehen. Ohne mich."

Mit einer selbstbewussten und eleganten Bewegung, die ihn noch maskuliner wirken ließ, schob er eine Hand in die Hosentasche. Er trug nicht mal einen Anzug, so wie die anderen Mr. Tag-der-Woche. Sicher, es war Samstag, aber trotzdem. Positiv gedacht bedeutete das, ich musste mich auch nicht herausputzen.

Er holte einen gefalteten Briefumschlag hervor und reichte ihn mir. „Das sollte alles erklären."

Ich starrte auf den zerknitterten Umschlag. „Tatsächlich. Das hoffe ich zumindest."

Damit öffnete ich das Kuvert und zog einen ebenso zerknitterten Briefbogen sowie eine Visitenkarte von Mr. King heraus. Auf dem Briefbogen prangte dasselbe Emblem wie auf dem, den ich am Donnerstag erhalten hatte. In derselben schnörkeligen Handschrift las ich dort:

Tess,
ich bin sehr erfreut, dass Sie es bis zum sechsten Test geschafft haben. Genießen Sie den Brunch auf Diamonds Einladung, bevor Mr. Saturday Sie zu Ihrem nächsten Test begleitet.
Viel Glück!

„Hm." Ich sah ihn an. „Das beweist gar nichts. Der Brief ist ganz zerknittert. Den könnten Sie dem richtigen Mr. Saturday ja auch aus der Hand gerissen haben."

„Das meinen Sie hoffentlich nicht ernst." Er legte den Kopf schief und betrachtete mich nachdenklich. „Sie sind wirklich eine interessante Lady."

Ich zuckte die Schultern. „Ich bin, wer ich bin. Das wird sich niemals ändern."

„Nun, Tess, die Paranoide, manchmal ändern sich die Dinge, ohne dass man es merkt." Nach dieser kryptischen Aussage schaute er auf die Uhr und klatschte in die Hände. „Wir müssen uns in Bewegung setzen. Die Reservierung für unseren Brunch beginnt in fünfzehn Minuten. Sie können danach am verabredeten Ort duschen."

„Was soll ich denn mitbringen?"

„Nichts. Ihre Tasche vielleicht, wenn Sie möchten."

Ich warf ihm einen Blick von der Seite zu. „Meine Mutter hat immer gesagt, ich soll sicherheitshalber stets etwas Geld dabeihaben. Wenn man zum Beispiel übereilt aufbrechen muss, ist es wichtig, nicht völlig mittellos dazustehen."

„Jetzt weiß ich, woher Sie Ihr Misstrauen haben." Er wedelte mit dem Zeigefinger. „Ich denke, Sie sollten sich nun umziehen. Sie sehen zwar erstaunlich sexy in Ihrem Pyjama aus, aber das wäre dort, wo wir hingehen, eventuell nicht so ganz angebracht."

Verdammt. Ich hatte ja geahnt, dass ich mich anpassen musste, wenn ich diese Tests machte, aber mittlerweile hatte ich es satt, ständig irgendwelche Anweisungen von diesen Männern zu befolgen, ohne weitere Informationen zu erhalten. „Gibt es dort, wo wir hingehen, womöglich irgendeinen Dresscode?", erkundigte ich mich süßlich.

Er ignorierte meinen Sarkasmus. „Es ist Play Day, also ziehen Sie einfach Ihre schickste bequeme Kleidung an. Nun los, machen Sie. Oder ich lege selbst Hand an."

Ich schnaubte verächtlich und sah ihn streng an. „Das werde ich zu verhindern wissen. Sie sind eine echte Plage." Damit drehte ich mich um, verschwand mit erhobenem Haupt in meinem Schlafzimmer und knallte die Tür hinter mir zu.

Sein Lachen dröhnte durch die Wand. Schnell legte ich meine Schlafsachen ab, zog Unterwäsche an, warf mir Shorts und ein T-Shirt über, schlüpfte in flache Sandalen und fuhr mir durchs Haar. Dann schwang ich mir den Riemen meiner Umhängetasche über die Schulter und verließ das Schlafzimmer.

„Okay. Ich nehme an, ich soll Ihnen nun folgen."

Grinsend schaute er von seinem Handy auf und nickte anerkennend. „Na, wie heiß sieht das denn aus? Selbst so underdressed können Sie einem Mann den Atem nehmen und ihn auf komische Gedanken bringen."

Ich verdrehte die Augen. „Keine Anzüglichkeiten."

Mr. Saturday verbeugte sich auf übertriebene Art, bevor er meinen Arm ergriff und mich aus der Wohnung geleitete. „Kommen Sie, Mylady, wir haben eine Verabredung."

Nach dieser Woche hatte ich wirklich eine Einladung verdient. Mr. Saturday brachte uns zu einem vornehmen Anwesen in einer nicht weniger vornehmen Nachbarschaft. Er wendete und fuhr durch eine kleine, von Bäumen gesäumte Gasse neben dem Gebäude bis zu einem privaten Parkplatz, der offensichtlich zu dieser exklusiven Lokalität gehörte. Mir wurde klar, dass dies hier etwas Besonderes war.

„Wo sind wir?", wollte ich wissen und bewunderte die fantastische Architektur.

Nachdem er den Wagen geparkt hatte, stieg er aus, kam zu mir herum und öffnete meine Tür. „Hier findet unser Brunch statt. Ein netter, entspannender Start in den Tag."

Woher weiß er bloß, dass ich nur ein bisschen Entspannung will?

Ich ließ mir aus dem Auto helfen, und wir liefen einen Kopfsteinpflasterweg mit farbenprächtigen Beeten zu beiden Seiten entlang. An ruhigen, geschützten Plätzen standen verzierte schmiedeeiserne Bänke. Ein kleiner Wasserfall krönte das Ende des Pfades, kurz bevor eine Steintreppe zu eindrucksvollen Bleiglasdoppeltüren hochführte.

„Es ist wunderschön hier." Meine Stimmung verbesserte sich, und meine Gereiztheit schien wie von der Sommerbrise getragen davonzuschweben. Ich seufzte zufrieden.

„Ich kann mir kaum vorstellen, wie stressig es sein muss, diese ganzen Tests durchzumachen. Sie haben sich ein bisschen Ruhe und Erholung verdient."

Meine schlechte Meinung über Mr. Saturday schwand ebenfalls dahin. Er legte die Hand auf meinen Rücken, als wir das Haus betraten. Dieses Lokal war in jeder Hinsicht ein Fünfsternerestaurant. Es duftete köstlich, alles war blitzsauber. Bisher hatte ich es mir nie leisten können, einen so noblen Ort zu besuchen. Das war eine völlig neue Erfahrung für mich. Eine, die ich bestimmt mit dem Gehalt als Geschäftsführerin öfter machen konnte. Diese vielen Möglichkeiten, die vor mir lagen, brachten mich vor Aufregung geradezu zum Schäumen.

„Zum Dinnersaal geht es hier entlang", begrüßte uns eine charmante Empfangsdame mit höflichem Lächeln und geleitete uns zu unserem Tisch.

Das Restaurant mit seinen champagnerfarbenen Wänden, dem vergoldeten Stuck, all den frischen Blumen und den glänzenden Kristallgläsern, dem blitzenden Silberbesteck und den teuren Damasttischdecken nahm mir fast den Atem. Die Tische waren so angeordnet, dass die Privatsphäre gewahrt war. Unsere Plätze befanden sich in einer runden Nische mit deckenhohen Fenstern, die zum Garten lagen. Alles war exquisit. Die Anspannung der vergangenen Woche löste sich. Mir wurde ganz schwummerig von all dem Luxus um mich herum. Eine friedliche Stimmung breitete sich in mir aus, als ich mich auf einen bequemen Stuhl an dem uns zugewiesenen Tisch setzte. So konnte also meine Zukunft aussehen. Keine Pfennigfuchserei mehr, keine engen Budgets, kein Bangen und Beten, dass irgendwelche unvorhergesehenen Rechnungen hereinflatterten. Wenn ich den CEO-Job bekam, wäre ich finanziell abgesichert, und niemand könnte mir das nehmen. Ein Kellner erkundigte sich, was wir trinken wollten, und kehrte so schnell mit unserem Tee zurück, als hätte er Flügel. Ich schüttelte verwundert den Kopf.

„Was ist?", wollte Mr. Saturday wissen, während er nach der Teekanne griff, um uns einzugießen. Es war ein merkwürdiger Anblick, diesen so maskulinen Mann dabei zu beobachten, wie er mit diesem zarten Porzellan hantierte.

„Wie bitte?" Ich goss etwas Milch in meinen Tee und rührte mit einem zierlichen Silberlöffel um.

„Warum haben Sie den Kopf geschüttelt?“ Er umfasste die zierliche Tasse mit seinen großen Händen, tat das aber so vorsichtig, dass es eher wie eine beschützende Geste als grob wirkte.

„Mir ging nur alles Mögliche durch den Kopf. Was ich durchmachen musste, um hier zu landen, wo ich jetzt bin.“ Ich nahm einen Schluck aus meiner Tasse. Es war zwar kein Kaffee aus Costa Rica, schmeckte jedoch ebenso gut wie der Tee, den ich mit meiner Mom bei meinem letzten Besuch in England getrunken hatte. Was schon eine Weile her war. Ich wünschte, ich hätte den Mut, öfter zu fliegen. Im Moment vermisste ich sie sehr.

Der Kellner kam an unseren Tisch und fragte höflich, ob wir bereit wären, unseren Brunch zu bestellen. Das taten wir, und es dauerte nur wenige Minuten, bis er mit einer kleinen Armee von tadellos gekleideten Hilfskellnern wieder auftauchte, um uns ein riesiges englisches Frühstück zu servieren.

Sofort stürzten wir uns auf unsere Teller. Mr. Saturday genoss sein Essen ohne falsche Zurückhaltung. Ich betrachtete ihn über den Rand meiner Tasse hinweg. Er war teuflisch sexy und sah ziemlich wild aus. Ein Draufgänger. Doch dabei umgab ihn eine gewisse Kultiviertheit, was mich bei seiner etwas rebellischen Erscheinung überraschte. Ich musste feststellen, dass ich mich in seiner Gegenwart sehr locker fühlte. Er war der Typ, der das Leben in vollen Zügen genoss. Der jemanden akzeptierte, wie er war, und nicht versuchte, die anderen zu ändern. Ich nahm an, dass er sich nicht gern unterordnete.

Gewöhnte ich mich womöglich zu sehr daran, mit heißen, sexy Männern zusammen zu sein? Ich führte den Toast zum Mund, den ich vorher in Eigelb getaucht hatte, als meine Gedanken zu Mr. Monday wanderten. Meine Hand erstarrte auf halber Höhe, und mir wurde flau im Magen. Wann würde ich ihn wiedersehen? Wusste er von meinem heutigen Test? Normalerweise hatte er mich begleitet, doch an diesem Samstag war nichts normal. Ich schaute zu Mr. Saturday, der jedoch mit seinem Essen beschäftigt war und mein Stutzen nicht bemerkt hatte. Wenn Mr. Monday keine Ahnung hatte, dass ich hier war, würde ich ihn heute nicht sehen.

Frustriert legte ich die Gabel beiseite. Ich hatte seine Telefonnummer nicht, konnte ihn nicht erreichen. Er würde mich finden müssen. Nach dem leidenschaftlichen Kuss gestern wünschte ich mir sehnlichst mehr, befand mich ständig in erregtem Zustand. Ich konnte mich zwar an Mr. Saturdays gutem Aussehen erfreuen, aber das war, wie das handwerkliche Können eines Künstlers zu genießen, ohne das Gemälde besitzen zu wollen.

Mir war der Appetit vergangen. Ich nippte an meinem Tee, während in meinem Kopf Chaos herrschte und Mr. Saturday mit großem Appetit den Teller leerte. Ich stellte die Tasse mit zittrigen Fingern ab. Das zarte Porzellan klirrte leise auf dem Untersetzer, und der Löffel rutschte ab und landete auf der Tischdecke.

„Immer die Ruhe bewahren“, sagte Mr. Saturday mit hochgezogenen Brauen. „Kein Grund, die Bude auseinanderzunehmen.“

Ich seufzte. Von mir aus konnten wir den Brunch beenden und mit der Prüfung beginnen. Er musste wohl meine Gedanken erraten haben, denn auf ein kleines Winken von ihm erschien der Kellner mit der Rechnung. Mr. Saturday reichte ihm eine schwarze Kreditkarte. Ich konnte seinen Namen darauf nicht entziffern, erkannte aber, dass *Diamond Enterprises* aufgedruckt war.

Nach dem Begleichen der Rechnung verkündete er: „Zeit für den ersten Termin.“

Er stand auf und zog meinen Stuhl zurück. Dabei berührten seine Finger kurz meine Schulter, und ich erschauerte.

„Kühl?“, erkundigte er sich. Seine Stimme war leise und hatte einen sexy Unterton.

Mir war nicht kalt, es war vielmehr seine Berührung, die bei mir diese Reaktion hervorgerufen hatte. Das würde ich ihm gegenüber jedoch nie zugeben. Ich schaute ihn an und lächelte, während ich mir die Tasche über die Schulter hängte. „Wohin geht es?“

Er grinste triumphierend. „Nirgendwohin! In diesem Gebäude befindet sich ein Wellnesscenter der Extraklasse. Ich hatte Ihnen ja eine Dusche versprochen.“

Ich umklammerte den Lederriemen meiner Umhängetasche. Möglicherweise hatte ich von zukünftigem Wohlstand geträumt, doch da war ich längst nicht angekommen. „Ich kann mir den Service in so einem Haus nicht leisten.“

Mr. Saturday winkte ab. „Nein, nein, das ist eine Einladung. Sie konzentrieren sich bloß darauf, sich zu entspannen.“

Als ich mich vom Tisch abwandte, fiel mein Blick auf die Rechnung, die er eben unterschrieben hatte. Für unser Frühstück hatten sie mehr als hundert Dollar berechnet. Ich war schockiert. Wenn das ein Anhaltspunkt war, musste der Besuch im Wellnesscenter ein Vermögen kosten. Das verursachte mir ein unangenehmes Gefühl im Magen.

„Benutzen Sie das Spa auch?“, fragte ich, um mich abzulenken.

Er lachte laut. „Um Himmels willen, nein! Ich hatte über die Jahre mal hin und wieder eine Pediküre oder Maniküre, aber das steht nicht unbedingt auf meiner Prioritätenliste. Das Center hat auch Squashplätze, und ich werde meinen Frust ein bisschen abarbeiten, während Sie sich verwöhnen lassen.“

Ich hob die Brauen. „Wirklich? Squash? Und was dann?“

Er zuckte die Schultern. „Wer weiß? Vielleicht gehe ich danach schwimmen oder in die Sauna. Oder ich könnte mich massieren lassen." Er zwinkerte mir zu. „Hier gibt's auch eine Paarmassage."

Sein Vorschlag schockierte mich. Da ich nicht wusste, was ich darauf erwidern sollte, ignorierte ich die Bemerkung einfach. Unwillkürlich entstand vor meinem Auge das Bild von uns beiden nebeneinander nackt auf dem Massagetisch liegend, nur mit dünnen Laken bedeckt. Ich stellte mir die gedämpfte Beleuchtung vor und glaubte fast zu spüren, wie die Masseurin meine Muskeln bearbeitete, hörte die leise Musik und roch die beruhigenden Düfte, die uns umgaben. Und obwohl das wundervoll klang, war es absolut unangemessen. Jedenfalls für Mr. Saturday und mich. Was Mr. Monday dagegen betraf ...

Ich folgte Mr. Saturday durch die eindrucksvollen Räumlichkeiten. Dies musste irgendwann ein Wohnhaus gewesen sein, das saniert und umgewandelt worden war. Die Empfangshalle des Wellnesscenters war sehr geschmackvoll eingerichtet. Eine wunderschöne junge Frau begrüßte uns. In dieser Woche schien ich es ausschließlich mit den attraktivsten Leuten zu tun zu haben.

„Ms. Canyon, Ihre Kosmetikerin erwartet Sie."

„Und was wird gemacht?"

„Eine Gesichtsbehandlung", erwiderte die Rezeptionistin lächelnd.

Ich wandte mich zu Mr. Saturday um. Er stand so dicht bei mir, dass ich seine Körperwärme spürte. Seit einer Woche umgaben mich diese unglaublich heißen Männer, die mich vollkommen durcheinanderbrachten, mich aus der Bahn warfen und mir ständig das Gefühl vermittelten, wie nie zuvor unter Strom zu stehen. Ich reagierte auf jede Nuance, auf jede Besonderheit dieser so unterschiedlichen Typen Mann. Mit Mr. Saturday war es nicht anders. Doch egal, wie sexy er auch war: Er war nicht Mr. Monday.

Betont locker lächelte ich ihn an und wich einen Schritt zurück. „Eine Gesichtsbehandlung – das hatte ich schon lange nicht mehr." Ich berührte meine Wange. „Meine arme müde Haut wird sich darauf freuen, verwöhnt zu werden", fügte ich hinzu und schenkte auch der jungen Frau ein Lächeln.

„Kommen Sie bitte hier entlang. Ich zeige Ihnen Ihre Kabine, damit Sie es sich bequem machen können."

Ich wandte mich zu Mr. Saturday um. „Danke", sagte ich.

Mr. Saturday beugte sich zu mir vor und flüsterte mir mit verführerischer Stimme ins Ohr: „Nichts zu danken." Ich spürte, wie sein Atem mein Haar streifte.

Dann drückte er seine Lippen auf meine Wange. Ich erschrak bei diesem Kuss und klammerte mich Halt suchend an den Empfangstresen. Als ich Mr. Saturday in die Augen sah, war ich irritiert. In seinem Blick war keine warme Gefühlsregung zu erkennen. Er wirkte fast berechnend, als hätte er alles, was passierte, sorgfältig geplant. Sein fröhliches Lachen und die Scherze hatten mich beruhigt, doch plötzlich hatte ich den Eindruck, manipuliert zu werden. Dieser Gedanke ernüchterte mich und ließ meine Erregung schwinden, die er in einem schwachen Moment in mir hervorgerufen hatte. Ich folgte der Rezeptionistin in den Behandlungsbereich. Auf dem Weg geriet ich nicht einmal in Versuchung, mich über die Schulter umzudrehen und nachzuschauen, ob er noch dort stand. Es wäre mir egal gewesen, wenn er sich aus dem Staub gemacht hätte.

Nachdem ich meine Sachen in einem Schließfach verstaut hatte, wurde ich in einen anderen Raum und zu einem Sessel geführt. Mich so verwöhnen zu lassen hatte ich mir nie leisten können – entweder war keine Zeit gewesen, oder ich hatte das Geld nicht gehabt. Als die Kosmetikerin mein Gesicht, den Hals und die Schultern massierte, entspannte ich mich. Es war, als würde ich mit dem Sessel verschmelzen. So wohl und eins mit mir hatte ich mich schon lange nicht mehr gefühlt. Die junge Frau machte ihren Job sehr gut, und sie schwieg, so als spürte sie, dass mir wirklich nicht nach reden war. Ich genoss dieses Schweigen. Das erlaubte mir, meinen Kopf frei zu bekommen und über nichts Besonderes nachzugrübeln. Überrascht stellte ich fest, dass ich eingenickt sein musste, als sie mich mit einer leichten Berührung an der Schulter weckte.

„Wir sind fertig. Lassen Sie sich Zeit, es besteht keine Eile", sagte sie leise und freundlich. Dann verließ sie den Raum, und ich blieb im Sessel sitzen und genoss das Alleinsein. Wenige Minuten später verließ ich den Behandlungsraum und wurde sofort von einer anderen jungen Frau begrüßt. Sie brachte mich in einen luxuriösen Aufenthaltsraum mit einem wunderbaren Ausblick auf den Garten. Ich zog den flauschigen weißen Bademantel enger um mich und den Kragen bis zu meinem Kinn hoch. Die Frau zeigte auf eine Anrichte, die mit Früchten und Glaskaraffen, gefüllt mit den unterschiedlichsten Getränken, beladen war.

„Bitte bedienen Sie sich. Wir haben auch verschiedene Mineralwässer." Sie nahm einen glänzenden Becher und reichte ihn mir. „Trinken Sie etwas. Sie brauchen nach der Behandlung etwas Flüssigkeit."

„Vielen Dank." Mit dem Glas ging ich zur Anrichte hinüber und entschied mich für eine Karaffe mit Zitronenwasser. Ich betätigte den silbernen Hebel, um den Ausgießer zu öffnen, und füllte meinen Becher.

Die junge Frau ging, und ich war wieder allein. Wenige Minuten später betrat ein Paar in den gleichen Bademänteln den Raum. Die beiden wirkten sehr vertraut miteinander, flüsterten und berührten sich ständig. Sie suchten sich einen Platz so weit wie möglich von mir entfernt und kuschelten sich zusammen. Sie schmiegte den Kopf an seine Schulter, und er legte den Arm um sie. Es sah sehr romantisch aus, und ich war überrascht, dass ich beim Anblick ihrer Zärtlichkeiten einen Stich von Neid spürte. Sie machten wahrscheinlich eine Pause zwischen zwei verschiedenen Behandlungen, vermutete ich.

Ich fragte mich, was Mr. Monday wohl im Moment tat. Es wäre schön gewesen, den Tag mit ihm zu verbringen, nicht mit Mr. Saturday. Wir hatten an dem einen Abend etwas begonnen, das wir nicht zu Ende geführt hatten. Ich sehnte mich danach, so oder so zu einem Ergebnis zu kommen. Sonst würde ich ständig an ihn denken und überlegen, was mit uns hätte sein können. Das Gefühl der Einsamkeit, das mich mit einem Mal überkam, gefiel mir gar nicht.

Ich stellte mein Glas auf dem Tischchen neben mir ab und lehnte den Kopf nach hinten. Die Aussicht auf den hübschen Garten hinter der Glasscheibe erfreute mich. Es war angenehm, diese Pause von den Strapazen des realen Lebens zu haben. Aber mir ging durch den Kopf, dass die Sache zwischen Mr. Monday und mir erst vollkommen geklärt werden konnte, wenn diese Prüfungen vorbei waren. Nach dem heutigen Tag wäre nur noch ein Test zu bestehen, und mein Schicksal wäre entschieden. Die Ruhe, die ich bis eben empfunden hatte, wich nun wieder der wachsenden Nervosität wegen des heutigen Tests.

„Da sind Sie ja!“ Mr. Saturdays Stimme riss mich aus meinen Grübeleien, und ich nahm ihm diese Störung fast übel.

„Da bin ich“, entgegnete ich. Er sollte wieder gehen, doch andererseits wollte ich auch die heutige Prüfung hinter mich bringen.

„Das ist alles?“, sagte er amüsiert. „Einfach nur: ‚Da bin ich‘?“

„Tut mir leid, mehr fällt mir nicht ein. Immerhin haben Sie mich heute früh aus dem Bett geworfen. Und ich hatte eine anstrengende Woche.“ Ich gähnte nachdrücklich, um das zu unterstreichen.

„Ja, ich habe Sie geweckt. Damit Sie sich verwöhnen lassen können." Er wirkte irgendwie zufrieden, als hätte er gerade einen Schlagabtausch gewonnen.

Als ich aufstand, rutschte mir der Bademantel über die Schenkel. Er verfolgte meine Bewegungen aufmerksam, wobei mir plötzlich bewusst wurde, dass ich sonst nur Unterwäsche trug. „Nun, das war eine nette Einladung heute Morgen, ein großartiger ‚Play Day'", meinte ich, während ich den Bademantel enger um mich zog. „Aber jetzt bin ich bereit, mit der Arbeit anzufangen."

Mr. Saturday straffte die Schultern und verschränkte grinsend die Arme vor der Brust. „Der Play Day ist noch nicht zu Ende! Sie sind als Nächstes zur Pediküre angemeldet."

Oh, das klang auch sehr gut. Normalerweise pflegte ich meine Nägel selbst, um Geld zu sparen. Ich wechselte gern ständig die Farben meines Nagellacks und konnte mir eine Pediküre nicht so oft leisten. Es war wirklich verführerisch. „Nein, nein, das kann ich nicht annehmen. Die Gesichtsbehandlung war schon großzügig. Ich kann nicht zulassen, dass Sie für die Pediküre bezahlen."

Er hob erstaunt die Brauen. „Ach, machen Sie sich keine Sorgen. Die Rechnung für alles übernimmt Diamond."

Unwillkürlich trat ich einen Schritt zurück, sodass meine Flip-Flops auf dem Boden quietschten. „Warum sollte Diamond für meinen Besuch im Wellnesscenter bezahlen?"

„Ein CEO muss sich doch entspannen können, oder nicht? Es ist nicht gut für die Firma, wenn die Führungskräfte unter Burn-out leiden. Außerdem komme ich häufig mit Kunden hierher und rechne das als Betriebskosten ab."

„Ich bin aber keine Kundin." Mr. Saturday führte die Besuche im Wellnesscenter als geschäftliche Ausgaben auf? Ein unangenehmes Gefühl breitete sich in meiner Magengrube aus.

Er hob die Hand und wiegelte ab. „Kleinkram, Peanuts. Und Sie haben ja den Brief von Mr. King, oder? Er weiß also wegen heute Bescheid."

„Das stimmt. Trotzdem ergibt das für mich keinen Sinn. Warum habe ich es verdient, heute verwöhnt zu werden? Zwischen mir und jeder Angestellten des Betriebs gibt es keinen Unterschied." Dennoch musste ich zugeben, dass der Brief von Mr. King schon beruhigend war.

Mr. Saturday zuckte die Schultern, bevor er zur Anrichte ging und sich etwas von dem teuren Mineralwasser eingoss. „Sie stellen Ihr Licht unter den Scheffel. Bedenken Sie bloß, was Sie in der vergangenen Woche geleistet haben! Da verdienen Sie ganz offensichtlich eine Erholungskur, und natürlich bezahlt Diamond dafür, da die Firma ja auch dafür verantwortlich ist, dass Sie so gestresst sind. Heute ist Ihr Tag."

„Wenn Sie das so ausdrücken." Seine Argumentation leuchtete mir ein, und die Freude über eine Pediküre kehrte zurück. Allerdings meldete sich zugleich eine vage Ahnung, dass irgendetwas nicht stimmte.

Ich beobachtete, wie er den Kopf hob und das Glas zum Mund führte. Wie sich seine Halsmuskeln anspannten, während er das Wasser in wenigen großen Schlucken trank. Es war nicht abzustreiten, dass er sehr attraktiv war. Zudem vermittelte er den Eindruck, als wäre er jederzeit bereit, sich zu amüsieren. Das gefiel mir an ihm. Es war angenehm erfrischend nach den anderen Männern, die ich in dieser Woche getroffen hatte. Sie waren alle sehr intensiv und ernst gewesen.

„Fangen wir denn nach meiner Pediküre mit der Prüfung an?" Ich wollte zwar die Gelegenheit zu etwas mehr Entspannung ergreifen, dabei aber nicht das eigentlich Wichtige aus den Augen verlieren.

Er nahm sich einen Apfel aus dem Angebot von Früchten und biss mit einem hörbaren Krachen davon ab. Das Paar am anderen Ende des Raums schien sichtbar genervt über die Störung, die wir verursachten. Nachdem Mr. Saturday den Apfel gegessen hatte, sagte er: „Oh, ja, natürlich. Keine Sorge. Ich werde dafür sorgen, dass Sie das machen, was gemacht werden muss."

„Und Sie sind sicher, es geht in Ordnung, dass Diamond für das hier die Kosten übernimmt?"

Er ergriff meinen Ellbogen und dirigierte mich zur Tür nach draußen. Dann sah er mich an. „Es gibt keinen Grund, wegen der Zeit hier beunruhigt zu sein. Sehen Sie es als eine Vergünstigung fürs Führungspersonal an."

Verärgert schüttelte ich den Kopf. „Ich habe nie verstanden, warum das Gehalt von einigen Leuten so viel höher ist als das von anderen. Womit ist das gerechtfertigt?" Als er schwieg, fügte ich hinzu: „Warum bekommen Sportler Millionen von Dollar, während Notfallhelfer nur einen winzigen Bruchteil davon erhalten? Ich kann das einfach nicht begreifen. Hart arbeitende Leute werden überall entlassen, während die Führungskräfte ihre hohen Gehälter und Vergütungen behalten – all das zulasten des Unternehmens. Das finde ich ungerecht."

Er ließ mich los und hob ergeben die Hände. „Wow. Töten Sie nicht den Überbringer der Nachricht. Mir war nicht klar, Tess, die Naive, dass Ihnen die Message entgangen ist, aber es geht in der Welt nicht gerecht zu. Es gibt Menschen in der Dritten Welt, die keinen Zugang zu sauberem Wasser haben, und in Long Island gibt es in jedem Garten einen Swimmingpool. Sportler würden keine Millionen bekommen, wenn niemand bereit wäre, Hunderte von Dollar für ein Stadion-Ticket auszugeben. Es wird immer Leute geben, die mehr haben als die anderen. Also möchten Sie nicht lieber zu den Reichen gehören als zu den Armen?"

Ja. Ich war dank Diamond, die meinen Vater entlassen hatten, lange arm gewesen, und dahin wollte ich nicht zurück. Ich hatte mir den Arsch aufgerissen, um zuerst mal meinen Master in Bibliothekswissenschaften zu absolvieren und mich dann auf diesen verrückten Prüfungsmarathon vorzubereiten. Stand es mir nicht zu, zur Abwechslung mal zu den Wohlhabenden zu gehören? Ja. Aber hatte nicht jeder das Recht auf sauberes Wasser?

Ich schwieg, während ich meinen inneren Konflikt – fair gegen unfair – austrug. Als Mr. Saturday merkte, dass ich nichts darauf erwidern würde, blickte er mich nachdenklich an, bevor er mir wieder ein strahlendes Lächeln schenkte.

„Okay", sagte er. „Keine ernsten Gespräche mehr. Wir sind hier, um alles Negative abzustreifen und uns zu regenerieren. Zeit für Sie, Ihre Pediküre in Angriff zu nehmen."

Im Empfangsbereich wurden wir von einer weiteren umwerfend aussehenden Angestellten begrüßt. Sie kam zu uns herüber und legte die Hand auf meine Schulter, rieb leicht darüber und massierte mir den Nacken. Es war wunderbar. Wenn das einen Einblick in die Qualität der Massagen in diesem Haus darstellte, dann war ich durchaus geneigt, mir selbst mal eine zu spendieren.

„Kommen Sie mit, Ms. Canyon, es ist alles für Sie vorbereitet."

Ich nickte Mr. Saturday zu. „Ich denke, wir sehen uns dann später."

„Ja, das werden wir. Viel Spaß." Er lächelte immer noch, obwohl er gedankenverloren wirkte. Dieser Mann musste wohl irgendeine Art von Glückspille geschluckt haben, um so unerschütterlich optimistisch zu sein. In dem Moment fiel mir ein, was mein Vater mir vor langer Zeit einmal gesagt hatte: „Traue niemandem, der die ganze Zeit nur lächelt." Nun betrachtete ich Mr. Saturday aus einer anderen Perspektive und war unsicher, was ich von ihm halten sollte.

Ich folgte der jungen Frau den breiten Flur entlang in einen Raum mit einer Reihe von Sesseln. Die Ausstattung hier war sorgfältig durchdacht. Sogar die Aussicht von den Behandlungsstühlen aus war atemberaubend. Es würde mir nicht schwerfallen, hier zu sitzen und mich verwöhnen zu lassen. Pediküre. Maniküre. Gesichtsbehandlung. Massage. Dampfbäder und Regenwaldduschen. Die Liste der Möglichkeiten, wie man hier einen wunderbaren Tag verbringen konnte, war endlos. Ich kletterte auf den Stuhl, doch so bequem er auch war, ich konnte mich nicht richtig entspannen.

„Soll ich die Massagefunktion einschalten?"

„Oh, ja, bitte." Die Vibrationen unter dem weichen Lederpolster fühlten sich himmlisch an. Vielleicht taten sie ja ihre Wirkung. Den schönen Ausblick durch die Fenster, die weichen Kissen in meinem Rücken und die sanfte Musik im Hintergrund genießend, seufzte ich. Besser konnte man nicht verwöhnt werden. Die Kosmetikerin füllte das Fußbecken im Stuhl mit heißem Seifenwasser. Ein wundervoller Duft nach Salbei und Zitrone stieg aus dem Wasser auf. Sanft nahm sie meine Füße und hob sie in die Schüssel. Ich stöhnte entzückt auf.

„O mein Gott, das fühlt sich wunderbar an", sagte ich, während sie mir die Waden massierte.

„Ich weiß. Das ist einfach göttlich, oder?"

Ich nickte nur, unfähig, einen weiteren Ton herauszubringen.

„Kann ich Ihnen vielleicht ein Glas Wein anbieten? Oder etwas anderes?"

Die Hostess war neben mir aufgetaucht, ein kleines silbernes Tablett in den Händen. Sie nahm einen Teller mit verschiedenen Nüssen und Trockenfrüchten vom Tablett und stellte ihn auf den Tisch neben dem Sessel.

„Vielen Dank." Sie reichte mir eine sehr geschmackvoll gestaltete Karte. Überrascht stellte ich fest, dass es sich um die Weinkarte handelte. Wow, konnte man das noch toppen? Eine

Pediküre zu bekommen und dabei Wein und köstliche Snacks zu genießen war fast zu schön, um wahr zu sein, auch wenn mir das alles etwas übertrieben erschien. Ich überflog die Liste und suchte nach einer Sorte, die innerhalb meines finanziellen Rahmens lag. Ein bisschen kannte ich mich mit Wein aus, einige der Namen waren mir ein Begriff. Als ich einen Sequoia Grove entdeckte, lief mir beinahe das Wasser im Mund zusammen. Das war einer der leckersten Weine, die ich je getrunken hatte. Ich kämpfte mit mir. Die Preise standen nicht daneben, und ich wollte nicht geizig wirken, indem ich danach fragte. *Ach, zum Teufel.* Ein Glas konnte nicht mehr als zwanzig Dollar kosten, also bestellte ich.

Anerkennend lächelte sie mich an. „Eine sehr gute Wahl."

Ich war nicht hungrig, hatte aber Appetit auf die kleinen Naschereien in der Schale, die neben mir stand. Die Nüsse waren geröstet und sehr dezent gebuttert. Meine Fußpflegerin saß auf einem Stuhl vor mir. Der sah sehr viel bequemer aus als die anderen Hocker, die ich bisher in Schönheitssalons und Spas gesehen hatte. Das sagte etwas darüber aus, wie sich das Unternehmen um seinen Mitarbeiterstab kümmerte, und es gefiel mir. Nach meinen Erfahrungen mit Diamond hatte ich es besonders zu schätzen gelernt, wenn Firmen um das Wohlbefinden ihrer Angestellten besorgt waren.

„Ich heiße Tiffany", sagte die junge Frau zu mir. „Wenn Sie irgendetwas benötigen, zögern Sie nicht, mich darum zu bitten."

„Vielen Dank, Tiffany."

Sie breitete ein Handtuch aus und hob einen meiner Füße an. Ihre Handgriffe waren sowohl sanft wie auch bestimmt, als sie mit ihrer Behandlung anfing. Ich hatte es schon immer gemocht, wenn mir jemand die Füße massierte, und diese Frau hatte magische Hände.

„Haben Sie sich schon für einen Nagellack entschieden? French Style oder farbig?" Ich nahm die Karte, die sie mir hinhielt und die seitenweise Farbproben zeigte. Es war wie im Himmel. Da gab es kupferfarbenen Lack, Glitzer, Holografien, glänzend und mit Glitzersteinchen. Ich war über diese zahlreichen Möglichkeiten, die hier angeboten wurden, erstaunt, und ich hätte gern alle gehabt! Warum hatte ich das nicht schon vorher kennengelernt? Ich war verrückt nach Nagellack, und hier schien mein Traum wahr zu werden.

„Oje, wie soll ich denn da eine Wahl treffen?"

„Ich weiß", erwiderte sie. „Die Entscheidung fällt allen schwer."

Ich entschied mich für pinkfarbenen Lack, als die Hostess mit dem Wein zurückkam. Ich nahm einen Schluck und genoss den Geschmack, während Tiffany an meinen Füßen Wunder wirkte. Doch dieses quälende Gefühl wurde stärker, und ich dachte erneut über das vorliegende Problem nach. Was Mr. Saturday mit seinen Betriebsausgaben tat, unterschied sich nicht so sehr von dem, was meinem Vater vorgeworfen worden war. Ich fragte mich, wie sein richtiger Name wohl war und ob ich ihn auf der ausgedruckten Liste der Geschäftsausgaben wiederfinden würde.

Weiterhin an diesem Wellnesstag teilzunehmen fühlte sich fast so an, als würde ich das, was er tat, gutheißen. Aber wenn ich ging, würde ich riskieren, durch die Prüfung zu fallen, auch wenn ich nicht wusste, worum es sich dabei handelte. Zudem hatte ich mich immer noch nicht entschieden, was ich mit dem Beweismaterial anfangen wollte, das ich gefunden hatte. Ich könnte es den Medien zuspielen, natürlich anonym. Die Geschäftsunterlagen wären ein gefundenes Fressen und ein eindeutiger Beweis von Fehlverhalten in der Führungsetage und Missbrauch von Unternehmensgeldern. Wenn ich diese Informationen veröffentlichte, würde ich jedoch die Existenz der Mitarbeiter und ihrer Familien gefährden. Wenn ich allerdings CEO wurde, könnte ich die Dinge von innen heraus in Ordnung bringen. Was bedeutete, ich musste die restlichen Prüfungen bestehen. Das hieß, hierzubleiben.

Zum ersten Mal überlegte ich, ob Mr. King von der Manipulation der Geschäftsausgaben wusste. In seinem Brief hatte er zwar den Brunch erwähnt, doch weder Gesichtsbehandlung noch Pediküre. Plötzlich musste ich an Jenny denken, die ich am Mittwoch kennengelernt hatte. Wenn nun das Geld, das Mr. Saturday heute ausgab, das Budget beeinflusste, mit dem eine Kindertagesstätte im Haus eingerichtet werden könnte? Ja, ich hatte hart gearbeitet, aber mussten meine „Vergünstigungen" auf Kosten der Einkommen anderer Leute gehen? Dann fällte ich auf der Stelle eine Entscheidung. Ich konnte einfach nicht guten Gewissens mit diesem Wellnessprogramm weitermachen. Als Tiffany meine Füße abgespült hatte, beugte ich mich vor.

„Tiffany. Mir ist gerade etwas eingefallen. Wir müssen das hier abbrechen."

„Stimmt etwas nicht?" Sie sah mich besorgt an.

Ich schüttelte den Kopf. Es lag mir fern, ihr das Gefühl zu vermitteln, dass sie etwas falsch gemacht hatte und ich verärgert war. „Nein, nein. Ich habe mich nur daran erinnert, dass ich dringend etwas erledigen muss, was ich vergessen hatte. Ich muss leider gehen."

Sie wirkte schockiert. „Aber wir sind noch nicht fertig."

„Ich weiß." Ich schaute auf meine Uhr, um noch überzeugender zu wirken. „Ich habe vollkommen die Zeit vergessen und muss jetzt los." Ich stand von dem Stuhl auf und schlüpfte in meine Flip-Flops.

„Sind Sie ganz sicher? Wollen Sie einen anderen Termin machen?"

„Geben Sie mir Ihre Karte, dann werde ich mich melden, wenn ich Zeit habe. Es tut mir wirklich leid, Ihnen Unannehmlichkeiten zu bereiten. Sie haben Wunder an meinen Füßen bewirkt, und nichts fällt mir schwerer, als das hier nicht bis zum Ende zu genießen.“ Ich machte mich auf den Weg zum Ausgang, wollte zum Schließfach und meine … Mit großem Entsetzen fiel mir ein, was ich tatsächlich vergessen hatte. Das Beweismaterial mit diesen gefälschten Betriebsausgaben lag noch immer bei Diamond, lediglich unter einer Schreibunterlage verborgen. Ich hatte mich gestern Abend damit beruhigt, dass der Umschlag dort übers Wochenende gut aufgehoben war. Aber wie Mr. Saturday mir klargemacht hatte, gab es für einige Mitarbeiter bei Diamond keine Wochenenden. Jetzt brauchte ich nichts mehr vorzutäuschen. Es gab tatsächlich einen dringenden Grund, sofort aufzubrechen.

Ich konnte nicht schnell genug hinauskommen. Der Drang, zu Diamond Enterprises zurückzurennen, nahm mir fast den Atem. Was, wenn irgendjemand den Umschlag entdeckt und geöffnet hatte? Ich wäre erledigt. Vollkommen und hundertprozentig erledigt. Alles wäre vorbei. Wieso war ich nur so dumm gewesen? Ich legte eine Zwanzigdollarnote auf den Tisch neben meinem Behandlungsstuhl und schoss aus dem Raum.

Als ich durch die Doppeltüren nach draußen rannte, war ich froh, dass vor dem Haus ein Taxi stand. Ich stieg ein und nannte die Adresse. „Bitte so schnell wie möglich.“

Ich durchsuchte meine Tasche, um sicherzugehen, dass ich die neueste Schlüsselkarte dabeihatte, und seufzte erleichtert. In meinem Eifer, das Wellnesscenter zu verlassen, hatte ich gar nicht mehr an Mr. Saturday gedacht. Ich atmete tief durch. Was würde er wohl denken? Ich hatte ihn einfach allein gelassen und mich womöglich von dem CEO-Job disqualifiziert, doch ich hätte es nicht mit meinem Gewissen vereinbaren können, dort zu bleiben. Ich beschloss, seinen richtigen Namen herauszufinden, seine Ausgaben zu überprüfen und zu checken, ob er die Berichte manipuliert hatte.

Die Fahrt schien eine Ewigkeit zu dauern, aber schließlich erreichten wir das Bürogebäude. Ich bat den Taxifahrer, auf mich zu warten. Dann bemühte ich mich, so normal wie möglich die Lobby zu betreten und nicht wie vom Teufel gejagt loszurennen und den Umschlag zu holen. Heute hatte ein anderer Wachmann Dienst, den ich noch nicht kannte. Ich hoffte, dass er mir keinen Ärger machen würde, wenn ich am Samstag ins Haus wollte. Deshalb war ich erstaunt, als er mich mit meinem Namen begrüßte.

„Hallo, Ms. Canyon, schön, Sie kennenzulernen."

„Ganz meinerseits. Ich muss nur mal kurz nach oben, um etwas zu holen, das ich gestern habe liegen lassen."

„Kein Problem. Wenn es Ihnen nichts ausmacht, sich einzutragen ..."

Das tat ich, danach lief ich zum Fahrstuhl. Beruhigt stellte ich fest, dass meine Schlüsselkarte noch funktionierte. Ich fuhr nach oben und stieg im dreiundzwanzigsten Stockwerk aus. Alles war still und ruhig. Niemand war zu sehen, und ich rannte zu dem Büro, das ich gestern benutzt hatte. Ich hätte fast vor Erleichterung geheult, als ich sah, dass der Umschlag immer noch unter der Schreibmatte lag. Ich zog ihn hervor und registrierte zufrieden, dass er noch zugeklebt war. Was bedeutete, dass niemand mein Beweismaterial für die gefälschten Ausgabenberichte gefunden hatte.

„Heilige Scheiße", flüsterte ich und ließ die Schultern entspannt sinken. „Was für eine Aufregung."

Nachdem ich die Papiere nun in meinen kleinen erhitzten Händen hielt, konnte ich es kaum erwarten, nach Hause zu fahren. Ich brauchte einen Drink. Kurz trauerte ich meinem nicht ausgetrunkenen Wein hinterher. Während ich mit dem Aufzug wieder hinunterfuhr, überlegte ich, ob Mr. Saturday wohl bemerkt hatte, dass ich verschollen war. Ich hatte keine Möglichkeit, ihn zu kontaktieren, und ich hatte nicht daran gedacht, ihm eine Nachricht zu hinterlegen. Tiffany würde ihm womöglich berichten, dass ich übereilt aufgebrochen war, und ich hoffte, dass er nicht erneut an meine Tür klopfte.

Da ich den Taxifahrer glücklicherweise gebeten hatte zu warten, konnte ich gleich wieder einsteigen. Ich ließ mich einen Häuserblock entfernt von meinem Haus absetzen, wo es ein paar Läden gab. Zuerst kaufte ich zwei gute Flaschen Wein. Hallo, Weinabend! Machte es mir was aus, allein zu trinken? Keinesfalls. Dann kehrte ich noch in den wunderbaren italienischen Lebensmittelladen ein, in dem ich ein Brot, etwas Käse und eine Schale mit Antipasti kaufte. Zu Hause würde ich mich zu meinem ganz persönlichen Wellnessabend einladen. Den ich ganz legitim bezahlt hatte.

Nie zuvor war ich so glücklich gewesen, in mein winziges Apartment zurückzukommen. Überrascht stellte ich fest, wie schnell die Zeit vergangen war. Es war bereits spät am Nachmittag. Ich zog die Jalousien herunter und zündete die Kerzen mit Salbei-, Rosmarin- und Zitronenduft an. Sie erinnerten mich an die Düfte im Wellnesscenter. Danach wählte ich Musik aus, die ebenfalls dazu passte.

Nachdem ich die Antipasti in den Kühlschrank gepackt und eine Flasche entkorkt hatte, damit der Wein atmen konnte, ging ich ins Bad und ließ heißes Wasser in die Wanne ein. Ich goss mein Lieblingsbadeöl hinein und streute etwas Badesalz dazu. Als die wunderbaren Düfte aus dem Dampf aufstiegen, atmete ich tief ein.

„So“, sagte ich zu mir selbst, lehnte mich zurück und betrachtete mein Werk.

In meinem Schlafzimmer herrschte nach dem übereilten Aufbruch heute Morgen Chaos, deshalb machte ich schnell das Bett, damit es einladender aussah. Nicht dass ich jemanden erwartete, aber ich mochte es gern so. Ich zog mich aus und warf die Klamotten, die ich heute getragen hatte, in den

Wäschekorb. Nackt trottete ich in die Küche und schenkte mir ein schönes Glas Wein ein. Dazu nahm ich mir ein paar Stücke von dem Käse im Kühlschrank und kehrte damit ins Badezimmer zurück.

Endlich konnte ich mich in meine extra tiefe Wanne legen. Ich lehnte mich genüsslich zurück und ließ den Stress mit dem heißen Dampf davonschweben. Nachdem ich ein langes Bad genossen hatte, trocknete ich mich ab, zog meinen roten Satinmorgenrock an und band den Stoffgürtel fest um die Taille. Ich liebte dieses sinnliche Gefühl, wenn der Stoff leise über meine Haut streifte. Sehr erotisch und sexy. Ich fühlte mich gut und hätte gern noch jemanden dabeigehabt.

Mr. Monday. Nicht zum ersten Mal bedauerte ich, dass ich ihn nicht erreichen konnte.

Bevor ich das Badezimmer verließ, öffnete ich eine Schublade. Meine Sammlung an Nagellacken leuchtete mir wie ein glitzernder Regenbogen entgegen. Ich begutachtete die verschiedenen Farben und überlegte, in welcher ich mir die Fußnägel lackieren sollte. Ah! Mir war nach Meerjungfrau-Feeling. Ich wählte ein schönes Türkis aus, ein dunkles Blau und griff dann nach meinem Gläschen mit Glitzersteinen. Ich hatte gern ein bisschen Flitter auf meinen Zehen. Das nahm ich alles mit ins Wohnzimmer und arrangierte die Fläschchen ordentlich auf dem Kaffeetisch, der eigentlich eine antike Waage war.

Nachdem ich alles perfekt vorbereitet hatte, setzte ich mich mit Vorfreude auf meinen privaten Wellnessabend auf die Couch, lehnte mich zurück und nahm das Weinglas in die Hand. Endlich konnte ich mich wirklich entspannen.

Ein Klopfen an der Tür ließ mich aufschrecken. Ich setzte mich aufrecht hin und hielt die Luft an. Vielleicht würde derjenige wieder gehen. Aber ich hatte kein Glück in der Hinsicht. Die Person vor meiner Tür klopfte erneut. Was zum Teufel …? Sofort fiel mir Mr. Saturday ein. Ich stand auf und überlegte, ob ich öffnen sollte oder nicht. Ich könnte mich totstellen und warten, bis er verschwand. Heute Morgen hatte er allerdings bewiesen, dass er keineswegs schnell aufgab. Oh, ich hoffte, dass er es nicht war. Ich schlich zur Tür und lugte durch den Spion.

O mein Gott. Mein Herz klopfte wie wild, und ich blickte mich um, froh, dass ich den Umschlag mit den Ausdrucken vorhin unter der Couch verstaut hatte. Meine Wohnung sah präsentabel aus, bis auf die Pediküre-Utensilien, die über den Tisch verteilt waren. Das Klopfen wurde lauter. Ich versuchte, meinen rasenden Puls zu beruhigen, und atmete tief durch.

Mr. Monday. Er war hier.

Ich machte die Tür auf, und wir standen uns gegenüber, sahen uns an. Er lächelte träge, und mein Herz hämmerte. Erst als er mich von oben bis unten betrachtete, wurde mir bewusst, dass ich nur meinen dünnen Morgenmantel trug. Der seidige Stoff fühlte sich auf meiner Haut plötzlich ganz anders an. Ich spürte, wie sich meine Brustspitzen aufstellten und sich dagegen pressten. Mir wurde heiß. Es reichte ein glühender Blick von diesem Mann, und schon stand ich in Flammen. Dass ich fast nackt vor ihm stand, verstärkte diese Erregung noch.

„Nun, sieh dich nur an." Er war so unglaublich sexy.

Ich nickte, weil ich keinen Ton herausbrachte und in diesem Moment einfach nur erstaunt war, überrascht und ziemlich nahe am Hirntod.

„Es war aber wirklich nicht nötig, dass du dich für mich extra schick machst." Seine tiefe Stimme voller erotischer Versprechen ging mir durch und durch.

Himmel noch mal, ich konnte kaum atmen.

Ich erwiderte sein Lächeln und trat einen Schritt zurück, in der Hoffnung, dass er dies als Einladung verstand und hereinkam, denn ich traute meiner Stimme immer noch nicht. Als er an mir vorbeilief, räusperte ich mich. „Du hast mich echt zur richtigen Zeit erwischt", sagte ich schließlich.

Er drehte sich zu mir um, und die Leidenschaft in seinen Augen hätte mich fast umgebracht. „Das denke ich auch. Gutes Timing ist alles. Und heute bin ich offensichtlich pünktlich zur Stelle."

Ich hielt mein Weinglas hoch. „Kann ich dir etwas anbieten?"

Ich schloss und verriegelte die Tür, bevor ich in die Küche ging, ohne auf seine Antwort zu warten. Da er jetzt hier war, würde ich ihn nicht so schnell gehen lassen. Er folgte mir und stellte sich hinter mich, als ich an den Tresen trat und nach einem zweiten Glas griff. Ich erstarrte, als ich von seiner Körperwärme umfangen wurde, während er von hinten um mich herum reichte, um eine Tüte auf der Arbeitsfläche abzustellen.

„Zwei Seelen, ein Gedanke. Wein."

Ich sah mich um und lächelte ihn an. Seine Präsenz schien plötzlich den gesamten Raum einzunehmen. Es knisterte förmlich zwischen uns. Ich füllte mein Glas auf und schenkte ihm ein, als er seine Hand auf meine Seite legte. Unwillkürlich reagierte ich auf seine Berührung, meine Knie wurden weich, und ich lehnte mich an ihn.

„Du riechst so gut." *Oh.* Seine tiefe Stimme so dicht an meinem Ohr ließ mich erschauern. Er ließ die Hand langsam über den seidigen Stoff nach vorn gleiten, bis sie auf meinem Bauch lag, und zog mich fest an sich. Ich blieb wie erstarrt stehen, wartete darauf, was er vorhatte. Doch er ließ seine Finger an der Stelle ruhen, was mich verrückt machte. Ich sehnte mich verzweifelt nach mehr. Sanft drückte er mich noch enger an sich.

„Hast du gerade gebadet?"

Ich nickte. „Ja, ich bin eben aus der Wanne gekommen." Ich klang vor Verlangen heiser und ich versuchte nicht, es zu verbergen.

„Das merke ich. Dein Haar ist noch ein bisschen feucht, und ich rieche deine Seife.“ Er fuhr mit den Lippen leicht über meinen Nacken. Ich ließ den Kopf zur Seite sinken, um ihm einen besseren Zugang zu bieten. „Ich freue mich, dass du für mich vorbereitet bist.“

„Ich auch“, stieß ich flüsternd hervor. Ohne die Umarmung zu unterbrechen, drehte ich mich zu ihm um. Ich musste ihn ansehen. Er ließ seine Hand wieder auf meinen Rücken wandern, tief genug, dass seine Finger fast auf meinem Po lagen. Er brauchte sie nur ein bisschen weiter nach unten zu schieben … Ich schlang die Arme um seinen Nacken und drückte mich an ihn. „Ich bin so froh, dass du hergekommen bist. Ich hatte dich nicht erwartet.“

„Na, dann würde ich gern sehen, wie es ist, *wenn* du mich erwartest“, erwiderte er in einem rauen Ton, der alles Mögliche mit mir anstellte. Hitze breitete sich zwischen meinen Schenkeln aus und erinnerte mich daran, dass ich keinen Slip trug. Ich war praktisch nackt, und er musste bloß die Hände unter meinen Morgenmantel schieben, um es selbst herauszufinden.

Falls er mich jetzt küsste – wem machte ich was vor? –, *wenn* er mich jetzt küsste, dann würde es um einiges heißer werden als gestern und am Tag davor, das war mir klar. Auf jeden Fall war eine dritte Runde notwendig, und wenn er nicht bald etwas unternahm, musste ich die Initiative ergreifen. Ich wusste, zu welcher Leidenschaft er fähig war und wie sehr er mich mitreißen konnte. Meine Sehnsucht nach ihm wurde unerträglich.

Die Atmosphäre heizte sich spürbar auf. Ich hätte schwören können, dass sich die Härchen auf meinen Armen aufstellten, so als würde gleich der Blitz einschlagen.

Und dann tat er das, wonach ich mich die ganze Zeit gesehnt hatte. Er sah mich mit einem unglaublich sinnlichen Blick an und fuhr sich mit den Fingern durchs Haar. Ein kleiner Seufzer entfuhr mir, als er mein Gesicht umfasste und den Kopf senkte, um mich zu küssen.

Es fühlte sich an, als wollte er mich mit ganzer Seele in sich aufnehmen. Ich war wie verzaubert. Doch er war mir immer noch nicht nahe genug. Ich presste mich so dicht an ihn, dass selbst die erhitzte Luft zwischen uns weichen musste. Er hatte viel zu viel an, ich wollte seine heiße Haut berühren. Überraschend löste er sich von mir und wich zurück. Ich stolperte leicht nach vorn. Schwer atmend hielt er weiterhin mein Gesicht umfasst. Wir waren miteinander verbunden, verschmolzen, und ich wollte den Kontakt nie mehr unterbrechen. Wir sahen uns an, eine merkwürdige Atmosphäre entstand in diesem Ausharren. Ich fühlte nur noch, liebte seine Berührung. Ihm schien es genauso zu gehen. Nach und nach begann sich unser Atem zu normalisieren. Für einen Moment schloss er die Lider, und ich betrachtete ihn. Als er die Augen wieder öffnete und mich ansah, fand ich so viel Zärtlichkeit in seinem Blick, die viel tiefer ging, als ich es jemals vermutet hätte.

Der Bann war gebrochen, als er in die Tasche griff und eine Schlüsselkarte herauszog. „Hier, die hast du verdient."

Ich nahm die Karte und schaute ihn fragend an. „Aber ich bin einfach aus dem Wellnesscenter abgehauen und habe keinen Test gemacht."

„Das Wellnesscenter war der Test. Eine Überprüfung deiner Moral." Er strich mir eine Haarsträhne hinter das Ohr und streichelte meine Wange. Aber ich war zu verärgert, um es genießen zu können. Bei all den Führungskräften, die ihre Firma betrogen, überprüften sie ausgerechnet *meine* Moral?

„Moral? Tatsächlich?", entgegnete ich trocken, verschränkte die Arme und tippte mit der Karte gegen meinen Ellbogen.

Er nickte. „Tatsächlich. Vor einigen Jahren hat Diamond Enterprises einen Moralkodex aufgestellt, der für alle Mitarbeiter gilt. Von der Geschäftsführung wird erwartet, mit gutem Beispiel voranzugehen. Diese Maßnahmen wurden ergriffen, nachdem im Unternehmen einige unsaubere Gepflogenheiten aufgedeckt wurden. Dagegen musste etwas getan werden."

„Also war das alles bloß eine Prüfung, als Mr. Saturday Firmengelder für das Wellnesscenter ausgegeben hat, davon erzählte, was Führungskräften zusteht, und meinte, dass ich so was verdient hätte?" In meinem emotionalen Zustand war ich überzeugt, dass ein firmeneigener Moralkodex zu wenig war und dass es etwas zu spät kam.

Mr. Monday lachte. „Ja, wir wollten nur sehen, ob du auf Glitzer und Glamour hereinfällst und die Vorteile ausnutzt, die dir dein möglicher Status im Unternehmen bieten könnte. Er ist wirklich der aufrechteste und ehrlichste Mann, den ich kenne."

Ich schüttelte den Kopf und wandte mich ab. Mir war klar, dass die Prüfungen manipulativ waren, doch die Heuchelei in diesem Fall ärgerte mich zutiefst. Ich ging zu meiner Tasche, verstaute die Schlüsselkarte und wartete, dass Mr. Monday sich entschuldigte und ging.

Stattdessen atmete er tief durch, stellte sich vor mich und legte die Hände auf meine Schultern. „Welche Pläne hast du für heute Abend?", fragte er, und ich musste kurz nachdenken. Ich hatte vollkommen vergessen, was ich heute Abend hatte machen wollen. Ihm so nahe zu sein und ihn durch diesen dünnen Stoff zu spüren, hatte mich ganz durcheinandergebracht. Ich war so abgelenkt, dass ich keinen klaren Gedanken fassen konnte.

Als ich ihn ansah, fiel es mir wieder ein. „Na ja, ich wollte zu Hause bleiben und meinen kleinen privaten Wellnessabend veranstalten."

Er schaute über die Schulter hinweg zu meinem Kaffeetisch. „Ah, verstehe." Plötzlich zog er mich so heftig an sich, dass ich unwillkürlich nach Luft rang. Ich wollte ihn, in jeder Hinsicht, und hob den Kopf, um ihm in die Augen zu sehen. Mit angehaltenem Atem wartete ich, was da nun kommen mochte. Doch anstatt mich zu küssen, flüsterte er mir ins Ohr: „Wie wäre es, wenn ich dir dabei helfe?"

Er wollte bleiben? Ich erschauerte, immer noch gefangen in seiner süßen, wilden Umarmung. Es machte mir nichts aus, dass ich von seinem festen Griff womöglich blaue Flecke behielt. Das bedeutete, dass er mich als zu ihm gehörig markieren wollte. Zumindest wollte ich das so sehen.

„O…kay", brachte ich nur heraus. Wir waren uns so nahe, und ich glaubte alles in seinen Augen lesen zu können, als wäre er ein offenes Buch für mich. An seinem Blick erkannte ich, dass es diesmal, zum ersten Mal, keine Schranken mehr geben würde, keine Zurückhaltung. Er hatte seine Maske abgelegt. Der Mann, der jetzt und hier vor mir stand, war der Mann, nach dem ich die ganze Woche über gesucht hatte. Etwas hatte ihn verändert. Es war aufregend, dass ich endlich mehr von ihm sehen konnte, von dem Mann, der mir unter die Haut gegangen war und sich in mein gebrochenes Herz geschlichen hatte. „Und wie genau?"

Er ließ mich los, strich über meine Arme. Dann nahm er meine Hand und zog mich ins Wohnzimmer. Mit einer Kopfbewegung deutete er zur Couch hinüber. „Setz dich hin und mach es dir bequem."

Das tat ich und erschauerte vor Verlangen. Ich zupfte am Gürtel meines Morgenmantels und dachte an meine Fantasien gestern bezüglich Mr. Fridays Krawatte. Vielleicht …?

Im Stehen reichte meine dünne Robe bis zu den Knien, doch als ich mich auf die Couch setzte, rutschte der Saum hoch und entblößte einen Teil meiner Schenkel. Ich beobachtete, wie er mich musterte. Er streckte die Finger aus und berührte mein Bein. Ich ließ den Kopf nach hinten sinken, und ein leises

Seufzen entschlüpfte meinen leicht geöffneten Lippen. Etwas Wundervolles geschah hier, und ich war voller Erwartung und Hoffnung.

Er setzte sich auf die andere Seite des Sofas und wandte sich den Nagellackfläschchen zu. „Welches ist deine Lieblingsfarbe?“, fragte er, während er alle inspizierte.

Ich schaute zu, wie er eins nach dem anderen in die Hand nahm, schüttelte und wieder auf den Tisch stellte.

„Ist mir egal. Ich mag sie alle. Aber heute Abend war mir so nach Meeresstimmung.“

Er griff nach dem kleinen Behälter, der über mehrere kleine Fächer verfügte. „Was ist das hier?“ Durch den transparenten Kunststoff begutachtete er den Inhalt.

„Glitzersteinchen“, antwortete ich.

„Glitzersteinchen? Und wofür benutzt du die?“

„Ich klebe sie auf meine Nägel. Mir gefällt es, wenn sie funkeln. Ich liebe alles, was glitzert“, sagte ich lächelnd, mir wurde ganz warm unter seinem Blick.

„Das muss ich mir merken.“ Er zwinkerte mir zu und stellte das winzige Kästchen auf den Tisch zurück. Danach umfasste er einen meiner Füße. Mit beiden Händen massierte er den Ballen und arbeitete sich bis zu den Zehen vor. Er hielt meine Ferse fest, ließ die Finger zu meinen Knöcheln hinaufgleiten und weiter bis zur Wade.

„Du machst das wirklich gut. Das hast du bestimmt irgendwo gelernt“, murmelte ich genüsslich.

Er schüttelte den Kopf. „Habe ich nicht gelernt.“

„Woher kannst du das dann so gut?“, wollte ich wissen, während er mich weiter bis zu den Knien streichelte.

„Das ist nicht so schwierig. Ich muss dich nur ansehen. Beobachten, wie dein Körper auf meine Berührungen reagiert. Dich fühlen, dich kennenlernen. Herausfinden, was du gern hast.“

Ich lächelte, während er sich dem anderen Fuß widmete. „Hast du eine Ahnung, wie sexy das ist, was du gerade gesagt hast? Hmmm“, stöhnte ich. „So könnte ich mich stundenlang von dir verwöhnen lassen.“ Ich schloss die Augen und hatte das Gefühl, als würde ich mit dem Sofa verschmelzen. Es war so entspannend, so wunderbar. Er war nicht nur geschickt mit den Händen, sondern ganz offensichtlich auch mit Worten.

„Wie bemalt man denn nun Fußnägel in *Meeresstimmung*?“

Ich ließ die Augen geschlossen, genoss seine Berührungen und wünschte, dass er seine Hände noch etwas höher wandern lassen würde. Dass er seine Finger unter meinen Morgenmantel gleiten ließ. Mit einem Mal konnte ich kaum noch still sitzen und musste die Lippen zusammenpressen, um mich auf das Gespräch zu konzentrieren und mich nicht vor Verlangen zu winden. „Das musst du gar nicht. Nimm irgendeine Farbe, die du magst.“

„Du vertraust einfach so auf meine Entscheidung? Ich habe so was noch nie gemacht. Es könnte verdammt schiefgehen“, meinte er scherzhaft.

Aber ich antwortete ihm sehr ernst: „Ich vertraue dir.“ Als ich vorsichtig blinzelte, ging mir bei seinem Blick fast das Herz über. Diesen Gesichtsausdruck hatte ich vorher noch nie bei ihm gesehen – oder überhaupt bei einem Mann. Am nächsten kam dem der Blick meines Vaters, wenn er mich voller Liebe angesehen hatte. Bevor er gefeuert und von seiner Verbitterung aufgefressen worden war. Doch diese Erinnerung verdrängte ich schnell wieder. Jetzt war nicht die Zeit für Traurigkeit. Im Moment wollte ich einzig an Mr. Monday denken und daran, was er für mich tat. Wie er meine Füße hielt und massierte. Wie er mich mit seinen Zärtlichkeiten verrückt machte und mir dann eine Pediküre anbot. Das hatte noch kein Mann für mich getan.

„Na gut. Ich werde auf jeden Fall was kreieren, aber du

musst mir vorher verraten, wie ich die Glitzersteinchen aufkleben kann."

Ich erklärte ihm die Prozedur, die ich anwandte. Als er schockiert die Brauen hob, fragte ich lachend: „Alles verstanden?"

„Das erscheint mir eine Menge Aufwand für ein paar Zehen zu sein."

„Zu viel? Ich kann es auch selbst machen."

Er schüttelte den Kopf und nahm meinen Fuß. „Nein, ich habe gesagt, dass ich es mache, und ich halte mein Wort."

Erneut rieb Mr. Monday mit dem Daumen über meinen Ballen. Ich stöhnte auf, als er den Druck erhöhte. Er brachte mich noch um. Bestimmt war ihm das klar, und er genoss es, dass er meine sämtlichen Nervenenden stimulierte. Es war, als stünde ich in Flammen. Ich brannte vor Verlangen.

Über seinen konzentrierten Blick und darüber, wie er die Zungenspitze vorschob, musste ich lachen. Er schaute auf. „Was gibt es da zu lachen, Madam?"

„Dein Gesicht." Ich lächelte ihn an. Es gefiel mir, wie sich der Abend entwickelte.

„Ich habe alles unter Kontrolle. Auch wenn ich keine Ahnung habe, was das genau wird." Mit erhobenem Zeigefinger drohte er mir scherzhaft: „Nicht vergessen: Ich übernehme hier die Führung."

Ergeben hob ich die Hände, legte sie dann auf meinem Bauch ab und verschränkte die Finger ineinander. „Ich liefere mich dir vollkommen aus."

„Hmm. Stimmt das? Das könnte noch sehr interessant werden." Seine Stimme klang neugierig interessiert.

Wie zum Beweis, dass ich ihm vertraute, schloss ich die Augen.

„Willst du nicht sehen, was ich hier mache?"

Ich schüttelte den Kopf. „Nein. Was habe ich gerade gesagt? Ich gebe mich dir voll und ganz hin."

Er lachte, und ich musste wieder daran denken, wie gern ich das hörte. Während ich die Lider geschlossen hielt, rückte er meinen Fuß zurecht und begann mit seinem Pediküre-Service. Er war sehr sanft und nahm sich Zeit. Zwischendurch, während er sich so zärtlich um meine Füße kümmerte, musste ich kurz eingenickt sein. Ich schrak auf, als er nun ans andere Ende der Couch rutschte und meine Füße vorsichtig darauf ablegte.

„Fertig“, sagte er.

„Danke!“ Ich setzte mich auf und betrachtete meine Füße. „Wow! Das sieht ja super aus! Ich habe tatsächlich Meerjungfrauen-Zehen.“ Ich stand auf.

„Wohin gehst du?“

Ich betrachtete ihn, wie er sich gegen die Couch lehnte, einen Arm um das Kissen geschlungen und in der freien Hand sein Glas Wein hielt. Ja, er sah wirklich zum Anbeißen aus. Und das würde ich auch gleich tun.

„Ich habe ein bisschen Hunger, und das Essen steht noch in der Küche.“ Als er sich daraufhin erheben wollte, hob ich abwehrend eine Hand. „Nein, bleib sitzen. Lass mich das machen.“

Ein paar Minuten später, immer vorsichtig gehend, um den Lack nicht zu verschmieren, hatte ich das Essen auf dem Kaffeetisch angerichtet. Die Nagellack-Utensilien hatte Mr. Monday inzwischen weggeräumt.

„Das sieht gut aus“, meinte er und beugte sich vor. Fasziniert verfolgte ich, wie sich seine Muskeln unter dem Hemd abzeichneten, als er nach den Häppchen griff. Ich hätte diesen Mann den ganzen Tag nur anschauen können, für den Rest meines Lebens.

„Ich mag so was. Es ist perfekt für einen Abend mit Wein und ein paar Snacks.“

Er nickte zustimmend. „Genau. Ich mache so was zu Hause nicht. Aber dein Stil gefällt mir.“

Es war das erste Mal, dass er sein Zuhause erwähnte oder sein Leben außerhalb von Diamond. Das erweckte wieder meine Neugier. Wo wohnte er? Und die große Frage: War er Single? Ich hatte bisher nicht direkt darüber nachgedacht. Doch nachdem er nun auf meiner Couch saß und alles darauf hindeutete, dass er die Nacht über bleiben würde, beschäftigte es mich. Es gab Fragen, die beantwortet werden mussten. Vor allem die nach einer Freundin oder Frau. Ich wäre niemals – nie, nie, nie – bereit, die Rolle der „anderen" zu übernehmen.

„Weißt du, was ich ein bisschen einseitig finde?", begann ich, um das Thema auf möglichst lockere Weise aufzubringen.

Er griff sich noch ein paar Häppchen vom Teller und steckte sie sich in den Mund, bevor er mich ansah. „Was denn?"

„Dass du alles von mir zu wissen scheinst, ich aber überhaupt nichts über dich." Er schenkte mir einen entzückenden schiefen Blick und nahm sich ein weiteres Stück von der Calabrese-Wurst. Ganz offensichtlich wollte er Zeit schinden.

„Denkst du dir gerade eine besonders überzeugende Erklärung aus, warum das so ist?", erkundigte ich mich und trank einen Schluck von meinem Wein. Ich beobachtete ihn über den Rand meines Glases hinweg und war gespannt, wie er reagieren würde.

„Es gibt keine Geheimnisse. Nur keinen Grund, darüber zu reden. Vertrau mir. Wir sprechen später über alles."

Die Unterhaltung ging in eine Richtung, die mir nicht zusagte, auch wenn ich das Thema selbst angeschnitten hatte. Ich entschied schnell, nicht nachzuhaken, denn ich wollte die Stimmung dieses Abends nicht zerstören, indem ich weiterhin Antworten von ihm forderte. Doch eines musste ich unbedingt wissen.

„Na gut. Sag mir aber trotzdem: Es gibt niemanden, der zu Hause auf dich wartet, oder?"

Er wandte das Gesicht ab, das mit einem Mal traurig wirkte, bevor er mich wieder ansah. Er nahm meine Finger, drückte mir einen Kuss auf den Handrücken und sagte: „Es wartet niemand auf mich. Wenn es so wäre, würde ich nicht hier sitzen."

Bei seinen Worten wurde mir warm vor Glück. Ich versteckte mein Grinsen hinter dem Weinglas. „Dann werde ich dich an dein Versprechen erinnern, dass wir später über alles reden. Im Moment will ich dich nur für mich allein haben und die gemeinsame Zeit genießen."

„Das klingt nach der besten Idee seit Langem." Er beugte sich vor, griff nach der Weinflasche und hielt sie mir entgegen. Ich hob mein Glas und ließ mir nachschenken, bevor er sein eigenes ebenfalls füllte.

Ich lehnte mich entspannt gegen die Rückenlehne des Sofas und begutachtete unser Mini-Picknick auf dem Kaffeetisch. Dann belud ich einen kleinen Teller mit Käse, Brot und Wurst. Wir schwiegen eine Weile einvernehmlich und lauschten der Musik. Er nahm meine Füße, legte sie auf seinen Schoß und begann meine Sohlen zu streicheln. Ich fühlte mich wie im Himmel.

„Deine Wohnung gefällt mir", sagte er.

„Danke. Ich mag sie auch. Klein, aber mein."

„Ja, es sieht sehr persönlich aus." Wir schauten uns in die Augen, und diese wunderbare Anziehung zwischen uns wuchs mit jeder Minute.

Er hob meine Füße an, stand auf und bettete sie behutsam wieder auf die Couch. Ich beobachtete ihn, wie er in meinem Apartment herumlief und sich umsah. Es war schön, dass er den Dingen, mit denen ich mich umgab, so viel Aufmerksamkeit schenkte. Er schien tatsächlich daran interessiert zu sein, herauszufinden, wer ich war. Während er umherstreifte, schaltete er überall die Lampen aus, sodass der Raum nur vom warmen Licht der Kerzen beleuchtet wurde. Mein Herz schlug vor

Aufregung schneller, vor allem als er vor der Schlafzimmertür stehen blieb.

Er warf einen Blick hinein, drehte sich zu mir um und schenkte mir ein unglaublich sexy Lächeln. Mein Magen vollführte einen Salto, und ich hielt den Atem an, fragte mich, was er als Nächstes vorhatte. Er zog eine komische Grimasse, sodass ich lachen musste. Schließlich winkte ich ihn zu mir heran. Er kam der Einladung sofort nach und kniete sich auf das Ende der Couch. Als er meine Knöchel umfasste, glaubte ich zu verbrennen. Immer noch auf den Knien, schob er meine Füße auseinander und bewegte sich ein Stück nach vorn, zwischen meine Beine. Mein Morgenmantel rutschte dabei höher und klaffte auseinander, sodass er noch mehr von mir sehen konnte. Ich spürte, wie mir die Röte in die Wangen schoss, und war froh über das gedämpfte Licht, denn ich wollte nicht, dass er bemerkte, wie nervös ich war. Er sah mir nicht ins Gesicht, sondern blickte auf seine Hände, während er meine nackte Haut streichelte, sanft über meine Knie und meine Schenkel strich.

Mein Blickfeld vernebelte sich, ein verlangendes Kribbeln durchlief mich von Kopf bis Fuß. Ich schnappte nach Luft, als er sich vorbeugte und einen Kuss auf die Innenseite meiner Knie drückte. Diesen direkten Hautkontakt hatte ich mir die ganze Zeit so sehr gewünscht. Und jetzt passierte es. Seine Lippen und Hände fühlten sich so wunderbar auf meinem Körper an. Zärtlich tastete er sich immer weiter nach oben. Seine leichten Berührungen und die federleichten Küsse erregten mich im Moment mehr, als wenn er forscher gewesen wäre. Ich war vollkommen entrückt vor sinnlicher Freude und konnte mich kaum noch beherrschen, um nicht zu einem zittrigen Bündel zu werden.

Er näherte sich immer mehr der Stelle, an der ich ihn am sehnlichsten spüren wollte. Ich wollte, dass er tief in mich eintauchte, wollte seine harten, kräftigen Stöße spüren. Stöhnend krallte ich die Finger in das Polster. Ich war wie von Sinnen und wurde immer unruhiger. Es fühlte sich so umwerfend an.

Er hob den Kopf, und wir sahen uns schweigend an, bevor er sagte: „Du zitterst."

Ich nickte. „Weiß ich", flüsterte ich heiser. Mehr bekam ich nicht heraus. Ich schaute zu, wie er meinen Morgenmantel zur Seite schob, um meine Seite zu küssen, ohne den Blickkontakt zu unterbrechen.

„Das gefällt mir."

Oh, mein Gott. Das war die erotischste Bemerkung, die jemals jemand mir gegenüber gemacht hatte. Sanft fuhr er mit einer Hand über meine Taille und meinen Bauch, zupfte dann leicht an meinem Gürtel, um den Morgenmantel ganz zu öffnen. Nun lag ich nackt vor ihm, umhüllt vom roten Seidenstoff. Ich hielt es kaum noch aus, als er mich betrachtete.

„Du bist wirklich umwerfend." Er richtete sich auf und beugte sich über mich, um meinen Bauchnabel zu küssen, ließ die Zunge spielerisch über die empfindliche Mulde gleiten. Sofort schoss das heiße Gefühl bis zu meiner Klit und hinauf zu den Brustspitzen. Ich war überwältigt.

Mit zittrigen Fingern strich ich ihm durchs Haar und zog ihn dichter an mich. Er hinterließ einen feurigen Pfad von Küssen auf dem Weg nach oben zu meinen Brüsten. Mit beiden Händen umfasste er sie und schob sie zusammen, bettete den Kopf darauf. Ich hörte, wie er tief einatmete.

„Du riechst so gut."

Ich erschauerte, als sein Mund sich meinen Brustspitzen näherte, holte tief Luft und streckte mich ihm unwillkürlich entgegen, als er eine mit den Lippen umschloss. Nie zuvor hatte ich so etwas Wundervolles empfunden, als er daran saugte und die Zunge über meinen empfindlichen Nippel schnellen ließ. Ich drückte seinen Kopf fester an mich, vergrub die Hände in seinem Haar, während ich seiner Liebkosung entgegenfieberte.

Das Gefühl seiner Kleidung auf meiner nackten Haut erzeugte einen besonderen Reiz, der sich verstärkte, als ich mich an ihm rieb und meine Hüften anhob, sodass ich seine Erektion fühlen konnte. Stöhnend presste auch er seine Hüften an mich. Er stützte sich auf eine Hand und beugte sich tiefer über mich. Das Haar fiel ihm in die Stirn, als er mich ansah. Sein Gesichtsausdruck sagte mir alles, was ich wissen wollte. Er war ebenso elektrisiert wie ich. Vielleicht sogar noch mehr.

Mit dem Finger fuhr er über mein Schlüsselbein, streifte das Tal zwischen meinen Brüsten, bis er die eine zärtlich umfasste und mit dem Daumen über den Nippel strich. Wieder hatte ich das Gefühl, zu explodieren, so als würde mein Körper Funken sprühen. Ich klammerte mich an ihn, zerrte verzweifelt an seinem Hemd und schlang die Beine um ihn. Die Füße drückte ich fest auf sein Hinterteil, sodass er gefangen und mir noch näher war. Ich wollte ihn tief in mir spüren, konnte nicht mehr still daliegen. Es war, als würde die Leidenschaft mich beherrschen, als würde ich nur noch aus Gefühlen bestehen. Ich zitterte und zuckte, während er diese atemberaubenden Dinge mit mir anstellte. So lebendig hatte ich mich noch nie gefühlt.

Er ließ mir keine Zeit, um Atem zu holen, und zog mit seinen Lippen eine brennende Spur vom Schlüsselbein bis zu der empfindsamen Mulde unter meinem Kinn. Dabei drängte er sich so eng an mich, dass seine Hose von meiner Feuchtigkeit nass wurde. Ich fiel in seinen Rhythmus ein, kam mir verwegen vor, weil ich total nackt vor ihm lag, während er noch vollständig bekleidet war. Als würde er vollkommen in meiner Lust aufgehen und nichts für sich verlangen.

Ich hob den Kopf, und wir küssten uns mit einer Intensität, die uns den Atem raubte. Als wäre es das erste Mal. Wild, heiß, forschend. Wir waren eins, ließen nur kurz voneinander ab, um Luft zu holen, bevor wir wieder übereinander herfielen. Dann richtete er sich auf, fuhr sich mit der Zunge über die Lippen und schaute mich mit verhangenem Blick an. Ich konnte es nicht fassen, dass ich mit diesem Mann zusammen war.

Ein leiser Seufzer entfuhr mir, als er mir half, den Morgenmantel abzustreifen, und dabei eine alles versengende Spur auf meiner Haut hinterließ. Er setzte mich noch weiter unter Strom, indem er seine Hand von meinem Bauchnabel abwärts wandern ließ und ganz leicht über meinen Venushügel strich, bevor er mit einem Finger schließlich in meine feuchte Hitze eintauchte. Er betrachtete mich aufmerksam. Sein Blick war so intensiv, dass er sich wie eine Berührung anfühlte. Ein träges Lächeln erschien auf seinen Lippen.

„Du bist also rothaarig."

Ich riss die Augen auf und fuhr mir durchs Haar, das ich zusammen mit den Brauen immer so sorgfältig gefärbt hatte. Nie wäre ich auf die Idee gekommen, einmal in eine Situation zu geraten, in der jemand meine Schamhaare zu sehen bekommen würde.

„Ich wollte etwas Abwechslung", erwiderte ich und hoffte, dass er sich mit dieser Erklärung zufriedengab.

„Jetzt verstehe ich auch, warum du so feurig bist", murmelte er und beugte sich über mich, um seinen Mund auf meinen Bauch zu pressen, während er mit einer Hand meinen Po umfasste. Er hob mich an, immer weiter, bis sein Kinn meine feinen Härchen streifte. Ich stöhnte auf, als ich auf das Folgende wartete.

Sein Haar glänzte im Kerzenlicht, als er sich tiefer zwischen meine Schenkel beugte, und ich konnte nicht aufhören, ihn anzustarren.

Dann spürte ich seine feuchte Zunge. Ich ließ die Knie zu den Seiten sinken, um ihm besseren Zugang zu gewähren. Während er mit einer Hand weiterhin meinen Po in Position hielt und die andere auf der Innenseite meines Schenkels ruhen ließ, glitt er mit der Zunge zwischen die Tiefen meiner empfindsamen Häutchen, bis er die sensibelste Stelle fand und mich fast zum Wahnsinn brachte. Es war so quälend wundervoll. Ich ließ meine Hüften kreisen, war unfähig, ruhig zu bleiben.

Ich krallte meine Nägel in die Sofakissen, während ich mich unter seinen Liebkosungen wand. Er war so gut, und schon fühlte ich, wie ich mich dem Höhepunkt näherte. Unwillkürlich keuchte ich, als er wieder mit einem Finger in mich eintauchte, ihn bewegte und in mich stieß, während er mich gleichzeitig mit der Zunge reizte.

Mein Atem ging stoßweise, und ich versuchte es so lange wie möglich hinauszuzögern, um das, was er mit mir tat, zu genießen. Eine immer größere Spannung baute sich in mir auf, als er seine Lippen noch fester auf mich presste. Kurz bevor mich die Erfüllung fast zerriss, schloss ich die Knie und hielt ihn so gefangen. Ich hatte den Atem angehalten und schrie meine Lust laut heraus, als der Orgasmus jede Faser meines Körpers erfasste.

Er gönnte mir keine Verschnaufpause, brachte mich gleich darauf ein weiteres Mal zu einem unglaublichen Höhepunkt. Schließlich lag ich wie eine schlaffe Puppe da. Es dauerte eine gefühlte Ewigkeit, bis ich wieder ruhig Luft holen konnte. Kleine Schauer der Lust überliefen mich alle paar Sekunden, und er schloss mich in seine Arme, hielt mich fest und strich mir das Haar aus dem Gesicht. Ich öffnete die Augen und sah ihn an. Ein zärtlicher Ausdruck lag auf seinem Gesicht.

Ich berührte seine Wange und strich mit dem Daumen über seine Narbe. „Woher hast du die?“ Meine Stimme klang schwach und atemlos. Ich schlang die Arme um seinen Nacken, und er zog mich auf seinen Schoß.

„Ich bin im Ferienlager mal vom Baum gefallen. Es musste mit zehn Stichen genäht werden.“

„Vom Baum gefallen? Wie langweilig! Gab’s keine Kletterwand?“

Er grinste und drückte mir einen Kuss auf die Stirn, woraufhin ich zufrieden seufzte. „Davor war immer eine Warteschlange. Im Warten war ich nie besonders gut."

„Abgesehen von den Warteschlangen, warst du gern im Ferienlager? Ich hab so was nie mitgemacht."

Er strich mir über den Rücken, als ich mich an ihn schmiegte. „Nein, es hat mir überhaupt nicht gefallen. Meine Eltern waren selten mal zu Hause, deshalb fand ich es schrecklich, zwei Monate wegzufahren und sie gar nicht mehr zu sehen."

„Deine Eltern waren oft weg?"

„Mein Vater hat immer lange gearbeitet, und meine Mutter hatte ständig mit irgendwelchen wichtigen Wohltätigkeitsveranstaltungen zu tun. Sie haben mich geliebt, aber sie … hatten eben nie richtig Zeit, Eltern zu sein."

Es brach mir fast das Herz. Nachdem mein Vater gefeuert worden war, hatten sich die Dinge geändert, doch vorher hatte unsere Familie stets zusammengehalten. Ich war als Kind sehr behütet aufgewachsen. Da ich nicht wusste, was ich darauf erwidern sollte, wechselte ich das Thema. „Jedenfalls siehst du mit dieser Narbe noch aufregender aus, wenn das möglich ist."

Er lachte, und ich rückte noch dichter an ihn heran. Wir blieben eine Weile so sitzen, bis ich mich ein wenig erholt hatte. Mir fiel auf, dass er immer noch heftig atmete. Als ich mich auf seinem Schoß bewegte, spürte ich seine Erektion an meinem Po. Das Gefühl seines harten Schwanzes zwischen meinen Schenkeln machte mich sofort wieder scharf. Nicht mal in meinen wildesten Träumen hätte ich gedacht, zu mehreren Orgasmen hintereinander fähig zu sein.

„Ich will dich in mir", sagte ich.

„Mein Gott, Frau, du machst mich verrückt."

Ich begann die Knöpfe seines Hemdes zu öffnen, war aber zu ungeduldig und zerrte daran, bis sie abrissen. Keinen von uns störte das.

„Ich will dich nackt sehen – dringender, als du dir vorstellen kannst."

Er holte tief Luft und setzte mich auf die Couch neben sich. Sofort öffnete ich seinen Gürtel, dann hantierte ich am Knopf und am Reißverschluss seiner Hose herum. Er schob meine Finger beiseite. Mit einer kurzen Bewegung machte er den Reißverschluss auf, zog die Hose herunter und befreite seine harte Männlichkeit. Endlich war er nackt. Und er war so großartig, wie ich es mir vorgestellt hatte. Ich strich mit den Fingern über seine Brust und über das feine Haar darauf. Er ließ den Kopf nach hinten sinken und saß still da wie eine Statue, während ich ihn erforschte so wie er mich vorher.

Schließlich umfasste ich seinen prallen Schwanz, streichelte ihn und nahm die festen Hoden in die andere Hand. Ich genoss die Töne, die er von sich gab. Er hob die Hüften, um meine Bewegungen zu erwidern. Aber ich wollte ihn in mir haben.

„Kondom?", stieß ich hervor, und meine Stimme war vor Erregung kaum mehr als ein heiseres Flüstern. Als er sich vorbeugte, seine Hose aufhob und die Taschen durchsuchte, musste ich lächeln. „Ein guter Pfadfinder ist immer vorbereitet."

„Ehrenhaft, ehrlich und zuverlässig, das bin ich", erwiderte er scherzhaft. Ich beobachtete, wie er sich schnell den Schutz überstreifte. Dann packte er mich und zog mich auf sich.

Während ich mich auf seinen Schultern abstützte, ließ ich mich auf seinen kräftigen Schenkel nieder, die Beine weit für ihn gespreizt. Ich erschauerte, als er mich betrachtete. Dann schloss ich meine Finger um seine Erektion und hob die Hüften an.

„Reite mich, Baby."

Langsam ließ ich mich auf ihn sinken, bis er mich ausfüllte. Als ich ihn in mir spürte, war mein Verstand ausgeschaltet, und mein Instinkt übernahm die Kontrolle. Mr. Monday drückte mich näher an sich, bis meine Brüste fast sein Gesicht berührten und er einen Nippel in den Mund nehmen und daran saugen konnte. Ich ritt ihn, so wie er es verlangt hatte, und war bereits wieder kurz davor, zu kommen. Meine Bewegungen wurden immer heftiger, mein Atem ging stoßweise, und diesmal war der Höhepunkt noch intensiver als vorher. Ich sank gegen seine Brust, und er hielt mich fest, bis ich vor Lust zuckte und bebte.

Er drehte mich so schnell auf den Rücken, dass ich völlig überrumpelt war. Mit geschlossenen Augen lag er auf mir. Jeder seiner Muskeln war angespannt, sein Gesicht voller Leidenschaft. Ich schlang die Beine um ihn, als er tief in mich eindrang, schob eine Hand zwischen uns und massierte meine feuchte Klit.

Er stöhnte auf, zog sich aus mir zurück, tauchte erneut in mich ein. Ich erwiderte seine Stöße und konnte es nicht fassen, dass ich mit so einem wundervollen Mann zusammen war, der mich immer wieder von Neuem in so köstliche Höhen katapultierte. Es würde ein weiteres Mal passieren. Nur würde ich diesmal mit ihm zusammen kommen.

„Ich … ich kann das kaum glauben“, keuchte ich und konnte es nicht mehr aufhalten. Das Verlangen, die Emotionen, die nahende süße Erlösung – all das überwältigte mich vollkommen.

„Komm für mich, Baby.“ Er schaute mir in die Augen, und ich verlor mich in seinem Blick. „Ich bin so froh, dass ich dich gefunden habe.“ Dann küsste er mich.

Hatte ich das richtig verstanden? Oder bildete ich mir das ein? Ich wusste es nicht, denn er fegte mich regelrecht um. Er stöhnte auf und stieß ein letztes Mal zu. Die Intensität seines Höhepunktes umfing uns, als er einen erlösten Schrei ausstieß und sich dann auf mich sinken ließ.

Wir waren völlig außer Atem. Ich hörte, wie sein Herz klopfte. Eine Weile lagen wir einfach so da, und sein Gewicht auf mir fühlte sich tröstlich an. Ich wollte den Zauber nicht zerstören, strich mit den Daumen über seinen Rücken, bis er laut seufzte und sich neben mich rollte. Schweigend blickte er mich an. Worte waren in diesem Moment nicht notwendig. Er deckte mich mit dem Morgenmantel zu und gab mir einen Kuss, bevor er ins Bad ging. Lächelnd sah ich ihm hinterher und streckte mich wie eine zufriedene Katze. Gesättigt und vollkommen erfüllt.

So glücklich war ich seit Jahren nicht mehr gewesen. Und das hatte ich einzig diesem Mann zu verdanken, den ich nur als Mr. Monday kannte.

Teil 7

Mr. Sunday

Seit etwa fünfzehn Minuten beobachtete ich Mr. Monday beim Schlafen. Er sah gut aus in meinem Bett, zugedeckt mit den zerknautschten Laken und den Kopf zwischen die Kissen geschmiegt. Ich verspürte den Impuls, ihm eine Haarsträhne aus der Stirn zu streichen, aber er schlummerte so friedlich, und ich wollte ihn nicht wecken. Er wirkte so entspannt, als hätte der Schlaf alles, was ihn bedrückt hatte, von ihm abgestreift.

Ich seufzte zufrieden. Wir hatten uns die ganze Nacht über geliebt und waren unter der Dusche gelandet, die ganz eindeutig nicht für zwei Personen konstruiert war, bevor wir schließlich ins Bett gefallen waren. Ich wusste nicht mehr, wann uns der Schlaf übermannt hatte, nur dass ich vor einer Viertelstunde wach geworden war. Wir hatten uns so perfekt aneinandergeschmiegt, dass ich mich nicht von ihm lösen wollte.

Vorsichtig hob ich nun seinen Arm an, der auf meiner Seite lag, und schlüpfte so leise wie möglich aus dem Bett. Ich zog mir ein Paar Yogahosen über und ein passendes T-Shirt, dann verließ ich geräuschlos das Schlafzimmer. Gestern Abend hatten wir nichts als die Platte mit Antipasti gegessen – wenn man davon absah, dass wir uns gegenseitig verschlungen hatten –, und das genügte mir nicht, um über die Runden zu kommen. Ich war am Verhungern und brauchte dringend einen Kaffee. Zu dumm, dass ich keinen aus Costa Rica dahatte. Das Einzige, womit ich dienen konnte, war einer aus dem Supermarkt. Der musste eben reichen. Wenigstens konnte ich ein schönes hausgemachtes Frühstück servieren: Pfannkuchen mit Schinken und kanadischem Ahornsirup. Während der Kaffee in Arbeit war, bereitete ich alles andere vor, dann goss ich mir eine Tasse ein und nahm sie mit ins Wohnzimmer. Jetzt würde ich endlich ein paar Minuten haben, um die Kopien mit den Beweisen durchzusehen, die ich bei Diamond ausgedruckt hatte. Ich musste unbedingt eine Entscheidung fällen, und das konnte mir vielleicht dabei helfen.

Es fiel mir nicht leicht, mich damit zu befassen, aber mir war klar, dass ich die Informationen auswerten musste, um eine vernünftige Wahl zu treffen. Ich verzog das Gesicht. Heute war Sonntag, und nur noch eine Prüfung stand mir bevor. Würde die heute stattfinden? Sobald Mr. Monday aufgewacht war, würde ich es erfahren.

Ich machte es mir in dem Sessel neben der Couch bequem, zog die Beine unter, griff nach dem Umschlag, den ich gestern hastig unter das Polster geschoben hatte, und legte ihn mir auf den Schoß. In diesem unauffälligen Kuvert befanden sich Kopien, die Diamond Enterprises ruinieren konnten – oder dem Unternehmen zumindest Ärger einbringen würden. Ich warf einen Blick durch die angelehnte Schlafzimmertür. Mr. Monday schlief tief und fest wie ein Baby. Er hatte ganz eindeutig eine Funktion bei Diamond. Die anderen Mr. Tag-der-Woche waren Leiter einer Abteilung, aber was tat Mr. Monday? Wenn ich an die vergangene Woche zurückdachte (war es erst sechs Tage her, seit wir uns kennengelernt hatten?), konnte ich nur eines mit Sicherheit sagen: nämlich, dass die anderen Männer ihm von den Ergebnissen meiner Tests berichtet hatten. Er hatte stets gewusst, wie der jeweilige Tag verlaufen war, bevor ich es ihm hatte erzählen können. Gestern Nacht hatte er mich darum gebeten, ihm zu vertrauen, und versprochen, meine Fragen später zu beantworten. Aber wann sollte das sein? Würde es jemals passieren?

Ich strich über den Rand des Umschlags. Es kam mir vor, als ob sich darin eine Bombe befand. Ohne meine unguten Ahnungen weiter zu beachten, riss ich das Kuvert auf. Gerade als ich die Kopien herausnehmen wollte, hörte ich, wie Mr. Monday sich bewegte. Das Letzte, was ich jetzt gebrauchen konnte, war, dass er mich hier mit einem Stapel von Dokumenten erwischte, die seine Firma belasteten. Das würde auf persönlicher Ebene gar nicht gut aussehen und auf professioneller schon gar nicht.

Ich konnte den Brief rechtzeitig unter den Sessel stopfen, als er aus dem Schlafzimmer kam.

„Guten Morgen, mein Sonnenschein“, begrüßte er mich, als er mich im Sessel entdeckte. Ein strahlendes Lächeln breitete sich auf seinem Gesicht aus. Nun, das war nachvollziehbar nach all dem heißen Sex, den wir gestern Nacht gehabt hatten.

Sicherlich strahlte ich ebenso wie er. Ich stand auf und ging zu ihm hinüber. Als er mich fest umarmte, drückte ihn an mich. So standen wir einige Minuten da, genossen einfach die Gegenwart des anderen. „Es gibt Kaffee“, murmelte ich dann an seiner Brust.

„Ich wette, der ist heute Morgen frisch aus Costa Rica eingeflogen worden“, erwiderte er lachend, als wir Arm in Arm auf die Küche zusteuerten.

„Nein, ist er nicht – tut mir leid, dich enttäuschen zu müssen. Aber genau daran habe ich vorhin auch gedacht, als ich ihn gekocht habe.“

„Na ja, ich denke, wir werden uns damit zufriedengeben.“

Ich goss ihm eine Tasse ein und reichte sie ihm. Als sich unsere Finger berührten, sahen wir uns lächelnd an. Wir kannten uns inzwischen viel besser. Wussten Dinge voneinander, die man nur wusste, wenn man sich geliebt hatte. Mir gefiel diese besondere Vertrautheit, die uns jetzt miteinander verband. Ich spürte immer noch das Nachglühen von unserer gemeinsamen Nacht in mir und war nicht abgeneigt, mich mit ihm in meinem Apartment einzuschließen und einen weiteren Liebesmarathon zu starten. Ich betrachtete ihn, wie er da lässig in meiner winzigen Küche gegen den Türrahmen gelehnt stand.

„Es gefällt mir, dass du hier bist.“

„Es gefällt mir, hier zu sein.“ Er stieß sich vom Rahmen ab und beugte sich zu mir vor. Mit beiden Händen umfasste er mein Gesicht und küsste mich voller Verlangen. Mir wurde ganz warm ums Herz bei der Vorstellung, dass mehr aus uns werden könnte, sich womöglich eine Beziehung entwickelte. Im hintersten Winkel meines Hirns befürchtete ich allerdings, dass mein Wunsch nach Vergeltung meine Leidenschaft für ihn beeinflussen würde. Konnte ich denn überhaupt beides haben – ihn und meine Rache?

„Magst du Pfannkuchen?“, murmelte ich an seinen Lippen.

„Ich liebe Pfannkuchen.“

„Dann mache ich welche.“

Er ließ mich nicht sofort los und hielt mich fest umarmt. „Danke“, sagte er an meinem Haar und drückte mir einen Kuss auf die Stirn.

„Wofür?“

Er lehnte sich zurück und schaute mich an. „Weil du *du* bist.“

Ich legte den Kopf schief und sah ihn fragend und leicht überrascht an. „Ich bin ich, das stimmt. Ich weiß nicht, was daran so besonders ist, aber nichts für ungut.“

„Du hast diese Woche dafür gesorgt, dass ich die Bodenhaftung nicht verliere. Für dich war es auch ziemlich anstrengend, das ist mir klar. Es war für uns beide eine harte Woche.“

Ich ergriff seine Hand und zog ihn zu dem kleinen Tisch vor dem Küchenfenster. Die Stühle waren so winzig, dass sie nicht viel Platz zum Sitzen boten, und eigentlich total unpraktisch, aber ich hatte sie einfach niedlich gefunden, und deshalb hatte ich sie für meine Wohnung kaufen müssen. Er setzte sich auf den einen und hob die Brauen, als der unter seinem Gewicht knarrte.

„Oh, oh“, meinte er und ließ sich vorsichtig nieder.

„Bewege dich halt nicht zu viel, dann hält er schon“, riet ich ihm.

Ich stellte den Herd an, nahm den Schinken aus dem Kühlschrank und gab ihn in die Pfanne. Während er brutzelte, mischte ich die Zutaten, die ich schon bereitgelegt hatte, und rührte den Teig für ein paar Pfannkuchen an. Es fühlte sich sehr häuslich an, für Mr. Monday Frühstück zu machen. Nicht dass ich der Meinung war, mein Platz wäre in der Küche, aber ich sorgte gern für meinen Mann – vor allem da ich plante, ihn mir später im Schlafzimmer noch einmal vorzunehmen. Ich malte mir aus, wie meine Sonntage in Zukunft aussehen könnten, doch er wirkte sehr nachdenklich. Verschwunden war der entspannte Gesichtsausdruck, den er während des Schlafens gehabt hatte. Er schien wieder das Gewicht der Welt auf seinen Schultern zu tragen. Das war wohl nicht überraschend, da wir im Schlaf allen möglichen Problemen entfliehen konnten und währenddessen die Gelegenheit hatten, Wunden heilen zu lassen und uns zu regenerieren. Wenn ich ihn so betrachtete, glaubte ich jedoch nicht, dass er sich auch nur im Mindesten erholt hatte.

Ich stellte einen Teller vor ihn auf den Tisch und setzte mich ihm gegenüber. „Was möchtest du heute machen? Sollen wir Meerjungfrau und Fischer spielen?“, fragte ich augenzwinkernd und hoffte im Stillen, dass wir einfach hier und unter uns bleiben konnten.

Bei meiner Bemerkung hielt er mit der Kaffeetasse an den Lippen inne und stellte sie dann mit Nachdruck auf den Tisch zurück, während er mir einen glühenden Blick zuwarf. „So verführerisch das auch klingt, aber wir haben heute was zu tun.“

Mir sank das Herz. Gerade wenn ich mal daran dachte, mich vor der Welt verstecken zu können …

„Na ja, das hatte ich bereits befürchtet.“ Ich schob meinen Schinken auf dem Teller hin und her und war plötzlich nicht mehr hungrig.

Er streckte den Arm aus und ergriff meine Hand. „Kein Grund, dich zu ärgern.“

Ich blickte hoch. „Ich bin nicht verärgert. Es war nur so schön letzte Nacht, dass ich mir wünschte, es wäre noch nicht zu Ende." Ich schenkte ihm ein Lächeln, doch es fühlte sich etwas zittrig an. Schnell griff ich nach meiner Tasse und nahm einen Schluck, um zu verbergen, wie enttäuscht ich war.

Er drückte meine Finger. „Tess, ich möchte es ganz bestimmt ein anderes Mal wiederholen, aber du musst noch einen Test bestehen. Iss dein Frühstück und zieh dich an. Es ist nicht notwendig, sich aufzubrezeln. Legere Kleidung ist okay."

„Du gibst mir immer noch Anweisungen", gab ich zurück und zwang mich, etwas zu essen. Mir war klar, dass ich besser ein paar Bissen zu mir nehmen sollte, bevor wir aufbrachen. Mein letzter Test! Das war es dann. Heute würde sich meine Zukunft entscheiden. Unwillkürlich warf ich einen Blick zum Sessel im Wohnzimmer. Nun, die Prüfung würde nicht allein über meine Zukunft bestimmen. Ich musste endlich einen Entschluss fassen, was aus meinen Racheplänen werden sollte.

„Natürlich sage ich dir noch, was du zu tun hast. Die Prüfung ist noch nicht bestanden."

Ich starrte ihn an. Sein Tonfall kam mir verändert vor, und ich begann, über unsere gemeinsame Nacht nachzugrübeln. Hatte es ihm so viel bedeutet wie mir? Hatte ich mir seine Zärtlichkeit bloß eingebildet, während es für ihn nichts weiter als die Befriedigung seiner Lust gewesen war? Ich erhob mich, stellte meinen Teller in die Spüle und verschwand im Badezimmer, um mich fertig zu machen.

Ein letzter Test, sagte ich mir. Sollten die Würfel fallen, wie sie wollten.

Zum ersten Mal in dieser Woche fühlte ich mich auf unserer gemeinsamen Fahrt zum Büro leicht unbehaglich. Ich war enttäuscht, weil ich mir tatsächlich ein Happy End mit Mr. Monday erhofft hatte, und inzwischen war ich mir nicht mehr so sicher, wie es weitergehen würde.

„Bis hierhin kann ich dich bringen." Er schenkte mir ein

Lächeln, das mich ein bisschen aufmunterte, da ich darin einen Anflug der Empfindungen zu erkennen glaubte, die er gestern Nacht gezeigt hatte.

Heute am Sonntag war kein Portier an der Tür, und ich warf einen Blick in die menschenleere Lobby. „So, das war's dann? Was kommt jetzt?"

„Vertrau mir einfach. Das ist alles, worum ich dich bitte."

„Ohne mir weitere Hinweise oder Erklärungen zu geben, ist das schon ziemlich viel verlangt." Jemandem blind zu vertrauen war noch nie meine Stärke gewesen, doch für ihn würde ich mich bemühen.

Er griff nach meiner Hand und drückte sie. Seine Wärme war genau das, was ich gerade brauchte, und sie half mir ein bisschen, mich zu entspannen.

„Vergiss nicht, du hast in der vergangenen Woche alles ohne Hinweise und Erklärungen gemacht. Und es ist gut gelaufen. Fang jetzt nicht an, deine Fähigkeiten anzuzweifeln."

Ich presste die Lippen zusammen und nickte. „Ich tue mein Bestes."

„So kenne ich dich, mein feuriges Mädchen." Er beugte sich zu mir vor und gab mir einen Kuss. Als unsere Lippen sich berührten, war ich glücklich darüber, noch immer diesen magischen Funken zu spüren. Als er sich von mir löste und ich die Augen öffnete, bemerkte ich, dass seine Züge weicher geworden waren.

Ich stieg aus dem Wagen und drehte mich auf dem Weg zum Eingang ein letztes Mal zu ihm um. Er stand da und sah mir hinterher. Dann hob er die Hand zum Abschied. Ich winkte ihm zu, bevor ich im Gebäude verschwand. In der Lobby schob ich den Gurt meiner pinkfarbenen Umhängetasche zurecht. Als ich den Aufzug erreicht hatte, nahm ich die Schlüsselkarte, die Mr. Monday mir gestern Abend gegeben hatte. Bei unserer hinausgezögerten Verabschiedung hatte er vergessen, mir mitzuteilen, in welche Etage ich musste, also startete ich wieder mein Alle-Knöpfe-drücken-Spiel, bis eine Taste aufleuchtete. Heute ging es fast bis ganz nach oben, nur zwei Etagen unter dem Penthouse. Wie wunderbar metaphorisch das war! Ich hatte es beinahe bis an die Spitze geschafft.

Anders als sonst wartete jemand auf mich, als sich die Fahrstuhltür öffnete. Der Mann war schätzungsweise Mitte vierzig und ebenso attraktiv wie die anderen Mr. Tag-der Woche, auf eine reifere Art. Ein sexy Silberfuchs, doch mit einer irritierenden Ausstrahlung. Er starrte mich mit unergründlichen dunklen Augen und verkniffenem Mund an. Mir war sofort klar, dass dieser Mann keinen Spaß verstand. Instinktiv wusste ich, dass man ihm besser nicht in die Quere kam. Ich wollte ihn ganz sicher nicht zum Feind haben.

„Willkommen zurück bei Diamond, Ms. Canyon. Wenn Sie mir bitte folgen wollen?" Er wandte sich um, ohne sich zu vergewissern, dass ich seiner Aufforderung nachkam, weil er offensichtlich nichts anderes erwartete. Und er hatte recht.

In diesem Stockwerk gab es keine Großraumbüros, deshalb vermutete ich, dass es sich um eine untere Führungsetage handelte. Alles war sehr geschmackvoll hergerichtet, ansprechend genug, um hier Kunden zu empfangen. Die verschiedenen Sitzgruppen und Tische und der größere Konferenzbereich erinnerten mich an eine Hotellobby. Die Opulenz dieser Einrichtung zeigte mir, dass keine Ausgaben gescheut wurden. Aber eines musste ich anerkennen: Die meisten Angestellten hatten sehr schöne Arbeitsplätze. Die Toilettenräume waren exzellent und die Aufenthaltsbereiche für Mitarbeiter mit einer großen Auswahl von Getränken und Snacks ausgestattet. So etwas kannte ich von meiner alten Arbeitsstelle nicht. Letztendlich hing wohl alles vom Geld ab, oder?

Den Umschlag mit dem belastenden Beweismaterial hatte ich in meiner Wohnung versteckt, trotzdem glaubte ich, das

Gewicht dieser Dokumente auf mir zu spüren. Was hätte mein Vater gesagt, hätte er mich jetzt sehen können? Wäre er stolz auf mich? Würde er bedauern, dass es so weit gekommen war? Zu welcher Entscheidung hätte er mir geraten? Fair zu sein oder das Recht einzufordern? Die Papiere zu veröffentlichen oder von innen heraus etwas zu verändern?

Mr. Sunday räusperte sich, und ich wäre fast vor Schreck zusammengezuckt. „Bitte kommen Sie mit in mein Büro."

Das tat ich. Es war riesig. Sein Büro war vollkommen anders eingerichtet als die restlichen Räume des Gebäudes: Alles war hypermodern, Chrom und Glas überall – sehr kühl und streng. Ich schaute Mr. Sunday an und fand, dass es perfekt zu ihm passte. Er ging zum anderen Ende des Zimmers, wo eine ausladende Fensterfront einen atemberaubenden Blick über die Stadt bot. Es gab einen eigenen kleinen Konferenztisch und dazu einige sehr unbequem aussehende Gästestühle. Das hier war kein Ort, an dem man länger verweilen wollte.

Ich wählte den Platz, der am weitesten vom Fenster entfernt war.

„Möchten Sie einen Kaffee oder etwas anderes zu trinken?"

Auch wenn er höflich war und sein Tonfall aufrichtig klang, wirkte dieser Mann alles andere als herzlich. „Nein, vielen Dank", sagte ich.

„Wunderbar." Er setzte sich, schlug die Beine übereinander und öffnete den unteren Knopf seines Jacketts. „Wie war Ihre Woche?"

Die Frage überrumpelte mich etwas. Ich hatte nicht damit gerechnet, dass er sich nach meinem Befinden erkundigen würde. Ich betrachtete ihn und hatte tatsächlich den Eindruck, dass es ihn gar nicht interessierte, wie meine Woche verlaufen war. Hier ging es um reine Förmlichkeit und Small Talk. „Bestens, danke der Nachfrage."

„Gut, gut, freut mich zu hören."

Ich hatte mich nicht geirrt. In Gedanken schien er den Small-Talk-machen-Punkt von seiner Liste zu streichen. Als mir einfiel, dass ich immer noch meine pinkfarbene Tasche umklammerte, nahm ich sie von der Schulter und stellte sie auf dem Boden neben meinem Stuhl ab. Ich hoffte, dass er mir so schnell wie möglich meine Testaufgabe geben würde.

„Also dann. Zuerst möchte ich Ihnen gratulieren, dass Sie bis hierher erfolgreich waren. Es ist schon eine besondere Leistung, wenn man es aus bescheidenen Verhältnissen fast bis zum Führungssessel schafft."

Er beleidigte mich. Es war zwar alles in freundliche Worte gekleidet, doch es war trotzdem eine Beleidigung. Ich musste mich mit aller Kraft beherrschen, um nicht auszurasten. „Vielen Dank. Ich bin für diese Chance sehr dankbar und habe sehr lehrreiche Erfahrungen gemacht."

„Das ist sehr gut. Ich denke, selbst alte Hasen können etwas dazulernen. Auch jemand wie Sie, der für den CEO-Posten doch sehr jung ist." Er musterte mich so eindringlich mit seinen dunklen Augen, dass ich einen Schauer unterdrücken musste. Ob aus Wut oder Angst, war mir nicht klar. Ich hätte schwören können, dass dieser Mistkerl mich gerade als alt bezeichnet hatte, obwohl er offensichtlich älter war als ich! Ganz zu schweigen von der hinterhältigen Spitze bezüglich meiner Bewerbung um den CEO-Job. Ich biss die Zähne zusammen, um nicht irgendetwas zu sagen, das ich später bereuen würde. „Erzählen Sie mir mal, was Sie zum Beispiel gelernt haben."

Jetzt musste ich mich vorsehen. Irgendwo lauerte eine Falle. Es war nicht einfach, zu erklären, was ein bestimmtes Erlebnis einen gelehrt hatte. Das war etwas Persönliches, nicht jeder lernte dasselbe. Jede neue Erfahrung baute auf der vorhergegangenen auf, und erst alles zusammen ergab ein Bild. Dennoch musste mir jetzt etwas einfallen. Ich konnte nur hoffen, dass er meine Äußerung nicht gegen mich verwenden würde.

„Hauptsächlich habe ich gelernt, flexibel zu sein. Gelegenheiten zu erkennen, wenn sie sich anbieten, und Probleme objektiv zu betrachten, um sie dementsprechend anzugehen."

„Sehr beeindruckend. Sie können sich gut artikulieren und haben es auf den Punkt gebracht." Er nickte, als wäre ich ein Kind, das soeben gezeigt hatte, dass es sehr schlau war. Wenn ich den Job bekam, würde ich diesen Typen sofort feuern, das schwor ich mir. „Aber etwas würde ich noch gern wissen."

Mir lief eine Gänsehaut über den Rücken. Ich hatte ein schlechtes Gefühl bei dem, was nun kommen würde. „Was wäre das?"

„Es interessiert mich, wie Sie herausgefunden haben, dass KevOptics bloß eine Scheinfirma ist."

Erstaunt blinzelte ich. Diese Frage hatte ich am wenigsten erwartet. Ich wurde den Eindruck nicht los, dass Mr. Sunday auf etwas Bestimmtes hinauswollte, beschloss jedoch, Ruhe zu bewahren und Carols Rolle dabei wie versprochen nicht zu erwähnen.

„Recherche. Ich bin eine Unternehmensbibliothekarin. Oder war es vielmehr." Ich zuckte die Schultern. „Ich habe nach Ungereimtheiten gesucht und Hinweise verglichen. Wenn Warnsignale auftauchten, habe ich tiefer gegraben. Es gab letztendlich sehr viele solcher Signale bezüglich KevOptics, die deren Seriosität zweifelhaft erscheinen ließen."

Mit zusammengekniffenen Augen betrachtete er mich. Ich wartete darauf, dass er die nächste Bombe platzen ließ. Dann nickte er. „Solche Fähigkeiten zu haben ist sehr gut."

Diesmal hörte es sich nicht nach einer Beleidigung an, und das machte mich misstrauisch. Was für ein Spiel trieb der Mann mit mir? Hatte er womöglich Anteile an KevOptics oder irgendein verborgenes Interesse daran, dass Diamond diese Firma kaufte? Ich wusste bloß, dass ich mich sehr, sehr vorsehen musste.

Er zeigte auf einen Hefter auf dem Konferenztisch. „Dort liegen ein paar Akten mit sehr vertraulichen Informationen. Bitte holen Sie doch mal die oberste.“ Ich schaute zum Tisch und erhob mich, bevor ich ihn mit gerunzelter Stirn ansah. „Gehen Sie ruhig.“ Mit einer Handbewegung schien er mich zur Eile anzutreiben. Vermutlich fehlte nicht viel, und er würde noch „Such!“ sagen. Ob ich ein Leckerli bekommen würde, wenn ich zurückkehrte? Er stand definitiv auf meiner Abschussliste.

Ich nahm den Hefter vom Tisch und brachte ihn herüber. Mr. Sunday bedeutete mir, ihn zu öffnen. Es handelte sich um ein ausführliches Firmenprofil. Ich schnappte nach Luft, als ich den Namen EGL Communications las. Die Konkurrenz von Northbrook. Ich starrte Mr. Sunday an und hob die Akte hoch. „Was ist das hier?“

Er richtete den Blick auf seine Fingernägel und beobachtete mich aus dem Augenwinkel. „Sie haben ja bereits bewiesen, dass Sie ein schlaues Mädchen sind. Lesen Sie das und sagen Sie mir, was Sie davon halten.“

Ganz ehrlich, ich wollte eigentlich gar nicht wissen, was in dieser Akte stand. Ich hatte ein wirklich schlechtes Gefühl bei dem, was darauf folgen würde, doch zugleich war ich auch neugierig. Also zog ich den Stuhl vor und setzte mich, stützte die Ellbogen auf den Tisch und presste die Finger gegen die Stirn.

Ich las.

Ich blieb still sitzen, schlug eine Seite nach der anderen auf und ging alles durch. Je mehr ich las, desto schneller schlug mein Herz. Diese Firma würde ein sehr ernster Konkurrent für Northbrook werden, Diamonds neues Subunternehmen. Wenn die Angaben in diesem Hefter stimmten, würde sich Diamond ziemlich anstrengen und einige Strategien entwerfen müssen, um diesen Gegner auszumanövrieren. Es waren detaillierte Informationen, und ich überlegte, woher er die hatte.

Ich wandte mich ihm zu und fragte ihn ganz direkt: „Wie sind Sie da rangekommen?" Meiner Meinung nach handelte es sich hier um Insiderinformationen, und die Bedeutung dessen ließ mich frösteln.

„Das ist jetzt unwichtig. Wichtig ist, was Sie damit anfangen werden."

Und da war die Bombe.

„Nur zum Verständnis." Ich tippte auf den Ordner und blickte dabei Mr. Sunday an. „Wichtig ist, was *ich* damit anfangen werde?" Ich hörte mit Genugtuung, dass meine Stimme hart wie Stahl klang, und stellte zufrieden fest, wie sich Mr. Sunday in seinem Stuhl aufrichtete.

„Ganz richtig. Diese Konkurrenz muss beseitigt werden."

Ich war schockiert. Er wollte EGL niedermachen, so wie ich es mit Diamond vorgehabt hatte. Ich lehnte mich zurück und stemmte die Hände in die Hüften. „Sie haben vor, dieses Unternehmen zu *beseitigen*?"

Er schob eine Hand in die Innentasche seines Jacketts und zog ein zusammengefaltetes Stück Papier heraus. „Hiermit." Er streckte die Hand aus und erwartete wie selbstverständlich, dass ich zu ihm ging, um den Zettel zu holen.

Seufzend stand ich auf, denn wieder trieb mich die Neugierde an. Ich nahm das Blatt und faltete es auseinander. Beim Lesen riss ich die Augen auf. „Aber den Angaben in diesem Hefter zufolge stimmt das alles nicht. Das sind Unterstellungen. Komplette Lügen."

Sein Lächeln verursachte mir eine Gänsehaut. „Genau."

„Solche Unterstellungen könnten EGL ruinieren. Denken Sie doch an die Menschen, die dort arbeiten. Was sollen die denn anfangen, wenn die Firma zumacht?"

„Das ist nicht mein Problem. Ich muss mich um Diamond kümmern. Und das da …" Er deutete auf den Zettel in meiner Hand. „… ist der Schlüssel zum Erfolg."

Ich hob die Hände. „Und wie genau?"

„Indem man es veröffentlicht."

Mir sank das Herz. Das Gleiche hatte ich mit Diamond vorgehabt. Es war, als würde ich in einen Spiegel im Gruselkabinett schauen und plötzlich mit einem verzerrten, hässlichen Abbild meiner selbst konfrontiert werden. Ich war allmählich zu der Überzeugung gelangt, dass es besser war, meine Rachepläne aufzugeben, hatte mich aber noch nicht endgültig entschieden. Also wo war der Unterschied zwischen mir und Mr. Sunday?

„Ich nehme an, das soll ich dann übernehmen? Diese Informationen an die Medien weitergeben?"

Er nickte und grinste mich wieder auf diese fiese Art an. Ich hatte das Gefühl, als würde ich in einen schwarzen Strudel gerissen. Plötzlich wurde mir ganz klar, dass ich so etwas nicht tun konnte. Ich würde niemals für den Absturz eines Unternehmens sorgen, dem nichts weiter vorzuwerfen war, als dass es zu erfolgreich wurde. Die Erfindungen von EGL Communications waren sehr eindrucksvoll, und deshalb wollte dieser Mann die Firma abschießen.

„Das werde ich nicht tun." Meine Antwort klang weitaus selbstsicherer, als ich mich fühlte.

Mr. Sundays Lächeln erstarb. Er faltete die Hände und legte die Zeigefinger an seine Lippen. Nach einigen äußerst unangenehmen Sekunden, in denen er mich betrachtete wie ein störendes Insekt, sagte er schließlich: „Der Chip von Northbrook funktioniert nicht. Jedenfalls noch nicht."

„Wie bitte?", entgegnete ich erschrocken.

„Der Chip funktioniert nicht. Nach dem Meeting am Dienstag wurde die leitende Wissenschaftlerin befragt, die uns genau über die Ergebnisse der Tests ins Bild setzte. Es wird noch viel länger dauern, bevor ein marktfähiges Produkt präsentiert werden kann. Sie haben einen Deal mit einer Firma gemacht, die nichts zu bieten hat", erklärte er, und sein Ton war so scharf, dass es mir vorkam, als würden sich winzige Dolche in meine Haut bohren.

„Das … habe ich nicht gewusst. Woher auch?"

„Sie waren immerhin in der Lage, herauszufinden, dass mit KevOptics etwas nicht stimmt, oder nicht?"

Ich sprang auf und lief aufgeregt hin und her. „Da hatte ich auch mehr Zeit und Zugang zu mehr Daten. Mr. Tuesday hatte mir nur die knappsten Informationen gegeben, bevor wir ins Auto stiegen und zum Meeting fuhren. Es war nicht genug Zeit!"

„Dann ist es also Mr. Tuesdays Fehler gewesen?"

„Nein, nein, so habe ich das nicht gemeint." Meine Gedanken rasten, während er weiterredete.

„Hmm. Egal, wessen Schuld dieser eklatante Fehler war: Er muss korrigiert werden. Wir müssen der Forschungs- und Entwicklungsabteilung mehr Zeit verschaffen, um den Northbrook-Chip auszuarbeiten. Und das tun wir, indem wir verhindern, dass in der Zwischenzeit irgendjemand mit einem Konkurrenzprodukt auf den Markt kommt. Sie behaupten, CEO werden zu wollen. Nun, dann brauchen Sie eine gewisse Skrupellosigkeit. Diamond steht an erster Stelle. Sie müssen sich mit all Ihrem Mut, Ihrer Intelligenz, Leidenschaft, Wissbegierde, Anpassungsfähigkeit und Ihrer Moral, kurz mit Leib und Seele, Diamond verschreiben – und nur Diamond allein."

Inzwischen war es mir egal, ob ich Schwäche zeigte. Ich sank auf den Stuhl zurück und vergrub das Gesicht in den Händen. Was sollte ich tun? Vielleicht erwarteten sie von mir, Nein zu sagen? Aber der Ethik-Test war gestern gewesen. Sie würden doch so etwas nicht zweimal hintereinander machen, oder? Und es ergab Sinn, dass ein CEO skrupellos sein musste. Wie sonst konnte ein Unternehmen in dieser mörderischen Welt überleben? Wie sollte ich mich entscheiden? Was konnte ich tun? Wenn ich Nein sagte, mich weigerte, das zu tun, wären die vergangenen sechs Tage umsonst gewesen. Ich hätte keinen Job, kein Einkommen. Und wahrscheinlich auch keinen Mr. Monday.

Ich unterdrückte ein Schluchzen. Es gab immer noch meinen Racheplan. Ich könnte ablehnen und mich an Diamond dafür rächen, dass sie meinen Vater ruiniert hatten, meine Kindheit, dass sie mich überhaupt in diese Situation gebracht hatten. Aber … nein. Nein. Diamond hatte meiner Familie Unrecht angetan, während EGL nur vorgeworfen werden konnte, zu smart zu sein. Doch am Ende war alles das Gleiche. Um sich schlagen, weil man verletzt worden war. Schmerz zufügen, weil man Schmerz erfahren hatte. Nein. Diese Woche hatte ich eine Menge über mich erfahren, und es war nicht unbedingt positiv gewesen, was ich entdeckt hatte. Ich war blind vor Kummer gewesen und im tiefsten Innern wütend auf meinen Vater, der das alles verursacht hatte. Ich hatte so viele negative Gefühle gehabt, aber damit war jetzt Schluss. Ich hatte das alles hinter mir gelassen.

„Tut mir leid“, murmelte ich. Dann hob ich den Kopf und ließ kraftlos die Hände auf den Schoß fallen.

Verwundert starrte er mich an. „Was tut Ihnen leid?“

Ich schüttelte den Kopf. „Ich werde das nicht machen.“

Er stand auf. Als er sich vor mir aufbaute, versuchte er mich mit seinem Blick einzuschüchtern. Das funktionierte jedoch nicht, denn ich hatte nichts mehr zu verlieren.

„Sie machen es also nicht?“

Ich erhob mich ebenfalls, sodass er einen Schritt zurückweichen musste. „Sie haben mich richtig verstanden. Ich. Werde. Es. Nicht. Tun.“

„Na gut. Dann sind Sie für uns nicht zu gebrauchen.“ Er streckte die Hand aus, und ich sah ihn verständnislos an. Wollte er sich verabschieden? „Die Schlüsselkarten.“

„Wie bitte?“, fragte ich völlig verwirrt.

„Die Schlüsselkarten. Sie müssen die Schlüsselkarten zurückgeben, die Sie in dieser Woche erhalten haben."

Ich bückte mich nach meiner Tasche und stellte sie auf den Tisch. Als heiße Tränen in meinen Augen brannten, blinzelte ich sie schnell weg. Auf keinen Fall würde ich vor diesem Mann anfangen zu heulen. Wenn ich mich bemitleiden wollte, würde ich das allein im stillen Kämmerlein tun. Ich griff ins Seitenfach und zog die Karten heraus.

„Bitte schön." Ich bemühte mich, mir nichts anmerken zu lassen. Die Genugtuung, wenn ich ihm zeigte, dass ich am Boden zerstört war, gönnte ich ihm nicht. In der vergangenen Woche war der CEO-Job für mich wichtiger geworden als meine Rachepläne. Nun hatte ich gar nichts mehr.

„Vielen Dank." Er nahm die Karten an sich, ging zu seinem Schreibtisch hinüber, öffnete eine Schublade und warf sie dort hinein. Merkwürdigerweise nahm er danach den Hörer seines Telefons ab, wählte und sagte: „Rotes Licht." Nachdem er aufgelegt hatte, wandte er sich zu mir um. „Der Sicherheitsdienst wird in wenigen Sekunden hier sein und Sie hinausbegleiten."

„Ist das Ihr Ernst? Sie lassen mich hier wie eine Kriminelle abführen?" Ich konnte es nicht fassen. Das war ja noch widerlicher als dieser letzte Test. Am meisten tat es mir leid, dass ich den Kerl nun nicht feuern konnte.

Einen Moment darauf erschien ein gequält aussehender Stanley vor der Tür. Mr. Sunday saß mittlerweile wieder auf seinem Stuhl und gab sich ganz als Herr des Hauses. „Alles Gute für Sie, Ms. Canyon", sagte er heuchlerisch.

Ich war nicht jemand, der hinter sich alle Brücken abriss, aber diese falsche Höflichkeit konnte ich nicht erwidern. Wortlos hängte ich mir die Tasche über die Schulter und segelte aus dem Büro. Ohne auf Stanley zu warten, stampfte ich wütend zum Fahrstuhl. Gerade drückte ich auf den Knopf, um den Lift zu rufen, als Stanley mich einholte.

„Tut mir leid, wie es ausgegangen ist, Ms. Canyon“, meinte er leise.

Sein ehrliches Mitgefühl berührte mich, und ich musste erneut gegen die Tränen ankämpfen. „Danke, Stanley.“

Als der Aufzug kam, hielt Stanley seine Karte in den Sensor, und wir fuhren in die Eingangshalle hinunter. Ich starrte auf die Etagenanzeige, beobachtete, wie die Nummern abwärts aufleuchteten, und sehnte mich verzweifelt nach Mr. Monday. Ich wollte, dass mir jemand versicherte, alles wäre in Ordnung. Würde er auf mich warten? Wenn nicht … Ich wusste immer noch nicht, wie ich ihn erreichen konnte. Ich wäre allein. Wieder einmal.

Die Glocke ertönte und kündigte an, dass wir das Erdgeschoss erreicht hatten. Ich presste kurz die Lider zusammen. Bitte, wünschte ich mir im Stillen. *Bitte.* Ich spürte einen Luftzug auf meinem Gesicht, als sich die Tür öffnete. Dann schlug ich die Augen auf und trat aus der Kabine und … niemand war da.

Ich war am Boden zerstört.

Nachdem ich Stanley zum Abschied traurig zugenickt hatte, verließ ich das Gebäude und blieb in der leeren Auffahrt stehen. Was sollte ich jetzt tun?

Nun, zumindest wusste ich, dass mein Vater unschuldig war. Das würde ihn nicht zurückbringen oder die leidvollen Jahre auslöschen. Doch diese Gewissheit gab mir Trost. Da ich nicht den ganzen Tag hier herumstehen und Trübsal blasen konnte, setzte ich mich in Bewegung und lief Richtung Straße. Es sah so aus, als müsste ich nun sparsam leben, deshalb würde ich wohl die Untergrundbahn nehmen. Hinter mir hörte ich, wie ein Auto auf die überdachte Auffahrt fuhr. Ich achtete nicht darauf, musste dann aber zurückweichen, als der Wagen ausscherte und mir den Weg versperrte.

„He! Wollen Sie mich umfahren?“, rief ich und schlug auf die Kühlerhaube.

Die hintere Tür ging auf, und ich brachte vor Überraschung kein Wort mehr heraus.

„Tess, komm mit." Mr. Monday sah mich fast flehend an, und ich zögerte einen Augenblick. Ach, wie gern wäre ich mit ihm gegangen.

„Es ist alles vorbei. Zu Ende. Ich bin sozusagen achtkantig rausgeflogen, eskortiert vom Sicherheitsdienst. Wie demütigend das war!" Ich drehte mich um und lief weiter. Ich wollte Diamond so weit wie möglich hinter mir lassen.

„Tess, warte!" Er kam hinter mir her und hielt mich am Arm zurück.

Ich schaute ihn an und befreite mich aus seinem Griff. „Warum? Was willst denn noch von mir?" Forschend betrachtete ich sein Gesicht, suchte nach einem Anzeichen dafür, dass er mich um meinetwillen wollte, konnte jedoch nichts dergleichen erkennen. Ich seufzte. Als ich weitergehen wollte, hielt er mich erneut zurück, und diesmal ließ er mich nicht mehr los.

Er zog mich an seine Brust. Halt suchend legte ich die Hände auf seine Schultern. Als er den Kopf neigte, entdeckte ich Verletzlichkeit, Ärger und Entschlossenheit in seinem Blick. „Tess, du musst mit mir mitkommen."

Anstatt auf eine Antwort zu warten, führte er mich zum Wagen. Ich wehrte mich nicht dagegen, obwohl er mich praktisch kidnappte. Keine Ahnung, warum ich nicht davonlief. Vielleicht lag es an dem Ausdruck in seinen Augen, den ich vor einigen Sekunden beobachtet hatte. Ich war so aufgewühlt, so wütend, verletzt, angewidert – alles auf einmal. Und schließlich siegte der Ärger. Ich wollte eine richtige Beziehung zu ihm haben. Wollte, dass er derjenige war, der mich tröstete, doch er würde mir zuvor beweisen müssen, dass es ihm wirklich um mich ging.

Ich schaute aus dem Autofenster und versuchte ihn zu ignorieren, damit er bemerkte, wie beleidigt und zornig ich war.

Es fiel mir allerdings nicht leicht, wenn er mir hier auf dem Rücksitz der Limousine so nahe war und ich seinen Duft in der Nase hatte. Ich musste an den ersten Abend im Hubschrauber denken, als er mir die Augenbinde angelegt hatte. Da hatte alles angefangen. Und ich wusste immer noch nicht, wer dieser Mann eigentlich war.

Ich rutschte näher zur Tür, um so viel Distanz wie möglich zwischen uns zu bringen. Als ich ihn plötzlich lachen hörte, musterte ich ihn finster, bevor ich mich wieder dem Fenster zuwandte.

„Du solltest dein rotes Haar wirklich nicht mehr färben", meinte er. „Das passt besser zu deinem Temperament."

„Wie kannst du so was bloß sagen? Du hast ja keine Ahnung, was ich eben durchgemacht habe. Dieser Mann ist einfach widerlich. Ich habe mich geweigert, etwas total Fieses zu tun, und daraufhin hat er mich gefeuert."

„Das stimmt nicht. Du konntest gar nicht gefeuert werden, weil du nicht angestellt warst." Er klang belustigt, doch im Moment war ich dafür nicht empfänglich.

„Das ist überhaupt nicht komisch", erwiderte ich eisig.

„Tess, Tess, komm schon." Er nahm meine Hand. Als ich mich losreißen wollte, hielt er mich fest. „Komm her zu mir." Er zog mich über den Sitz zu sich hinüber – nicht gerade sehr elegant übrigens – und legte den Arm um meine Schulter. Dann hob er mit einem Finger mein Gesicht an.

„Hör auf", sagte ich. Ich war noch nicht bereit, meinen Ärger zu vergessen, und seine Zärtlichkeit ließen meine wütende Fassade bröckeln. Ich wollte mich abwenden, aber er ließ nicht los.

„Tess, du musst dich wieder beruhigen."

Das brachte mich nur noch mehr zum Kochen. „Sag mir nicht ständig, was ich tun soll! ‚Beruhige dich! Hab Geduld! Vertrau mir!' Ich habe genug von deinen Anweisungen. Hast du irgendeine Vorstellung von dem, was da gerade vorgefallen ist?"

Er nickte. „Glaubst du wirklich, das wäre nicht so?"

„Das ist verrückt." Ich schüttelte den Kopf und befreite mich aus seiner Umarmung. Diesmal ließ er es zu, und ich war sofort enttäuscht deshalb. Kein Wunder, dass Männer nicht verstehen, wie Frauen ticken, dachte ich.

„Was ist verrückt?", wollte er wissen. Er lehnte sich zurück und platzierte seinen Arm oben auf der Rückenbank.

Ich wedelte mit der Hand. „Alles hier. Alles, was ich diese Woche gemacht habe. Heute, da oben." Mit dem Daumen deutete ich in die Richtung, aus der wir kamen. „Dieser Mann!" Ich drehte mich zu Mr. Monday um. „Ihr solltet ihn feuern. Das ist das Erste, was ich als CEO getan hätte."

Mr. Monday lachte und wollte mich wieder an sich ziehen. Diesmal ließ ich es ohne Widerstand geschehen.

„Du brauchst mir nichts über ihn zu erzählen. Ich kenne ihn sehr gut."

Ich schüttelte den Kopf. „Aber er wollte von mir, dass ich …"

„Das war alles Teil der Prüfung."

„Ja", gab ich verächtlich schnaubend zurück. „Und die habe ich nicht bestanden."

Er drückte mich an sich. „Bist du dir da so sicher?"

Ich starrte ihn an. „Was willst du damit sagen? Natürlich bin ich durchgefallen. Er hat mir die Schlüsselkarten abgenommen. Ich bin von Stanley aus dem Haus geführt worden, was uns beiden peinlich war. Das nenne ich durchfallen."

Sein Lächeln erwärmte mich. Er schüttelte den Kopf. Zunächst schien er etwas erwidern zu wollen, doch dann umfasste er mein Gesicht und presste seinen Mund auf meine Lippen.

Das Letzte, was ich mir in diesem Moment vorgestellt hatte, war, auf dem Rücksitz der Limousine herumzumachen. Aber dieser Mann fühlte sich so wahnsinnig gut an, dass ich ihn nicht wegschieben konnte. Ich seufzte in seinen Mund und schlang die Arme um seinen Nacken. Sofort war meine Wut verraucht, und die Leidenschaft erwachte in mir. Ich reagierte im Nu auf seine Berührungen und setzte mich auf seinen Schoß. Genau das brauchte ich jetzt, und wahrscheinlich hatte er das gewusst, noch bevor es mir selbst klar geworden war. Er kannte mich besser, als ich dachte. Der Kuss wurde immer heißer. Mr. Monday stöhnte auf und legte mich auf die Rückbank.

Er hob den Kopf und betrachtete mich. Mein Herz machte einen Satz, als ich ihm in die Augen sah. Darin entdeckte ich den Mann, den ich gestern Nacht kennengelernt hatte. Der Mr. Monday von gestern Nacht war ein ganz anderer als der, der mich in der vergangenen Woche jeden Morgen zu meinem Test begleitet hatte. Er hatte sich erlaubt, zu entspannen, den Büromenschen hinter sich zu lassen und mir das Gesicht hinter der professionellen Maske zu zeigen. Ich seufzte und presste ihn an mich, wollte ihn nicht loslassen. Ich brauchte seine Berührung, um mich in dieser Welt nicht mehr so verlassen zu fühlen.

„Hast du dich jetzt ein kleines bisschen beruhigt?"

Ich nickte. „Aber nur in Bezug auf meinen Ärger, denn wenn du so weitermachst …" Ich gab ihm einen kurzen verheißungsvollen Kuss. „… dann könnte es sehr, sehr lange dauern, bis ich mich wirklich wieder beruhige."

„Wer will denn, dass du dich beruhigst?"

„Ich nicht", entgegnete ich und hob genüsslich das Kinn, als er sich an meinen Hals schmiegte und ich seine Lippen spürte.

Er fuhr mit seiner Erkundung fort und hinterließ eine brennend heiße Spur auf meiner Haut, während er sich zu meinem Gesicht voranarbeitete und schließlich meinen Mund berührte. Dann lehnte er sich zurück und lächelte mich an, und diesmal erreichte das Lächeln seine Augen. Ich hätte mich sogar dazu hinreißen lassen, zu behaupten, dass sein Blick sehr leidenschaftlich und voller Zärtlichkeit war.

„Komm her, du“, sagte ich und zog seinen Kopf an mich. Er küsste so unglaublich gut, und gestern Nacht hatte er ganz eindeutig alle meine empfindlichen Stellen gefunden.

Durch das Schaukeln der Limousine wurden wir aneinandergepresst. Ehe ich mich versah, hatte ich nur noch meinen Slip und den BH an. Ich lachte und konnte kaum glauben, dass dieser tiefe, sinnliche Ton von mir kam. Rasch löste ich mich von Mr. Monday und erhob mich von der Sitzbank, um mich kurz zu vergewissern, dass die Trennscheibe geschlossen war.

„Keine Angst, das war das Erste, was ich gemacht habe.“

„Ach so, du hast das Ganze also von vornherein geplant?“, zog ich ihn auf und griff nach seinem Hemd, um es ihm auszuziehen. „Das war heute alles unfair genug. Wenn ich hier also schon nichts mehr anhabe, musst du genauso nackt sein.“ Ich warf sein Hemd zur Seite, und es landete auf meinen Kleidungsstücken. „Kann er uns hören?“, flüsterte ich und zeigte auf die Scheibe.

„Nein.“

„Wunderbar. Jetzt zieh das hier aus“, wies ich ihn an, während ich den Reißverschluss an seiner Hose öffnete und sie ihm herunterriss. „Ach, ich sehe dich so gern an.“ Ich beugte mich vor, berührte seine Brust. Er hatte gerade das richtige Maß an Behaarung, und seine Muskeln waren perfekt definiert. Ich rückte zur Seite und bettete meinen Kopf auf seinen Bauch. „Hmm, du riechst so gut, ich könnte dich auffressen.“

„Das würde mir gefallen.“ Er legte die Hand auf meinen Hinterkopf, und ich drückte die Lippen auf seine Haut. Mit Leichtigkeit hob er mich daraufhin an, sodass ich zwischen seinen Knien saß. Genüsslich erkundete ich seinen Körper, fühlte seine Wärme, genoss das feine Kitzeln der Härchen, die harten

Muskeln und seinen unglaublich aufregenden Duft. Dieser Mann war einfach überwältigend sexy. Ich beugte mich zu ihm hinunter und ließ meine Zungenspitze über seinen Bauchnabel tanzen. Er atmete heftig aus, als ich in diese sensible Zone vorstieß und ein Stück weiter nach unten rutschte.

Langsam ließ ich meine Finger über seine Hüften hinabwandern, bis ich gegen den Taillenbund seiner Boxershorts stieß. Ich strich weiter über den Stoff und hielt den Atem an, als ich seine pochende Erektion ertastete. Sanft bewegte ich meine Hand darüber, hoch und runter, während ich noch immer die erhitzte Haut unterhalb seines Nabels liebkoste. Schließlich griff ich nach dem Bündchen und zog ihm die Shorts herunter, um ihn vor meinem hungrigen Blick und meinem gierigen Mund zu entblößen.

Er half mir, die Hose weiter herunterzuziehen, und ich umfasste seinen Schwanz. Mit leichtem Druck massierte ich ihn, streichelte ihn von der Spitze bis nach unten. Ich hätte kaum geglaubt, dass er noch härter werden konnte, aber als ich ihn in den Mund nahm, spürte ich es. Mr. Monday stöhnte auf – ich liebte diesen tiefen, rauen Ton. Er erwiderte meine Bewegungen mit den Hüften, während ich ihn mit den Lippen verwöhnte. Zugleich nahm ich seine Hoden in die Hand und spielte mit ihnen, bis sich die Haut darüber fester spannte. Ich wollte ihm dieselbe Lust bereiten, die er mir gestern Abend verschafft hatte, doch ich bemerkte, dass er sich zurückhielt. Als ich meine Zungenspitze über die sensible Unterseite seiner Männlichkeit gleiten ließ, erschauerte er. Es gefiel mir, diese Macht über ihn zu haben, ihn so weit zu bringen, dass sein anbetungswürdiger kräftiger Körper unter meinen Berührungen zitterte.

„Tess“, keuchte er und atmete zischend ein, als ich mit der Zunge über seine Schwanzspitze fuhr. „Wie gestern Nacht“, sagte er schließlich und beugte sich zur Seite, um nach seiner

Hose zu greifen. Ich wusste, was er vorhatte, und löste mich von ihm. Er holte ein Kondom aus der Hosentasche, riss die Verpackung auf und streifte es sich über. Danach zog er mich blitzschnell auf seinen Schoß. „Reite mich."

Dazu musste er mich nicht überreden, denn das war meine Lieblingsstellung. Er packte meine Taille und hob mich hoch, während ich meinen Slip zur Seite schob. Ich nahm seinen Schwanz und führte ihn an meine feuchte Öffnung. Mit einem Seufzer ließ ich mich auf ihn sinken, bis er mich ausfüllte. Ich hob und senkte die Hüften, und er folgte meinen Bewegungen, bis wir in einen wilden Rhythmus verfielen und der süßen Erlösung immer schneller näher kamen. Er legte die Hände auf meinen Rücken und drückte mich an sich. Mit den Zähnen zerrte er an meinem BH, um meine Brüste zu entblößen. Er saugte an einem Nippel, mit einer Hand reizte er den anderen. Das lustvolle Ziehen schoss durch meinen ganzen Körper, und meine Muskeln zogen sich um ihn zusammen. Bald war es, als würde ich die Kontrolle verlieren, ich konnte ihn nur immer weiter reiten.

Unser Stöhnen erfüllte den hinteren Raum der Limousine, und als die Straße etwas holpriger zu werden schien, verstärkte das unseren ohnehin heftigen Tanz. Mit angehaltenem Atem bäumte ich mich auf und wartete, bevor ich mit einem wilden Zucken explodierte. Er stieß noch härter zu und presste mich an sich. Dann schob er seine Finger zwischen uns, fand meine Klit und massierte sie. Ich konnte mich kaum mehr halten, als sich meine Muskeln erneut anspannten. Er zog sich aus mir zurück, drang dann ein letztes Mal kraftvoll und tief in mich ein. Um nicht vor Verlangen laut aufzuschreien, senkte ich den Kopf und biss ihn in die Schulter. Er vergrub das Gesicht an meinem Hals, und wir klammerten uns fest aneinander, während die Wellen der Erlösung über uns hinwegrollten.

Eng umschlungen ließen wir uns auf die Rückbank fallen und hielten uns weiterhin in den Armen, bis wir langsam wieder normal atmeten.

„Hast du Durst?“, fragte ich ihn leise, immer noch vollkommen ausgelaugt. Als er nickte, setzte ich mich auf und rückte meinen Slip und den BH wieder zurecht. „Wir waren ja ziemlich einfallsreich, um das hier nicht ausziehen zu müssen.“ Ich reichte ihm ein Taschentuch, in das er unser Kondom einwickelte.

„Wo ein Wille ist, ist auch ein Weg“, sagte er und erhob sich leicht, um seine Boxershorts hochzuziehen.

Ich wühlte in dem Minischränkchen und förderte zwei Wasserflaschen zutage.

„Das ist ja echt ein Anblick. Du hier hinten in der Limo in Unterwäsche auf den Knien. Ich glaube, daran könnte ich mich gewöhnen.“

„Sei nicht so frech“, erwiderte ich grinsend und warf ihm eine der Flaschen zu. Danach öffnete ich meine und trank sie in einem Zug leer. Ich kam mir wie ausgedörrt vor.

Anschließend schnappte ich mir meine Sachen, zog mich an und ließ mich auf die Rückbank fallen. Der Tag heute war wie eine verrückte emotionale Achterbahnfahrt. Zusammen mit dem Rest der Woche grenzte es an ein Wunder, dass ich nicht ausgeflippt war. Ich lehnte mich zurück und fühlte mich so entspannt, dass ich auf der Stelle hätte einschlafen können.

Dann fiel mir auf, dass wir schon ewig in der Limousine waren. „Wohin fahren wir eigentlich?“ Ich warf einen Blick aus dem Fenster, konnte aber nichts wiedererkennen.

„Ich denke, inzwischen ist es kein Geheimnis mehr, da wir ja bereits auf dem Weg sind.“ Er sah mich an, und ich entdeckte wieder ein kurzes Aufflackern von Traurigkeit in seinem Blick. „Wir fahren zu dem Ort, an dem wir Montagabend gewesen sind.“

Nun setzte ich mich aufrecht hin und schaute hinaus, suchte nach etwas, das mir bekannt vorkam. Doch wir waren an jenem Abend ja mit dem Hubschrauber unterwegs gewesen, im Dunkeln, also war es sinnlos. Ich drehte mich zu Mr. Monday um. „In die Villa? Und warum?"

„Um eine letzte Angelegenheit zu erledigen." Er schlüpfte in seine Sachen, und ich sehnte mich schon jetzt danach, ihn nackt zu sehen.

„Eine letzte Angelegenheit? Was meinst du denn damit?"

„Das, was ich sage. Eine letzte Angelegenheit muss erledigt werden."

Das ergab für mich wirklich keinen Sinn. Ich würde den CEO-Job nicht bekommen. Warum zum Teufel fuhren wir also noch einmal zu Mr. Kings Villa am Meer? In den vergangenen Tagen hatte ich jedoch gelernt, dass er mir keine Antwort geben würde, egal, wie ich ihn löcherte. Er wartete anscheinend immer auf irgendeinen geheimnisvollen „richtigen Moment", und da der offensichtlich noch nicht gekommen war, schwieg ich. Außerdem war ich nach dem wundervollen Sex noch immer völlig entspannt und wollte diese Stimmung nicht zerstören.

Der Wagen bog in eine lange Auffahrt ein, die, wie ich annahm, zur Villa führte. Es war nicht zu übersehen, dass diese ganze Anlage praktisch vor Geld triefte. Hinter der letzten Kurve erhob sich das Anwesen, und wir fuhren um die kreisrunde Anfahrt zum vorderen Eingang. Die Umgebung wirkte gleichzeitig gepflegt und urwüchsig, ein dichter Wald grenzte an den frisch gemähten saftig grünen Rasen. Diese Mischung gefiel mir. Der Hubschrauberlandeplatz musste sich auf der anderen Seite des Grundstücks befinden. Ich war nicht dieselbe Frau gewesen, als ich hier vor sechs Tagen angekommen war. Doch wenn mich jemand fragte, inwiefern ich mich seitdem verändert hatte, würde ich es nicht genau beschreiben können. Auf jeden Fall fühlte ich mich leichter, freier.

Mr. Monday stieg aus und reichte mir die Hand. Ich nahm sie und ließ mir aus dem Auto helfen. Meine Beine waren etwas zittrig, daher schlang er den Arm um meine Taille. „Immer ruhig bleiben. Zeig, wie mutig du bist."

Lächelnd betrachtete ich ihn. „Ich habe keine Angst. Es sind einfach Spaghettibeine nach atemberaubendem Sex."

Er lachte. Ich hatte ihn lange nicht mehr so locker erlebt, abgesehen von gestern Nacht, und das freute mich. Er führte mich von der Limousine zu einer breiten, flachen Sandsteintreppe mit den wundervollsten rosa- und lilafarbenen Blumenbeeten zu beiden Seiten. Bewundernd stand ich vor der massiven, mit Ornamenten verzierten Holzflügeltür und den grünen Bleiglasfenstern. Die elegante, geschmackvolle und warme Atmosphäre im Hausinneren warf mich einfach um. Dieser Teil sah total anders aus als der Eingang, den wir an dem ersten Abend betreten hatten. Hier wirkte alles viel gemütlicher, obwohl es unglaublich riesige Räume waren.

Heute spürte ich jedoch eine andere Energie in diesem Haus. Ich hörte Stimmen und ein geschäftiges Treiben im Hintergrund.

„Was ist denn hier los?", wollte ich wissen und hielt zögernd inne, weil ich plötzlich nervös wurde.

„Heute wird hier sehr viel passieren, und du musst unbedingt dabei sein." Er lächelte mich an, und die Zärtlichkeit in seinen Augen war sehr tröstlich.

„Muss ich das? Ich wüsste nicht, warum."

„Das wirst du schnell genug herausfinden. Hab einfach ein bisschen Geduld." An der Hand zog er mich sanft mit sich.

„Glaub mir, über die Jahre habe ich gelernt, Geduld zu haben. Wenn es nicht so wäre, hätte ich diese Woche und dein ständiges ‚Das erkläre ich dir später' sicherlich nicht überstanden." Ich sah ihn mit hochgezogenen Brauen an.

Sein Blick wirkte mit einem Mal ein bisschen verlegen. Ich

sagte nichts mehr und sah mich stattdessen um, als wir durchs Haus liefen. Die Stimmen wurden lauter, hin und wieder vernahm ich ein Lachen. Besteck klirrte auf Tellern. Ein köstlicher Essensduft lag jetzt in der Luft. Das alles war wirklich sehr merkwürdig.

„Ich finde das Haus wunderschön. Wahrscheinlich wohnt Mr. King hier mit seiner Familie. Ich muss gestehen, mich packt der Neid, wenn ich daran denke, dass jemand hier aufwachsen darf."

„Kein Grund, neidisch auf etwas zu sein, was du nicht kennst. Vielleicht war deine Kindheit ja besser als das hier."

Sein Tonfall überraschte mich. „Sieh an, jetzt wirst du philosophisch."

Er zuckte die Schultern. „Jeder hat so seine Momente." Zunächst schien er noch etwas hinzufügen zu wollen, doch dann wurden wir beide von dem Geschehen abgelenkt. Als Mr. Monday plötzlich meine Hand losließ, wunderte ich mich, schwieg jedoch. Ich hatte keine Ahnung, wer alles im Haus war, aber offenbar wollte er nicht, dass andere mitbekamen, wie wir zueinander standen. Wie auch immer es zu bezeichnen war. Wir hatten uns bisher nicht darüber unterhalten. Das Einzige, was ich wusste, war, dass ich gern mehr daraus machen würde, als wir im Moment hatten.

„Hier geht es rein." Er drückte die Klinken einer Doppeltür herunter und schob sie weit auf. Der Raum war voller Leute. Einige kannte ich aus den Büros von Diamond, doch die meisten hatte ich noch nie gesehen. Ich zögerte, weil ich nicht wusste, was mich erwartete, vor allem nach den mysteriösen Bemerkungen von Mr. Monday.

Große Fenster ließen das Tageslicht herein. Auch hier gab es getönte Scheiben, die durch den hereinfallenden Sonnenschein smaragdgrüne Muster auf den Fußboden zeichneten. Hinter einer Gruppe von Leuten konnte ich ein paar Fotos erkennen.

Ich kniff die Augen zusammen und entdeckte Mr. King darauf. Eines schien erst vor Kurzem entstanden zu sein, andere zeigten seine Entwicklung von der Kindheit bis ins Erwachsenenalter. Neben den Bildern standen Blumen, wunderbar arrangierte Gestecke und Sträuße, an denen kleine Karten hingen. Da verstand ich. Ich griff nach Mr. Mondays Hand. Fast wäre ich über den flauschigen Teppich gestolpert, so erschrocken war ich. Er hatte mich zu einer Bestattung gebracht. Mr. Kings Trauerfeier. Ich taumelte gegen Mr. Monday.

„Was ist? Fühlst du dich nicht wohl?" Er blieb stehen und musterte mich besorgt.

Ich schüttelte den Kopf. „Ist das eine Beerdigung?"

„Nicht direkt. Es ist eher eine Gedenkfeier. Lass uns hier reingehen." Er deutete mit dem Kopf auf eine Tür zu meiner Linken und nahm meinen Ellbogen. Egal, wie unschuldig seine Berührung auch war, sie elektrisierte mich jedes Mal von Neuem.

Ich folgte ihm vorbei an den Gruppen von Gästen, viele nickten Mr. Monday zu und sahen ihn ernst an. Er schob mich ein bisschen schneller weiter, raus aus der Menge, bis wir sicher und allein in dem zweiten Raum angekommen waren und die Tür hinter uns geschlossen hatten.

„Erzählst du es mir jetzt? Alles, was du mir bisher verschwiegen hast? Warst du deshalb so traurig?" In meiner Kehle bildete sich ein Kloß. Ich hatte keine Ahnung, was das hier alles zu bedeuten hatte.

Er atmete tief durch. „Gleich."

Ich wurde immer nervöser. Er hielt mich hin. „Verrate mir einfach, was los ist. Ich bin auf das Schlimmste gefasst."

„Das kann ich mir vorstellen, es tut mir leid."

Diese Heimlichkeiten machten mich allmählich wütend. „Was mich wirklich an Diamond nervt, ist diese verdammte Geheimniskrämerei."

„Na ja, vielleicht kannst du ja mithelfen, das zu ändern."

Ich schüttelte den Kopf. „Schluss jetzt mit diesem ganzen kryptischen Mist! Bitte, bitte sag mir, was hier vorgeht."

Er ging zu einer Wand hinüber und zog an einer Kordel, so wie an dem ersten Abend, als daraufhin die Krankenschwester gekommen war und Mr. King in sein Zimmer zurückgebracht hatte. Einen Moment später wurde die Tür geöffnet, und ein paar mir sehr bekannte Männer traten ein.

Ich schnappte nach Luft und starrte Mr. Monday verwirrt an. „Was soll das bedeuten?"

„Bitte, Tess, komm her zu mir. Ich habe dir eine Menge zu erzählen."

Mir fehlte die Energie, um Widerstand zu leisten, und deshalb kam ich seiner Aufforderung nach.

„Ich weiß, dass du dich heute bei dem, was passiert ist, betrogen gefühlt hast, aber lass mich dir versichern: Es wird alles gut."

„Okay." Ich zuckte die Schultern. „Das erklärt aber immer noch nicht viel."

„Natürlich nicht. Jeder dieser Männer hatte die Aufgabe, dich auf einige besondere Charakterzüge zu prüfen. Über die Ergebnisse der Tests wurde ich ständig auf dem Laufenden gehalten."

„Du? Was ist mit Mr. King? Er hatte doch die Prüfungen angeordnet."

„Eine Sekunde, bitte." Mr. Monday warf einen Blick über meine Schulter, und ich drehte mich um, als er zu reden begann. „Meine Herren. Das hier ist Ihre letzte Gelegenheit, um irgendwelche Bedenken zu äußern, bevor die Ankündigung erfolgt."

„Ankündigung?", wiederholte ich. Ich hatte keinen blassen Schimmer, was hier los war. Es war irgendwie surreal und verwirrend, diese Männer nicht im Zusammenhang mit meinen

Prüfungen wiederzusehen. Beinahe glaubte ich, aus einem Traum zu erwachen, in dem sie alle eine Rolle gespielt hatten.

Einer der Männer trat aus der Gruppe heraus und kam zu uns herüber.

„Mr. Saturday“, sagte ich.

„Sein richtiger Name ist Lane Ryder.“

„Tess, die Triumphierende! Wie schön, Sie wiederzusehen.“ Lane ergriff meine Hände und drückte sie leicht. „Es war ein echter Spaß gestern mit Ihnen.“

„Tatsächlich? Ich bin einfach abgehauen. Das war ja nicht gerade spaßig.“

Er lachte herzlich, genauso wie gestern, sodass auch ich erleichtert lächelte. Er war nicht beleidigt. „Und das war ja das Gute. Die Tatsache, dass Sie gegangen sind, weil Sie das Gefühl hatten, dass es nicht koscher ist, was wir taten. Viel Glück für die Zukunft!“

„Vielen Dank.“

Einer nach dem anderen kamen die Männer zu mir herüber, und ich erfuhr endlich ihre richtigen Namen. Mr. Tuesday war Steve Black. Mr. Thursday war Robert Hall, Mr. Friday war Zoltan Gray. Alle waren sehr liebenswürdig und höflich zu mir. Mr. Sunday fehlte, und darüber war ich froh. Ich ärgerte mich immer noch über sein unglaubliches Benehmen.

Aber noch jemand anders war nicht erschienen: Mr. Wednesday. Ich schaute mich um, konnte ihn jedoch nirgends entdecken.

Mr. Monday beugte sich zu mir vor und flüsterte mir ins Ohr: „Wen suchst du?“

Eigentlich wollte ich es ihm nicht sagen. Es war mir unangenehm, nach dem Mann Ausschau zu halten, den ich geküsst hatte, während ich neben dem stand, mit dem ich ins Bett ging.

Eine tiefe Stimme hinter mir brachte mich zum Lächeln. „Ich glaube, sie hat mich vermisst.“

Ich wirbelte herum, und ja, es war Mr. Wednesday. Unwillkürlich verspürte ich den Wunsch, ihn zu umarmen, doch ich bezweifelte, dass Mr. Monday das gefallen würde. Stattdessen streckte ich ihm die Hände entgegen, und er ergriff sie. „Ja, ich habe nach dir gesucht, weil ich mich gern von dir verabschieden wollte."

Er warf Mr. Monday einen Blick zu, bevor er meine Hände sanft drückte und dann wieder losließ. „Ich wünsche dir nur das Beste, Tess. Du hast in dieser Woche Wunderbares geleistet."

Bevor er verschwinden konnte, sagte ich: „Hey, alle haben mir ihren Namen verraten, außer dir. Verrate ihn mir."

Er holte tief Luft, was seinen eindrucksvollen Brustkorb zur Geltung brachte. „Rourke. Rourke Stone zu Ihren Diensten, Madam."

Ich lächelte ihn an. „Ich freue mich, dass ich dich noch einmal außerhalb der Prüfung sehen konnte, Rourke. Ach, übrigens, habe ich da vielleicht einen gewissen Countryboy-Slang herausgehört?"

„Erwischt", sagte er. „Normalerweise hört man den nicht." Rourke trat einen Schritt zurück und nickte Mr. Monday zu. „Ich sollte dich jetzt weitermachen lassen. Wir sehen uns später." Ich schaute ihm hinterher und verspürte eine gewisse Erleichterung.

Dann wandte ich mich zu Mr. Monday um, und sein Gesichtsausdruck erfreute mich. Er schien glücklich zu sein.

„Worüber freust du dich?", wollte ich wissen.

„Komm mit." Er nahm meine Hand und führte mich in einen anderen Raum.

„Das hier kenne ich."

„Dachte ich mir, dass du dich erinnerst."

Das letzte Mal, als ich hier gewesen war, hatte ich Mr. King kennengelernt, bevor mein Abenteuer bei Diamond begonnen hatte. War das wirklich erst sechs Tage her, seit ich ins Kaninchenloch gesprungen war? Aber jetzt war es vorbei, und ich wusste nicht, warum Mr. Monday so zufrieden wirkte und warum das alles auf einer Gedenkfeier stattfand.

„Dreh dich bitte mal um und sieh auf den Monitor.“ Mr. Monday deutete auf die Wand hinter dem Schreibtisch, an der ein großer Fernsehbildschirm hing. Die Fernbedienung hielt er in der anderen Hand.

„Was wird das?“ Ich sah ihn an und stellte besorgt fest, dass der zufriedene Ausdruck auf seinem Gesicht verschwunden war und einer tiefen Traurigkeit Platz gemacht hatte. „Was ist los?“ Ich ging auf ihn zu und nahm seine freie Hand. Er schloss die Finger um meine.

„Das wirst du gleich sehen“, sagte er leise und starrte auf den Monitor.

Für einen Moment betrachtete ich ihn besorgt. Dann wandte ich mich zum Bildschirm um, und plötzlich war eine Stimme aus dem Lautsprecher zu hören.

„Oh!“, rief ich erschrocken, als ich Mr. Kings Gesicht erblickte. Er wirkte sehr zerbrechlich, sein Teint war bleich, und die Augen saßen tief in den Höhlen. Ich war überrascht, wie schnell er seit meinem ersten Besuch abgebaut hatte.

„Hallo, Tess. Vor sechs Tagen hatte ich Ihnen eine Aufgabe mit sieben Tests gegeben, um mich Ihrer Integrität zu versichern. Unglücklicherweise kann ich heute nicht bei Ihnen sein. Meine Ärzte haben mich gewarnt, dass ich nicht mehr viel Zeit hätte. Dass ich es vielleicht nicht bis zum Sonntag schaffe, was sehr wahrscheinlich ist …“

Ich schaute kurz zu Mr. Monday, und es brach mir fast das Herz, als ich die Trauer in seinen Augen bemerkte.

„… Tess, ich weiß, wer Sie sind. Ihr Vater war ein anständiger Mann, aber …“

Mir fiel fast die Kinnlade herunter, und ich starrte auf den Bildschirm.

„… die Dinge liefen mit ihm leider sehr verkehrt. Als wir die Wahrheit herausfanden, war er nicht mehr am Leben. Es tut mir aufrichtig leid, dass wir nicht mehr in der Lage waren, den Fehler wiedergutzumachen. Dennoch behielt ich Sie im Auge. Ich wollte Ihnen helfen, aber ich wusste, dass Sie die Firma hassen und niemals finanzielle Unterstützung von mir angenommen hätten. Wir haben für Sie Stipendien und Begabtenförderungen arrangiert. Ich konnte die Vergangenheit nicht ändern, doch ich konnte Ihnen dabei helfen, Ihre Zukunft aufzubauen. Als ich feststellte, dass Sie sich für die Assistentenstelle im Führungsbüro beworben hatten, wusste ich, dass endlich meine Gelegenheit zur Wiedergutmachung gekommen war. Ich hatte mich zu sehr auf das allmächtige Geld konzentriert und dabei ein bisschen den Blick auf die Menschen verloren. Das wurde mir jetzt klar. Ich hatte keinen Bezug mehr zu ihnen und hörte nur das, was die Abteilungsleiter mir berichteten, denen ich vertraute, ohne nachzufragen. Das bereue ich sehr.“

Er begann zu husten. Ich sah zu Mr. Monday, dann wieder auf den Monitor. Ein kurzes Aufblitzen war zu sehen, so als wäre die Aufzeichnung gestoppt und dann weitergeführt worden.

„Mein Sohn Daxton wird Ihnen den Rest erklären. Ich habe immer Vertrauen gehabt. Tess, haben Sie auch Vertrauen in sich.“

Mr. King rang um Worte, dann wurde der Bildschirm schwarz.

Ich drehte mich zu Mr. Monday um. „Daxton? Mr. King hat einen Sohn?“

Er nickte.

„Aber ich habe ihn nie getroffen. An einen Namen wie Daxton würde ich mich bestimmt erinnern.“

„Vielleicht hast du nie seinen richtigen Namen erfahren.“

„Was … soll das heißen?“ Mein Herz klopfte mit einem Mal heftig, und ich wagte es nicht, an diese Möglichkeit zu denken. Konnte es sein …? „Du?“ Er wandte sich zu mir um, und ich bekam große Augen.

„Du kannst mich gern Dax nennen.“

Ungläubig schüttelte ich den Kopf. Ich konnte es nicht fassen. Innerhalb von fünf Minuten hatte sich die Welt um mich herum vollkommen verändert. Sie hatten die ganze Zeit über gewusst, wer ich war? Sie hatten meine Pläne gekannt? Und Mr. Monday war der Sohn des ehemaligen Chefs von Diamond, Mr. King? Ich war geplättet. Und irgendwie sauer.

„Das hättest du mir sagen sollen.“ Meine Stimme hörte sich zittrig an. Ich war kurz davor, die Beherrschung zu verlieren, und ballte die Hände zu Fäusten.

„Das durfte ich nicht. Du hast keine Ahnung, wie oft wir uns deshalb gestritten haben.“ Er deutete mit einer Kopfbewegung auf den Bildschirm.

Abwehrend hob ich die Hände. Ich wollte keine weiteren Erklärungen mehr … Oder doch? Und erst dann begriff ich wirklich. Mr. King war tot, und Dax war sein Sohn. Sofort verrauchte mein Ärger, und ich ging auf ihn zu, um ihn in die Arme zu schließen. Ich wusste ja, was es bedeutete, ein Elternteil zu verlieren. Es brach einem das Herz, und wahrscheinlich konnte man so etwas nie überwinden. Tränen traten mir in die Augen, als ich an meinen eigenen Vater dachte. Mr. Kings Bestätigung, dass er unschuldig gewesen war, hatte meine letzte noch verbleibende Wunde geheilt. Aber Mr. King war erst vor Kurzem gestorben.

„Es tut mir so leid. Alles andere ist jetzt nicht mehr wichtig.“ Ich schaute ihn an, als er meine Umarmung erwiderte. „Wann ist er gestorben?“

„Sehr früh am Donnerstagmorgen.“

„Oh. Deshalb …“

Er nickte. „Ja, deshalb habe ich dich nicht abgeholt."

„Ach, Dax." Ich bettete das Kinn an seine Brust und lauschte auf das stetige Klopfen seines Herzens.

„Er war alt. Und krank. Aber er hatte ein sehr gutes Leben."

Ich strich ihm tröstend über den Rücken. „Egal, wie alt oder krank er war: Er war dein Vater, und so etwas tut weh."

Er drückte mich an sich. „Du hast recht. Als wir von der Diagnose erfuhren, fühlte ich mich so schlecht wie nie. Wir hatten eine ziemlich turbulente Vater-Sohn-Beziehung, doch die Diagnose schien ihn irgendwie wachgerüttelt zu haben, und er fing an, die Dinge in einem anderen Licht zu sehen." Er holte tief Luft. „Und ich begriff, dass mein Vater auch nur ein Mensch war. Er war verletzlich – ein besseres Wort fällt mir nicht ein – und nicht der unerreichbare Superheld, als den ich ihn immer betrachtet hatte. Wir hatten nur sehr wenig Zeit, um eine ganze Menge Versäumnisse nachzuholen." Dax umarmte mich noch einmal fest, bevor er mich losließ. „Aber jetzt müssen wir etwas tun."

„Was denn?"

„Wir haben ein Vorstandstreffen, bevor die Feier zu Dads Andenken startet, und du musst daran teilnehmen."

„Ich? Warum?"

„Vertraust du mir …?"

„Immer."

Wir setzten uns in Bewegung und gelangten durch die Doppeltür in diese wundervolle Eingangshalle, an die ich mich noch vom ersten Abend erinnerte. Anstatt sie durch das große Portal zu verlassen, gingen wir nun um die Treppe herum und betraten eine verlassene Terrasse, die sich um das gesamte majestätische Gebäude herum erstreckte. Der Ausblick ließ mich nach Luft schnappen. Ein massives Eisengeländer trennte den gelb gefliesten Balkon von den Klippen darunter. Eine angenehme

Brise wehte vom Ozean herüber. Ich schloss die Augen, genoss das Gefühl der frischen Meeresluft auf meiner Haut.

„Es ist schön hier, nicht?“, murmelte Dax an meinem Ohr.

„Hmmm, das ist es.“

„Vielleicht könntest du dich daran gewöhnen, hier am Rand des Abgrunds zu leben?“ Er klang leicht belustigt, und als ich die Augen öffnete, lächelte er mich so an, dass mein Herz einen Satz machte.

„Wahrscheinlich schon.“ Ich betrachtete ihn mit gerunzelter Stirn, als sich ein Grinsen auf seinem Gesicht ausbreitete. „Woran denkst du denn?“

Er ergriff meine Hand und führte mich um die Ecke zu einem atemberaubenden Aussichtspavillon. Was mich daran erschreckte, war, dass er unter Bäumen versteckt war, aber direkt am Rand der Klippe hing. „Da sollen wir reingehen?“

„Ja, der Vorstand ist einberufen worden, und wir haben nur fünfzehn Minuten Zeit für unser Meeting.“

Ich schwankte. „Da kann ich unmöglich reingehen. Sieh doch mal, wo das ist.“

„Das wird schon gehen. Ich bin bei dir.“

Ich hielt den Blick starr auf seinen Rücken gerichtet, als ich ihm in den provisorischen Konferenzraum folgte. Drinnen konnte ich die Tatsache, dass wir auf einer Klippe hingen, irgendwie ignorieren, auch wenn es mir schwerfiel. Ich konzentrierte mich auf Dax. Es war komisch, ihn nicht mehr als Mr. Monday zu sehen.

„Vielen Dank, dass Sie heute Morgen alle hergekommen sind“, sagte er. „Das hier wird nicht lange dauern, da Mr. King bereits vor seinem Tod alles geregelt hat.“ Dax wandte sich an den älteren Herren zu seiner Rechten. „Peter, als Vorsitzendem übergebe ich Ihnen nun die Leitung der Sitzung.“

Peter nickte und erhob sich. „Zuerst bitte ich um eine Gedenkminute für Fraser King.“ Für eine Weile waren nur der

Wind und die krachenden Wellen unter uns zu hören. „Nun, der erste unserer Tagungspunkte ist die Ernennung von Daxton King zum neuen Geschäftsführer von Diamond Enterprises."

Ich musterte Dax neben mir. Erst jetzt wurde mir vollkommen bewusst, wer er eigentlich war. Es war kaum zu fassen, und ich saß da wie betäubt. Warum hatte ich all diese Prüfungen über mich ergehen lassen, wenn Dax sowieso der Nachfolger war?

Der Vorstandsvorsitzende setzte sich wieder, und Dax stand auf. Ich schaute zu ihm hoch. Bei seinem Anblick wäre ich vor Stolz fast geplatzt, und meine Verunsicherung wich.

„Wie Sie alle wissen, hat mein Vater vor seinem Tod die gemeinnützige Diamond-Enterprises-Stiftung gegründet. Er hat nach einem Kandidaten gesucht, der diese Stiftung leiten sollte, nach jemandem mit moralisch einwandfreiem Charakter, der einfallsreich und flexibel ist, sich leidenschaftlich und mit Einfühlungsvermögen für Menschen einsetzt, aber auch hartnäckig genug ist, um für das zu kämpfen, woran er glaubt. Er hat nicht mehr die Gelegenheit bekommen, dem von ihm auserwählten Kandidaten diese Position anzubieten, also werde ich es nun als CEO an der Stelle meines Vaters tun."

Mit angehaltenem Atem sah ich ihn an.

Dax drehte sich zu mir um und fuhr fort: „Das tue ich hiermit, Tess Canyon. Dad hat Tess viele Jahre beobachtet, und nachdem sie diesen zermürbenden Prüfungsprozess durchlaufen hat, stand fest, dass sie die perfekte Besetzung dafür ist. Dads letzte Amtshandlung vor seinem Tod war, sicherzustellen, dass Tess die Leitung der Stiftung übernehmen würde."

Ich schnappte überrascht nach Luft. „Oh, mein Gott. Meinst du das ernst?"

Er nickte und lächelte mich an. „Ja, sehr ernst." Er wandte sich wieder den anderen Vorstandsmitgliedern am Tisch zu. „Bitte heißen Sie Tess in unserem Kreis willkommen."

Alle standen auf und applaudierten. Ich war sprachlos und hatte keine Ahnung, was ich davon halten sollte. Das alles kam so plötzlich. Lächelnd nickte ich allen in der Runde zu und bedankte mich bei ihnen, war jedoch von der unerwarteten Wendung total überwältigt. Glücklicherweise erwartete niemand von mir, eine Rede zu halten.

Als Dax Platz nahm, beugte ich mich zu ihm hinüber. „Ich … weiß nicht, was ich sagen soll."

„Sag einfach nur Ja." Er lächelte und zwinkerte mir zu.

„Ja", flüsterte ich.

Unter dem Tisch griff er nach meiner Hand und drückte sie. „Da könnten noch ein paar Fragen kommen, von denen ich hoffe, dass du sie mit Ja beantwortest."

Mit einem Mal sah meine Zukunft ganz anders aus. Ich war von den jüngsten Ereignissen völlig verblüfft. Die Enttäuschung darüber, den CEO-Posten nicht bekommen zu haben, war sehr schnell verflogen. Womöglich war ich sogar ein bisschen erleichtert, da ich im tiefsten Inneren wohl geahnt hatte, dass der Job gar nicht zu mir passte. Aber diese neue Entwicklung …! Ich war so neugierig darauf, zu erfahren, was genau mit der Leitung der Stiftung zusammenhing. Und noch aufregender war, was die Zukunft mit Dax bringen würde. Ich sehnte das Ende der Sitzung herbei. Endlich verließen die Vorstandsmitglieder nach und nach den Pavillon, und wir blieben allein zurück.

„Es gibt noch so viel zu besprechen", meinte Dax und zog mich in die Arme. „Aber die Leute auf der Andachtsfeier warten auf uns. Danach wird es eine gute altmodische schottische Totenwache geben." Er führte mich ins Haus zurück. „Jetzt muss ich mich dafür vorbereiten, und ich würde mich freuen, wenn du mich dabei begleitest."

Er nahm meine Hand und geleitete mich zu der Treppe, die zu einer weiteren sehr geschmackvoll gestalteten Etage führte. Eindrucksvolle alte Bilder zierten den Flur.

„Ahnenporträts?"

„Ja. Aus Hunderten von Jahren. Und in unserem Haus in Schottland hängen noch mehr davon."

„Du hast auch einen Wohnsitz in Schottland?"

Er sah mich an und nickte. „Ja, ein Schloss."

Ich riss die Augen auf. „Oh, na klar. Natürlich hast du ein Familienschloss."

Lachend öffnete er eine Tür in der Mitte des Flurs. Wir betraten eine ausladende Suite.

„Ich weiß gerade gar nicht, was ich denken soll", sagte ich. „Du hast mich heute mit dermaßen viel konfrontiert, dass ich kaum fassen kann, was hier passiert."

Er drehte sich um und schloss mich in seine Arme. Ich schmiegte mich an ihn, als er mich küsste und mich überall streichelte. Sanft liebkoste er meinen Hals und flüsterte mir ins Ohr: „Solange wir zusammen sind, schaffen wir alles. Nun warte bitte einen Moment. Ich bin gleich zurück."

Ich beobachtete, wie er in einem Raum verschwand, der wie ein Ankleidezimmer aussah. Als ich durch die Tür hineinschaute, wurde mir klar, dass es sich um sein Schlafzimmer handeln musste. Es war größer als meine komplette Wohnung. Ich ging zur Terrassentür hinüber und machte sie auf. Bei dem Ausblick musste ich nach Luft schnappen. Ein wunderschöner Balkon verlief dort über die gesamte Breite des Zimmers. Ich zwang mich, hinaus ans Geländer zu treten, das ich daraufhin fest umklammerte. Während ich in die Ferne blickte, ließ ich es nicht los. Unter mir war die atemberaubende Terrasse, auf der wir vorhin gestanden hatten. Dahinter fielen die Klippen steil hinab bis zum Ozean, der heute geradezu malerisch wirkte. Es war ein sonniger Tag mit blauem Himmel, und Segelboote schaukelten als kleine weiße Punkte auf den Wellen.

„Wow! Wenn man bedenkt, dass Leute so leben …", murmelte ich vor mich hin.

„Meinst du, du könntest das auch?“ Als ich Daxtons Stimme hinter mir hörte, wirbelte ich herum.

„Verdammt! Du hast ja einen Kilt an!“

„Ja, Mädchen, das habe ich“, erwiderte er mit so starkem schottischem Akzent, dass ich lachen musste.

„Du siehst super aus! Und ich schwöre dir, du hast die schönsten Beine in der Stadt.“

Er grinste und kam auf mich zu. Ich hatte keine Ahnung von Schottland und der schottischen Kultur, aber bei seinem Anblick, im Schottenrock und mit dem weißen Hemd, das schwarze Haar von der Meeresbrise wild zerzaust, konnte ich mir keinen umwerfenderen Mann vorstellen. Ich wollte ihn ganz für mich allein.

Es war unmöglich, die Augen von Dax abzuwenden. Er sah in dieser Schottentracht zum Anbeißen aus. „Ich wollte schon immer wissen, was die Schotten unter ihrem Kilt tragen“, sagte ich in heiserem, verführerischem Ton.

„Tatsächlich?“ Daxton legte den Kopf schief, sein Blick voller Leidenschaft. Ich liebte diesen Gesichtsausdruck bei ihm, es machte mich total an. „Dann müssen wir das wohl so schnell wie möglich klären.“ Abrupt zog er mich an sich und gab mir einen heißen Kuss. Meine Beine drohten fast, unter mir nachzugeben. Als er dann den Kopf hob, schaute er mich beschwörend an. „Erinnere mich später daran.“

Ich blinzelte und atmete zittrig ein. „O…kay.“

„Bist du so weit? Wir müssen jetzt wirklich da runtergehen. Später haben wir alle Zeit der Welt.“

Unten brachte Daxton mich zu einem Platz neben dem Fenster und besorgte mir einen Drink. Er küsste mich auf die Wange und erklärte mir, dass er sich nun um die Gäste kümmern musste. Das verstand ich. Es gab mir außerdem die Gelegenheit, ihn in Aktion zu beobachten, um zu begreifen, wer dieser Mann wirklich war. Daxton King. Nicht einfach nur

Mr. Monday. Mein Herz quoll über vor Stolz, während ich zusah, wie er sich unter die Trauergäste mischte. Einige äußerst wohlhabende Menschen, was mich fast umhaute. Plötzlich bewegte ich mich in einem ziemlich elitären Kreis.

„Tess?“

Ich drehte mich um und richtete mich unwillkürlich auf, als ich Mr. Sunday entdeckte. Mit zusammengekniffenen Augen schaute ich ihn an und überlegte, was er mir wohl zu sagen hatte.

„Hallo“, begrüßte ich ihn kühl, ohne meine Schutzhaltung aufzugeben, auch wenn er mich anlächelte.

„Ich würde mich gern richtig vorstellen. Malcom Fox ist mein Name.“ Er streckte mir die Hand hin, und mir blieb nichts anderes übrig, als sie zu ergreifen. Ich wollte nicht hier mitten auf der Totenwache ausfallend werden. Zögernd schüttelte ich seine Hand. „Sie sollten wissen, dass Mr. King sich schon gefreut hatte, mit Ihnen zusammenzuarbeiten“, fügte er hinzu.

Das hatte ich nun überhaupt nicht erwartet. Ich hatte keine Ahnung, was ich darauf erwidern sollte. Es fühlte sich irgendwie merkwürdig an, dass er etwas so Freundliches zu mir sagte, auch wenn mir inzwischen klar war, dass Malcoms Verhalten wahrscheinlich aufgesetzt und Teil der Prüfung gewesen war.

„Es gab einige Kandidaten auf der Auswahlliste, aber für ihn standen Sie immer an erster Stelle“, erklärte er. „Er ist sich ganz sicher gewesen, dass Sie die Tests mit Bravour bestehen würden.“

„Ich weiß nicht, was ich dazu sagen soll.“

Er hob sein Glas wie zu einem Toast. „Ich hielt es für das Beste, mich mal bei Ihnen vorzustellen und Ihnen eine kleine Erklärung zu liefern, da Sie ja sehr deutlich gezeigt haben, was Sie von unserem Treffen hielten.“ Das Lächeln, das er mir schenkte, erstaunte mich. Dann schaute er über meine Schulter und wurde plötzlich ernst. Ich drehte mich um, weil ich sehen wollte, was seine Aufmerksamkeit erregte.

Daxton löste sich aus dem Pulk von Leuten und kam in unsere Richtung. Unsere Blicke trafen sich, und mein Herz machte einen Satz.

„Ich wünsche Ihnen alles Gute, Tess“, meinte Malcom.

„Vielen Dank“, erwiderte ich, ohne die Augen von Daxton abzuwenden. Als Malcom sich entfernte, war ich erleichtert. Obwohl er alles inszeniert hatte, fühlte ich mich in seiner Gegenwart immer noch unwohl. Ich beobachtete, wie Dax sich allmählich näherte, während er hin und wieder von irgendwelchen Gästen aufgehalten wurde. Er war sehr freundlich und widmete jedem das richtige Maß an Aufmerksamkeit. Zwischendurch schaute er zu mir, und ich schmolz bei der Leidenschaft in seinem Blick fast dahin. Leidenschaft für mich. Für uns.

Keine gute Fee aus dem Märchen hätte mir etwas Besseres versprechen können als das, was ich gerade hatte. Mein Herzenswunsch hatte sich erfüllt, auch wenn ich ihn bis heute gar nicht genau gekannt hatte. Es war so viel besser für mich, die Leitung einer Wohltätigkeitsstiftung zu übernehmen, als CEO eines profitorientierten Unternehmens zu sein. Mir war nun deutlicher bewusst als je zuvor, dass es mir um die Menschen ging, und dieser Posten bot mir die Chance, diejenigen zu unterstützen, die Hilfe benötigten. Es war ein Weg, anderen dabei zur Seite zu stehen, ihre Träume zu verwirklichen.

Plötzlich verspürte ich das Bedürfnis, meine Mutter anzurufen. Ich wollte ihr unbedingt von allem berichten, was vorgefallen war. Doch das konnte sicher auch bis morgen warten. Morgen war ein neuer Tag. Der Tag, der meine aufregende neue Zukunft einleitete. Die folgende Nacht aber gehörte nur Daxton und mir.

Endlich waren wir allein in seiner Suite mit der Aussicht aufs Meer. Ich stand mit dem Rücken an der Balkonbrüstung und konnte den Blick nicht von diesem umwerfenden Mann in dem sexy Kilt losreißen. Bewundernd umfasste ich seine Hüften und ließ die Hände über diesen prächtigen, aufwendig gefalteten Stoff gleiten.

„Ich glaube, du musst mir ein bisschen etwas über diese Tracht erzählen."

„Aber gerne doch, *Mädchen*."

„*Mädchen* – das gefällt mir." Ich lächelte und zog ihn ein Stück näher an mich. „Wie geht es dir?", fragte ich. Die vergangenen Stunden waren anstrengend für mich gewesen. Da konnte ich mir gut vorstellen, wie ausgelaugt Dax sein musste.

„Bestens. Alles ist viel erträglicher, weil du bei mir bist. Ich freue mich darauf, noch oft mit dir zusammen zu sein und die Welt mit dir zu verändern." Langsam senkte er den Kopf, bis er ganz dicht vor mir war. Sein Mund war so nahe, berührte mich aber nicht.

„Das freut mich auch", flüsterte ich. „Doch ich weiß es immer noch nicht."

„Was weißt du nicht?" Er streifte meine Lippen mit seinen, ganz sacht, aber trotzdem verursachte die Berührung ein wahres Feuerwerk zwischen uns.

„Was der Schotte unter dem Kilt trägt."

Sein träges Lächeln brachte mich fast um. Ich ließ die Finger weiter nach unten gleiten und betastete den Stoff. Es war mehr als deutlich zu spüren, dass Daxton eine beachtliche Erektion hatte. Ich schmiegte mich so eng an ihn, dass ich sie an meinem Bauch fühlte. Sofort wollte ich ihn umfassen.

Während ich Dax in die Augen sah, schob ich meine Finger unter den Stoff des Kilts und ließ sie weiter hinaufwandern. Ich befeuchtete meine Lippen mit der Zungenspitze. Er bewegte keinen Muskel, als ich die Hand höher gleiten ließ und auf einen seiner kraftvollen Schenkel legte. Unwillkürlich musste ich lächeln, als ich bemerkte, wie er die Zähne zusammenbiss. „Ich will dich erforschen. Ich will jeden Körperteil von dir berühren, dich schmecken … dich lieben."

„Tess. Wenn du so weiterredest, hast du mich binnen kurzer Zeit erledigt." Er schloss die Augen und vergrub die Hände in meinem Haar. Das verstand ich als Aufforderung, mit meiner Erkundung fortzufahren. Dabei beugte ich mich vor und presste die Lippen auf seinen Mund.

Ein Schauer durchfuhr ihn, und ich spürte, wie sich sein Schwanz noch weiter aufrichtete, während ich mich meinem Ziel näherte. Es gefiel mir außerordentlich, eine solch heftige Reaktion bei ihm zu provozieren, und ich vertiefte den Kuss. Die Brise vom Ozean kühlte unsere erhitzte Haut.

Endlich schloss ich meine Finger um ihn. „Also stimmt es, dass der Schotte nichts darunter trägt."

„Gab es da irgendwelche Zweifel?"

Ich lächelte und verschloss seinen Mund mit einem Kuss. Als Daxton an meinem Haar zog, zuckte ich zusammen, ließ es aber geschehen. Der kurze Schmerz wurde zu einem dumpfen Pochen, das mich weiter aufheizte. Ich legte den Kopf zur Seite und öffnete meine Lippen etwas mehr. Er presste sich gegen meine Seite, sodass meine Hand zwischen uns gefangen war. Genussvoll atmete ich seinen inzwischen so vertrauten Duft ein, der mich warm und verführerisch umgab.

Ich massierte seinen harten Schwanz, bis Dax erneut aufstöhnte und mir seine Hüften entgegenstreckte. Als ich seinen Mund freigab, sahen wir uns an. Zu spüren, wie er auf meine Berührung reagierte, heizte mein Verlangen an und brachte mich fast um den Verstand. Es machte mich an, wie er die Muskeln anspannte und seine Begierde im Zaum zu halten versuchte.

Langsam schob er das Becken vor, und sein Schwanz glitt in meiner Hand auf und ab. Mit jeder Bewegung keuchte er heftiger. Hinter uns ging die Sonne unter, und der Wind frischte auf. Der Geruch der salzigen Meeresluft vermischte sich mit dem unserer erhitzten Körper. Es war berauschend. Daxton hielt meinen Hinterkopf fest, während er weiterhin die Hüften bewegte.

Schließlich löste er sich von mir und hob mich auf die Arme.

„Was wird das?“, fragte ich überrascht.

Unter der Markise ließ er mich wieder herunter. Ich sah ihm zu und fuhr mir mit der Zunge über die Lippen, während er sein Hemd aufknöpfte und es von sich warf. Jetzt stand er nur noch in seinem Kilt vor mir.

„Du machst mich verrückt.“ Er drängte mich gegen die Hauswand und stützte die Hände zu beiden Seiten meines Kopfes auf dem glatten Stein ab. Das Haar fiel ihm in die Stirn.

Ich umfasste sein Gesicht. „Du mich auch.“

Sein Lächeln war mein Verderben. Ich sehnte mich nur noch danach, nackt zu sein. In kurzer Zeit hatte er mich ausgezogen und drückte das Gesicht zwischen meine Brüste. Dann nahm er eine der Brustspitzen in den Mund und reizte sie, bis Wellen der Lust meinen Körper durchfluteten. Ich wand mich unter seiner Berührung und schob ein Bein zwischen seine Schenkel.

„Dein Kilt“, hauchte ich atemlos.

„Was ist damit?“ Er sah mich kurz an, und ich erschauerte, als er mit der Zunge erneut über meine Nippel strich.

„Wir werden ihn ruinieren.“

Er zuckte die Schultern.

„Du willst doch bestimmt nicht, dass der Stoff knittert.“

„Das können wir verhindern.“ Er trat einen Schritt zurück, und mit einigen geschickten Handbewegungen hatte er sich des Rocks entledigt. Sorgfältig legte er ihn über einen Stuhl und wandte sich wieder zu mir um. Ich konnte nicht fassen, wie perfekt er war. Umwerfend im wahrsten Sinne des Wortes. Und er gehörte mir.

Ich streckte die Arme aus. „Komm her.“

Das tat er. Sofort drückte er mich gegen die Wand, hob eines meiner Beine an und schob die Hand zwischen meine Schenkel. Zischend holte ich Luft, als er mit einem Finger in mich eintauchte und mit dem Handrücken meine Klit massierte. Ich ließ den Kopf nach hinten sinken und war in den unglaublichen Empfindungen gefangen, die er bei mir auslöste. Er stieß fester zu. Von der Kraft seiner Berührungen begann ich, unkontrolliert zu zittern und zu stöhnen. Das Gefühl durchzog meinen gesamten Körper, so war es noch nie gewesen. Er hatte meinen G-Punkt gefunden. Mein Verstand setzte aus, als ich heftig kam. Die lustvollen Wogen trugen mich fort, und ich fühlte mich in seinen Armen wie eine Stoffpuppe. Ich bekam nicht mehr mit, ob ich seufzte oder stöhnte, und seine Lippen auf meinem Mund dämpften meine Schreie. Als ich in die Realität zurückkehrte, bemerkte ich die Feuchtigkeit an meinen Schenkeln, und mir wurde bewusst, was ich zum allerersten Mal erlebt hatte. Bevor ich überhaupt die Gelegenheit bekam, verlegen zu werden, flüsterte er mir ins Ohr: „Du bist mein.“

Ich hätte fast geheult, so sehr überwältigten mich die Emotionen. In der nächsten Sekunde riss er mich jedoch von Neuem in den Strudel der Leidenschaft, als er seinen Schwanz in meine feuchte Hitze tauchte und mich schließlich ganz ausfüllte. Ich schlang die Arme um seinen Nacken, als er meinen Po umfasste und mich ein Stück anhob, sodass er noch tiefer in mich eindringen konnte. Mir schwirrte der Kopf.

„Oh, mein Gott“, hauchte ich und zitterte am ganzen Körper vor Begehren. Als ich ihn ansah und die Finger in sein Haar schob, entdeckte ich das Verlangen in seinem Blick, und mir wurde noch heißer.

Ohne die Augen voneinander abzuwenden, bewegten wir uns in einem sinnlichen und ungezügelten Rhythmus, sodass es mir den Atem raubte. Die glatte warme Wand hinter mir hielt uns aufrecht. Dax senkte den Kopf und verschloss meinen Mund mit einem Kuss. Ich umklammerte ihn noch fester, wollte ihn nie wieder loslassen. Unsere Zungen fanden einander und begannen einen verführerischen Tanz. Hätte ich in diesem Moment ein Wort herausgebracht, hätte ich gesagt: *Du gehörst mir und ich dir.*

Unsere Körper wanden sich in einem fieberhaften Tempo, und die Meeresbrise trug unseren heißen Atem davon. Ich war wieder kurz davor, zu kommen, wollte aber den Höhepunkt hinauszögern, um ihn gemeinsam mit ihm zu erleben. Doch schließlich konnte ich mich nicht länger zurückhalten. Es war, als würde ich von einer mächtigen Sturmflut erfasst und mitgerissen, während Dax weiterhin in mich stieß. Ich krallte mich an ihm fest, meine Muskeln zitterten unkontrolliert. Dann stöhnte er auf, und ich erwiderte seine letzten tiefen Stöße, bis auch er kam.

Sein erlöster Schrei wurde vom plötzlich einsetzenden Spiel eines Dudelsacks aus der unteren Etage übertönt. Dax umarmte mich erschöpft, und ich stand atemlos zwischen ihm und der Wand. So hielten wir eine Weile inne, bis sich unser Atem wieder beruhigte. Er hob mich hoch und trug mich zu einem Liegestuhl. Wie schaffte er das noch? Wir ließen uns auf den breiten Sessel fallen und kuschelten uns aneinander. Befriedigt und erfüllt drückte ich ihm einen Kuss auf die Brust. Unser Puls normalisierte sich allmählich, und wir lauschten schweigend der eindringlichen Melodie, die aus dem Dudelsack im unteren Stockwerk ertönte.

Er sah mir in die Augen. „Du hast meine Frage noch gar nicht beantwortet."

„Deine Frage? Welche Frage?"

Er lachte. „Versuch dich zu erinnern. Du hattest eine Bemerkung gemacht, und danach habe ich was gefragt."

Nach kurzem Grübeln verstand ich, was er meinte. Ich riss die Augen auf. „Mir fällt wieder ein, was ich gesagt habe. Und um deine Frage zu beantworten: Ja, ich denke, ich könnte an einem Ort wie diesem hier leben. Solange ich mit dir zusammen bin."

Er zog mich noch fester in seine Arme, und ich legte den Arm um seine Taille. Dicht an meinen Lippen flüsterte er: „Zu Hause ist es am schönsten, *Mädchen*."

Ich musste lachen.

Ich hatte mein Zuhause gefunden. Diese Woche, die wie ein Wirbelwind über mich hereingebrochen war, hatte mir eine ganz neue Welt eröffnet. Ein einfaches Vorstellungsgespräch für eine Stelle als Assistentin in der Führungsetage hatte mich auf eine unglaubliche Reise geführt. Ich hatte mich von den Ketten der Vergangenheit losgerissen, hatte mich aus den Schatten des Vermächtnisses meines Vaters gelöst und eine wunderbare Zukunft mit meinem ganz persönlichen Traumprinzen gefunden. Ohne die Last der Wut und des Hasses, die ich all die Jahre mit mir herumgeschleppt hatte, fühlte ich mich unglaublich leicht.

Konnte sich eine Frau mehr wünschen? Nun blieb mir nur noch, das Leben glücklich bis zum Ende zu genießen.

– ENDE –

Widmung

Im Dezember 2012 verlor ich meine Mutter, die an einer Lebensmittelvergiftung starb. Sie war meine Meisterin, und nach ihrem Tod hat mein Vater die Rolle übernommen, obwohl er sich in der Literaturwelt nicht auskannte. Er las sogar meinen Harlequin-Blaze-Roman, was mir ein kleines bisschen unangenehm war, da es in der Story heiß herging. Er verfolgte begeistert alles, was ich tat. Traurigerweise verstarb mein Dad nun am 23. Juli. Das war in der Zeit, als ich diese fabelhafte Working-Girl-Serie abschloss. Ich beendete gerade das Kapitel „Mr. Sunday“, als ich die Nachricht aus dem Krankenhaus erhielt. Wenn ich sage, dass ich am Boden zerstört war, beschreibt das nicht einmal annähernd, wie tief bestürzt ich war und noch immer bin. Dad war 93, ein Veteran aus dem Zweiten Weltkrieg, ein polnischer Bursche, der gezwungen worden war, für die Deutschen zu kämpfen, und der in seinem Leben so einiges gesehen hatte – und schließlich sogar miterleben durfte, wie seine Tochter ihren Traum verwirklichte und ihr erstes Buch veröffentlichte. Diese Serie hier ist ihm gewidmet: meinem Dad, den ich von ganzem Herzen liebe und schrecklich vermisse. Ich wünschte, er wäre hier.

Shana Gray

Danksagung

Zuerst möchte ich meiner wunderbaren Agentin Louise Fury sagen: Danke für alles!

Ein herzliches Dankeschön geht auch an Kristin Smith alias Falkenauge. Diesen Roman würde es außerdem ohne die Hilfe von Kate Byrne und allen anderen bei Headline nicht geben. Es war in jeder Hinsicht ein unglaublich schönes Erlebnis, mit ihnen allen jeden Tag zusammenzuarbeiten. Danke!

An meine Familie, da ich in den vergangenen vier Monaten nur noch am Computer geklebt habe: Ohne eure Geduld und euer Verständnis wäre ich nicht in der Lage gewesen, das zu schaffen.

Mein Dank gilt auch Meat Man dafür, dass er sich nicht vernachlässigt fühlte oder eifersüchtig wurde, während ich mich mit meinen anderen sieben Mr.n beschäftigte, und mir stattdessen immer wieder „Mr. Monday me-o-my“ vorsang!

Euch allen alles Liebe

Shana Gray

Prolog

Mein Schwanz ist verdammt eindrucksvoll.

Aber verlasst euch nicht auf mein Wort. Bedenkt zunächst alle Vorteile, die er bietet.

Lasst uns mit dem Offensichtlichsten beginnen.

Mit der Größe.

Natürlich werden bestimmte Leute behaupten, die Größe spiele keine Rolle. Wisst ihr, was ich dazu zu sagen habe? *Sie lügen.*

Ihr wollt keinen winzigen Diamanten am Finger tragen, wenn ihr einen Dreikaräter haben könnt. Ihr wollt keine armselige Dollar-Note, wenn ihr einen Hunderter haben könnt. Und ihr wollt nicht auf einem Mini-Pony reiten, wenn ihr auf einem prachtvollen Hengst dem ultimativen Vergnügen entgegengaloppieren könnt.

Warum? Je größer, desto besser. Es macht mehr Spaß. Da könnt ihr jede Frau fragen, die schon mal die schrecklichen Worte aussprechen musste: „Ist er schon drin?"

Das musste mich noch keine Frau fragen.

Inzwischen überlegt ihr wahrscheinlich, wie groß er denn nun eigentlich ist. Ich bitte euch! Über so etwas spricht ein Gentleman nicht. Selbst wenn ich vögle wie ein Gott, bin ich doch immer noch ein Gentleman. Ich werde ihr die Tür aufhalten, bevor ich ihre Schenkel spreize. Ich werde ihr in den Mantel helfen, ich werde im Restaurant die Rechnung übernehmen, und ich werde sie wie eine Königin behandeln – innerhalb und außerhalb des Betts.

Aber ich verstehe schon. Ihr möchtet eine genaue Vorstellung haben. Ein exaktes Maß, das euch Appetit macht. *Na schön.* Malt euch Folgendes aus: einen Schwanz, der so groß ist, wie ihr ihn euch in euren kühnsten Träumen wünscht; meiner ist deutlich größer.

Was das Aussehen betrifft – seien wir bitte mal ehrlich. Es gibt Schwänze, die sind einfach nur verdammt hässlich. Ich will mich hier nicht in Einzelheiten ergehen und eine genauere Beschreibung liefern. Ihr wisst, wie so was aussieht, und wenn es um die Vorzüge meiner Ausstattung geht, möchte ich, dass ihr bloß an folgende Begriffe denkt: lang, dick, seidenglatt, hart. Hätten die Bildhauer der Renaissance Skulpturen von Penissen geschaffen, hätten sie alle meinen als Modell gewählt.

Doch ganz im Ernst: All das würde nicht die geringste Rolle spielen, besäße mein Schwanz nicht die wichtigste Eigenschaft von allen.

Leistungsfähigkeit.

Letztendlich sollte der Schwanz eines Mannes nach der Anzahl der Orgasmen bewertet werden, die Fensterscheiben zum Klirren bringt … dass ihre Welt für einen Moment aus den Fugen gerät. Dabei rede ich nicht von Solodarbietungen. Das ist Mogelei. Ich rede von den großen Ohs, die dafür sorgen, dass eine Frau sich aufbäumt, ihre Zehen krümmt und aus dem Häuschen gerät.

Wie viel Vergnügen mein Schwanz auf diese Weise den Frauen schon verschafft hat? Der Gentleman genießt und schweigt, aber ich sage dazu Folgendes: Er hat eine äußerst beeindruckende Erfolgsbilanz vorzuweisen.

Deshalb ist es auch so verdammt schade, dass er sich nun eine Auszeit nehmen muss.

1. Kapitel

Männer verstehen Frauen nicht.

Das ist eine Tatsache.

Wie dieser Kerl da.

Der Typ dort am Ende meiner Bar. Die Ellbogen auf den Metalltresen gestützt, soll seine Haltung so viel ausdrücken wie: *Bin ich nicht unglaublich lässig und cool?* Er streicht über seinen Schnauzbart und tut, als sei er der beste Zuhörer auf Erden, während er mit der heißen Brünetten spricht, die eine viereckige Brille mit rot getönten Gläsern trägt. Doch in Wirklichkeit starrt er die ganze Zeit nur ihren Vorbau an.

Na gut, die Brünette hat nette Titten. Und ich meine „nett" in dem Sinne, dass sie eigentlich eine eigene Postleitzahl in Anspruch nehmen könnten.

Aber mal ehrlich, Leute!

Ihre Augen sind viel weiter oben. Und genau dorthin muss ein Mann seinen Blick richten, sonst wird die Lady aufstehen und gehen.

Ich schenke einem unserer Stammgäste, einem Geschäftsmann, der einmal in der Woche hereinschneit, ein helles Ale ein. In seinem Gesicht ist deutlich zu lesen: *Mein Boss nervt total, weil er mich ständig auf Reisen schickt.* Wenigstens kann ich ihm an der Getränke-Front helfen.

„Geht aufs Haus. Zum Wohl." Ich schiebe ihm das Glas hin.

„Das ist die beste Nachricht des Tages", erwidert er mit einem winzigen Zucken um die Mundwinkel, bevor er das halbe Glas hinunterstürzt und mir drei Dollar Trinkgeld hinschiebt. Die Barkeeper, die vom Trinkgeld abhängig sind, werden es zu schätzen wissen. Jenny musste früher gehen, weil bei ihrer Schwester irgendeine Krise ausgebrochen ist. Deshalb kümmere ich mich um die letzten Gäste, während meine Geschäftspartnerin Charlotte die Buchhaltung macht.

Als Schnauzbart Roter Brille dichter auf die Pelle rückt, lehnt die sich mit einem Ruck nach hinten, schüttelt den Knopf, schnappt sich ihre Handtasche und eilt zum Ausgang.

Na bitte! Ich könnte mein Geld als Wahrsager verdienen, wenn ich mich darauf spezialisieren würde, vorherzusagen, wann ein Mann einen Stich bekommt und wann nicht. Meistens stehen die Chancen für den Typen an der Bar schlecht, weil er die üblichen Fehler macht. Indem er zum Beispiel die Unterhaltung mit einem dieser dummen Anmachsprüche beginnt. „Du sorgst dafür, dass meine Software sich in Hardware verwandelt." Oder: „Als Hotdog-Verkäuferin hättest du eine große Karriere vor dir, denn du weißt offenbar, wie man mit einem Würstchen umgeht." Genau! Ich habe meinen Ohren auch nicht getraut, als ich das gehört habe.

Oder dieses Unding: Manche Kerle lassen ihre Blicke ständig auf Wanderschaft gehen und können nicht aufhören, andere Attraktionen abzuchecken. Welche Frau soll das denn bitte schmeichelhaft finden?

Der schlimmste Fehler bei der Anmache an der Bar ist es allerdings, Dinge *vorauszusetzen*.

Vorauszusetzen, dass sie mit dir reden will.

Vorauszusetzen, dass sie mit dir nach Hause gehen wird.

Vorauszusetzen, dass du sie ohne ihre Einwilligung küssen darfst.

Die Leute sagen, wenn man ganz fest an etwas glaubt, wird es geschehen.

Und was ist meine Meinung dazu?

Seht euch einfach mal meine Universitätsabschlüsse an. Ich besitze einen Master in Finanzwissenschaft und einen in

Frauensprache – und beide Fächer habe ich summa cum laude abgeschlossen. Ich verfüge über ein enzyklopädisches Wissen darüber, was Frauen wollen … und ich weiß, wie ich es ihnen geben kann. Ich spreche fließend die weibliche Körpersprache, kann die kleinsten Hinweise und alle Gesten entschlüsseln.

Wie in diesem Moment.

Charlotte hämmert auf den Tasten ihres Laptops herum und kaut dabei konzentriert auf ihrer Unterlippe herum. Will heißen: *Ich komme gerade richtig gut vorwärts, also stör mich nicht, sonst gehe ich dir an die Kehle.*

Na gut. Sie ist nicht wirklich jemand, der Leuten an die Kehle geht. Was ich sagen will, ist, dass sie deutliche *Auf-keinen-Fall-stören*-Signale sendet.

Schnauzbart kann allerdings Frauensprache weder lesen noch sprechen noch schreiben. Er schlendert an der Bar entlang und hat anscheinend die Absicht, sie anzumachen. Bildet sich ein, er hätte eine Chance bei ihr.

Von meinem Platz hinter der Bar aus, wo ich gerade Gläser poliere, kann ich praktisch hören, wie er sich räuspert, um Charlotte anzusprechen.

Ich kann verstehen, warum der Mann meine beste Freundin ins Fadenkreuz genommen hat. Charlotte ist zweifellos eine anbetungswürdige Göttin. Zuerst einmal besitzt sie wellige blonde Haare und dunkelbraune Augen. Die meisten Blondinen haben blaue Augen, also bekommt sie Extrapunkte für diese reizvolle Kombination, die wegen des Überraschungseffekts absolut heiß ist.

Außerdem verfügt sie über einen fantastisch trockenen Humor.

Und sie hat einen messerscharfen Verstand.

Aber Schnauzbart hat von den beiden letzten Punkten keine Ahnung. Er weiß nur, dass sie wunderschön ist, und geht darum zum Angriff über. Er zieht den Stuhl direkt neben ihr hervor und grinst sie breit an. Sie zuckt zusammen, vollkommen überrascht, dass der Kerl in die hermetisch abgeschlossene Welt eingedrungen ist, in der es bloß sie und ihre Arbeit gab.

Charlotte kann wunderbar auf sich selbst aufpassen. Doch wir haben vor langer Zeit einen Pakt geschlossen und ihn erneuert, als wir gemeinsam diese Bar eröffneten: Wenn einer von uns einen Pseudopartner oder eine Pseudopartnerin braucht, um elegant aus einer unangenehmen Situation herauszukommen, dann springen wir ein und übernehmen diese Rolle.

Dieses Spiel spielen wir seit dem College, und es klappt hervorragend.

Es funktioniert auch deshalb so gut, weil Charlotte und ich niemals wirklich ein Paar sein werden. Dazu brauche ich sie viel zu sehr als Freundin. Und wenn man bedenkt, wie oft sie mit mir gelacht oder sich an meiner Schulter ausgeweint hat, geht es ihr genauso. Auch aus diesem Grund ist die Taktik eine brillante Idee – wir wissen beide, dass wir niemals mehr als Freunde sein werden.

Ich eile hinter der Bar hervor und bin in dem Moment bei Charlotte, in dem Schnauzbart sie erreicht und ihr seinen Namen nennt, um sie gleich darauf zu fragen, wie sie heißt.

Sofort schiebe ich mich neben sie und platziere meine Hand auf dem unteren Teil ihres Rückens, so als würde diese Frau mir gehören. Als wäre ich derjenige, der diesen Körper berühren darf, der seine Finger durch ihre Haare gleiten lässt und ihr in die Augen sieht. Ich lege den Kopf schräg und werfe ihm ein triumphierendes Lächeln zu, weil ich angeblich der Glückspilz bin, der später mit ihr nach Hause gehen wird. „Der Name meiner Verlobten ist Charlotte. Nett, Sie kennenzulernen. Ich bin Spencer.“ Mit diesen Worten strecke ich ihm die Hand hin.

Der Typ kräuselt seine Nase wie ein Kaninchen, als er begreift, dass er zum zweiten Mal an diesem Abend den Kürzeren gezogen hat.

„Gute Nacht allerseits“, murmelt er und verlässt hastig die Bar.

Charlotte salutiert scherzhaft in meine Richtung und nickt anerkennend. „Sieh an, Captain Sunshine eilt zu meiner Rettung herbei.“ Sie streicht über meinen Arm und kneift in meinen Bizeps. „Ich habe den Typen nicht mal kommen sehen.“

„Dafür hast du ja mich. Ich habe meine Augen überall“, erkläre ich ihr, während ich die Tür abschließe. Die Bar ist jetzt leer. Nur wir zwei sind noch hier, wie so oft abends um diese Zeit.

„Dabei bist du normalerweise damit beschäftigt, dich nach verfügbaren Frauen umzusehen. Deine Blicke sind ständig auf der Wanderschaft.“ Sie mustert mich mit einer *Ich-kenne-dich-*Miene.

„Was soll ich sagen? Es gefällt mir, wenn meine Augen ein anständiges Work-out bekommen – genau wie der Rest meines Körpers.“ Bei diesen Worten tätschele ich meinen Waschbrettbauch.

Sie gähnt.

„Geh ins Bett“, rate ich ihr.

„Das solltest du auch tun. Nein, warte. Du hast wahrscheinlich noch ein Date.“

Damit liegt sie nicht so falsch. Sehr oft habe ich tatsächlich nach Feierabend eins.

Zum Beispiel habe ich Anfang des Monats im Fitnessstudio eine echte Sexbombe kennengelernt. Sie trainierte hart, und ihr Training wurde noch härter, als ich sie über die Lehne der Couch in meinem Apartment warf und dort nahm. Am nächsten Tag schickte sie mir eine Nachricht auf mein Handy, in der sie schrieb, wie sehr ihre Schenkel schmerzten und dass sie es unglaublich genossen habe. Sie fügte hinzu, ich solle mich bei ihr melden, falls ich irgendwann nach Los Angeles käme. Sie wolle gern noch einmal einen solchen Ritt erleben.

Selbstverständlich wollte sie das. Wer erst einmal Filet mignon probiert hat, möchte seinen Hunger nicht wieder notdürftig mit Hamburgern stillen.

Ich habe ihre Nummer gespeichert. Schließlich weiß man ja nie, oder? Es ist nichts falsch daran, wenn sich zwei Erwachsene eine Nacht lang vergnügen und anschließend beschwingten Schrittes getrennte Wege gehen, nachdem sie sich gegenseitig mehrere Orgasmen beschert haben.

Genau so sollte es sein. Meine erste Dating-Regel lautet: *Verschaffe immer zuerst der Frau ihr Vergnügen, idealerweise zweimal, bevor du auch nur in sie eindringst.* Die anderen beiden Regeln sind ebenso einfach: *Verliebe dich nicht.* Und: *Benimm dich auf keinen Fall wie ein Arschloch.* Ich lebe nach diesen Regeln und bin damit bisher sehr gut gefahren. Ich bin achtundzwanzig, Single, ein heißer Typ und ein Gentleman. Daher ist es nicht besonders überraschend, dass ich oft Sex habe.

Aber heute hat mein Schwanz dienstfrei. Ich werde früh schlafen gehen.

Charlottes Frage beantworte ich daher mit einem Kopfschütteln und fahre fort, die Theke zu putzen. „Nein. Ich bin morgen früh um halb acht mit meinem Vater und einem Typen, dem er seinen Laden verkaufen will, zum Frühstück verabredet. Da muss ich ausgeschlafen sein und einen guten Eindruck machen."

Sie deutet auf die Tür. „Geh und hol dir deinen Schönheitsschlaf, Spencer. Ich schließe hier ab."

„Auf keinen Fall. Ich bin gekommen, um Jenny zu vertreten. Du fährst nach Hause. Ich rufe dir ein Taxi."

„Dir ist doch wohl klar, dass ich seit fünf Jahren in New York lebe? Ich weiß sehr wohl, wie man sich spätabends ein Taxi besorgt."

„Klar. Ich kenne deinen Hang zur Unabhängigkeit. Doch das interessiert mich nicht – ich schicke dich jetzt nach Hause.

Was auch immer du hier machst, kannst du auch in deinem Apartment erledigen", erwidere ich und werfe den Putzlappen ins Spülbecken. „Warte mal! Hast du etwa Angst, Bradley könnte um diese Zeit noch in der Lobby herumlungern und versuchen, dir Blumen zu schenken?"

„Nein. Normalerweise finden seine Entschuldigungs-Überfälle tagsüber statt. Gestern hat er mir einen fast einen Meter großen Teddy geschickt, der ein Seidenherz in den Tatzen hält, auf dem *Verzeih mir* steht. Was zum Teufel soll ich mit dem Ding anfangen?"

„Schick ihn zurück. In sein Büro. Und schreibe mit rotem Lippenstift *NEIN* auf das Herz." Charlottes Exfreund ist ein Arschloch der Spitzenklasse. Er wird sie nie zurückbekommen. „Oder warte. Kann es sein, dass dieser Teddy einen Mittelfinger an seiner Pfote hat?"

Sie lacht. „Das ist eine wirklich gute Idee. Ich wünschte, es wüssten nicht alle Leute im Haus, was ich beruflich mache."

„Ich weiß. Und ich wünschte, du müsstest ihm bis ans Ende der Zeit nie wieder begegnen."

Ich rufe ihr ein Taxi, hauche ihr einen Kuss auf die Wange und schicke sie nach Hause. Nachdem ich die Bar geschlossen habe, fahre ich in meine Wohnung im West Village. Sie liegt im sechsten Stock eines tollen Sandsteingebäudes. Von der Terrasse habe ich einen Blick über ganz Lower Manhattan. Absolut ideal in einer Juninacht wie dieser.

Ich werfe meine Schlüssel auf das Tischchen im Eingangsbereich, während ich auf meinem Handy durch die neuesten Nachrichten scrolle. Das Foto aus einem Klatschmagazin, das meine Schwester Harper mir geschickt hat, bringt mich zum Lachen. Es zeigt mich zusammen mit der heißen Frau aus dem Fitnessstudio. Offenbar handelt es sich um die Trainerin der Stars einer Realityshow. Und ich bin der *bekannte New Yorker Playboy* – so wurde ich in dieser Zeitschrift schon mal genannt.

Da wurde ich mit der neuen sexy Chefköchin eines Restaurants gesehen, das vergangenen Monat in Miami geöffnet hat.

Heute Abend bin ich jedoch ein braver Junge.

Für das, was morgen sein wird, übernehme ich keine Garantie.

2. Kapitel

Hemd mit Button-down-Kragen. Krawatte. Anthrazitfarbene Hose. Dunkelbraune Haare, grüne Augen, kantiges Kinn.

Jepp, es funktioniert bestens.

An diesem Freitagmorgen bin ich vollkommen einverstanden mit meinem Aussehen. Wäre ich einer dieser albernen Kerle in einem kitschigen Film, würde ich meine beiden Daumen in die Luft recken.

Aber ehrlich, so ein Typ bin ich nicht. Ich meine, wer macht denn so was?

Stattdessen frage ich meinen Kater Fido nach seiner Meinung. Seine Antwort ist schlicht: Er dreht sich um und geht weg, den Schwanz hoch in die Luft gereckt.

Fido und ich haben eine Abmachung. Ich füttere ihn, und er stört mich niemals beim Sex. Vor einem Jahr tauchte er auf meiner Terrasse auf und maunzte klagend die gläserne Schiebetür an. Er trug einen Anhänger mit der Aufschrift *Princess Poppy*. Mithilfe seines Halsbands fand ich heraus, dass er zu der kleinen, süßen, alten Dame aus meinem Wohngebäude gehörte, die vor Kurzem ins Jenseits umgezogen war. Diese kleine, süße, alte Dame hatte ihn offenbar irrtümlich für ein Katzenmädchen gehalten. Es gab keine Hinterbliebenen, und sie hatte auch keine Anweisungen zum Verbleib der Katze hinterlassen. Ich ließ ihn herein, warf das funkelnde pinkfarbene Halsband weg und gab ihm einen Namen, der zu seinem Geschlecht passt.

Es ist eine Win-win-Beziehung.

Zum Beispiel morgen Abend. Fido wird nicht meckern und klagen, wenn ich spät nach Hause komme. Ich bin mir nämlich ziemlich sicher, dass ich erst in den frühen Morgenstunden durch die Tür torkeln werde. Heute Abend muss ich arbeiten, aber morgen übernimmt Jenny wieder ihre Schicht, und ich habe mit meinem besten Freund Nick etwas zu feiern. Seine erfolgreiche TV-Show auf Comedy Nation wurde gerade für ein Jahr verlängert. Wir haben vor, darauf viele, viele Male an einer Wasserstelle in Gramercy Park anzustoßen. Nebenbei bemerkt haben sie dort eine sexy Barkeeperin, mit der ich schon einige Male gesprochen habe. Sie heißt Lena und mixt einen klasse Harvey Wallbanger. Ihre Nummer hat sie unter dem Namen des Drinks in meiner Kontaktliste gespeichert. Nun, unter einem Teil des Namens. *BangBang.*

Klingt vielversprechend. Und mit vielversprechend meine ich, es ist eine sichere Sache.

Ich mache mich auf den Weg in die Vorstadt, indem ich die U-Bahn zur Upper East Side nehme, wo meine Eltern leben. Ja, sie sind sehr wohlhabend; dennoch sind sie – so schockierend das klingen mag – keine Arschlöcher. So ist es wirklich. Dies ist nicht die Geschichte eines Typen mit einem reichen Scheißkerl von Vater und einer eiskalten, boshaften Mutter. Hier geht es um einen Typen, der seine Eltern gernhat und der von ihnen ebenso gemocht wird. Und raten Sie mal, was noch? Meine Eltern mögen sich sogar gegenseitig.

Woher ich das wissen will?

Weil ich verdammt noch mal nicht taub bin. Nein, *das* habe ich als Kind nicht gehört. Vielmehr habe ich meine Mom jeden Morgen nach dem Erwachen ein fröhliches Liedchen pfeifen gehört. Ich habe eine wichtige Lektion von den beiden gelernt: *Happy wife = happy life.* Und eine Methode, eine Frau glücklich zu machen, ist, sie im Schlafzimmer zufriedenzustellen.

Heute aber ist es mein Job, meinen Dad glücklich zu machen, und Dad möchte seinen Sprössling bei dem Frühstücks-Meeting dabeihaben, ebenso wie meine kleine Schwester Harper.